Der letzte Rabe des Empire

Viel Spaß beim Lesen

2021

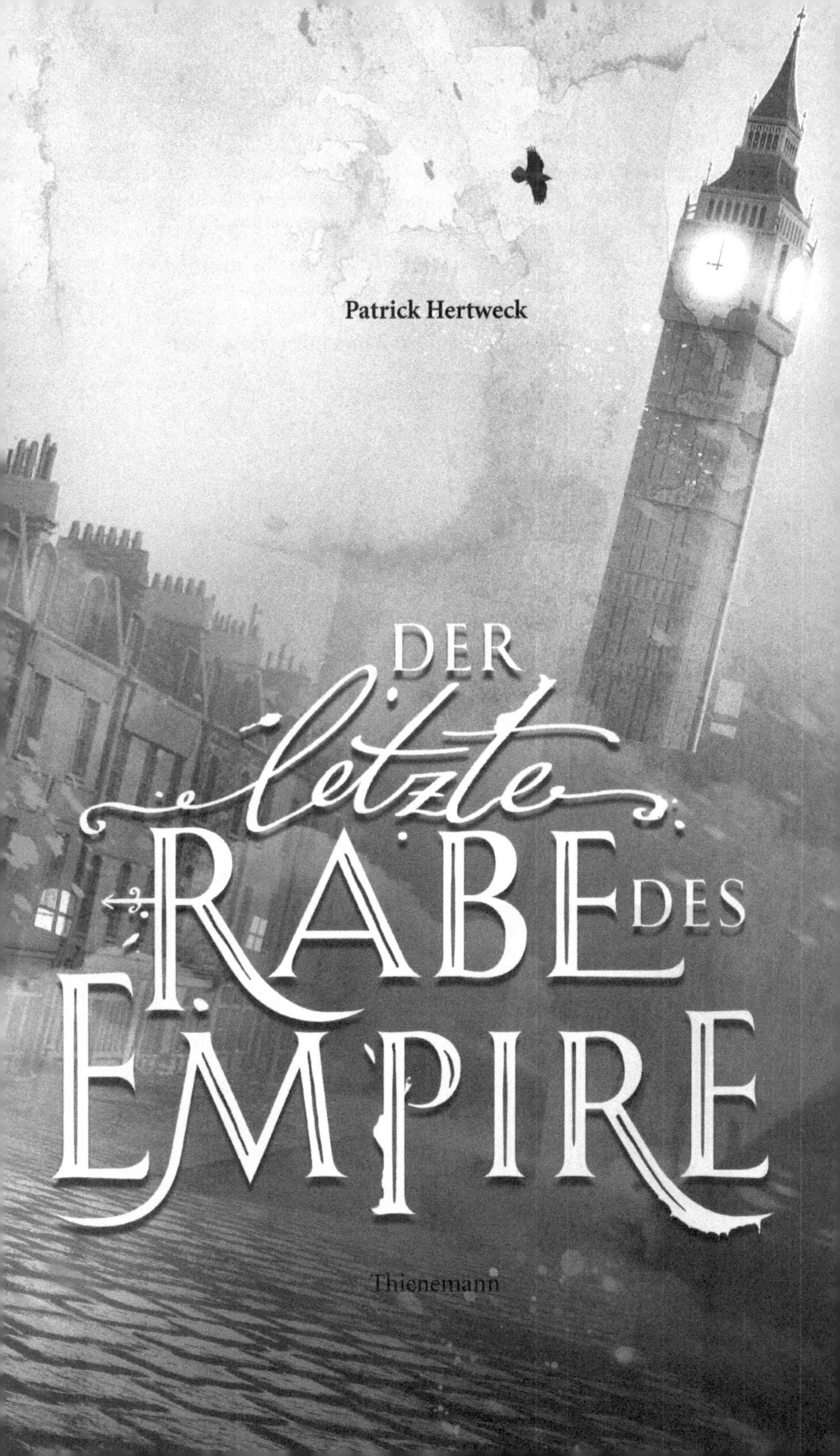
Patrick Hertweck
DER letzte RABE DES EMPIRE
Thienemann

PATRICK HERTWECK, geboren 1972, bereiste nach dem Abitur mit dem Fahrrad viele Gegenden Europas, arbeitete danach im Management eines Medienunternehmens und beschloss irgendwann, seine heimliche Passion zum Beruf zu machen. Seither lebt und arbeitet der Vater von drei Söhnen als freier Schriftsteller an der Schweizer Grenze, unweit von Basel.

Mehr über unsere Bücher, Autoren und Illustratoren auf:
www. thienemann-esslinger.de

TAG 1

London Docks, Wapping, East End of London

Ein zäher Nebel war an die Küste geweht und den Fluss hinaufgekrochen. Nun trieb er an den Rümpfen der Schiffe vorbei, schlich in die Wege zwischen den verwitterten Gebäuden der Docklands und drang allmählich in die Stadt jenseits der Häfen vor.

Obgleich am Horizont eben erst die Sonne erschien, herrschte an den Kais entlang der Themse längst geschäftiges Treiben. Neben der allgegenwärtigen Brandung der Wellen gegen die Hafenmauern erfüllten ein Kauderwelsch fremder Sprachen, das Rasseln der Ankerketten, das Flattern von Segeln und das Rattern unzähliger Lastkarren die rauchige Luft. Unterdessen führte eine Heerschar von Arbeitern einen Kampf gegen die Zeit. Die Schiffsladungen mussten vor dem Erwachen der Metropole gelöscht sein, damit die unzähligen Bündel, Fässer und Säcke rechtzeitig zu Londons Märkten und Geschäften gelangten.

Kaum einer der Handlanger und Tagelöhner, die an den Piers der Docks schufteten, beachtete den Dreimaster, der sich aus dem fahlen Nichts schälte. Ein Schriftzug am Bug der Bark verriet, dass die *Hope* auf den Kai zuhielt.

Als der Segler angelegt hatte, wurde die Laderampe aufgestoßen und eine Horde wettergegerbter Matrosen flutete an Land. Umgehend machte sich die Besatzung daran, den Bauch des Schiffes zu entladen.

Auf dem Oberdeck der *Hope* glomm unterdessen im

Kopf einer Pfeife Tabak auf. Die Glut warf einen rötlichen Schein auf die markanten Züge eines Mannes in einem knielangen Frack. Den Zylinder hatte der Fremde tief in die Stirn gezogen. Mit der Linken umfasste er den Messingknauf eines Gehstocks. Seine Augen hafteten auf einer vernagelten Kiste und einem silberbeschlagenen Sarg, die gerade mittels einer Seilwinde vom Schiff gehievt wurden.

Während die Seeleute die Fracht zu einer wartenden Kutsche schleppten, polterten schwere Schritte über die Bordplanken. Der stille Beobachter wandte sich nun von dem Geschehen ab und blickte zu einem erschreckend farblosen und missgestalteten Gesicht auf. Der Mann an seiner Seite überragte ihn trotz der eigenen beachtlichen Körpergröße um mehr als einen Kopf.

Schweigend sahen die zwei Reisenden zu, wie die Holzkiste und der Sarg auf dem Dach der Kutsche vertäut wurden. Kurz darauf betraten Vincent Berengar und Samuel Seymour den Boden der Hauptstadt.

Whitechapel, East End of London

Als er blinzelnd die Augen aufschlug, zupfte ein kühler Windhauch an den Gardinenresten vor dem Fenster und das erste Licht des Tages kroch über den staubigen Boden.

Der Junge setzte sich auf und sein Blick verharrte auf der vergilbten Fotografie eines Brautpaares an der Wand.

Während eine Ratte über die Dielenbretter huschte und durch ein Loch im Mauerwerk verschwand, versuchte er sich an den Traum zu erinnern, der ihn mitten in der Nacht aus dem Schlaf geschreckt hatte. Doch die Bilder in seinem Kopf blieben vage und schleierhaft.

Auf einmal war ein spitzer Schrei zu hören. Diesem folgten entsetzte Rufe und das Trillern einer Polizeipfeife. Kurz darauf drang das Echo aufgebrachter Stimmen in die Kammer.

Was war da draußen geschehen?

Schon war Melvin auf den Beinen, eilig in seine Schuhe geschlüpft und aus dem Fenster geklettert.

Er rannte durch eine Gassenschlucht, eilte darauf die Ellen Street entlang und folgte dem Gewirr aufgebrachter Stimmen in die Tiger's Bay.

Abrupt blieb Melvin stehen, als er den Menschenauflauf erblickte, der sich vor einer Häuserfront zu einem Halbkreis formiert hatte. Mit zögernden Schritten näherte er sich der schaulustigen Meute. Im Rücken der erregt wispernden und Hälse reckenden Ansammlung hielt er erneut an und stellte sich auf die Zehenspitzen. Nun erhaschte er einen kurzen Blick auf die schmale Zufahrt von *Dutfield's Yard*. In dem Hof hatten sich zwei Constables postiert, die ein Laken in die Höhe hielten. Offensichtlich um zu verbergen, was man dort entdeckt hatte.

Geschwind tauchte Melvin ab und gelangte – auf allen vieren und an vielen Beinen vorbei – zur Öffnung in der Häuserzeile. Hinter einem Polizisten, der alle Mühe hatte, die Menge auf Abstand zu halten, richtete er sich wieder auf.

Einer der beiden Bobbys, der interessiert hinter das Laken gelugt hatte, erklärte eben dem anderen: »Die da ist noch übler zugerichtet als die letzten beiden. Warum trifft sie sich auch mit ihrem Freier in so einem abgeschiedenen Loch?«

Sein übergewichtiger Kollege, in dessen krebsrotem Gesicht ein buschiger Schnauzbart wucherte, erwiderte: »Ich frag mich, wieso der Mörder immer wieder spurlos entwischen kann. Der Fuhrmann, der sie entdeckt hat, muss ihm praktisch über die Zehen gefahren sein.«

»Henry, du vergisst, dass unser Zeuge halb blind ist. Außerdem hatte er eine Fahne.«

Der Dicke stöhnte ärgerlich. »Mag schon sein, James. Aber eigentlich hätte den Kerl doch irgendwer sonst auf der Berner Street sehen müssen.«

»Was weiß ich! Eins steht auf jeden Fall fest: Abberline wird den Ripper nie schnappen.«

»Da hast du gottverdammt recht! Die Spatzen pfeifen es schon von den Dächern. Wenn der Herr Inspektor diesen Irren nicht demnächst einbuchtet, ist er die längste Zeit unser Chef gewesen.«

Die Polizisten stimmten in ein gehässiges Lachen ein. Dabei hoben sie das Tuch so weit an, dass Melvin einen leblosen Arm erkennen konnte.

Ihm stockte der Atem.

Da hörte er ein Räuspern. Die Bobbys wandten sich mit ertappten Mienen zu dem Inspektor um, der sich mit einer Handvoll seiner Männer durch die Menge gekämpft hatte und gerade in den Hof trat.

Wutgerötet peilte er die Polizisten an. »Constable James Harvey, Constable Henry Lamb! Sie stellen augenblicklich Ihr unangemessenes Grinsen ein und nehmen Haltung an, ansonsten werde ich Sie künftig nur noch der Nachtwache zuteilen! – Haben Sie mich verstanden?«

»Jawohl, Inspektor Abberline!«, pressten beide gleichzeitig hervor. Dann zogen sie das Laken weg, damit der Vorgesetzte den Tatort betreten konnte.

Jetzt erblickte Melvin den hingestreckten Körper. Er sah abgetragene Schuhe, graue Wollsocken, einen Rock aus rauem Stoff und einen schmutzigen Mantel mit Felleinsätzen. Neben der Toten lag eine Haube in einer Pfütze aus Regenwasser und Blut.

Leise stieß Melvin einen Namen aus: »Long Liz!«

Er kannte die Frau. Sie war eine der Dirnen, die früher am *Ten Bells* Stellung bezogen hatten und eine Zeit lang für seine Pflegemutter auf die Straße gegangen waren.

Er sah wieder zu dem Inspektor, der über der Toten stand und missmutig auf diese hinabblickte.

»Um wen handelt es sich hier?«

»Ihr Name ist ... ähm, war Elizabeth Stride«, antwortete der kleinere Bobby eifrig. »Ein Fuhrmann, der seinen Gaul in dem Stall dahinten unterstellt, hat die Leiche gefunden. Identifiziert hat die Tote vorhin einer dieser Sozialisten vom *Berner Club* nebenan. Die Dame trieb sich für gewöhnlich beim *Queen's Head* in der Commercial rum. War sicher eine von Michael Kidneys Bienen. Eine recht betagte Biene, wenn ich mir die Bemerkung erlauben darf.«

»Dürfen Sie nicht, Harvey!«, schnauzte sein Vorgesetzter. »Schaffen Sie mir die Zeugen und diesen Kidney ins Revier. Und zwar *schleunigst!*«

Der Inspektor holte zischend Luft, kniete nieder und begutachtete die Tote mit gerümpfter Nase. Dann zog er ein Taschentuch hervor und tupfte sich den Schweiß von der Stirn.

Mehrere Polizisten beobachteten ihren Chef interessiert. Zwei Uniformierte wechselten bedeutungsvolle Blicke.

»*Was glotzen Sie so dumm?*«, schmetterte der Inspektor seinen Männern plötzlich entgegen. »Verscheuchen Sie *gefälligst* die Leute vom Tatort.«

Sofort begannen die umstehenden Beamten den Pöbel wegzudrängen. Melvin wurde von einem Bobby am Kragen gepackt und mitgezogen, bis er zu weit entfernt war, um noch etwas zu erkennen. Es war ohnehin Zeit, von hier zu verschwinden. Mr Packer erwartete ihn sicher schon.

Berner Street, Whitechapel, East End of London

Zeitgleich wandte sich ein Mann, dessen Gesicht unter der Kapuze seines weißen Überwurfs verborgen war, von dem Geschehen ab und stieg in eine Kutsche. Der in eine Mönchskutte gekleidete Fahrer hieb seine Peitsche über die Rücken der schwarzen Pferde, die sogleich ungestüm lospreschten.

Auf der High Street reihte sich das Gefährt in den Verkehr ein. Hoch im Norden der Stadt bog es schließlich in eine einsame Allee ab und näherte sich drei Kirchtürmen, die in den sich aufhellenden Morgenhimmel stachen. Minuten später hielt der Wagen auf ein Tor aus schweren Bohlen in einer mächtigen Mauer zu, das von einer Handvoll Wachmänner aufgezogen wurde. Ein harsches *»Brrrr«* und ein Ruck an den Zügeln brachte das Gespann vor dem Portal des düsteren Sakralbaus zum Stehen.

Der Mann in dem seidenen Überwurf sprang sogleich aus der Kabine. Ehe er in das Gotteshaus ging, glitt sein Blick über das moosige Mauerwerk zu den verwitterten und von Taubenmist verdreckten Troll- und Koboldfratzen der Wasserspeier und weiter zu den Zwillingstürmen, die an den Seiten des Chorschiffes emporragten.

Leichtfüßig sprang der drahtige Mann die Stufen zum Portal hinauf und betrat das in feierlicher Andacht schlummernde Hauptschiff.

Sogleich bog er links ab und gelangte durch eine unscheinbare Wandöffnung in ein Treppenhaus. Ausdauernd erklomm er die vielen Stufen bis zu den Turmgemächern in luftiger Höhe. Er betrat diese durch eine unverschlossene Tür.

Hinter der Schwelle streifte er die Kapuze ab. Zum Vorschein kamen eine Petrus-Tonsur und ein wächsernes Gesicht mit eingefallenen Wangen und rasierklingendünnen Lippen.

Gleißendes Morgenlicht flutete durch die Balkontür. Die Augen des Priesters streiften durch das Gemach, in dem sich nur ein Stuhl, ein Tisch und ein Stehpult befanden. Da betrat ein Mann von breiter Statur den Raum. Grußlos schritt dieser in seinem karmesinroten Gewand an dem Priester vorbei, der demutsvoll das Haupt senkte.

Mit sinnierender Miene stellte sich der Bischof an das Pult und blickte auf die Pergamentseiten, die vor ihm lagen. Dabei strich er sich mit einer breiten Hand über das kahle Haupt, das im Sonnenlicht wie ein polierter Speckstein schimmerte.

»Joseph«, sagte er, »wie lange bist du schon in meinen Diensten?«

»Seit vielen Jahren, Meister«, antwortete der Priester. »Und das bis zu meinem Tod.« Er hob den Kopf und blickte in die wimpernlosen Augen seines Herrn.

»Mein Sohn, sei gewiss, du brauchst den Tod nicht zu fürchten.« Der Bischof legte seine Rechte auf die Seiten vor sich.

»Ja, Meister.«

»Liest du jeden Tag in deinem Evangelium?«

»Noch ehe die Sonne aufgeht und bevor sich meine Augen nachts schließen.«

Der bullige Mann taxierte den Untergebenen mit seinen grauen unergründlichen Augen. Dann breitete er die Arme aus und erhob die Stimme zu einem sakralen Singsang. »Da kam die Sintflut vierzig Tage auf Erden und alles Fleisch verging, das auf Erden war, und alles, was einen lebendigen Odem hatte auf dem Trockenen, das starb.«

Jetzt brach er seine Rede ab. Der Kaplan verstand die unausgesprochene Forderung. Mit leiser Stimme führte er die Rede des Bischofs fort: »Also ward vertilgt alles, was auf dem Erdboden war.«

Der Bischof nickte anerkennend. Er kam hinter dem Pult hervor und schritt mit raschelndem Gewand auf seinen Zögling zu. Dicht vor ihm blieb er stehen. Seine Pranken sanken auf die Schultern des Lakaien herab.

»So steht es im Buch der Bücher geschrieben.«

»Ja, Meister.«

»Was glaubst du, warum brachte Gott die Sintflut über die Menschen?«

»Weil die Erde verderbt war vor Gottes Augen und voll des Frevels«, hauchte der Priester. »Denn der Herr sah, dass der Menschen Bosheit groß war auf Erden und alles Trachten ihres Herzens böse war immerdar.«

Der Bischof lächelte zufrieden und ließ von seinem Gehilfen ab. Nun trat er zur Glastür vor dem Balkon. Dahinter erstreckte sich ein schier endloses Häusermeer bis zum Horizont. Der Geistliche verschränkte die Hände hinter dem Rücken und sein Blick streifte über die Dachfirste.

Schließlich machte der Bischof entschlossen kehrt und ließ sich auf seinem Stuhl nieder. »Mein Sohn, berichte, welche Nachrichten gibt es aus diesem elenden Pfuhl?«

Joseph drehte sich gleichfalls um und faltete die Hände vor dem Körper.

»Abberline, der Inspektor, den man mit den Ermittlungen betraut hat, tappt nach wie vor im Dunkeln«, sagte er am Ende seines Berichts und erntete ein zufriedenes Nicken des Kahlköpfigen.

»Gut«, murmelte der Ordinarius. »Nicht mehr lange und Jack wird aus seinem Loch kriechen, um uns mit seinem Besuch zu beehren.« Der Bischof klatschte einmal kräftig in die Hände, als wolle er eine lästige Fliege erschlagen. »Dann schnappt unsere Falle zu.« Das breite Lächeln, welches für wenige Augenblicke auf seinen Lippen gelegen hatte, wich einem zornigen Zug um den Mund. »Ich habe dieses Versteckspiel allmählich satt. Es ist an der Zeit, dass wir die entscheidenden Figuren auf dem Schachbrett versammeln.« Der Bischof sank tiefer in den Sitz und verschränkte die Arme vor der Brust. »Was gibt es aus der Ferne zu berichten?«

»Wir haben heute Morgen von unserem Jäger Nachricht erhalten.« Der Priester zögerte und schob dann rasch hinterher: »Er hat die vier aus den Augen verloren.«

Das Gesicht seines Meisters versteinerte.

»Kyle Hunter weiß aber aus sicherer Quelle, dass sie auf dem Weg hierher sind«, beeilte sich Joseph hinzuzufügen.

»Sie haben also angebissen.« Der Bischof bleckte die Zähne. »Wurde ein gebührender Empfang für sie vorbereitet?« Er sah den Jüngeren durchdringend an, erhielt aber keine Antwort.

Ungehalten wuchtete er sich aus dem Stuhl. »Unsere Leute sollen unverzüglich den Hafen sichern. Veranlassen Sie die Überprüfung aller infrage kommenden Schiffe. Finden Sie heraus, ob sich jemand nach unserem Sitz erkundigt hat. Suchen Sie zur Not alle Ecken und Winkel dieser Stadt ab. Spüren Sie diese Kreaturen auf!«

Commercial Road, Spitalfields, East End of London

An der Ecke zur Commercial Road blieb Melvin vor Mr Packers Stand stehen. Wie an jedem Morgen klemmte ein Zigarrenstummel zwischen den Lippen des Alten.

»Bist heut spät dran«, raunte der Obst- und Gemüsehändler und deutete auf die Kisten, die neben dem Hauseingang in seinem Rücken standen.

»Kommt nicht wieder vor«, sagte Melvin.

Sogleich machte er sich daran, die Behälter heranzuschleppen. Anschließend schichteten sie die Ware gemeinsam auf den Handkarren. Als sie damit fertig waren, warf der Händler seinem Helfer als Lohn zuerst einen Sixpence und dann einen Apfel zu.

»Bis morgen, mein Junge«, krächzte er und Melvin erwiderte: »Bis morgen, Mr Packer.« Dabei lüpfte er seine Schlägermütze und machte eine übertrieben elegante Verbeugung, was dem Alten ein kratziges Lachen entlockte, welches jäh von einem lang anhaltenden Husten verscheucht wurde.

Melvin betrachtete den Mann besorgt. Aber dann marschierte er weiter, bis er an einer halb verfallenen Ziegelsteinmauer anlangte. Auf diesem Überbleibsel eines Hauses ließ er sich nieder.

Allmählich erwachte die Straße zum Leben. Gegenüber schloss Ms Marsh vor sich hin pfeifend die Tür ihres Ladens auf. Unter Poltern und Ächzen rollte eine Bierkutsche heran. Von den Hausmauern hallte das Rufen eines Zeitungsjungen wider.

Melvin sah zu dem Wirtshaus neben der Gemischtwarenhandlung. Um diese Uhrzeit waren die Läden des *Ten Bells* noch geschlossen. Er zog den Apfel hervor und blickte zu der unbeleuchteten, mit Zeitungspapier zugeklebten Luke im Giebel der Kaschemme. Dahinter lag das Mansardenzimmer, in dem er aufgewachsen war. – Dort, im Halbdunkeln auf einer Pritsche, musste sie gerade schlafen: *Ayleen*.

Melvin schrak auf und blickte zerstreut auf die Fotografie einer Toten auf dem Titelblatt der Tageszeitung, die ihm plötzlich jemand unter die Nase hielt. Schaudernd betrachtete er die Schlagzeile, die mit folgenden Lettern begann:

J-A-C-K.

Er blickte an der Seite vorbei zu dem Jungen, der vor

der Mauer stand und ihm das Blatt entgegenstreckte. Dessen Grinsen offenbarte eine Reihe schiefer und desolater Zähne.

Thad!

Thad gehörte zu der Horde verlauster Jungen, die tagsüber in den Straßen des Viertels umherstreiften.

Melvin stopfte sein Frühstück zurück in die Jackentasche. Das Foto hatte ihm den Appetit verhagelt. Er schaute den Jungen vorwurfsvoll an, weil der ihn so unsanft aus seiner Träumerei gerissen hatte. Normalerweise plauderte er mit ihm über dies und das, wenn er ihm begegnete, aber nach dem Schrecken an diesem Morgen wollte er seine Ruhe haben. Deshalb murmelte er nur »Danke«, als er nach der Zeitung griff und sie sich demonstrativ vor die Augen hielt.

»Ich muss eh weiter. Will mich gleich noch mit ’nem neuen Stapel Blätter eindecken«, sagte Thad und nahm die nächste Zeitung aus seinem Bauchkasten. »Die gehn echt weg wie warme Semmeln, seit der Bekloppte die Weiber niedermetzelt. In der heutigen Ausgabe steht was zu ’nem Mord von gestern drin. Wie ich gehört hab, ist die Polente heut Morgen schon über die nächste Tote gestolpert. – Deine Zeitung geht wie immer aufs Haus«, bemerkte Thad noch, dann schlurfte er weiter die Straße entlang und rief: »WANN SCHLÄGT JACK THE RIPPER WIEDER ZU? ALLES ÜBER SEINE BESTIALISCHEN TATEN. HEUTE IM DAILY TELEGRAPH!«

Während sich die Stimme des Zeitungsjungen in der Ferne verlor, dachte Melvin über die Mordserie nach, die seit geraumer Zeit in aller Munde war. Das öffentliche Interesse hatte den Siedepunkt erreicht, seit der Mörder der Presse seinen Namen zugespielt hatte. Obgleich die grauenvollen Taten von *Jack the Ripper* inzwischen Menschen im ganzen Land in ihren Bann schlugen, grassierte das Fieber aus Faszination und Angst in Whitechapel heftiger als irgendwo sonst, denn der Mörder machte in diesem Viertel Jagd auf die leichten Mädchen.

»Gestern Nacht hat er schon wieder gemordet«, flüsterte Melvin tonlos und eine Gänsehaut kroch über seinen Rücken, weil er plötzlich die Tote im *Dutfield's Yard* wieder vor sich sah.

Er begutachtete nun den Artikel auf der Titelseite genauer und versuchte anschließend, den Sinn der Worte unter der Fotografie zu entschlüsseln.

Dabei presste er einzelne Buchstaben hervor: *»A-N-N-I-E C-H-A-P-M-A-N.«*

Jetzt konnte er die Schriftzeichen zu einer flüssigen Folge zusammenfügen. »Annie Chapman«, stieß er erschrocken aus.

Er kannte die Tote auf der Fotografie! Auch sie war eine der Frauen, die für seine Ziehmutter gearbeitet hatten.

Mit einem mulmigen Gefühl in den Eingeweiden sah Melvin noch einmal zum Fenster unter den Schindeln des *Ten Bells*, dann richtete er seine Aufmerksamkeit wieder auf die Straße. Kutschen, Kaleschen und Fuhrwerke rumpelten an ihm vorbei. Die Gehsteige hatten sich merklich mit Menschen gefüllt, die mit hochgeschlagenen Kragen und tief ins Gesicht gezogenen Hüten vorübergingen.

Melvin schwang sich von der Erhöhung. Es war Zeit, sich ein paar Groschen für die nächste Mahlzeit zu erbetteln.

London Borough of Hackney, zur selben Zeit

Zwei Stunden nach ihrer Ankunft an Bord der *Hope* hatten sie das Anwesen am Rande Londons erreicht. Der weißhaarige Riese stieß das rostige Tor auf und die Kutsche holperte einen von Unkraut überwucherten Weg den Hügel hinauf. Vor einem Haus, das inmitten eines verwilderten Gartens stand und mit seinen Erkern und Türmen trotz Alter und Verfall noch immer ansehnlich aussah, kam sie zum Stehen.

Vincent Berengar richtete sich auf dem Kutschbock auf und betrachtete das verlassene Gebäude. Sein riesiger Begleiter hatte das Tor geschlossen und marschierte mit stampfenden Schritten zur Kutsche zurück. Er deutete auf Kiste und Sarg und ließ übel gelaunt vernehmen: »Geh ruhig schon mal vor. Ich bringe die beiden rein!«

Vincent ging bedächtig die Stufen zur Veranda hinauf, zog einen Schlüssel aus seiner Manteltasche und stieß ihn in das Schloss der Eingangstür. Knarrend schwang diese auf und gab die Sicht ins Innere des Hauses frei. Wehmütig ließ Vincent seine Blicke durch das Vestibül wandern und nahm jedes Detail in sich auf. Das Schachbrettmuster des Marmorbodens, die Eichenpaneele an den Wänden, der ehemals glitzernde und nun blinde Kristallleuchter an der Decke, die holzgetäfelten Stiegen der beiden gewundenen Treppen zu den oberen Stockwerken.

Langsam näherte er sich einer geschlossenen Tür und umfasste deren Klinke. Er wartete ein paar Augenblicke, dann drückte er die Tür auf und sah in das dahinterliegende Zimmer: ein Raum voller Staub. Wenige Möbel, allesamt von Leintüchern verhüllt. Der orientalische Teppich zusammengerollt in einer Ecke. Ein Stapel Holzscheite auf dem Rost des Kamins, unter dem Sims die gebogenen Nägel, an welchen einst mit Süßigkeiten und kleinen Geschenken gefüllte Strümpfe hingen – und an der Wand darüber schwarz umrandete Rechtecke ...

Wie ein heißes Funkensprühen glühte in ihm die Erinnerung an die gerahmten Fotografien auf, die hier einmal gehangen hatten. Onkel Thierry und Tante Audrey in steifen Posen von einem Atelierphotographen in Szene gesetzt. Daneben sein eigenes jugendliches Abbild, das er einst Onkel und Tante geschenkt hatte: ein siebzehnjähriger Vincent Berengar in Schuluniform und mit einem ersten Flaum aufkeimender Männlichkeit auf den Wangen.

Zehn Jahre war es her, seit Sam, Byron, Nat und er aus der Stadt geflohen waren und Existenz, Freunde, Familie hinter sich zurücklassen mussten. Am Ende einer Odyssee durch ferne Länder waren sie nun zurückgekehrt. Als Fremde. Sie waren Heimatlose, denn es gab niemanden, der sie in London oder sonst wo empfangen hätte. Von ihrem alten Leben war ihnen nichts geblieben.

»So eine elende Bruchbude!«

Sams grollender Donnerhall holte Vincent zurück in die Gegenwart. Schweres Stiefelstampfen auf der Kellertreppe, dann ein dumpfer Knall, der die Wände zum Erzittern brachte und den Schmutz der Zeit vom Gebälk fegte.

»Heiliger verteufelter Kruzefix! Ein richtiges Zwergenhaus ist das!«

Vincent lächelte ein bekümmertes Lächeln. Wie er seinen Freund beneidete! Um sein Dasein ohne Schlaf und ohne Hetzjagden durch Albtraumwelten, in denen Byron, Nathaniel und auch er diesem Schattenwesen ausgeliefert waren.

Commercial Road, Spitalfields, East End of London, Nacht

Viele Stunden später saß Melvin abermals auf der Steinmauer vor der Schenke. Über das Straßenpflaster rumpelten die Räder von Mietdroschken, Pferdewagen und Handkarren. Vor den Häuserfassaden hatten die Straßenhändler im Licht der Talglampen ihre Stände aufgebaut, Schuhputzer ihre Stühle platziert und Glücksspieler ihre Decken ausgebreitet. Davor schleppten sich abgerissene Passanten die Straße entlang oder standen bei den Händlern herum, um mit ihnen zu feilschen. Es war also ein normaler Abend in dieser Ecke der Welt.

Melvin linste zu dem Lockenkopf, der neben ihm auf

der Erhöhung hockte und nachdenklich an einer Brotkrume herumknabberte, seit er ihm von der grausigen Entdeckung am Morgen erzählt hatte. Wilkie war sein einziger Freund und gehörte einer Bande von Straßenjungen an, die sich als Schuhputzer, Laufburschen und Zeitungsjungen verdingten oder ihr Revier mit Bauchläden voller Schnürsenkel, Hemdsknöpfe, Miederschnüre und Zündhölzer abschritten. Außerdem waren die Jungen als *Waste Picker* und *Schlammkriecher* unterwegs, das heißt, sie lasen in der Gosse Zigarettenstummel auf, die sie für drei Pence das Dutzend an die ärmsten unter den armen Schluckern verhökerten, oder suchten bei Ebbe im Schlamm am Themseufer nach Kohlestücken, Segeltuchfetzen und anderen Dingen, die man zu Geld machen konnte.

Seit Melvin Wilkie kannte, versuchte dieser ihn zu überreden, Mitglied der Bande zu werden. Im vergangenen Winter hatte Melvin sich breitschlagen lassen und war der Gemeinschaft beigetreten. Doch nach wenigen Wochen sah sich Melvin darin bestätigt, dass er trotz der Annehmlichkeiten – die Bande bot ihren Mitgliedern Schutz und eine halbwegs gesicherte Versorgung – doch lieber frei und unabhängig war. Also hatte er Wilkies Einwände in den Wind geschlagen und war zurück in seine Kammer gezogen. Seither hielt er sich wieder auf eigene Faust mit Betteln, als Botenjunge am Hafen und Handlanger für Mr Packer und andere Kaufleute über Wasser.

»Ich wette, dieser Ripper ist ein Fleischhacker«, murmelte Wilkie nun und über Melvins Rücken kroch eine Gänsehaut.

»Wieso?«, fragte er zögerlich.

»Na, wer jeden Tag Tiere um die Ecke bringt, muss doch einen echten Hau haben. Würd mich nicht wundern, wenn so einer irgendwann auf die Idee kommt, nicht nur Vierbeiner zu zerlegen.«

Melvin verspürte erneut ein unangenehmes Ziehen in der Magengegend. Er wollte lieber nicht darüber nachdenken, was sich in dem Kopf dieses Mörders abspielte.

Beide hüllten sich wieder in Schweigen und Melvin beobachtete die Dirnen auf dem Gehsteig, die mit gestrafften Schultern Männern aufreizende Blicke zuwarfen.

Melvin konnte ihr Gebaren nicht täuschen, denn er hatte eine Zeit lang mit Dirnen zusammengewohnt. In der stickigen Kammer des *Ten Bells* hatten seine Mitbewohnerinnen nach getaner Arbeit eher wie Überlebende einer verlorenen Schlacht ausgesehen. Sobald sie sich im Morgengrauen die Schminke von den Wangen gewaschen und die Korsetts gelockert hatten, waren sie zu Tode erschöpft auf ihre Matratzen gesunken, während für die meisten Menschen draußen ein neuer Tag begann.

Melvin fühlte sich mit einem Mal niedergeschlagen. Das ging ihm oft so, wenn er an das Leben in den Fängen der alten Rose erinnert wurde. Erneut blickte er zum *Ten Bells*. Ayleen war gerade aus dem Hof neben der Spelunke auf den Gehsteig hinausgetreten. Augenblicklich überkam ihn eine entsetzliche Angst um sie. Ein Unbekannter ermordete aus rätselhaften Gründen Straßenmädchen und dessen letzte beide Opfer waren ehemalige Dirnen seiner Ziehmutter gewesen.

War das nur ein Zufall oder bedeutete dies, dass Ayleen in großer Gefahr war?

Wie jede Nacht lief das Mädchen mit dem goldblonden Haar und den graugrünen Augen an den anderen Dirnen vorüber und lehnte sich an die Mauer des Wirtshauses.

Erst beim dritten Räuspern seines Freundes, das von dem Stoß eines spitzen Ellenbogens unterstützt wurde, nahm Melvin seine Umwelt wieder wahr. Er drehte den Kopf. Wilkie taxierte ihn und prompt stieg ihm eine unangenehme Hitze in die Wangen.

»Ist ein niedliches Ding, zugegeben«, sagte Wilkie in einem mitleidigen Tonfall, in dem auch eine Prise Spott mitschwang. »Aber schlag sie dir aus dem Kopf. Die ist zu alt für dich.«

Melvin antwortete seinem Freund nicht. Wilkie konnte ja nicht ahnen, was ihn und das Mädchen verband. Er hatte weder ihm noch sonst wem je verraten, dass sie zusammen aufgewachsen waren und wie beide unter der Fuchtel der alten Rose gelitten hatten.

»Ich muss los!«, sagte Wilkie. Er sprang von der Mauer und blickte mit zusammengekniffenen Augen zu ihm hoch. »Du passt doch nicht etwa auf sie auf?«

Melvin tat, als hätte er ihn nicht gehört, und blickte wieder zur anderen Straßenseite.

Sein Freund rollte kurz mit den Augen, dann stopfte er eine rostrote Locke unter die aufgeschlagene Krempe seines Schlapphutes und zog ohne eine weitere Bemerkung davon.

Melvin blieb allein zurück. Lange saß er da, in düstere Gedanken versunken.

Unterschlupf der vier, London Borough of Hackney, Mitternacht

Vincent Berengar zog an seiner Pfeife und sah in den Raum, der vom Kaminfeuer nur ungenügend erhellt wurde. Dennoch konnte er die drei Personen, die sich auf der anderen Zimmerseite befanden, so deutlich erkennen, als stünden sie im Tageslicht vor ihm. Er wusste, sie warteten darauf, dass er das Wort ergriff.

»Ich kann eure Rastlosigkeit durchaus verstehen. Zunächst gilt es aber, einen klaren Kopf zu bewahren. Womöglich konnten unsere Gegner bereits in Erfahrung bringen, dass wir zurückgekehrt sind. Ohne den Schutz der Nacht erregen wir Aufmerksamkeit. Das ist leider Gottes unser Schicksal.«

Der größte der Männer quittierte die Äußerung mit einem verbitterten Auflachen.

»Ein Schicksal, dem wir die Stirn bieten werden, *Sam!* Übe dich in Geduld! Wir harren hier aus, bis der richtige Zeitpunkt gekommen ist. Dann schlagen wir zu.«

»Die Nacht, lieber Vincent, ist unser Freund nicht.« Die scharfzüngig gezischte Erwiderung stammte von dem Mann mit der dünnen Haut über dem fleischlosen Schädel. »Sie ist unser Gift, von dem wir trinken. So wie Verdurstende gierig einen *Schierlingsbecher* leeren, wohl wissend, dass sie an ihm elendig ersticken werden.«

»Gut gesprochen, Byron«, sagte die gesichtslose Gestalt neben ihm, die in der Hocke an der Wand lehnte und die verbundenen Hände in den Schoß gebettet hatte. »Ich muss gestehen, dass auch mir der Sinn nicht sonderlich nach Schlaf steht. Vor diesem grafitschwarzen Gespenst, das mich in meinen Träumen heimsucht, hätte selbst der alte *Thot* Reißaus genommen. Sam, Vincent hat recht. Wir sollten uns vorsehen.«

»Teufel auch, Nat! Glaubst du etwa, dass ich nicht mitreden kann, weil ich mir als Einziger hier die Tage *und* die Nächte um die Ohren schlagen muss und nebenbei dich und Byron in euren Schlafgemächern in der Gegend herumkutschieren darf?« Der weißhaarige Riese wandte sich ab und stierte aus dem Fenster. Aus seiner klotzigen Brust drang ein aufgebrachtes Schnaufen. »Ich würde diesem Mistkerl liebend gern in meinen Träumen begegnen. Dann könnte ich ihm wenigstens in diesen die Fresse polieren!«

Plötzlich hieb er seine Faust gegen die Zimmerwand. Seine Fingerknöchel hinterließen dabei deutliche Spuren in dem Mörtel.

»Sam, beruhige dich. Du kommst früh genug zu deinem Recht«, erklärte Vincent, während er seine Pfeife ausklopfte. »Zuerst müssen wir herausfinden, was mit Jack wirklich geschehen ist. Wir dürfen ihn nicht fallen lassen, solange wir nicht vollkommen sicher sind, dass wir ihn für immer verloren haben.«

Whitechapel, East End of London, zur gleichen Zeit

Über die Commercial Road bog Melvin auf das löchrige Pflaster der Back Church Lane und an der nächsten Ecke in eine ungepflasterte Gasse ohne Namen. Ein paar Meter weiter schlüpfte er durch einen Spalt in der Häuserzeile in einen übel riechenden Hof, zu dem es bis auf die unscheinbare Kluft zwischen den Fassaden sonst keinen Zugang gab. Trotzdem war er mit verfaulendem Abfall und den stinkenden Ausscheidungen von Anwohnern der umliegenden Häuser übersät, weil diese ihren Unrat und den Inhalt der Nachttöpfe aus den rückwärtigen Fenstern der Unterkünfte kippten. Melvins Stiefel versanken in einer klebrigen Schlammbrühe, als er sich einem Bretterzaun näherte. Dort angelangt, klappte er ein loses Brett beiseite und zwängte sich in die entstandene Lücke. Dahinter kämpfte er sich durch einen verwilderten Streifen, der in besseren Zeiten einmal ein Vorgarten gewesen sein musste. Dann endlich stand er vor der zerbröckelnden Fassade eines Häuschens mit eingesunkenem Mauerwerk und allerhand Lücken im Schindeldach.

Wie Hunderte Male zuvor kletterte er an dem rostigen Fallrohr in die Höhe und schlüpfte über ein demoliertes Fenster in die Hausruine.

Er landete in einem dunklen Raum und tastete sich vorwärts. Auf der anderen Seite des Zimmers riss er ein Zündholz an und hielt es an den Kerzenstumpf auf der umgedrehten Kiste vor sich. Aus der Dunkelheit schälte sich ein Bett, bestehend aus einer Holzpalette, einer fadenscheinigen Wollmatratze und einer Flickendecke.

Melvin bückte sich und steckte den Zeigefinger in ein Loch im Holzboden. Er zog an dem Brett. Widerstandslos ließ es sich anheben. In dem Hohlraum unter den Dielen stand eine verbeulte Teedose, in der er seine Einnahmen versteckte. Außerdem verwahrte er darin ein paar Erinnerungen. Als er die wenigen Münzen aus seiner Tasche in die Dose legte, blieb sein Blick kurz auf einem mattsilbernen Haarreif haften. Rasch schloss er das Versteck wieder. Dann streifte er die Schuhe ab, sank auf sein Bett und blickte unwillkürlich zu der Fotografie an der gegenüberliegenden Wand.

Die Kerze warf ihr flackerndes Licht auf die Züge eines jungen Brautpaares. Der Mann hatte einen gezwirbelten Schnurrbart und eine gescheitelte Frisur, die Frau an seiner Seite hatte das lange Haar geflochten und sah mit einem glücklichen Lächeln zu ihrem Gatten auf.

Müdigkeit übermannte Melvin. Er drehte sich zur Seite, blies die Kerzenflamme aus und schlief auf der Stelle ein.

Draußen fuhr ein Blitz wie ein gezacktes Messer über den Himmel. Während das Rauschen des Regens die Kammer erfüllte und ein kühler, nach feuchter Erde riechender Nachtwind an den Überbleibseln der Vorhänge zerrte, lag der Junge, die Stirn feucht benetzt, im Dunkeln seiner Stube. Der Schlafende murmelte flehende Worte, als wolle er die wilden Träume, die ihn peinigten, verscheuchen.

TAG 2

Commercial Road, Spitalfields, East End of London

Melvin saß nach seinem Abstecher zu Mr Packer auf seinem angestammten Platz. Er zog an diesem Morgen jedoch nicht nur einen Apfel aus der Jackentasche. Weil er auf seinem Fußmarsch an einigen Mülltonnen haltgemacht hatte, befand sich darin zudem eine Auswahl zerknitterter Zeitungsseiten aus dem *Daily Telegraph*, der *Morning Post* und dem *East End Advertiser*. Alle enthielten Berichte über die Whitechapel-Mordserie.

Melvin breitete sie nun neben sich aus und platzierte einen Stein auf dem Stapel, damit die Blätter nicht vom auffrischenden Wind fortgeweht wurden.

Als er wieder aufsah, kullerte auf dem Gehsteig unter ihm ein Hut vorbei, verfolgt von einem barhäuptigen Fußgänger, der seinem Bowler hinterherjagte. Auf der gegenüberliegenden Straßenseite schlenderten derweil zwei *Knocker-Ups* an den Häuserzeilen entlang, die mit einer Stange über der Schulter allmorgendlich durch die Arbeitersiedlungen streiften und mit ihrem Klöppel an schmutzige Scheiben hämmerten. Die Londoner Wachklopfer sorgten auf diese Weise dafür, dass die Fabrikarbeiter rechtzeitig aus ihren Betten kamen, um sich an dampfspeienden Maschinen für einen Hungerlohn die Gesundheit zu ruinieren.

Als Melvin den Apfel verputzt hatte, machte er sich daran, einzelne Zeitungsseiten unter dem Stein hervorzuziehen und diese zu studieren. Er unterstrich gerade mit einem Kohlestück einen Namen in einem Artikel zu den Ripper-Morden, da schob sich ein Schatten zwischen ihn und die Morgensonne. Eilig drehte er das Blatt um und wandte den Kopf. Direkt neben ihm auf der Mauer stand Wilkie.

Neugierig und mit verschränkten Armen betrachtete der Lockenkopf die Zeitungen.

»Ich denke, du bist mir eine Erklärung schuldig«, sagte er und fixierte Melvin dabei mit strengem Blick.

»Hast du Zeit?«, erwiderte Melvin.

»Jede Menge.«

»Gut.«

Melvin faltete sorgfältig das Blatt zusammen, steckte es in eine Jackentasche und richtete sich auf, denn auf der anderen Straßenseite hatte Ms Marsh soeben ihren Laden aufgeschlossen.

»Komm.« Er winkte Wilkie hinter sich her.

Die Betreiberin der Gemischtwarenhandlung stand auf einem Stuhl und schrieb mit weißer Kreide die Angebote des Tages auf die Tafel über der Eingangstür.

»Ms Marsh?«

Die Frau sah die Halbwüchsigen kurz desinteressiert an und kritzelte dann weitere Buchstaben auf die Tafel.

»Ms Marsh! Dürfen wir kurz stören?«

»Dürft ihr nicht.«

»Es dauert auch nicht lange.«

»Ihr seht doch, dass ich zu tun hab.«

»Eine einzige Frage.«

Ms Marsh musterte Melvin missbilligend vom Kopf bis zu den erdkrustigen Stiefeln. »Ich kenn dich. Du sitzt jeden Morgen auf diesem Schandfleck in der Landschaft und glotzt wie ein Bekloppter zu der Spelunke. Jungchen, ich geb dir mal einen Rat: Die Biertränke macht erst abends auf.« Die beleibte Frau rümpfte die Nase. »In deinem Aufzug würdest du sowieso nicht reingelassen – nicht mal in so eine üble Pinte wie das *Ten Bells*.«

Melvin ignorierte diese Unfreundlichkeit. »Wir suchen eine Frau ...«

»... die hab ich grad nicht im Angebot. Also macht die Fliege!«

Melvin ließ sich nicht beirren. »Wissen Sie, wo Mary Kelly so ungefähr vor zwei Jahren hingezogen ist? Sie wohnte damals im ...«

»Ich weiß, wo die gewohnt hat«, unterbrach ihn die Ladenbesitzerin. Sie betrachtete ihn plötzlich mit erwachtem Interesse. »Was wollt ihr Früchtchen von der?«

»Hören Sie mal zu«, mischte sich jetzt Wilkie ein. »Entweder Sie beantworten die Frage meines Kumpels und verkneifen sich Ihre blöden Bemerkungen oder ich werde Ihren Plunderschuppen heute Nacht mal mit meinen Kumpels besuchen kommen.«

Melvin warf seinem Freund einen tadelnden Blick zu und linste zu Ms Marsh. Eine dunkle Röte war auf ihre Wangen getreten. Doch anstatt loszubrüllen, lachte die Frau lauthals los. Dabei wackelte ihr Stuhl so bedenklich, dass man Angst bekam, sie würde gleich runterfallen.

Als ihr Lachen verebbt war, sah sie friedfertiger zu den

Jungen. »Na, dann sollte ich wohl lieber auspacken. Mal sehen, wo deine frühere Zimmergenossin abgeblieben ist.« Sie zwinkerte Melvin zu, der ein verwundertes Gesicht zog. »Glaubst du, ich erkenne meinen Stammgast von damals nicht wieder? Die Rose hat jede Menge Schotter für ihren Fusel bei mir gelassen. Wenn mich meine grauen Zellen nicht täuschen, hast du den immer für sie abholen dürfen. Zu schade, dass sie von uns gegangen ist. Vor allem schade für meine Finanzen.«

Melvin ignorierte Wilkies fragende Grimassen. Unterdessen wischte die Betreiberin des kleinen Ladens die Kreide an ihrer Schürze ab und rieb sich nachdenklich übers Kinn.

»Lasst mich mal überlegen. Die Kelly wohnt, glaub ich, nicht weit weg. Hat, so viel ich gehört hab, ein neues Leben angefangen und verdient jetzt auf anständige Weise ihre Kohlen für den Winter. Wie hieß denn die Straße bloß? Ah, jetzt hab ich's! In der Dorset soll sie ein Zimmer gemietet haben. Aber fragt mich bloß nicht, in welchem Haus.«

»Vielen Dank, M'am«, stieß Melvin erleichtert hervor und hob zufrieden die Hand zum Abschied.

Aus dem wolkenlosen Himmel über dem East End flutete ein klares Sonnenlicht auf die Giebel der Häuser und warf ihr verzerrtes Abbild in die Straßen.

Melvin bummelte mit Wilkie die engen und verwinkelten Gassen Whitechapels entlang. Ihr Ziel, die Dorset Street, war nicht mehr weit.

Melvin war froh, Wilkie an seiner Seite zu haben, auch wenn er ihm wohl oder übel einiges erklären musste. Wilkie war nicht entgangen, dass ihn etwas beschäftigte. Darum hatte er ihm einen Besuch abgestattet. Der Freund wollte wissen, was los war. Melvin sah zu seinem Begleiter, der geduldig schweigend neben ihm hermarschierte.

Er wartet, bis ich so weit bin, dachte Melvin. Wilkie ist ein echter Freund!

Genau genommen war Wilkie der einzige Freund, den er hatte. Und umgekehrt verhielt es sich ebenso.

Sie kamen nun an einem verwitterten Torbogen vorbei, aus dem ein vielstimmiges Schnarchen auf den Gehsteig drang. Flüchtig blickten die beiden zu den Stadtstreichern, die dort gemeinsam vor der Nachtkälte Schutz gesucht hatten und noch ihren Rausch ausschliefen. Mit vornübergekippten Köpfen lehnten die Männer wie achtlos abgestellte Mehlsäcke aneinander.

Kaum hatten die Freunde die Einbuchtung passiert, mussten sie einem Kerzenzieher ausweichen, der auf einem Holzbalken über seinen Schultern zwei Körbe balancierte, aus denen heißer Talg auf den Boden tropfte.

»Hör zu, Wilkie ...«, setzte Melvin an, als sie den Gehsteig wieder für sich hatten.

»Na, wird auch Zeit«, brach es aus seinem Begleiter hervor. »Ich dachte schon, du lässt mich bis zum Sankt Nimmerleinstag schmoren.«

Melvin lächelte matt und kramte in seiner Tasche.

Schließlich faltete er eine Seite der *Post* mit einem Artikel auseinander, in dem die Namen aller Ripper-Opfer standen. Er reichte Wilkie das Blatt, der es sogleich gewissenhaft studierte und schließlich hilflos die Hände hob.

»Mel, was steht da?«

Erst jetzt fiel Melvin wieder ein, dass Wilkie wie die allermeisten Straßenjungen weder lesen noch schreiben konnte. Woher denn auch? Kaum einer von ihnen hatte jemals eine Schule von innen gesehen. Er selbst jedoch konnte lesen, wenn auch nur bruchstückhaft und unbeholfen. Diese Fähigkeit war eines der wenigen sinnvollen Dinge, die er aus seinem früheren in sein heutiges Leben mitgenommen hatte.

Peggy Rose hatte ihm außer einer ganzen Litanei an Flüchen auch das Lesen nahegebracht. Natürlich hatte sie ihm keinen Unterricht erteilt. Für Melvin stand es außer Frage, dass diese Schreckschraube bestenfalls ihren eigenen Namen schreiben konnte. Vielmehr hatte sie ihm irgendwann ein dünnes, reichlich bebildertes Schulbüchlein hingestreckt, das sie allein für diesen Zweck irgendwo aufgetrieben haben musste. Er erinnerte sich noch gut an die damalige Ansprache seiner Ziehmutter: »Lern das! Es kann nicht schaden, wenn du das kannst. Merk dir eines: Wenn du in Zukunft irgendwo ein Schild siehst, auf dem VERBOTEN! steht, lohnt es sich, mal genauer nachzusehen. Dann hat nämlich jemand was zu verstecken.«

So hatte er an diesem Morgen den eingesammelten Zeitungen die wichtigsten Informationen entnehmen können.

»Siehst du die unterstrichenen Wörter?«, erklärte er nun seinem Freund. »Das sind die Namen der Frauen, die von Jack the Ripper ermordet wurden. Mary Ann Nichols, Annie Chapman, Elizabeth Stride, Catherine Eddowes.«

Wilkie blickte ihn fragend an. »Worauf willst du hinaus, Mel?«

Melvin holte Luft und offenbarte dem Freund, dass er bis vor zwei Jahren mit einer Kupplerin und deren Dirnen in der Dachkammer des *Ten Bells* gehaust hatte.

Als er geendet hatte, zog Wilkie zuerst die Stirn kraus, dann weiteten sich seine Augen. »Du meinst, das sind alles Frauen, mit ...«

»... denen ich damals unter einem Dach gelebt habe. Richtig.«

»Heiliger Strohsack!« Wilkie blieb stehen und kratzte sich am Nacken.

Beide sahen in die Straße, die vor ihnen lag und von hinfälligen Behausungen gesäumt wurde. Sie waren in der Dorset angekommen.

»Jetzt sind von meinen ehemaligen Mitbewohnerinnen nur noch Ayleen und Mary Kelly am Leben«, sagte Melvin.

»Darum kennst du also die Kleine!«, rief Wilkie erstaunt aus. »Und deswegen hast du vorhin Ms Marsh gefragt, wo diese Kelly wohnt! Was für einen Grund sollte der Ripper denn haben, sich ausgerechnet diese Frauen vorzuknöpfen?«

»Ich habe keinen blassen Schimmer«, murmelte Melvin. »Das ergibt überhaupt keinen Sinn. Und doch ...« Er zögerte und blickte Wilkie fest in die Augen. »Ich kann nicht einfach abwarten. Ich muss Ayleen beschützen und verhindern, dass auch ihr etwas zustößt.«

Landsitz von Russel Wallace, Broadstone, Dorset

Während im elenden Osten der Stadt zwei Jungen über die Motive eines Mörders rätselten, saß weit entfernt von der Stadt ein beleibter Mann im Büro seines Landhauses, das einsam auf einer Anhöhe thronte. Vor ihm auf dem Schreibtisch lagen drei Briefe, die soeben zugestellt worden waren. Er setzte sich seine Schildpattbrille auf die Nase und betrachtete die Umschläge. Verwundert hoben sich seine buschigen Brauen, als er den dritten Umschlag begutachtete, denn auf diesem fehlte jeder Hinweis auf den Absender. Lediglich am Poststempel konnte man erkennen, dass er aus London stammte. Die Adresse des Empfängers war in unpersönlichen Druckbuchstaben geschrieben, aber das elfenbeinfarbene Kuvert rief eine brennende Erinnerung in dem Betrachter wach.

Mit unsicherer Hand griff der ältere Herr nach dem Brieföffner. In der Hülle steckte ein einziges Blatt. Vorsichtig faltete er es auseinander. Die auffällig kleinen Buchstaben und die geschwungenen Bögen der Schrift bestätigten seine Vermutung, denn sie verrieten zweifelsfrei, wer ihr Verfasser war. Seine Hand bebte, während Russel Wallace las:

Lieber Russel,

in Erinnerung an ein Versprechen, das ich Ihnen einst gegeben habe, möchte ich Sie darüber in Kenntnis setzen, dass ich den Zeitpunkt für ein Wiedersehen für gekommen halte.

Ich möchte Sie darum ersuchen, umgehend nach London zu reisen. Es tut mir leid, dass meine Einladung erst spät und darüber hinaus so kurzfristig erfolgt. Gewisse Umstände, über welche ich Sie noch eingehend unterrichten werde, nötigen mir die Eile auf.

Kurz und knapp: Ich bin in einer wichtigen Angelegenheit auf Ihre Unterstützung angewiesen.

In der Hoffnung, Ihre Verpflichtungen erlauben eine Anreise und Sie erinnern sich nach all den Jahren meiner, wäre es mir eine Ehre, Sie morgen in meinem Haus als Gast willkommen zu heißen. Ich war so frei, Ms Ratcliffe bereits entsprechende Vorbereitungen treffen zu lassen.

Ihr ergebener Freund W. Crookes

Dorset Street, Spitalfields, East End of London

Melvin und Wilkie näherten sich derweil einer alten Frau, die vor einer schimmeligen Hauswand kniete und schmutzige Lumpen auf einem Waschbrett wusch.

Melvin setzte seine unschuldigste Miene auf.

»Verzeihen Sie, M'am. Wo, bitte schön, wohnt Mary Kelly?«

Die Frau musterte ihn zuerst misstrauisch, dann wandte sie den Kopf zu einer Einfahrt zwischen den Häusern.

»Miller's Court 13. Das Zimmer Parterre.«

Melvin wedelte dankend mit seiner Mütze.

Durch einen gemauerten Bogengang gelangten die Freunde in den Hof. Die Läden der Erdgeschosswohnung waren geschlossen. Wilkie blieb mit den Händen in den Hosentaschen stehen und sah sich um.

Melvin ging um die Ecke zur Tür. Er klopfte. Weil niemand antwortete, hämmerte er heftiger gegen das Holz und rief: »Mary? Mary Kelly?«

Keine Antwort. Die Wohnung schien verlassen zu sein.

Zwischen den Lamellen der Läden spähte er in das Zimmer. Vage waren die Konturen weniger Möbelstücke zu erkennen: die Umrisse eines Betts, daneben ein niedriger Tisch und ein Stuhl, auf dem verschiedene Kleidungsstücke lagen.

»Vergiss es. Da ist niemand«, hörte Melvin seinen Freund sagen.

Er richtete sich auf und zog den Artikel aus der Hosentasche, auf dem er die Namen der ermordeten Frauen gekennzeichnet hatte. Ehe sie den Miller's Court verließen, schob Melvin das gefaltete Papier unter dem Türspalt durch.

Sie traten wieder auf die Dorset hinaus. Die Straße zeigte sich nun leer und verlassen.

Da wehte ihnen plötzlich ein heulender Wind ins Gesicht, der den Straßendreck zu ihren Füßen aufscheuchte und mit sich riss. Braunes Laub wirbelte umher.

Melvin und Wilkie hatten eben ihre Kopfbedeckungen wieder eingefangen, da war der Spuk auch schon vorbei. Anstelle des Windheulens war jetzt ein schreckliches Gejaule zu hören.

Wilkie packte Melvin an der Schulter. »Das gefällt mir nicht. Ganz und gar nicht.«

Melvin, der selbst eine gehörige Gänsehaut hatte, erwiderte nichts darauf, denn seine Kehle war plötzlich wie zugeschnürt. Er sah die Dorset hinunter, im Wissen, dass der Wind und diese schieftönende Melodie Vorboten waren. Er wusste, wer da näher kam.

»Verflixt, das Gewinsel kenn ich doch!«, hauchte Wilkie nervös. »Das klingt wie ...«

Mit einem schneidenden *Pssst!* brachte Melvin den Freund zum Verstummen. Dann deutete er die kopfsteinbepflasterte Straße hinab.

»... der Knochensammler!«, beendete Wilkie mit belegter Stimme den Satz. Prompt bohrten sich seine Finger noch fester in Melvins Schulter.

Erstarrt beobachteten sie, wie sich ihnen ein krummbuckliger Mensch näherte. Auf unsicheren Beinen taperte das Männlein neben seinem störrischen Esel her, während sein rollender Blick unter der kegelförmigen Filzmütze über den Boden irrte und er wilde Flüche in seinen verfilzten Ziegenbart brabbelte. Der klapprige Körper des Alten steckte in einem bunt geflickten Cordanzug und um die

Schultern hatte er eine schmutzstarrende Pferdedecke geschlungen, die dermaßen stank, dass man sie wahrscheinlich noch in Westminster riechen konnte.

Allmählich konnten Melvin und Wilkie Einzelheiten seines Gebrabbels verstehen.

»Gamfield, dir mach ich Beine, du sturer Bock! Scherben und Rasierklingen geb ich dir ins Fressen, undankbares Vieh. Sargnägel hau ich in deine Pfoten, du törichter Esel. Das wird dir schon Dampf machen.«

Mit einem Ruck an der Kandare hielt der Alte das Tier vor ihnen an und hob den Kopf. Wegen seines schiefen Rückens musste er ihn in den Nacken pressen, um die Jungen direkt ansehen zu können.

Wilkie und Melvin warfen voller Unbehagen einen Blick auf den ungesund gebogenen Hals. Lederne Haut spannte sich über einen spitzen Adamsapfel, der nun auf und nieder zu hüpfen begann.

»Wen lesen da meine trüben alten Augen auf?«, ertönte die schnarrende Stimme des fahrenden Händlers. »Sehr erfreut, euch zu sehen, meine Bürschchen.«

Beide Jungen schluckten gleichzeitig. Melvins Schulter begann langsam zu schmerzen, denn Wilkies Finger piksten noch immer in seine Haut.

Ein schiefes Lächeln riss jetzt tiefe Schluchten in das sonnenverbrannte Gesicht vor ihnen.

»Schaut sie euch an, Gamfield!
Flink die Beine,
rein das Blut in allen Venen.

Scharf das Auge, hell das Ohr,
stark die Muskeln, straff die Sehnen.
Doch unter all dem welkenden Fleisch verborgen,
wartet beharrlich das Gebein.
Es weiß genau, es wird noch sein,
wenn alles andre ist schon längst verdorben …«

Ein zittriger Arm winkte zu dem Karren. Wie von einer unsichtbaren Schnur gezogen, drehten Wilkie und Melvin die Köpfe dorthin. Was sie sahen, war ihnen hinlänglich bekannt. Dennoch fuhren sie innerlich zusammen. Auf rostigen Nägeln, die irgendwann ringsherum in die Seiten getrieben worden waren, baumelten hohläugige Tierschädel. Dazwischen hingen an Seilen verknotete Knochengebilde, die für das schreckliche Klappern verantwortlich waren, sobald sich der Wagen in Bewegung setzte oder der Wind an ihnen vorbeistrich.

»… Denn es kennt den einzig wahren Reim:
Hinter allem hungrigen Streben und erbaulichem Lob
lauert inmitten der Blüte jeden Lebens
schon der sichere Tod.«

Nun endete das Hüpfen in seinem Hals und der Knochensammler schwieg wie seine leblosen Utensilien. Gleichwohl sah Melvin in seinen Augen bereits die Frage, die er gewöhnlich stellte: Habt ihr was Hübsches für mich?

Obzwar niemand den Namen dieses buntscheckigen Vagabunden kannte, war er eine lebende Legende, um die sich die abwegigsten Geschichten rankten. Viele nannten den wunderlichen Einzelgänger schlicht den *Knochensammler*. Normalerweise hätte jeder Bewohner im East End vor dieser schauerlichen Erscheinung Reißaus genommen. Weil jedoch gerade die Bettelarmen abergläubisch waren und in jeder schwarzen Katze, jedem Stolpern oder Husten einen Wink des Schicksals vermuteten, hießen sie den Alten mit offenen Armen willkommen. Schließlich hatte der Knochensammler gegen jede unglückliche Wendung im Leben und für die Errettung jeder noch so kümmerlichen Seele ein Mittelchen in seinem Lastkarren. Dazu zählten mumifizierte Hasenpfoten, rostige Hufeisen oder geräucherte Pferdehoden. Zum Schutz vor Geldverlust empfahl er vertrocknete Hühnerklauen und für Opfer eines Unfalls Zähne und Krallen, die man sich um den Hals binden musste. Muscheln, Perlen und glitzernde Steine aus seiner Hand sollte man bei einer Pechsträhne in die Hosentasche stopfen und bei drohendem Unheil über die Schulter werfen. Vor allem aber gab es Knochen jeder Art und Größe. Elfenbeinweiße Knochen, graue, faserige Knochen und Knochen so gelb wie saure Butter. Dazu gehörten vielgestaltige Tierschädel mit lang gezogenen oder gedrungenen Schnauzen, mit kleinen spitzen Zähnen oder bedrohlichen Hauern, mit riesigen gewundenen Hörnern oder wuchtigen Wölbungen über den leeren Augenhöhlen. Ferner gab es durchbohrte Schädelfragmente, in die eigenartige Symbole und Anagramme geschnitzt waren, sowie mittels dünnen Garns gefertigte Figuren und Gebilde aus Knorpeln, Rippen und anderen Knochenstücken.

Insbesondere auf die Überbleibsel vergangenen Lebens hatten es die Leute abgesehen, denn sie galten als wirkungsvollstes Mittel gegen Krankheit und Tod. Überall im East End wurden Knochen an Türbalken genagelt, in Jackensäume genäht, unter Matratzen versteckt, an Ketten umgebunden und in Schuhe gestopft oder, zu einem feinen Mehl zerrieben, in Suppen und Brotteige gerührt. Im Preis inbegriffen war jeweils der passende Zauberspruch, mit dem die verschiedenartigsten Gebrechen geheilt oder der Sensenmann zur nächsten Haustür geschickt werden sollte.

Viele Straßenkinder suchten diesen skurrilen Gesellen auf, wenn sie sich ein paar Pennys hinzuverdienen wollten, indem sie ihm vertrocknete Spinnen, vierblättrige Kleeblätter und natürlich Knochen anboten.

Freilich konnte man bei dem Alten nicht jedes beliebige Gerippe loswerden, denn er hatte es nur auf ganz bestimmte Exemplare abgesehen. Schlauberger, die meinten, sie könnten ihm eilig zusammengeklaubte Fundstücke aus einem Haufen alter Schlachtabfälle andrehen, wurden samt und sonders zum Teufel gejagt. Jeder einzelne Knochen wurde von dem Knochensammler eingehend geprüft. Lange strich er über die Oberfläche, wog ihn in der Hand und befingerte jede Unebenheit. Am Ende hielt er sich den Knochen sogar ans Ohr und erst, wenn er zufrieden ausrief: »*Deine Geschichte gefällt mir!*«, kam man ins Geschäft. Am besten standen die Chancen, wenn ihm Ware angeboten wurde, die man in einer verwaisten Gasse oder einer düsteren Hinterhofecke aufgegabelt hatte, wo ein Hund oder eine Katze einen einsamen Tod gestorben war.

Als der Alte nun endlich seine unvermeidliche Frage säuselte, schüttelten die Freunde zur Antwort den Kopf und machten Anstalten, an dessen Karren vorbeizuschlüpfen.

»Wartet noch! Ich habe da was für dich!«, sagte der Knochensammler in diesem Augenblick und beäugte Melvin dabei neugierig. »Willst du es sehen?«

Ohne sich um eine Antwort zu scheren, griff der Fahrende Händler in seine Jackentasche und zog einen Gegenstand hervor. Melvin betrachtete perplex einen blank polierten Knochen. In eines seiner Enden war eine Kerbe geritzt und in seinen Schaft hatte jemand sieben Grifflöcher gebohrt.

Der Knochensammler schob das Mundstück seiner makabren Flöte sogleich zwischen die verschrumpelten Lippen und stimmte ein paar schräge Töne an.

Wilkie löste auf der Stelle den Griff von Melvins Schulter und wich ängstlich hinter seinen Rücken zurück.

»Ein Prachtstück, nicht wahr?«, sagte der Kauz. »Vorher war es nichts weiter als ein Andenken an das vergeudete Leben einer armen Seele. Jetzt aber ist es ein nützliches kleines Zauberstück. Ein Meisterwerk, würde ich sagen. – Es gehört *dir*.«

Mit herausfordernder Miene streckte er Melvin den Knochen hin, der diesen zaudernd betrachtete.

»Ein Geschenk, ist ein Geschenk«, säuselte der Händler und zeigte ein schiefes Grinsen.

»Nun mach schon, Melvin!«, drängelte Wilkie hinter

ihm. »*Bitte* nimm das Ding und dann lass uns schleunigst verduften.«

Melvin ergriff mit zitternder Hand die Flöte. Sie fühlte sich ungewöhnlich warm an. Ihn überkam ein plötzliches Schwindelgefühl. Zeitgleich spürte er ein ungeduldiges Rütteln an seinem Jackenärmel. Wilkie blickte ihm mit flehender Miene ins Gesicht.

»Ja ... äh ... vielen Dank. Wir sehen uns!«, rief Wilkie nun und zerrte Melvin an der Jacke hinter sich her.

»Lebt wohl, meine Bürschchen. Oder sollte ich, um der Wahrheit willen, *Kindchen* sagen?«, hörten sie den Alten hinterherrufen.

Während sie sich entfernten, gab ihnen der Knochensammler zum Abschied noch einen weiteren seiner rätselhaften Sprüche mit auf den Weg:

»Trau deinen Augen nicht.
Schau richtig hin!
Denn unter Motten versteckt,
lebt manch ein schöner Schmetterling!«

Beide wagten keinen Blick zurück. So blieb Melvin und Wilkie verborgen, dass nicht allein der Knochentrödler ihnen hinterhersah, sondern auch jemand, der sich in einem dunklen Winkel zwischen den Häusern verbarg.

Von einer Zinne über ihren Köpfen verfolgten sie außerdem die Knopfaugen eines Vogels mit blauschwarzem Gefieder. Als die Freunde verschwunden waren, stieß er ein lautes Krächzen aus und flatterte davon.

Sitz der Bruderschaft, Northern London, kurz darauf

Das schwere Tor in der Mauer wurde von den Schutzwachen aufgestoßen und vier Gespanne stoben hinaus. Auf den Kutschböcken saßen in Kutten gehüllte Mönche. Sie peitschten auf die Pferde ein und trieben sie durch die Ulmenallee. Am Ende der Zufahrtsstraße schwärmten sie in alle Himmelsrichtungen aus. In gedrosseltem Tempo bahnten sie sich alsbald ihren Weg durch die von Droschken und Pferdeomnibussen verstopften Straßen.

Joseph, der seine weiße Soutane übergezogen hatte, saß in einer der Kutschen des Ordens. Mit zusammengekniffenem Mund sah er nach draußen und sog alle Eindrücke in sich auf: glänzende Zylinder und bunte Hauben vor einem Theater, auf den Gehwegen flanierende Herren in feinem Zwirn, betagte Damen in Pelzmänteln und junge Frauen, die ihre eigene Schönheit im Spiegel der Schaufensterscheiben bestaunten.

Wo mochten ihre Feinde untergekrochen sein, rätselte Joseph. Er beugte sich weiter vor, bis seine Stirn die Scheibe des Fensters berührte. Nichts durfte ihm entgehen. Irgendwo hatten sich diese Kreaturen verschanzt. Sie mussten zwangsläufig Aufmerksamkeit wecken und früher oder später entdeckt werden. Dann würde er zur Stelle sein, um dem Bischof seine Beute feierlich zu überreichen, auf dass dieser sein Werk vollenden konnte.

Die Vorstellung vom Verlauf der Ereignisse verlieh seinen Augen einen ekstatischen Glanz. Der Priester griff nach seinem Stab und mahnte den Kutscher zur Eile, indem er den bronzenen Knauf an die Decke seiner Kabine stieß.

An den Flusshäfen wollte Joseph ihre Spur aufnehmen und dieser folgen.

London Docks, Wapping, East End of London

Am Abend führten die Ereignisse einen weiteren Fremden in die Stadt an der Themse. Als er die Gangway hinabschritt, beäugten ihn die Hafenarbeiter verstohlen. Instinktiv wagte es keiner, ihm direkt ins Gesicht zu sehen. Denn den bärtigen Mann in dem abgewetzten, von der Sonne ausgeblichenen Wildledermantel umgab eine Aura der Gefahr, die für jeden spürbar war.

Kaum hatte er festen Boden betreten, blieb er stehen und kostete einen genüsslichen Atemzug Londoner Luft, wie jemand, der nach langer Abwesenheit in die Heimat zurückkehrt. Unterdessen erkundeten seine kristallblauen Augen das Hafengelände. Es gab nichts Verdächtiges zu entdecken. Die Muskeln des Mannes entspannten sich. Die Rechte beließ er dennoch am Holster des Gürtels, in dem er sein Handwerkszeug verwahrte. Gemächlich schritt er auf den Bug des Schiffes zu, aus dem ein Matrose sein Ross führte. Er nahm die Zügel entgegen und tätschelte die zuckende Flanke des Pferdes. Mit flinken Handgriffen kontrollierte er das Zaumzeug, dann schwang sich der Jäger in der ihm eigenen Eleganz auf den Pferderücken.

Eine leichte Berührung des Steigeisens gab dem Tier zu verstehen, dass es Zeit war, aufzubrechen.

Kyle Hunter wurde bereits erwartet.

Metropolitan Police Headquarter, 4 Whitehall Place

Zeitgleich endete im Scotland Yard ein Gespräch, welches dem leitenden Inspektor in der Mordserie offenbarte, dass man die Ereignisse in der Stadt auch hinter den dicken Mauern des Buckingham Palace sehr genau verfolgte.

Als sich der hochnäsige Mann mit dem gestärkten Kragen, dem gestutzten Backenbart und dem goldenen Monokel im linken Auge von seinem Stuhl erhob, stand auch Abberline auf. Er bemühte sich, eine angemessene Haltung einzunehmen, während der Abgesandte aus dem Königshaus seine unmissverständliche Botschaft wiederholte.

»Ich liege demzufolge richtig in der Annahme, Inspektor, dass Sie verstanden haben? Wenn es Ihnen und Ihren Kollegen nicht gelingt, dieser unappetitlichen Angelegenheit ein Ende zu bereiten, werden Sie von nun an tunlichst dafür Sorge tragen, dass die Öffentlichkeit nicht weiterhin von aufgebauschten und verfälschten Tatsachen in helle Aufregung versetzt wird. Ihre Majestät wäre alles andere als amüsiert, wenn sie erfahren müsste, dass die Presse neuerliche Veröffentlichungen über angebliche Opfer dieses ...«, der Redner machte eine bedeutungsvolle Pause, »... *Störenfriedes* in die Welt setzt.«

»Jawohl, S-Sir!«, stammelte Abberline, der nicht so recht wusste, wie er Henry Frederick Ponsonby, niemand Geringeres als der Privatsekretär Ihrer Majestät, standesgemäß anzureden hatte.

Dieser warf zum Abschied ein militärisches Nicken in seine Richtung und unverzüglich beschlich den Kommissar die beunruhigende Frage, ob er jetzt salutieren oder sich verbeugen müsse. Abberline entschied sich für eine unbeholfene Mischung aus beidem, indem er die Hand an die Brust legte und sich zugleich wankend vorbeugte. Als er sich wieder aufrichtete, hatte sein Besucher bereits das Zimmer verlassen.

Hörbar atmete der Inspektor aus und glitt ermattet in seinen Stuhl. Mit seinem Taschentuch tupfte er über die glänzende Stirn und begutachtete dabei das Schreiben auf der Tischplatte. Auf dem Papier schimmerte schwarz glänzend eine schwungvolle Unterschrift neben dem königlichen Siegel.

Abberline hatte sehr wohl verstanden. Er wurde beobachtet – von allerhöchster Stelle. Auch die Weisung an ihn war schwerlich misszuverstehen: Solange der Täter noch nicht geschnappt war, sollte er alle künftigen Vorkommnisse vertuschen, die mit der Mordserie zu tun hatten.

Irgendwo im East End of London

All das beobachtete eine steinalte Frau, deren zerklüftetes Gesicht in ein kaltes Licht getaucht war. Die Bilder entlockten ihr ein sorgenvolles Grunzen. Die Ereignisse waren nicht mehr aufzuhalten und steuerten ihrem unvermeidlichen Höhepunkt entgegen.

Ein weiteres Mal beschwor sie mit herrischer Stimme den menschlichen Kopf auf dem Tisch. Der Nebel in dessen Augen lichtete sich daraufhin und sie wurden durchscheinend. Die Alte sah in ihnen wie in einem Spiegel einen Raum mit runden, bemalten Wänden, in dessen Mitte ein glatzköpfiger Mann vor einem Stehpult stand und auf vergilbte Seiten hinabsah.

Die arthritischen Finger der Vettel erzitterten und ihr Atem rasselte wie verdorrtes Laub. Zärtlich streichelte sie dem Kopf über den Scheitel und murmelte: »Gut hast du das gemacht, Edward.«

Sie spitzte die Ohren. Draußen näherte sich ein Poltern und Klappern. Im trüben Licht der dunstigen Kammer sah sie zu einem Fenster.

Vor dem Wagen hob zugleich ein Fluchen an. »Es setzt gleich Keile, Gamfield. Ich besorg mir einen Galgenstrick für dich. Auf glühende Kohlen werde ich dich heute Nacht betten, du taubes Langohr! Hundefraß mach ich aus dir …«

»Unser Knochensammler ist eingetroffen. Mal sehen, was der Dee zu berichten hat«, murmelte die Alte ihrem

Seher zu, während sie ihn mit einem öligen Stoff verhüllte. Dann legte sie den Kopf in ein Kästchen und stieg schwerfällig aus ihrem fahrenden Heim. Sie musste sich dringend mit ihren Helfern beraten.

Themseufer, Southwark, London, am Abend

Nach der schauerlichen Begegnung mit dem Knochensammler hatten Melvin und Wilkie erst einmal Ablenkung gesucht. Also waren sie, an die rückwärtige Stange eines Pferdebusses geklammert, aus dem Elend hinaus in den Westen der Stadt gefahren. Bald hatten sie den lichtlosen Irrgarten, die Elendsquartiere, Spelunken und verdreckten Gossen hinter sich zurückgelassen und waren in ein Elysium aus schmucken Fassaden und bunten Werbetafeln eingetaucht.

In der Regent und der Bond Street blieben die Freunde zunächst mit offenen Mündern vor dem einen oder anderen Schaufenster stehen, skeptisch beäugt von den livrierten Aufpassern vor den Mahagoni- und Messingtüren der Einkaufstempel. Später spazierten sie weiter zur Hyde Park Corner. Durch den Wellington Arch betraten beide ein grünes, von der Herbstsonne beschienenes Paradies. Am Rotten Row ließen sie sich danach auf die Rückenlehne einer Parkbank nieder, um den *piekfeinen Pinkeln* beim Flanieren zuzuschauen und jungen Damen, die an ihnen vorüberwandelten, hinterherzupfeifen. Irgendwann versuchten sie abwechselnd und komplett erfolglos, der Knochenflöte Laute zu entlocken. Zur Mittagszeit teilten sich die Freunde brüderlich eine Tüte Chelsea-Brötchen, die sie im kühlen Laubschatten eines Baumes verdrückten, während vor ihren Augen eine Parade aus prachtvollen Kutschen, glänzenden Rössern und hochnäsigen Reitern in polierten Stulpenstiefeln den Park durchquerte.

Als die Sonne tief am Himmel stand und sich der Abend ankündigte, traten Melvin und Wilkie schließlich den Rückweg in die Elendsviertel an. Am Themseufer machten sie noch einmal Halt, weil der Zeitpunkt gekommen war, ihr Gespräch wieder aufzugreifen, das sie am Morgen begonnen hatten.

Nun saßen sie an der Uferböschung und sahen auf den gemächlich dahingleitenden Strom, dessen Oberfläche glitzerte, als wären die Strahlen der untergehenden Sonne im Themsewasser gefangen.

Während vor ihnen Frachtkähne und Raddampfer durch das braune Flusswasser pflügten, sog Melvin den Duft des Grases in die Nase, der nicht unwesentlich vom Kloakengestank der Themse beeinträchtigt wurde. Dann begann er zu erzählen.

Melvin war ungefähr drei Jahre alt, als er in die Hände von Peggy Rose geriet. Weil seine frühesten Erinnerungen erst später einsetzten, wusste er nichts von seinem Leben vor jener Zeit. Die ersten Jahre verbrachte er bei Mrs Rose und ihrem Mann in einem einfachen Haus im East End. Die Familie schien von einem kleinen Vermögen zu leben. Mr Rose, ein kränkelnder und in sich gekehrter Mann, ging keiner Arbeit nach und Peggy Rose konnte sich sogar eine Haushaltshilfe leisten.

Der Name der jungen Frau, die der Alten für ein paar Groschen zur Hand ging, war Mary Kelly. Sie war die einzige Person, von der Melvin als Kind Zuwendung erfuhr und die ihn spüren ließ, dass es noch etwas anderes gab als die völlige Teilnahmslosigkeit von Mr Rose und das ewige Gezeter seiner Gattin. Melvin erinnerte sich noch gut an die warme Stimme der Frau, wenn sie ihn in den Schlaf sang, und an das ungewohnte Gefühl von Geborgenheit, wenn sie bei gemeinsamen Einkäufen seine Hand hielt. Er musste ungefähr sechs Jahre alt gewesen sein, als Mary Kelly von heute auf morgen aus seinem Leben verschwand. Die Alte hatte ihre Hilfskraft fortgejagt, denn inzwischen war Melvin alt genug, um die anfallenden Arbeiten im Haushalt zu übernehmen. Von nun an musste er die Dielenböden scheuern, schmutzige Wäsche im Hinterhof in einem Zuber waschen und die Einkäufe besorgen.

Im letzten halben Jahr seines Lebens war Mr Rose so schwach auf den Beinen geworden, dass er sich nicht einmal mehr am frühen Morgen aus seinem Bett erhob. Zu seinem Ende hin hatte er sich in ein bleichsüchtiges Gespenst verwandelt, dem Melvin dreimal am Tag eine dünne Brühe einflößen musste, damit es überhaupt etwas zu sich nahm.

Ungefähr in jenen Tagen begann Peggy Rose ihn zu schlagen. Diese ersten Prügel, die er noch lange in allen Gliedern spüren sollte, bezog Melvin, nachdem er sich nach seiner Herkunft erkundigt hatte.

Wer waren seine Eltern? Was war ihnen zugestoßen? Wieso war er nicht bei ihnen, sondern lebte im Haus des Ehepaars Rose?

Weshalb sich ihm diese Fragen plötzlich stellten, wusste er selbst nicht, aber nach der schmerzhaften Abreibung war ihm klar geworden, dass er aus dem Mund der Alten niemals eine Antwort bekommen würde. Ihm blieb also nichts anderes übrig, als sich damit abzufinden, ohne Wissen um seine Herkunft weiterzuleben.

Etwas hatte Melvin jedoch gelernt: Er ahnte mittlerweile, dass die Behandlung, die er in diesem Hause erfuhr, ein schreiendes Unrecht war. Allmählich begann er, seine Ziehmutter aus tiefstem Herzen zu hassen, denn selbst ohne weitere Fragen nach seinen Eltern weckte er immer wieder den Zorn dieser unbeherrschten Frau. Er lebte darum in ständiger Furcht, Fehler zu machen, und der gleichzeitigen Gewissheit, Peggy Rose niemals zufriedenstellen zu können – sosehr er sich auch bemühte. Weil die Frau stets so lange und beharrlich auf ihn eindrosch, dass nachher ihr Arm schmerzte, besorgte sie sich einen Rohrstock, um ihn mit diesem zu strafen.

In jener Zeit, als sie ihn immer öfter mit blutunterlaufenen Augen und schwerer Zunge an seine Pflichten erinnerte, erkannte Melvin, dass die Alte derselben Krankheit verfallen war wie die verlausten Gestalten, die in den Kellerlöchern einige Straßen weiter hausten. Solange ihr Mann in den Zimmern umhergeschlichen war und sich Mary Kelly um den Haushalt kümmerte, hatte Peggy Rose die Flasche Absinth nur gelegentlich aus dem Schrank geholt, um verstohlen ihr Glas zu füllen. Jetzt befand sie sich den ganzen Tag auf dem Küchentisch und leerte sich mit den Jahren immer schneller.

Eine Woche nachdem Mr Rose gestorben war, stand auf einmal ein blondes Mädchen im Hausflur. Es war drei oder vier Jahre älter als Melvin. Das Bild ihrer ersten Begegnung hatte sich unverwüstlich in sein Gedächtnis gebrannt. Ihre ängstlich flackernden Augen, ihr Porzellangesicht, ihr ständiges Knabbern an den Fingernägeln ...

Fortan übernahm Ayleen, so hieß das neue Mädchen, die Hausarbeit und er wurde auf die Straße geschickt – zum Betteln. Zunächst genoss Melvin die Freiheit, wenn er morgens das Haus verließ und in Londons Nebelsuppe eintauchte, um doch jeden Abend wieder heimzukehren, obwohl dort der Rohrstock auf ihn wartete. Ganz gleich, wie viel er erbettelt hatte, Peggy Rose fand immer einen Grund, ihren Ziehsohn zu züchtigen.

Der Ehemann lag noch kein halbes Jahr unter der Erde, da räumten sie von einem Tag auf den anderen das Haus und zogen in das Zimmer im Dachstuhl des *Ten Bells*, eine niedrige Kammer, in der es immerzu entsetzlich stank, weil zwischen den Dielenbrettern die Gerüche von kaltem Tabakrauch, Bratfett und schalem Bier aus dem Schankraum heraufkroch. Auch in ihrer neuen Bleibe ging Melvin jeden Tag auf die Straße und kehrte verlässlich heim. Aber er war älter geworden und allmählich reifte in ihm der Entschluss, sein Leben auf eigene Beine zu stellen.

Es gab einen einzigen Grund, warum er nach wie vor bei der alten Rose wohnte: Ayleen. Wegen ihr kam er immer wieder zurück, sobald die Sonne untergegangen war. Er konnte das scheue Mädchen mit den blauen Flecken auf den Armen nicht einfach allein zurücklassen. Beide wechselten in den Jahren zwar kaum ein Wort miteinander, doch er fühlte sich mit ihr auf beinahe magische Weise verbunden.

Im übernächsten Winter zog plötzlich ein dritter Bewohner in die Kammer. Es war Mary Kelly, die er vier Jahre lang nicht gesehen hatte. Nach ihrer wurden bald weitere Matratzen in das Zimmer geschoben und nacheinander kamen Annie Chapman, Mary Ann Nichols, Elizabeth Stride und Catherine Eddowes bei ihnen unter. Das Geld der Alten war offenbar aufgebraucht und sie hatte aus dem unerschöpflichen Vorrat an Bedürftigen aus den Armenvierteln weitere Menschen zu sich gelockt, die für sie sorgen sollten.

Bis Melvin etwa zehn oder elf Jahre alt war, betrieb Peggy Rose ihr lohnendes Geschäft. Während sie wie eine Spinne im Netz am Fenster saß und hinausschaute, gingen ihre Schützlinge auf die Straße. Die Frauen boten sich nach Sonnenuntergang vor der Kneipe den Männern an und Melvin zog stets vor Morgengrauen los – jedoch nicht mehr zum Betteln, denn inzwischen wurde er von seiner

Ziehmutter als billige Hilfskraft an Schornsteinfeger, Lumpensammler und Kanalreiniger verliehen.

Eines Nachts fasste Melvin einen Entschluss, den er lange vor sich hergeschoben hatte. Er würde fliehen und Ayleen mit sich nehmen.

Ausgerechnet an jenem Morgen, an dem er dem bösen Weib in sein hässliches Gesicht spucken wollte, weil es nachts zuvor erstmals auch Ayleen auf die Straße geschickt hatte, wurde er bei seiner Rückkehr von Peggy Rose erwartet.

Wenngleich er sich nicht mehr vor ihrem Stock fürchtete – in den letzten Monaten konnte sie diesen kaum mehr in ihren bebenden Händen halten –, befiel ihn eine Heidenangst, als sich das trunksüchtige Weib zu ihm vorbeugte. Alle Grausamkeit war aus ihrem Gesicht verschwunden. Irgendetwas musste die Frau entsetzlich erschreckt haben.

Ehe er das Zimmer betreten konnte, packte ihn eine faltige Hand am Arm. »Da bist du ja, du … du Wechselbalg!«, stammelte sie und kam ihm dabei so nahe, dass er ihre Alkoholfahne riechen konnte. »*Scher dich fort!* Und wehe dir, du kreuzt hier jemals wieder auf!«

Verwirrt über diese unverhoffte Wendung seines Schicksals hatte er sich umgedreht, war die Treppenstufen hinabgegangen und in den Trubel der hektischen Stadt getaucht. Völlig überraschend war ihm die Freiheit geschenkt und eine Entscheidung, mit der er lange gerungen hatte, abgenommen worden. Jetzt musste er nur noch Ayleen aus den Fängen dieser unbarmherzigen Frau befreien.

Ziellos irrte er durch die Stadt und fand schließlich durch Zufall ein verlassenes Haus. Es lag inmitten der Stadt derart versteckt, dass es von Obdachlosen bislang unentdeckt geblieben war. Dieses Haus sollte ihm fortan als Zuflucht dienen.

Als er jedoch nach Sonnenuntergang zum *Ten Bells* ging, um Ayleen dort abzupassen, waren zu seiner Bestürzung die Fensterläden unter dem Giebel verschlossen. Hinter der zerfallenden Mauer, die bald zu seinem Stammplatz werden sollte, legte er sich auf die Lauer. In dieser Nacht erschien keines der Mädchen der Alten auf der Straße.

Am nächsten Tag erfuhr Melvin vom Hinkenden Joe, einem der Bettler des Viertels, dass die Rose gestorben war und der Hausbesitzer des *Ten Bells* alle Bewohner vertrieben hatte. Nur Ayleen war angeblich zurückgeblieben und sollte die Unterkunft künftig mit den Dirnen ihres neuen Brötchengebers teilen, eines stadtbekannten Luden namens Frost.

Am Tag der Beerdigung seiner Ziehmutter stand Melvin schließlich auf dem Totenacker von *Tower Hamlets*.

Es schüttete wie aus Kübeln auf die übersichtliche Trauergemeinde und den einfachen Ulmensarg, der auf dem eingesunkenen Lehmboden der Vertiefung stand. Ein irischer Priester mit roten Haaren und noch röterer Nase betete in einem lähmend eintönigen, gänzlich unverständlichen Gebrabbel seine Litanei herunter. Auf der einen Seite des Grabes standen Mary Kelly und Melvin, auf der anderen Mr Frost und Ayleen.

Melvin hatte keine Trauer zu Peggy Roses Beerdigung

geführt. Er verspürte vielmehr Lust, sich über die Grube zu beugen und hineinzuspucken, um der Tyrannin auf angemessene Weise Lebewohl zu sagen. Allein der Wunsch, Ayleen in seinen Plan einzuweihen, hatte ihn hierhergeführt.

Während der Regen unaufhörlich niederprasselte und der Priester seine Verse lallte, bemühte sich Melvin, mit Ayleen Blickkontakt aufzunehmen. Ohne Erfolg. Zitternd stand sie an der Grabeskluft und blickte abwesend in den Schlund. Der stoppelbärtige Mann an der Seite des Mädchens hatte einen Arm um ihre schmale Taille gelegt. Während Melvin vergeblich versuchte, Ayleens Aufmerksamkeit auf sich zu lenken, spürte er plötzlich, dass ihn stattdessen der Mann taxierte. Als in Frosts Visage ein gehässiges Grinsen erschien, ballte Melvin die Fäuste so fest in den Jackentaschen, bis seine Hände schmerzten. Gleichzeitig musste er einsehen, wie lächerlich sein Vorhaben gewesen war, mit ihr zu fliehen und sie zu beschützen.

Jetzt schaute er nicht mehr zornig, sondern hoffnungslos zu dem Sarg hinab, auf den der Pfarrer die erste Schippe Erde streute.

Später stand er im offenen Friedhofstor und sah Ayleen und ihrem neuen Luden nach. Hinter sich hörte er Schritte. Mary Kelly gesellte sich zu ihm und strich ihm über den Schopf.

»Die Kleine ist alt genug. Es wird der Tag kommen, an dem sie selbst für ihr Leben eine Entscheidung treffen wird. Frost wird sie nicht aufhalten können, wenn sie wirklich fortwill«, erklärte die Frau. »Nur kann ihr die Entscheidung niemand abnehmen. Aber eines ist sicher: Du bist nicht für sie verantwortlich.« Sie griff nun unter den Saum ihres Kleides. »Das ist für dich. Ich habe es in der Hinterlassenschaft der Alten gefunden.«

Zögernd nahm Melvin ein braunes Kuvert entgegen.

»In dem Umschlag befindet sich das Bild von einem Brautpaar. Du findest sicher rasch heraus, wer darauf abgebildet ist. Ich bin dem Mann, den man auf der Fotografie sieht, vor Jahren einmal begegnet. Es war spät am Abend im Haus deiner Ziehmutter, da hämmerte es gegen die Tür und ein Fremder stürmte herein. Er sah elend aus. Kreidebleich war er und seine Kleider klebten ihm am Leib. Mit flehender Stimme erinnerte er die Rose an eine Vereinbarung. Sogleich wies mich die Alte an, für eine Weile das Haus zu verlassen. Da schnappte ich meinen Mantel und eilte zur Haustür. Erst dort habe ich den Knirps bemerkt, der heulend im Flur stand.«

Mary Kelly verstummte, als habe sie etwas gehört. Sie wandte den Kopf und blickte sich um. Melvin tat es ihr gleich. Außer ihnen war keine Sterbensseele mehr auf dem Friedhof zu sehen.

»Das Kind warst du«, hörte er die Frau sagen und für Augenblicke schwankten die Holzkreuze vor seinen Augen.

»Ich habe den Mann niemals wiedergesehen. Bis ich vor zwei Tagen, als wir unsere Sachen packen mussten und auf die Straße gesetzt wurden, den Umschlag in der Kommode der Alten gefunden habe. Das Bild gehört dir. Deshalb habe ich es mitgehen lassen.« Sie streichelte Melvin sanft die Wange und löste sich von ihm. Am Friedhofstor blieb Mary Kelly noch einmal stehen. »Leb wohl und pass auf dich auf.«

Melvin hatte seinen Bericht beendet. Die Sonne versank bereits im dünnen Abenddunst. Gespannt sah er zu Wilkie. Der lag auf dem Gras, die Arme hinter dem Kopf verschränkt und die Augen geschlossen. Ein paar Atemzüge später richtete er sich auf und sagte: »Jetzt weiß ich endlich, was es mit dem Bild in deinem Zimmer auf sich hat.«

Mehr sagte er nicht. Mit nachdenklicher Miene blickte Wilkie zum anderen Themseufer, wo sich schäbige Unterkünfte vor den Kuppeln und Türmen im Westen schier endlos aneinanderreihten. Melvin tat es ihm gleich, bis sie den Rest ihres Weges in Angriff nahmen.

Sitz der Bruderschaft, Northern London, später Abend

Der Jäger drosselte sein Pferd vor der Kathedrale und stieg aus dem Sattel. Der Mann mit dem athletischen Körperbau übergab die Zügel einem Mönch, der wortlos neben ihn getreten war und das Tier umgehend zu den Ställen führte.

Kyle Hunter stand nun allein in der Mitte des Hofes. Sein kühler Blick inspizierte die umliegenden Gebäude, vermaß die Fassade der Kirche und fand schließlich den Balkon, der sich weit oben aus dem Rund des Haupttur-mes wuchtete. An der Brüstung sah er einen glatzköpfigen Mann lehnen und neben diesem eine ganz in Weiß geklei-dete Gestalt.

Oben auf der Empore gab der Bischof seinem Lakaien einen Befehl. Dieser machte sich sogleich auf, den Gast in Empfang zu nehmen.

Minuten später glitt die Tür zu den Privaträumen des Bischofs auf. Joseph geleitete den Besucher herein. Das Ordensoberhaupt saß auf einem hochbeinigen Stuhl vor seinem Schreibtisch und blätterte in einer Zeitung. Der drahtige Mann in dem staubigen Ledermantel blieb neben ihm stehen.

»Joseph, reiche unserem Gast einen Begrüßungstrunk«, befahl der Ordinarius und der Priester verließ den Raum.

»Wie ich sehe, lenken Sie sich mit weltlicher Lektüre ab«, sagte der Jäger und deutete auf die Zeitung.

»Gewiss, Hunter. Dieser Tage gibt es darin Erleuchten-des zu entdecken.«

»Haben Eure Eminenz meine Nachricht erhalten? Sind *sie*, wie ich angekündigt hatte, zurückgekehrt?«

»Allerdings. – Weil *sie* Ihnen entkommen konnten!« Der Bischof betrachtete den Jäger herausfordernd.

Dieser erwiderte nichts auf den Vorwurf. Stattdessen schenkte er den apokalyptischen Motiven an den Wänden seine Aufmerksamkeit.

»Ich wurde überlistet«, erklärte er nach einer Weile in beiläufigem Tonfall.

Joseph kam ins Zimmer zurück. Er reichte seinem Herrn und dem Gast Kelche und füllte sie mit Wein aus einer Karaffe.

Begleitet vom ungeduldigen Trommeln seiner Finger auf der Tischplatte, drängte der Bischof: »Danke, Joseph. Du darfst gehen!«

Die Tür schlug hinter dem Adlatus zu und der Bischof hob seinen Kelch.

»Auf unsere Mission!«

Sie vermaßen sich mit Blicken und nippten an ihren Getränken.

Kyle Hunter deutete auf die Zeitung. »Interessante Neuigkeiten?«

»Sehen Sie, die Ankunft unserer, nun, absonderlichen Gegner ist nicht zu leugnen.« Der Bischof reichte dem Gast die Zeitung.

Auf der Titelseite verkündeten große, aufdringlich fette Lettern: *JACK THE RIPPER SCHLÄGT ERNEUT ZU.*

Der Jäger warf seinem Auftraggeber einen fragenden Blick zu. Der schüttelte belustigt das Haupt und drückte einen wulstigen Daumen auf die Schlagzeile eines kurzen Artikels unter dem reißerischen Bericht über den Frauenmörder.

GRABRÄUBER VERGEHEN SICH AN LEICHEN.

Der Jäger gab dem Bischof mit einem Nicken recht. »Wie ich Euer Ehren bereits gesagt hatte: Die vier werden früher oder später zurückkehren.«

»Ja, gewiss. Die Zeit des Wartens hat ein Ende.«

»Eines würde ich gern erfahren. Eure Exzellenz haben

mir immer noch nichts über den Ursprung dieser Wesen verraten.«

Der Bischof breitete die Arme aus. »Das braucht Sie nicht zu kümmern. Für den Moment ist nur von Belang, dass Rom von diesen Monstrositäten erfahren und mich beauftragt hat, sie einzufangen und dem Spuk ein Ende zu bereiten. Den Brief mit der entsprechenden Order aus dem Vatikan kennen Sie selbst. Schließlich sind Sie deshalb hier.« Der Bischof erhob sich von seinem Stuhl und trat vor seinen Gast. »Es ist unsere oberste Pflicht, die Brut des Teufels von Gottes Erde zu fegen. Vergessen Sie nicht: Wir stehen für das Gute und *jene* verkörpern das Böse.«

»Wie wollen wir weiter verfahren?«, fragte der Jäger.

»Sie haben mich enttäuscht, Hunter. Von einem Mann Ihres Schlages habe ich andere Resultate erwartet. Es ist nun an Ihnen zu beweisen, dass Sie noch der richtige Mann für eine solche Mission sind.«

»Wie darf ich das verstehen?«

Der Bischof antwortete nicht. Eine Handbewegung gab dem Jäger Zeichen, dass das Gespräch beendet war.

In der offenen Tür drehte sich Kyle Hunter noch einmal um. »Eine Winzigkeit, eine Bagatelle, nach der ich fragen wollte: Haben Ihre Leute inzwischen eine Spur von dem Fünften?«

»Bisher noch nicht«, sagte der Bischof und ballte plötzlich die Hände zu Fäusten. »Lassen Sie dies meine Sorge sein. Konzentrieren Sie sich ganz auf Ihren Auftrag.«

London Bridge, zur gleichen Zeit

Schweigend waren die Freunde nach Melvins Erzählung weitergewandert. Erst als sie über die London Bridge gingen, fasste Wilkie das Ergebnis seiner Überlegungen zusammen: »Du gehst am besten noch heute Nacht zu Ayleen und redest mit ihr. Sie muss erfahren, dass sie in Gefahr ist. Sie wird dann drauf achten, mit welchen Kunden sie mitgeht und wem sie besser einen Laufpass gibt.«

»Am besten, sie gibt auch gleich diesem miesen Frost einen«, verriet Melvin seine heimliche Hoffnung.

»Stimmt!« Wilkie nickte. »Schlag ihr vor, dass ihr euch morgen bei der Kelly trefft. Dann musst du beide überzeugen, dass sie gemeinsam irgendwo unterkriechen, wo sie sicher sind – und zwar so lange, bis der ganze Spuk vorbei ist.«

Wilkie blieb jetzt stehen. Er sah Melvin herausfordernd an und streckte ihm mit einem spitzbübischen Lächeln die geöffnete Handfläche entgegen. Auch Melvin lächelte und schlug ein.

Da packte der Freund unerwartet zu und hielt seine Hand fest. »Du hast aber noch 'ne klitzekleine Sache vergessen.«

»W-was denn?«

»Du wirst Ayleen doch nicht nur warnen wollen, oder?«

»Ich versteh nicht …«

»Du wirst ihr gefälligst beichten, was du für sie empfindest – Hornochse! Es ist höchste Eisenbahn, dass du's ihr sagst.«

Wilkie ließ seine Hand los, schob den Filzhut in den Nacken und lief weiter. Auf halbem Weg zur anderen Uferseite lehnte er sich über das Geländer der Brücke. Melvin kam zögernd näher und tat es ihm gleich.

Sie sahen hinunter auf den trägen, schlammigen Strom. Der faulige Atem des Flusses stieg ihnen in die Nase, während sie mit den Augen die Flugbahnen der Möwen über einem Fischkutter verfolgten.

»Hör mal«, erklärte Wilkie nach einer Weile. »Sie sollte es wissen. Erstens schmeichelt so was den Damen und zweitens wird sie dann vielleicht vernünftig sein.«

»Ja?« Melvins Mund war plötzlich staubtrocken.

»Klar! Ayleen hat sowieso längst kapiert, dass du in sie verschossen bist! Glaub mir, die Mädels haben für so was einen siebten Sinn. Natürlich weiß sie auch, wie viel Schiss du davor hast, es ihr zu sagen. Aber wenn du den Mumm dafür aufbringst, wird sie verstehen, dass deine Warnung kein Spaß ist, sondern tödlicher Ernst.«

Daraufhin schwiegen beide wieder und sahen zu, wie eine Barkasse neben der Brücke anlegte. Passagiere wurden ausgespuckt und neue Fahrgäste aufgenommen.

Nachdem das Boot abgelegt und sich wieder in den Schiffsverkehr eingereiht hatte, stieß sich Wilkie von der Brüstung ab und spuckte über die Balustrade. »Morgen vor dem *Ten Bells?*«

»Vor dem *Ten Bells*«, murmelte Melvin und stierte in den dunklen Strom.

Geistesabwesend hob er den Arm, um sich am Nacken zu kratzen. Überrascht stellte er fest, dass er das Geschenk des Knochensammlers umklammert hielt. Zerstreut betrachtete er den Knochen. Er lag ungewöhnlich schwer in seiner Hand. Während des Gesprächs musste er ihn gedankenlos aus dem Hosenbund gezogen haben. Unschlüssig, was er mit dem Ding anstellen sollte, wendete er es hin und her. Ein schriller, ungeduldiger Pfiff von Wilkie, der schon fast auf der anderen Flussseite angelangt war, mahnte ihn zur Eile. Ohne weiter darüber nachzudenken, schleuderte er den Knochen von sich weg. Um die eigene Achse wirbelnd, flog dieser in einem hohen Bogen durch die Luft und landete nach Sekunden, die sich zu einer Ewigkeit dehnten, mit einem leisen Platschen im Fluss. Obwohl es jetzt fast dunkel war, sah Melvin die Knochenflöte, auf und nieder wippend, davontreiben.

Dann lief er, die Hände tief in den Taschen seiner abgewetzten Cordhosen vergraben, Wilkie nach. Verfolgt vom lang gezogenen Signalton einer Fähre und dem aufgeregten Kreischen der Möwen, erreichten sie das Ufer. Dort gingen beide in unterschiedliche Richtungen ihrer Wege.

Sitz der Bruderschaft, Northern London

Joseph erwartete Kyle Hunter im Treppenhaus und führte ihn den Turm hinab. Begleitet vom Echo ihrer Schritte durchquerten sie das Seitenschiff. Dann bogen der Priester und der Jäger in den südlichen Flügel des Gotteshauses. Bald betraten sie einen Kreuzgang, der zwischen gotischen Rundbögen die Aussicht auf einen Innenhof freigab. Dort standen vier in pechschwarze Umhänge gehüllte Männer, deren Gesichter von den Schatten der Kapuzen verborgen wurden. Der Adlatus des Bischofs blieb unter einem Rundbogen stehen. Hunter gesellte sich an seine Seite.

»Was ist das hier?«

»Darf ich vorstellen, die Leibgarde unseres Gebieters.«

Kyle Hunter lehnte sich lässig gegen eine Säule und tastete nach dem wildledernen Tabakbeutel in der Tasche seines Mantels.

»Sie werden mit Ihnen zusammenarbeiten«, verkündete der Priester und die Männer des Bischofs streiften wie auf Kommando die Kapuzen ihrer Umhänge zurück. Hunter erkannte nun, dass ihre Köpfe so von schwarzem Tuch verhüllt wurden, dass nur die Augen ausgespart waren.

Er rollte das Papier um den Tabak und besah sich die Gestalten genauer. Es war nicht zu übersehen, dass die Männer vor ihm von auffällig kleiner Statur waren.

»Besonders imposant wirken die Beschützer Ihres Chefs nicht gerade«, sagte er beiläufig.

Der Diener des Bischofs antwortete nur mit einem eigenartigen Lächeln und einem kaum merklichen Nicken in Richtung der Leibgarde.

Prompt wurden die Kordeln der Umhänge gelöst. Gleichzeitig sanken diese zu Boden und gaben den Blick auf Körper frei, die in ebenfalls schwarzen, eng anliegenden Stoffanzügen steckten. Als die vermeintlichen Männer jetzt die Verhüllungen von ihren Köpfen entfernten, fiel Kyle Hunter vor Verwunderung die Zigarette aus der Hand. Vor ihm standen vier junge Frauen, das Haar zu strengen Zöpfen gebunden, die gewitterdunklen Augen auf ihn gerichtet.

»Überrascht?«, fragte Joseph. Der Spott in seiner Stimme war nicht zu überhören.

Eingehend betrachtete der Jäger die Amazonen, ehe er Antwort gab. »Mein Kompliment! Der Preis für die entzückendste Leibgarde des Landes ist Ihrem Verein sicher. Sämtliche Meuchelmörder, die Ihrem Chef ans Leder wollen, dürften beim Anblick der Damen auf andere Ideen kommen.«

Nach diesen Worten musterte er prüfend die Gesichter der Frauen. Sie zeigten keine Regung.

»Nun denn«, erklärte Joseph unbeeindruckt, »dann wird es Sie gewiss beruhigen, die *Damen* ab sofort an Ihrer Seite zu wissen.«

»Ich brauche keine ...«

»Das ist eine Anordnung meines Herrn!«, unterbrach ihn der Priester und sandte einen Befehl zu den Frauen: »Fiametta, führe unseren Gast in sein Quartier!«

Eine der Frauen trat sogleich vor. Sie sah ihn nicht an, aber Hunter erkannte glühenden Zorn in ihren Augen. Unter der militärischen Haltung pulsierte eine beinahe greifbare Aggressivität. Er musste sich vorsehen. Diese Eigenschaften machten die Kämpferin zu einem gefährlichen Gegner.

Die junge Frau setzte sich in Bewegung und schritt den Kreuzgang voran. Mit einem unmerklichen Lächeln sah Hunter in den sternenklaren Himmel und zum Turm, der wie ein Monolith aus dem wuchtigen Gebäude wuchs. Er konzentrierte sich auf den Balkon. Die Kerzen im Zimmer dahinter mussten gelöscht worden sein, denn der Vorbau zeichnete sich ebenso schwarz wie die raue Steinfassade gegen den Himmel ab. Und doch bildete sich Kyle Hunter ein, dass er von dort aus beobachtet wurde. Er wollte sich eben abwenden, da löste sich etwas von dem Kreuz auf der Turmspitze und entschwand, als würde es von der Nacht aufgesogen.

Ein Vogel oder eine Fledermaus, dachte er und folgte der Frau namens Fiametta zu dem Gemach, das man für ihn vorbereitet hatte.

Commercial Road, Spitalfields, East End of London, Nacht

Melvin saß im Schatten der Häuserfront auf seinem üblichen Platz. Er beobachtete Ayleen, die vor dem *Ten Bells* auf Kundschaft wartete. Immer wieder schlug er die Schuhsohlen aneinander, um den verkrusteten Schlamm abzuschütteln. Dabei fluchte er still vor sich hin. Als wäre es nicht schon schlimm genug, mit Ayleen zu reden, um sie zu warnen. Jetzt sollte er ihr auch noch offenbaren, was er für sie empfand! Er konnte nur beten, bei dem

Versuch nicht nur ein jämmerliches Gestotter rauszubekommen.

Obwohl er damit lediglich die Risse und Löcher im Leder freilegte, machte er sich nun daran, mit einem Jackenärmel seine Stiefel aufzupolieren.

Ayleen hatte zwischenzeitlich die Aufmerksamkeit eines Mannes auf sich gezogen. Breitbeinig stand er vor ihr und nahm sie in Augenschein. Melvin ballte die Fäuste, presste die Zähne aufeinander und kämpfte gegen den Drang an, das Weite zu suchen. Doch durfte er ihm nicht nachgeben! Denn ihm blieb keine andere Wahl. Wohl oder übel würde er ihr folgen müssen, dorthin wo die Frauen ihre Kunden in der Regel lockten: in eine der Gassen in der Nähe des *Ten Bells*, die noch in Rufweite der Kolleginnen lagen.

Ayleen hatte sich bei dem Mann untergehakt und führte ihn fort. Nach einigen Schritten drehte sie jedoch den Kopf und blickte kurz genau in seine Richtung.

Melvin hielt die Luft an, obgleich er wusste, dass sie ihn auf seinem Platz abseits der Lichtkreise der Laternen unmöglich sehen konnte. Unversehens musste er an sein letztes Gespräch mit Ayleen denken, vor langer Zeit, nur einen Tag nach der Beerdigung von Peggy Rose.

Trotz Mary Kellys Mahnung auf dem Friedhof von *Tower Hamlets* war er an jenem Tag um das *Ten Bells* herumgeschlichen. Am Nachmittag hatte er sich schließlich an der rückwärtigen Mauerseite hingehockt. Dort wollte er die Abenddämmerung abwarten. Er hatte sich vorgenommen, zu Ayleen hinüberzumarschieren, sobald die

Sonne untergegangen war. Notfalls würde er sie zwingen, mit ihm zu gehen. Irgendwann war er in einen leichten Schlummer gefallen, aus dem ihn eine sanfte Berührung auf seiner Wange weckte.

Als er erschrocken die Augen aufschlug, blickte er Ayleen direkt ins Gesicht. Sie betrachtete ihn mit großen mitleidigen Augen.

»Du musst mich vergessen«, sagte sie und ihre Stimme war kaum mehr als ein Flüstern gewesen.

Nach diesen Worten war ihre Hand zu ihrem Hinterkopf gewandert. Einen Moment später hielt sie einen silbernen Haarreif zwischen den Fingern und schob ihn in seine Hand.

»Es ist das Einzige von Wert, das ich besitze«, sagte sie noch eine Spur leiser. »Nimm ihn und gib ihn dem Mädchen, dem du nach mir dein Herz schenkst. Lebe wohl, Melvin, und jetzt verschwinde für immer aus meinem Leben.«

Dann war sie fortgegangen und er hatte niemals wieder die Gelegenheit gesucht, mit ihr zu sprechen. – Bis heute ...

Ayleen bog gerade mit ihrem Freier um die nächste Gassenecke, da tauchte Melvin wieder aus seinen Erinnerungen auf. Wütend hieb er einmal mit den Fäusten auf die Mauer, aber dann beeilte er sich. Als er von der Erhöhung sprang, landete er auf unsicheren Beinen. Er hob den Kopf und sah gerade noch, wie das Mädchen mit dem Mann an der nächsten Straßengabelung in einer Sackgasse verschwand. Er huschte ebenfalls dorthin. Dann betrat auch er den übel riechenden Durchgang zwischen den Häusern und schlüpfte hinter eine Mülltonne. Unerträgliche Minuten wartete er in seinem Versteck, bis der Mann endlich an ihm vorbeikam und die Gasse verließ. Nun richtete sich Melvin auf und blickte zu Ayleen, die vor einer hoch aufragenden Ziegelsteinwand stand und ihre Kleidung ordnete. Mit stockendem Atem trat er aus seinem Versteck. Unbeholfen klopfte er mit seiner Schiebermütze den Dreck von den Hosenbeinen. Dann schnaufte er einmal tief durch und ging auf das Mädchen zu.

Langsam, Schritt für Schritt.

Während er ihr näher kam, fragte er sich vergebens, was er mit seinen Armen anstellen sollte, die nutzlos an seinen Seiten baumelten. Ayleen sah nicht zu ihm auf, sondern kramte suchend in ihrer Handtasche herum. Erneut musste Melvin den Wunsch unterdrücken, einfach kehrtzumachen. Da fiel ein Lichtstrahl aus einem der Fenster auf Ayleens Gesicht. Wie verspielte Irrlichter tanzten Licht und Schatten über ihre Züge.

Sein Atem stockte. Wie wunderschön sie aussah! Er holte tief Luft und ging mit energischeren Schritten auf das Mädchen zu. Da schaute Ayleen auf und blickte in seine Richtung.

Hatte sie ihn etwa erwartet? Ahnte sie gar, dass er mit ihr reden wollte?

Abrupt blieb Melvin stehen. Erschüttert stellte er fest, dass sie gar nicht ihn ansah. Dabei war er höchstens einen Steinwurf von ihr entfernt. Ayleen schaute eindeutig an ihm vorbei, wie erstarrt und mit einem Ausdruck im Gesicht, der sich rasch von einem verwirrten in einen ängstlichen wandelte.

Da wusste Melvin: Sie waren nicht allein in dieser Gasse im Herzen des East Ends.

Mit zitternden Fingern zog er seine Schleuder aus dem Hosenbund und einen Stein aus der Hosentasche. Langsam drehte er sich um und spähte in die verschatteten Ecken ringsumher.

Weil er niemanden entdecken konnte, warf er einen schnellen Blick zurück. Ayleen stand mittlerweile mit dem Rücken gegen die Wand gepresst, Augen und Mund aufgerissen und die Hände abwehrend von sich gestreckt.

Er musste zu ihr eilen und sie von hier fortziehen! Doch da spürte Melvin eine plötzliche Veränderung in der Atmosphäre. Mit einem Mal fiel ihm das Atmen schwer. Gleichzeitig verloren Mauern und Häuser ihre Konturen und vor seinen Augen begann alles wie an siedend heißen Sommertagen zu flimmern. Die Schleuder lag nun schwer wie ein Amboss in seiner schweißnassen Hand, sodass sie seinen Fingern entglitt und vor seine Stiefel fiel. Zugleich kroch ihm ein schaler, abartiger Geruch in die Nase. Der Gestank von etwas Uraltem.

Er ... ist hier.

Melvin wusste jetzt endgültig, er war in seinem eigenen Albtraum gelandet, der ihn Nacht für Nacht heimsuchte. In dieser Sekunde entdeckte er auch schon den Schatten. Unsäglich langsam wie eine schwarze riesenhafte Spinne kroch er auf sein wehrloses Opfer am Ende der Sackgasse zu.

Voller Panik versuchte Melvin Ayleen eine Warnung zuzurufen, doch unsichtbare Hände schienen seine Kehle zu umschlingen. Er röchelte kraftlos. Tränen quollen aus seinen Augen. Ein rätselhaftes Gewicht sank auf ihn herab und zwang ihn auf die Knie. Ein letztes Mal suchte er Ayleens Gesicht. Da floss bereits träge wie Blut ein wallender Umhang über es hinweg. Das geliebte Antlitz verschwand unter schwarzen, mit Klauen bewehrten Schwingen – und war fort.

Kurz darauf hörte Melvin einen Laut, der eigentlich sehr leise, aber dabei so grausam und endgültig war, dass sein Echo für alle Zeit in ihm nachhallen sollte. Es war das Seufzen, mit dem das Leben aus Ayleens Körper wich.

Das Letzte, was Melvin sah, war der lichtfressende Schatten. Er kroch nun geradewegs auf ihn zu, mit Augen wie glühende Kohlen.

TAG 3

East End of London, Morgengrauen

Inspektor Abberline saß neben einem Polizisten auf dem Bock einer Polizeikutsche, die in rasanter Fahrt über das Pflaster holperte. Mit unsichtbaren Händen riss und zerrte der Fahrtwind an den Resten seines Kopfhaares, während er ängstlich den Haltegriff neben seinen Beinen umklammerte.

Eine halbe Stunde zuvor hatte es wild gegen seine Wohnungstür geschlagen. Schlaftrunken hatte der Inspektor die Tür geöffnet und vor der Schwelle einen atemlosen Sergeanten vorgefunden, der ihm mit sich überschlagender Stimme schilderte, welche Entdeckung Kollegen am frühen Morgen in Whitechapel gemacht hatten. Sofort war Abberline in sein Schlafgemach gestürzt und in den knittrigen Anzug geschlüpft, den er in der Nacht zuvor auf einen Stuhl geworfen hatte. Kurz darauf saß er schon neben dem Fahrer, da er sich oben auf dem Bock eine bessere Aussicht auf das Geschehen versprach, sobald sie den Tatort erreicht hatten. Seither jagte die Polizeikutsche durch den Morgennebel ihrem Ziel entgegen.

Abberline bereute mittlerweile seine Entscheidung, denn seit der Abfahrt stand ihm der pure Angstschweiß auf der Stirn. Es kostete ihn seine ganze Beherrschung, den Fahrer nicht anzuflehen, das Tempo merklich zu drosseln. Seine Furcht, in einer Kurve vom Kutschbock geschleudert zu werden, war zwar groß, aber sie wurde von der Sorge, möglicherweise kostbare Zeit zu verlieren, noch bei Weitem übertroffen.

Selbstredend hatte er seinen Männern ob der *Empfehlung* aus dem Königshaus, die ihn tags zuvor erreicht hatte, befohlen, neuerliche Verbrechen vor schaulustigem Volk zu verbergen und keinen dieser lästigen Schnüffler von der Presse näher als eine halbe Meile an einen Tatort heranzulassen. Sollte auch diese Mordtat an die Öffentlichkeit geraten, würden sich Hebel – mächtige Hebel – in Bewegung setzen und ihn in hohem Bogen aus seinem Amt katapultieren.

Und dann werde ich künftig irgendwo im Nirgendwo Ermittlungen anstellen, wer Bauer Smiths Kuh gestohlen hat, dachte Abberline, als die Kutsche derart unvermittelt zum Stehen kam, dass er um ein Haar kopfüber zwischen die nassen Flanken der Rösser gestürzt wäre.

»Passen Sie doch *verdammt* noch mal auf!«, fuhr er den Fahrer an und schielte sogleich zur Öffnung zwischen den Häusern, neben der sie zum Stehen gekommen waren.

Eine beträchtliche Anzahl Gaffer hatte sich davor versammelt. Den Kopf gereckt und die Ellbogen ausgefahren, versuchte ein jeder einen Blick in die Gasse zu erhaschen, deren Zugang, wie der Inspektor erleichtert feststellte, von seinen Männern abgeschirmt wurde.

Noch etwas zittrig zog er ein Tuch aus der Jackentasche und tupfte sich die Schweißtropfen vom Gesicht. Dann sah er blinzelnd auf und musste erkennen, dass sein Erscheinen nicht unbemerkt geblieben war: Sowohl Zivilisten als auch Beamte glotzten zu ihm herüber. Darum setzte er eine bedeutungsvolle Miene auf und steckte das Tuch weg. Ungeachtet seiner wachsweichen Knie kletterte er in halbwegs angemessener Haltung vom Wagen und winkte mit gebieterischen Gesten eine Handvoll Polizisten herbei. Umgehend beeilten sich seine Männer, ihm den Weg durch die Menschen zu bahnen. In der Mauer der Sergeanten öffnete sich sogleich eine Lücke.

Abberline schlüpfte hindurch und betrat eine stinkende Häuserschlucht. Zunächst zog das tote Mädchen seine Aufmerksamkeit auf sich. Es lag am Ende der Gasse in einer Blutlache. Dann erst entdeckte er den Jungen, ausgestreckt auf dem Pflaster vor einer Hauswand. Überrascht schwenkte Abberline zu dem Constable herum, der mit ihm in die Gasse getreten war.

»Sie haben die Tote gefunden?«

Der Polizist bejahte unterwürfig.

»Warum wurde ich nicht unterrichtet, dass wir es mit zwei Opfern zu tun haben?«

»Aber der Junge ist nicht tot«, sagte der Uniformierte. »Er atmet. Wenn Sie gestatten, möchte ich daraus schlussfolgern, dass er bloß besinnungslos ist.«

»Behelligen Sie mich nicht mit Ihrer unmaßgeblichen Meinung! Ich habe selbst Augen im Kopf. Wurden die Personen so, wie sie jetzt daliegen, aufgefunden?«

»Wir haben nichts angerührt. Wie Sie angeordnet hatten. Soll ich den Knaben wecken?«

»Wir sind doch keine Unholde und reißen einen Jungen aus seinem friedlichen Schlummer.«

Der Constable guckte Abberline zweifelnd an. Unsicher

zupfte er an seiner Uniform herum, während das Gesicht seines Vorgesetzten puterrot anlief.

»*SELBSTVERSTÄNDLICH SOLLEN SIE IHN WECKEN! WORAUF WARTEN SIE?*«, schrie Abberline den Polizisten an. Dann fügte er gefährlich leise hinzu: »Rütteln Sie ihn wach. Sputen Sie sich! Wir haben endlich einen Zeugen. Ich werde ihn an Ort und Stelle vernehmen!«

Commercial Road, Spitalfields, East End of London

»H-A-A-A-L-L-O-O-O-O!«

Melvin hörte dumpf wie unter Wasser eine Stimme.

»He, Strolch! Aufwachen!«

Begleitet von einem schmerzenden Pochen in seinem Schädel, öffnete er die Augen einen Spaltbreit und blickte in die Flamme einer Blendlaterne, die jemand vor seinem Gesicht hin- und herschwenkte.

Er war nicht in seinem Zimmer. Er lag auf rauem Stein und über ihm stand ein Constable …

Die Erinnerung an die vergangene Nacht traf ihn wie ein Blitz aus heiterem Himmel.

Der Ripper …

Ayleen …

Ohne auf den bohrenden Schmerz unter seiner Schädeldecke zu achten, kam Melvin schwankend auf die Beine und stolperte an dem Polizisten vorbei.

Dort …

… lag, beschienen vom trüben Morgenlicht …

… *Ayleen.*

Über ihrem Oberkörper war ein Laken ausgebreitet, in dessen Mitte der Stoff rostrot gefärbt war.

Melvin sank auf die Knie und schaute Ayleen ins Gesicht.

Es war so bleich wie Mondlicht und wurde von ihrem blonden Haar umrahmt. Sie sah aus, als ob sie friedlich schliefe. Aber ihre Lider waren nicht geschlossen. Entseelt und verloren starrten ihre Augen in den bleigrauen Himmel über der Stadt.

Sie war tot.

Mit dieser Erkenntnis griff eine allumfassende Leere nach ihm. Da wurde er am Kragen gepackt und auf die Beine gezerrt. Reflexartig schlug er um sich und wand sich wie ein wildes Tier unter dem Griff des Polizisten. Hektisch drehte er dabei den Kopf hin und her, bis er voller Schrecken den Inspektor entdeckte, welchen er kürzlich am Tatort des Mordes an Elizabeth Stride gesehen hatte. Der stämmige Mann winkte den Polizisten, der ihn am Wickel hatte, zu sich heran. Melvin trat und biss jetzt wütend um sich. Erst als er erkannte, dass hinter dem Inspektor zwei weitere Uniformierte den Ausgang versperrten, erlahmte sein Widerstand.

Er saß in der Falle.

Als der Constable vor dem Inspektor anhielt, deutete dieser auf den Boden und der Polizist ließ ihn fallen. Der Inspektor beugte sich über ihn. Melvin sah die von großen

Poren zerklüftete Nase und anschließend das falsche Lächeln, das in dem fleischigen Gesicht erblüht war.

Schon schwebte eine pummelige Hand über ihm. Gleich würde sie seinen Kopf tätscheln. Urplötzlich sprang er auf die Beine, stieß den Inspektor mit beiden Armen von sich weg und schnellte an ihm vorbei. Nur um Haaresbreite entwischte er dem Constable, der ihn eben wieder packen wollte, und rannte auf die Polizisten am Ausgang zu.

Die Männer dort erwarteten ihn bereits. Melvin erblickte amüsierte Gesichter und ausgestreckte Arme. Doch anstatt anzuhalten, raste er den Ordnungshütern entgegen. Als er bei ihnen angelangt war und deren Hände nach ihm griffen, hechtete er mit dem Kopf voran auf sie zu. Er flog förmlich durch den Spalt zwischen ihren Körpern hindurch. Dahinter schlug er mit den Armen voran brutal auf dem Boden auf, schlitterte über den feuchten Untergrund und kam mit einem entsetzlichen Brennen längs über seinen Bauch zum Halten. Blitzschnell rappelte er sich hoch und stellte sogleich fest, dass er nun im Rücken der Polizisten stand. Noch ehe sich die perplexen Männer zu ihm umgedreht hatten, war er schon in das Menschengewühl vor dem Gasseneingang getaucht.

Während sich Melvin durch die dichte Traube aus Körpern zwängte, hörte er den Inspektor schreien: »*Bleib stehen! Komm sofort zurück!*«

Endlich tat sich vor ihm eine Lücke in der Menge auf. Er stürzte darauf zu und Sekunden später lag der Pulk hinter ihm. Ein paar Dutzend wirbelnde Schritte weiter erschienen vor seinen Augen die verwitterten Reste der

Hausmauer gegenüber dem *Ten Bells*. Er sprang über diese hinweg, landete auf weicher Erde und presste sich auf der von der Straße abgewandten Seite gegen die Steine.

Da hörte er bereits keuchendes Schnaufen, dann ein Husten und eine Stimme.

»Sollen wir nach ihm suchen, Inspektor?«

»Was zum Teufel wollen Sie sonst tun?«, fauchte eine zweite Stimme. »Constable Lamb, trommeln Sie die Männer zusammen!«

Vorsichtig spähte Melvin über das Mauerwerk. In der Straßenmitte erkannte er umgeben von Nebelschwaden den Inspektor und zwei Polizisten, die halbherzig die Köpfe hin und her drehten.

»*Verflixt!*« Der Inspektor warf ärgerlich ein Seidentuch auf den Boden, mit dem er hektisch über seinen Nacken gefahren war.

Der Constable, der noch fülliger als sein Vorgesetzter war, schnaufte ratlos. »Wahrscheinlich wäre uns der Bengel sowieso keine Hilfe gewesen.«

Sein Chef strafte ihn mit einem vernichtenden Blick und drehte sich zu dem anderen Schutzmann um.

»Gibt es noch weitere Zeugen, Harvey?«

»Nein, Sir. Niemand will was gesehen haben.«

Der Inspektor bewegte sich in Richtung Mauer und Melvin duckte sich ängstlich weg. Es war höchste Zeit, über die Höfe das Weite zu suchen. Aber er wollte sich die Möglichkeit nicht entgehen lassen, die Männer zu belauschen.

»Dann schaffen Sie mir gefälligst den Flüchtigen herbei!«

»Jawohl, Sir.«

»Sorgen Sie außerdem dafür, dass die Tote fortgeschafft wird. Und zwar unauffällig! Am besten zum behelfsmäßigen Leichenhaus in die Old Montague Street. Später sollen sich alle Männer, die hier im Einsatz waren, in der Zentrale einfinden. Bis dahin wird niemand über den Vorfall reden. Ich verlange absolutes Stillschweigen. Wenn das Pressepack wieder davon Wind bekommt, gnade Ihnen Gott! – Ich habe Grund zur Annahme, dass es sich diesmal nicht um ein Opfer des Rippers handelt. Ich werde nicht dulden, dass diese Schmierfinken dem Irren eine weitere Trophäe anheften. – Ist das klar?«

Die Stimmen rissen ab und Melvin riskierte noch einen vorsichtigen Blick über die Mauer. Der Inspektor und die beiden Polizisten gingen zum Tatort zurück. Jetzt konnte sich Melvin aufrichten. Ehe er sich abwandte, fiel ihm ein stattlicher Mann in einem vornehmen Rock ins Auge. Der Gentleman stand umgeben von sich lichtendem Nebel auf der anderen Straßenseite vor Ms Marshs Laden und blickte zu ihm herüber.

Doch dann öffnete der Herr den Schlag einer Kutsche und zog ihn hinter sich zu. Unverzüglich sprang Melvin aus seinem Versteck. Und dann rannte er, was seine Beine hergaben, fort von dem Ort, an dem der Ripper einen Blutstrich durch sein Leben gezogen hatte.

Der schrankbreite Mann auf dem Kutschbock steckte sein graues Gesicht in die Kabine. »Lass mich raten: Er hat wieder zugeschlagen?«

»Sieht danach aus«, antwortete Vincent Berengar. »Ich glaube, der Junge hat etwas gesehen.«

»Welcher Junge?«

»Ist nicht so wichtig.«

Samuel Seymour fletschte ärgerlich die grünlichen Zähne und nahm die Zügel in seine Pranken. »Nicht so wichtig? Aha! Milord, ich bitte untertänigst um Vergebung. Wie konnte ich mich nur erdreisten, Sir von und zu Berengar in seinen tiefgründigen ...«

»Sam?«

»Eure Lordschaft?«

»Fahr endlich los!«

Stützpunkt der Straßenjungen, St. Katharine Docks, Wapping

In der schwärzesten Stunde im Leben ihres besten Freundes wachte Eleonore Farnham in der Kutsche auf, die ihr Zuhause war. Sie schälte sich aus den Decken, tastete nach dem Zündholzheftchen neben der Matratze und tappte zur Petroleumlaterne, die von der Kabinendecke hing. Nachdem sie die Lampe angezündet hatte, trat sie vor das Fenster, warf prüfende Blicke zu den anderen ausrangierten Wagen auf dem Gelände der Straßenjungen und zog den Vorhang zu. Dann kroch sie aus ihrer Hose und hockte sich über den Blecheimer neben der Tür. Nach ihrer Morgentoilette zog sie sich mehrere Hemdschichten nacheinander über den Kopf. Nackt stellte sie sich vor den halbblinden Spiegel an der Wand. Während ihr Atem in sichtbaren Wölkchen zur Kabinendecke aufstrebte, tunkte das Mädchen fröstelnd ein Stück Kernseife in die Wasserschüssel vor sich auf der Sitzbank und begann ihren bleichen, knabenhaften Körper zu waschen.

Vom feuerroten Scheitel bis zu den kohleschwarzen Sohlen, wie ihre Mutter ihr immer augenzwinkernd beigebracht hatte.

Mit konzentrierter Miene rieb Ellie die Seife über Wangen, Stirn und die Haut hinter den Ohren, tauchte anschließend das Gesicht in das eisige Wasser und strich dann prustend die nassen Locken von der Stirn. Bevor sie ihren Oberkörper einseifte, den Tausende Sommersprossen bedeckten, betrachtete sie argwöhnisch ihre Brüste – so wie an jedem Morgen und Abend, seit sie voller Entsetzen unter ihren Achseln die ersten feinen Härchen entdeckt hatte, die quasi über Nacht dort erschienen waren.

Nach einem bangen Tasten über ihre knochige Brust setzte sie die Morgenwäsche fort, in Gedanken bei ihrer Mutter, von der sie nicht nur ihren Namen, sondern auch die Sommersprossen, die blaugrünen Augen und die rote Lockenpracht geerbt hatte.

Nachdem Arme und Füße sorgfältig geschrubbt waren, machte sich Ellie daran, zu lang geratene Locken auf ihrem Kopf mit einem Messer abzusäbeln.

Wie lange, fragte sie sich, kann ich die Burschen noch an der Nase herumführen?

Sie hatte keine Ahnung. Woher sollte sie auch wissen, wie schnell diese Dinger wuchsen? Eine Mutter, die sie fragen konnte, gab es nicht mehr. Ihren Vater hatte sie niemals kennengelernt. Nach Mamas Tod hatte sie sich Aufnahme in eine Gemeinschaft erschlichen, die ausnahmslos von Jungen bevölkert wurde. Auch wenn Ellie nichts Genaues wusste, so ahnte sie doch, dass ihr trotz ihres Aufzugs als Straßenjunge bestenfalls noch ein Jahr blieb, bis der Schwindel aufflog.

Das wäre vielleicht eine Sensation, dachte Ellie bitter, zerzauste mit den Fingern das gestutzte Haar und grübelte darüber nach, was ihr in naher Zukunft blühen konnte. Sobald die Mitglieder der Bande die Grenze zum Erwachsensein überschritten, gingen sie ihrer eigenen Wege. Dies war für jeden der Jungen der natürliche Gang der Dinge. Denn wenn den Kerlen die ersten Haare am Kinn sprossen und ihre Stimmen brüchig wurden, mussten sie sich allmählich nach einem anderen Ort zum Leben umsehen. In der Regel wurden sie dann mit offenen Armen von einer der Verbrecherbanden im Osten der Stadt in Empfang genommen, in welchen sie eine Laufbahn als Langfinger, Hehler oder Geldeintreiber einschlagen konnten.

In ihrem Fall verhielt sich das anders. Sobald bei ihr die ersten Zeichen von Weiblichkeit sichtbar wurden, würde man sie wie einen räudigen Hund davonjagen und auch sie müsste sich wie Ayleen und viele andere Mädchen an eine Straßenecke stellen, damit sie weiterhin ihren Magen füllen konnte.

Ellie sammelte nun ihre Klamotten zusammen, schlüpfte in die Hose und zog wieder die diversen Hemden über.

Eigentlich brauchte sie in Gemeinschaft der Jungen noch nie eine Rolle zu spielen. Sie dachte, fühlte und benahm sich wie ein Junge. Eine Handvoll Burschen waren ihre Kumpel, Taugenichtsen bot sie furchtlos die Stirn, sogar aus dem einen oder anderen Faustkampf war sie als Sieger hervorgegangen. Der einzige Unterschied bestand darin, dass sie nicht ungeniert in jede Ecke pinkeln konnte und die wasserscheue Ratte spielen musste, wenn die anderen an heißen Tagen ein Bad in der Themse nahmen.

Nur mit einem Jungen verband sie mehr und der gehörte nicht ihrer Bande an.

Melvin war für sie ein Seelenverwandter, ein Blutsbruder und der einzige Mensch, dem sie vertraute. Mit ihm verband sie eine stinknormale Freundschaft.

Bisher ...

Denn seit den ersten Anzeichen ihrer körperlichen Veränderung ging irgendetwas Unheimliches vor, was sie nicht verstand und das Fragen aufwarf, die sie um den Schlaf brachten.

Zuerst war ihr aufgefallen, dass sie jedes Mal von einer reizbaren Unruhe gepiesackt wurde, wenn sie mit Melvin zusammen war. Dann hatte sie vor zwei Tagen aus heiterem Himmel ein ungeheurer Zorn gepackt, als der Narr wieder einmal seine Angebetete anschmachtete. Dazu hatte ihr Herz in den letzten Tagen ein rätselhafter Schluckauf befallen, der komischerweise immer nur dann auftrat, wenn Melvin sie ansah.

»Ich hab sie doch nicht mehr alle beisammen!«, knurrte Ellie und zog die Jacke über.

Sie wollte gleich nach Whitechapel und Melvin vor dem *Ten Bells* abfangen, um zu erfahren, ob es ihm gelungen war, seine Angebetete zu sprechen.

Sie nahm ihren Schlapphut vom Haken und setzte ihn auf den Kopf. Dann tauchte sie die Fingerspitzen in die Kohlenschippe neben dem Eingang und tupfte Asche auf Hals, Wangen und Stirn.

Schließlich öffnete Ellie die Kutschentür ...

... und Wilkie trat nach draußen.

Spitalfields, East End of London

Melvin schlüpfte in einen Hinterhof unweit des *Ten Bells*. Eine träge Nebelsuppe waberte über Pfützen, die beißend nach Fäulnis und Urin stanken. Er spähte um die Ecke. Kein Ordnungshüter war zu sehen. An den kalten Steinen einer Hausmauer entlang sank er zu Boden und vergrub das Gesicht in den Händen. Alle angestauten Gefühle brachen jetzt aus ihm hervor.

Lange saß er nur da, am ganzen Körper bebend. Irgendwann fielen seine Arme kraftlos in seinen Schoß. Mit leerem Blick stierte er vor sich hin. Seine Tränen hatten sich erschöpft.

Erst jetzt fragte er sich, warum er überhaupt noch am Leben war und nicht tot neben Ayleen in der Gasse lag. Sofort übermannte ihn die Erinnerung an den Albtraum während seiner Ohnmacht. Wie jede Nacht hatte er sich in seinem Traum in einer finsteren, menschenverlassenen Welt bewegt, in der ein hungriges Wesen mit rot glühenden Augen lauerte. Jedoch war diesmal auch ein Schiff darin vorgekommen, das in dichtem Nebel auf der Themse trieb und auf dessen Bug ein Wort stand: *Hope*.

Melvin überfiel eine Gänsehaut, weil plötzlich eine Stimme in seinem Kopf zu hören war. Er musste dieses gespenstische Flüstern aus seinem Schlaf mitgebracht haben. Leise zwar, aber unmissverständlich wisperte die Stimme: *Geh zum Hafen und folge dem seltsamen Fremden.*

William Crookes' Wohnsitz, 7 Holland Park, Kensington, West London, Vormittag

Im vornehmen Westen Londons bog eine Reisekutsche in eine direkt am Holland Park gelegene ruhige Seitenstraße. Das Rattern der eisenbeschlagenen Räder und das Klappern der Pferdehufe hallten an den schmucken Häuserfassaden entlang des Fahrwegs wider.

Vor dem Haus mit der Nummer 7 hielt das Gespann an. Der beleibte Fahrgast brauchte eine ganze Weile, bis er sich schwerfällig aus dem Sitz gekämpft und die Stiege zum Bordstein überwunden hatte. Er setzte seinen abgegriffenen Boater-Hut auf, bezahlte den Fahrer und zog seinen Koffer aus der Kabine.

Zögerlich näherte er sich der ehrwürdigen Villa mit ihren spiegelblanken Fenstern und blütenweißen Spitzengardinen. Anschließend passierte er das Messingtor und schlurfte an dem akkurat geschnittenen, sattgrünen Rasen vorbei. Nachdem er die Marmortreppe erklommen hatte, verharrte er schnaufend vor der Eingangstür. Von der Morgensonne beschienen zog der Besucher die hochgerutschte Weste über den mächtigen Wanst und strich seinen grauen Rauschebart glatt. Dann erst betätigte er den goldenen Türklopfer.

Nach dem zweiten Schlag gegen das Holz sah er hinter der Buntglasscheibe in der Haustür eine Silhouette heranhuschen. Eine Sekunde darauf wurde der Eingang aufgerissen und im Türspalt erschien Ms Ratcliffe.

Obschon seit seinem letzten Besuch mehr als ein Jahrzehnt vergangen war, konnte der Gast an der spindeldürren Frau keinerlei Veränderung ausmachen. Dasselbe schmale Gesicht, dieselbe fahle, glatt gespannte Haut über Wangen und Stirn, derselbe verkniffene Mund. Wie damals steckte sie auch jetzt in einem schlichten grauschwarzen Kleid, über dem sie eine makellos saubere Schürze trug. Ihr immer noch braunes Haar war zu einem strengen Dutt verknotet. Fast hatte es den Anschein, als sei Crookes' Hausdrache von der vornehmen Einsilbigkeit und dem gleichförmigen Rhythmus hinter diesen Mauern konserviert worden. Die senkrechte Falte, die bei seinem Auftauchen zwischen ihren gezupften Brauen erschienen war, ließ befürchten, dass sich auch das bisweilen schroffe und höchst gewöhnungsbedürftige Temperament der Haushälterin bewahrt hatte.

»Guten Tag, Mr Wallace. Der Herr erwartet Sie bereits«, sagte sie mit einer Stimme so spitz wie eine Stricknadel. »Er ist oben in seinem Büro. Wenn Sie so gütig wären?«

Ein magerer Finger wies drängend auf seinen Gehrock. Noch ehe er sich's versah, war er den Mantel los und das Kleidungsstück hing nebst seinem Sommerhut an einem Haken der Garderobe. Mit tippelnden Schritten eilte Ms Ratcliffe sogleich die Diele entlang und am Ende des Hausflurs die geschwungene Treppe hinauf. Russel Wallace versuchte gar nicht erst, Schritt zu halten. Er kannte den Weg. Vor allem erinnerte er sich mit Unbehagen an die vielen Stufen zum ersten Stock.

Kurzatmig langte er vor der Tür zum Büro seines alten Weggefährten an. Begleitet von einem unmerklichen Kopfschütteln öffnete Ms Ratcliffe die Tür und winkte ihn in den Raum.

Der Besucher stellte den Koffer ab und sah sich um. Es dauerte, ehe er den Herrn des Hauses entdeckte. Rechter Hand stand ein Drehsessel, der einem von schweren Brokatvorhängen flankierten Fenster zugewandt war. Dahinter schaute ein weißer Haarschopf hervor. Wallace rätselte, ob William Crookes in Gedanken versunken war oder gar schlief. Fragend wandte er sich zu dessen Haushälterin um. Überraschenderweise war der anmaßende Ausdruck auf ihrem Gesicht einem sorgenvollen gewichen.

Dann verließ Ms Ratcliffe mit einem missbilligenden Blick in seine Richtung das Büro und er war mit William Crookes, dem berühmten und mit unzähligen Ehrungen dekorierten Wissenschaftler, Erfinder, Mitglied der *Royal Society*, Mitbegründer der *Society for Psychical Research* und nicht zuletzt langjährigen Freund allein.

In dem Zimmer war es still. Allein das Pendeln der Standuhr neben der Tür war zu hören. Unschlüssig verharrte Russel Wallace und ließ den Blick schweifen. Zu dem mahagonibraunen Tisch in der Raummitte, entlang der schnurgeraden Reihe goldgerahmter Pferdestiche, über das beachtliche Bücherregal, in welchem in Reih und Glied Nachschlagewerke und wissenschaftliche Publikationen standen. Am Ende blickte er zur linken Seite des Raumes, wo zwei Ledersessel vor einem Kamin standen.

Sich an den besorgten Gesichtsausdruck der Wirtschafterin erinnernd, wurde er plötzlich der Atmosphäre in dem Haus gewahr. Sie war durchtränkt von ... *Einsamkeit*.

Russel Wallace erinnerte sich an seinen ersten Besuch in diesem Haus vor vielen Jahren. Damals hatte Crookes' Tochter, die kleine Violet, am Klavier Tonleitern geübt. Und nicht die spröde Ms Ratcliffe, sondern die bezaubernde Hellen Crookes hatte ihm damals die Haustür geöffnet

Hellen lebte, soweit er wusste, mittlerweile in Chester und verbrachte ihren Lebensabend auf dem Land. William und Hellen waren zwar nicht geschieden, aber ihre Leben hatten getrennte Wege genommen seit ... seit dem tragischen Schicksalsschlag vor etwa dreizehn Jahren.

»Mein guter Freund«, ertönte mit einem Mal eine Stimme, »ich fürchte, Sie kommen um einen Vortrag über die fatale Wirkung von fettem Essen und ungezügeltem Tabakgenuss auf die Herzkranzgefäße nicht herum. Die Wissenschaft hat diesbezüglich beachtenswerte neue Theorien aufgestellt. Wussten Sie etwa, dass körperliche Ertüchtigung wahre medizinische Wunder bewirken kann?«

Der Drehsessel schwang in seine Richtung und Wallace erkannte zu seiner Erleichterung in Crookes' Augen den ebenso berühmten wie gefürchteten Schalk. Auf den zweiten Blick aber erschrak er ob der kränklichen Gesichtsfarbe seines Freundes, von welcher auch der lange, vollkommen weiße Bart und die zu beiden Seiten der Oberlippe elegant gezwirbelten Schnurrbartspitzen nicht ablenken konnten.

»Lieber Crookes«, erwiderte Russel Wallace, bemüht seinen Schreck zu überspielen, »und mir ist zu Ohren gekommen, dass aus einem Mangel an Sonnenlicht eine gefährliche Hypovitaminose resultieren kann.«

In den Augenwinkeln des Wissenschaftlers erschienen verschmitzte Fältchen. »Gut gekontert, alter Knabe. Ich schlage vor, wir nutzen die Pattsituation und unterbrechen unsere Partie für ein gemeinsames Frühstück.«

»Abgemacht, Sie Gesundheitsapostel. Aber ich fürchte, Ihre Giftspritze von Haushälterin wird darüber wenig begeistert sein. Sie könnte womöglich in Streik treten.«

»Es liegen Jahre vergebener Müh hinter mir, Ms Ratcliffe in dem Maße zu vergraulen, dass sie ihren Dienst quittiert. Sie besitzt einen zähen Charakter. Nebenbei hat diese Frau eine Konstitution, von der Sie und ich nur träumen können. Wer hätte je gedacht, dass ich eines Tages mit ihr in diesen Mauern allein leben würde?« Das Lächeln in seinem Gesicht war plötzlich verschwunden.

Nun stand Crookes auf und ging auf seinen Gast zu. Vor ihm blieb er stehen und musterte eindringlich dessen Gesicht. Dann reichte er Russel Wallace die Hand.

»Ich danke Ihnen, dass Sie so rasch aus Ihrer beschaulichen Idylle hierher aufgebrochen sind. Gönnen wir uns vor dem Essen einen Aperitif!«, sagte er. Dann wandte er sich zu der Flasche und den zwei Kristallgläsern auf dem Kaminsims um.

Kurz darauf saßen die betagten Herren in den Ledersesseln und prosteten sich zu.

Russel Wallace nippte an dem köstlichen Single Malt. »Was brennt Ihnen auf der Seele, mein Guter? Raus damit!«

William Crookes hielt das geschliffene Glas in die Höhe und drehte es vor seinen Augen hin und her. Es dauerte, bis er sich die Worte zurechtgelegt hatte. Schließlich ließ er den Arm sinken und beugte sich vor.

»Verehrter Freund, ebenso unerklärliche wie unheilvolle Vorgänge suchen London heim. Sie weisen gewisse Parallelen zu Vorgängen auf, in die ich vor mehr als einem Jahrzehnt involviert war. Die Anfänge der Geschichte hingegen liegen so tief in der Vergangenheit vergraben, dass sie sich in ihren dunklen Abgründen verlieren. Ich möchte

Sie so weit zurückführen, wie ich selbst bei meinen Recherchen vorzudringen vermochte. Vieles von dem, was Sie zu hören bekommen werden, ist reine Spekulation oder bedient sich aus Quellen, die auf Aberglauben und Übertreibung beruhen.« Er räusperte sich. »Russel, Sie haben in Ihren jungen Jahren als Naturforscher die Welt bereist, sämtliche Inseln im Südpazifik gesehen und sind zu den Ursprüngen des Amazonenstroms gefahren. Ihnen traue ich eine unverstellte und nüchterne Betrachtung dieser Angelegenheit zu. Frei von Vorurteilen und Ressentiments. Ich bitte Sie als Freund, leihen Sie mir Ihr Ohr. Der Zeitpunkt ist gekommen, an dem ich endlich meine Geschichte erzählen muss.«

London Docks, Wapping, East End of London, am Abend

Während Melvin im diffusen Dämmerlicht durch die Straßen Richtung Limehouse ging, sah er starr zu Boden. Nur hin und wieder hob er den Blick zu den hinter den Häusern aufragenden Lagerhallen und dem jenseitigen Wald aus Schiffsmasten.

Dort lag sein Ziel: die Londoner Docklands, ein riesiges Hafenareal, das in der Welt einmalig war und sich von der London Bridge meilenweit flussabwärts erstreckte. Entlang der Themse wurden alle erdenklichen Güter umgeschlagen – Früchte, Zucker, Tee, Kaffee, Tabak, Getreide,

Holz, Wolle, Fleisch und vieles mehr. Die gewaltigen Magazine, die Lager, Warenspeicher und Landungsbrücken bildeten inmitten der Metropole eine Stadt für sich. Ganze Heerscharen von Hungerleidern aus dem Osten Londons fanden in den Docklands eine ungewisse, schlecht bezahlte und zugleich gefahrvolle Beschäftigung. Jedoch waren hier keineswegs nur gestandene Männer im Einsatz. Auch ein halbwüchsiger Bursche konnte sich Hoffnung auf einen Tageslohn machen. Damit die Waren aus den entlegensten Winkeln des Erdballs binnen kurzer Zeit in den Auslagen der Geschäfte und auf den Marktständen landeten, mussten allerhand Zahnräder ineinandergreifen. Hierfür benötigte man ein wahres Bataillon von Boten, die unermüdlich kreuz und quer über das Hafengelände wuselten und schnellstmöglich Nachrichten an Aufseher, Dockarbeiter oder die Bediensteten in den Kontoren überbrachten. So konnten sich auch Straßenjungen an den Häfen in Wapping, in Rotherhithe oder auf der Isle of Dogs gelegentlich ein paar Kröten verdienen. Aus diesem Grund kannte sich auch Melvin an diesen Orten gut aus, denn er hatte schon des Öfteren einen Job als *Dockratte* ergattert und für einen Tag hin und her flitzen ein Zweipencestück erhalten.

Melvin war mittlerweile nur noch wenige Hundert Meter vom Hafen entfernt. Er blieb stehen, die Augen fest auf sein Ziel gerichtet. Seine Hand wanderte zu der Klinge in dem Futteral an seiner Seite, anschließend zu seiner Schleuder im Hosenbund und am Ende zu dem Vorrat an Steinen in seiner Jackentasche. Dann ging er mit entschlossenen Schritten weiter, während seine Gedanken zu dem vergangenen Tag zurückkehrten – ein Tag, an dem die Zeit einfach nicht verrinnen wollte.

Nach seiner Flucht vor den Polizisten war er lange wie benommen und ohne Ziel durch das East End gestreift. Irgendwann war das *Ten Bells* vor ihm aufgetaucht. Einer alten Gewohnheit folgend, war er auf die Mauer gestiegen und hatte zu seiner ehemaligen Behausung aufgesehen. Die Erkenntnis, dass Ayleen nicht in dem Mansardenzimmer war und niemals dorthin zurückkehren würde, riss ihn in diesem Augenblick schier entzwei.

Später war auch Wilkie aufgetaucht. Der Freund hatte sich sogleich neben ihn auf die Mauer gesetzt und einen Arm um seine Schultern gelegt. Lange saßen sie ohne Worte unter dem granitgrauen Himmel beisammen, bis Melvin die Kraft fand zu reden.

Aber was konnte er dem Freund erzählen? War den Erinnerungen an die vergangene Nacht wirklich zu trauen oder mischten sich Bilder eines Traumes darunter, den er in seiner Besinnungslosigkeit geträumt hatte? Weshalb war er eigentlich noch am Leben? Und was hatte es mit dieser Botschaft auf sich? Hatte sie ihren Ursprung in einer Erinnerung oder war sie lediglich ein Hirngespinst seiner überreizten Nerven?

Weil seine Eindrücke und Gedanken so verworren waren, erzählte er Wilkie schließlich nur, dass er Ayleen tot aufgefunden hatte, nachdem er ihr gefolgt war. Den Mörder habe er nur flüchtig zu Gesicht bekommen, als jener die Flucht ergriff.

Wilkie hörte zu und stellte keine Fragen, obschon Melvin dem Freund ansah, dass er seiner Darstellung misstraute.

»Du hättest gestern Nacht auch draufgehen können, Mel. Sei froh, dass *du* noch am Leben bist!«, sagte Wilkie schließlich mit bebender Stimme.

»Ich wünschte, ich wäre mit ihr gestorben«, erwiderte Melvin leise.

»Hör auf damit! Wir werden diese Bestie zur Strecke bringen. Wirst schon sehen.«

Wieder verstrichen stumme Minuten zwischen ihnen. Endlich fand Melvin seine Worte wieder.

»Wieso weißt du eigentlich schon davon?«

Also erzählte ihm der Freund, wie die Meldung über den Polizeieinsatz am Morgen in Windeseile zum Quartier der Bande gelangt war.

»Einer aus unsrer Gang hat auf der Straße Gerüchte über einen neuen Mord aufgeschnappt. Ich wollte grade zu dir, als der Junge ins Lager gekommen ist und uns davon erzählt hat. Natürlich bin ich da gleich los, um dich zu suchen.« Wilkie schaute Melvin fest an. »Hör mal, du musst dich von hier fernhalten. Am besten kommst du gleich mit. Bei uns im Stützpunkt bist du erst mal in Sicherheit.«

»Nein.«

»Wie?«

»Nein!«

»Mel, hör doch...!«

»Ich sagte, nein.«

»Verdammter Dickschädel!«, hatte Wilkie nach einer sekundenlangen Pause gezischt. Dann war er von der Mauer gesprungen und mit gesenktem Blick davongetrottet.

Seither nagte ein schlechtes Gewissen an Melvin. Er hatte Wilkie nicht eingeweiht und alle gut gemeinten Ratschläge des Freundes an sich abprallen lassen. Auch hatte er ihm nicht von seinem Traum erzählt oder von der Botschaft, die er aus diesem mitgenommen und die ihn nun hierhergeführt hatte. Dafür gab es gute Gründe. Er wollte den Freund auf keinen Fall einer Gefahr aussetzen. Ayleens Tod ging allein ihn an. Er würde nur sein eigenes Leben in die Waagschale werfen, um den Mord an ihr zu rächen.

Inzwischen hatte Melvin den Hafen erreicht und lief gerade an den ersten Lagerhallen vorbei. Auf dem Gelände war zu dieser späten Stunde nicht viel los. Eine Handvoll Arbeiter war damit beschäftigt, einen Frachter zu beladen, der unter einer Kohlenrutsche vertäut war. Entlang der Kaimauer ankerten noch annähernd zwei Dutzend weiterer Schiffe. Vor einem Schoner in der Mitte der Reihe stand ein wettergegerbter bärtiger Mann und schmauchte an einer Pfeife. Er trug einen vom Salzwasser ausgewaschenen Regenmantel und hatte eine Kapitänsmütze auf. Ein Schriftzug am Bug des Schiffes in seinem Rücken verriet dessen Namen: *Hope*.

Melvin schlug die Hand vor den Mund. Vor ihm lag das Schiff aus seinem Traum! Wo auch immer die Botschaft herrührte, er würde sie ernst nehmen und hier nach einem *seltsamen Fremden* Ausschau halten.

Also setzte er sich auf einen Landungssteg, ließ die Füße über dem Wasser baumeln und wartete.

Eine ereignislose Viertelstunde verstrich, ehe plötzlich Hufgeklapper und das Poltern von Rädern ertönten. In gemächlichem Tempo rollten zwei schwarze Kutschen am Hafenbecken entlang. Eine hielt auf das Segelschiff zu, die andere bog zur nächstgelegenen Lagerhalle ab. Vor dem Segler kam die erste Kutsche zum Stehen und Melvin wunderte sich über die vier Männer, die sogleich heraussprangen, denn sie steckten in sackähnlichen Gewändern, mit grauen Seilen als Gürtel und Kapuzen, die ihre Gesichter verbargen. Es hatte ganz den Anschein, als hätten sich Mönche eines Ordens in den Hafen verirrt.

Schnurstracks schritten die Betbrüder auf den Kapitän zu. Ohne Vorwarnung packten sie den Seemann an den Schultern. Der stieß sogleich einen der Verhüllten wütend von sich, aber dann hob er besänftigend die Hände und begleitete die anderen in Richtung der Hallen.

Melvins Sinne waren jetzt hellwach. Was wollten die Klosterbrüder von dem Kapitän des Schiffes? Was hatten sie am Hafen zu suchen – noch dazu um diese Uhrzeit?

Er richtete sich auf und schlich an den Kais entlang. Neben einem zum Trocknen aufgespannten Schleppnetz blieb er stehen.

Die Männer erreichten die Lagerhalle, vor der die andere Kutsche parkte, und schoben den Seemann durch das geöffnete Tor ins Innere.

Neben dem Eingang türmte sich auf Paletten die Ladung gelöschter Schiffe. Melvin rannte über das offene Gelände und kletterte über die Fässer und Kisten zu einem Fenster hinauf. Durch die schmutzige Scheibe blickte er in das Gebäude. Unscharf sah er unter sich den Kapitän stehen und vor diesem die Kerle in der Mönchskluft. Drei weitere – in derselben bizarren Aufmachung und wohl die Insassen der zweiten Kutsche – schlichen suchend in der Halle umher und nahmen das hier zwischengelagerte Frachtgut in Augenschein.

Melvin wischte mit einem Ärmel über den Dreck auf dem Glas, um sich bessere Sicht zu verschaffen, zumal das Dämmerlicht zusehends schwächer wurde. Erneut spähte er durch das Fenster und horchte angestrengt auf die Stimmen, die dank der guten Akustik in dem hohen Raum deutlich an seine Ohren drangen.

»... sag's euch noch mal: Hab keinen blassen Schimmer. 'nen Sarg oder 'ne Kiste hab ich ebenso nich gesehn wie den Klabautermann«, schimpfte der Kapitän mit rauer Stimme. »Geht mich auch 'nen feuchten Dreck an, wo die zwei hin sind. Machen sicher das, was gesunde Männer so treiben nach 'ner langen, öden Reise allein unter Kerlen. Aber von so was habt ihr Kirchenchorsänger ja keine Ahnung.« Er stieß ein sturmerprobtes Seemannslachen aus und stemmte die Fäuste in die Seiten. »Schwamm drüber! Jedem das Seine, sag ich immer. Also, macht euch drüber kein' Kopf. Aber merkt euch eines: Selbst wenn ich wüsst, wo die hin sind, würd ich's euch nich auf die Nase binden. Die beiden waren Gäste von meinem Kahn und haben anständig für die Überfahrt bezahlt. Und 'n Seemann quatscht nich. Auch nich für Kohle. Ich bin der Kapitän von der tüchtigen, alten Bark da draußen. Ihr Kuttenbrunzer seid besser beraten, wenn ihr mich gehen lasst, sonst hetz ich nämlich *meine* Jungs auf euch, sobald die von ihrer Zechtour zurück sind.«

Die Mönche – zumindest sahen die Männer wie Mönche aus, obwohl ihr Benehmen reichlich unpassend erschien – erwiderten nichts darauf. Mit Unheil verheißendem Schweigen betrachteten sie den Schiffskapitän.

Melvins Gedärme zogen sich zusammen, denn die Klosterbrüder, die in den Kisten gewühlt hatten, brachen unvermittelt ihre Suche ab und gesellten sich neben ihre Begleiter. Der Seemann hob drohend eine Faust, drehte auf dem Absatz um und stiefelte Richtung Tor. Doch er kam nicht weit, denn schon fielen die anderen wie hungrige Geier über ihn her. Als sie von ihm abließen, bildeten sie einen Kreis. In dessen Mitte lag ihr Opfer in seinem Blut.

Vor Schreck riss Melvin die Augen auf und drehte sich zugleich von dem Fenster weg. Augenblicklich verlor er das Gleichgewicht. Mit rudernden Armen versuchte er es wiederzuerlangen, ehe er rücklings von dem Stapel fiel. Im allerletzten Moment fuhr er einen Arm aus und bekam gerade noch die Fensterklinke zu fassen, die prompt ein empörtes Quietschen von sich gab. Mit zusammengepressten Lippen beugte sich Melvin vor und spähte erneut in die Halle.

Die fünf Kuttenträger standen noch immer um den Toten, doch nun blickten alle … zu ihm hinauf.

»Mist!«, entfuhr es Melvin, denn schon rannten die Männer los. Er musste nicht raten, wohin. Sie wollten zu ihm, dem unerwarteten Zeugen des Mordes.

Zugleich war ihm klar, dass er nicht wieder nach unten

klettern konnte. Dann würde er diesen Kerlen direkt in die Arme laufen. Deshalb suchten seine Augen hastig nach einem Fluchtweg. Dort! Ein rostzerfressenes Rohr. Über dieses konnte er gegebenenfalls weiter nach oben steigen.

Rasch beugte er sich nach rechts. Seine Hände umfassten das Rohr. Hoffentlich würde es sein Gewicht halten. Mit zusammengebissenen Zähnen zog er sich in die Höhe. Unter ihm rieselte Mörtel in die Tiefe. Aber die Verankerungen in der Wand hielten. Behände kletterte er weiter. Schließlich schwang er sich auf das Dach.

Sofort schaute er hinunter.

Die Männer standen bereits vor der Halle. Suchend wendeten sie die Köpfe. Melvins Herz schlug schneller. Zugleich schob er sich zurück und sah sich auf dem ebenen Dach um. Nirgends waren ein Versteck oder eine Fluchtmöglichkeit zu entdecken.

Wenn die Typen zu mir nach oben klettern, bin ich erledigt, erkannte Melvin auf der Stelle.

Er musste noch einmal nach unten spähen und herausfinden, was die Mönche unternahmen. Langsam kroch er wieder vor und reckte den Hals. Da schoss wie aus dem Nichts eine Hand auf ihn zu und krallte sich in seinen Haaren fest. Melvin riss den Kopf zurück und sprang auf die Beine. Erfüllt von wahnsinniger Angst starrte er auf den Kuttenträger, der sich direkt vor ihm auf das Dach wuchtete.

Auf der Stelle wirbelte er herum und rannte los – zur gegenüberliegenden Seite der Fläche. Trotz des rasch schwindenden Lichts entdeckte er, als er noch etliche

Schritte von der Dachkante entfernt war, das Ende einer an der Außenmauer befestigten Metallleiter.

Ab nach unten und dann nichts wie weg, jubelte Melvin in Gedanken, als er dort ankam. Doch im selben Augenblick fuhr ihm der nächste Schreck in die Glieder, denn ein verräterisches Klappern drang an seine Ohren.

War etwa einer der mysteriösen Mönche schon um das Gebäude zur rückwärtigen Seite gerannt und kam nun über die Leiter zu ihm hinauf?

Er beugte sich vor und sah seine Befürchtung bestätigt. Ein weiterer Kuttenträger erklomm gerade die ersten Sprossen.

Melvin stieß einen wütenden Fluch aus, wirbelte herum und das Herz rutschte ihm in die Hose, denn direkt hinter ihm stand bereits der Mönch, der nach ihm über das Rohr auf das Dach geklettert war. Schon schlangen sich hagere Finger um seinen Hals. Zugleich wurde er von dem Angreifer zum Abgrund geschoben.

Die Gefahr rüttelte Melvin aus seiner Betäubung. Verzweifelt beugte er den Oberkörper vor und stemmte sich wie ein kleiner Stier dem Widersacher entgegen. Vergebens! Einer der Absätze seiner Stiefel ragte schon über die Kante.

Panisch suchten seine Hände nach Halt und fanden das Seil um den Bauch des Kuttenträgers. Inzwischen standen nur noch seine Fußspitzen auf dem Dachsaum. Erfüllt von Todesangst blickte Melvin zum Gesicht des Mannes hoch. Unter der Kapuze starrten ihn aus einem wächsernen Gesicht zwei starre, kalte Augen an. Voller Schrecken sah er nun, dass eine Hand des Mannes damit beschäftigt war, den Knoten vor seinem Bauch zu lösen.

Melvin erkannte auf der Stelle, wenn das gelang, war sein Todesurteil besiegelt, denn dann würde er samt dem Seil in seinen Fäusten in die Tiefe stürzen.

Er reagierte blitzschnell. Todesmutig riss er mit einem kräftigen Ruck an dem Seil, ließ es gleich darauf los und wirbelte den Oberkörper herum. Im Fallen streckte er die Arme aus und schnappte nach der Leiter. Er bekam sie zu fassen und klammerte sich wie ein Ertrinkender an dem Eisen fest. Hinter sich hörte er einen spitzen Schrei und unmittelbar darauf weiter entfernt ein dumpfes Geräusch.

Schon zog er sich vollends auf die Sprossen. Er wollte eben nach unten blicken, um abzuschätzen, wie weit der Kuttenträger, der gerade die Leiter erklomm, noch entfernt war, da schlangen sich dessen Finger um seinen rechten Knöchel. Erschrocken krallte sich Melvin an einer Sprosse fest und trat mit dem freien Bein aus. Der Griff löste sich und direkt unter ihm erklang ein zorniges Knurren. Schnell hangelte er sich zurück aufs Dach. Unverzüglich stürzte er von der Leiter weg, da der zweite Verfolger bereits mit verzerrter Fratze die letzten Sprossen überwand.

Hals über Kopf raste Melvin los, quer über die Ebene in luftiger Höhe, während er den Atem seines Verfolgers im Nacken spürte. Schon trat der angrenzende Warenspeicher in sein Blickfeld und eine Sekunde später starrte Melvin direkt in die höllisch tiefe Schlucht zwischen den Gebäuden. In seinem Kopf schrillten die Alarmglocken. Doch er musste sie ignorieren. Wollte er von dem Mönch in seinem Rücken nicht erwischt werden, hatte er nur eine einzige Chance. Um diese zu nutzen, durfte er das Tempo keinesfalls drosseln. Er musste sogar noch beschleunigen. Und das tat er. In vollem Sprint erreichte Melvin das Ende der Fläche. Todesmutig stieß er sich ab und verlor den Boden unter den Füßen.

Es war pures Glück, dass das nächste Gebäude ein gutes Stück niedriger war, denn als er regelrecht über den Abgrund flog, verlor er rasant an Höhe.

Unglaublich hart schlugen seine Füße auf und Schockwellen durchfuhren seinen Körper, von den Beinen bis in die Haarspitzen. Wie eine Feder wurde er zusammengestaucht, schnellte los und vollführte einige unfreiwillige Rollen, bis er endlich zum Liegen kam.

Heftig schnaufend erhob er sich. Die Arme auf die Oberschenkel gestützt, pumpte Melvin Luft in seine Lungen. Von einem stechenden Pochen in seinem rechten Knöchel abgesehen, tat ihm erstaunlicherweise nichts weh. Wieder bei Atem sah er über den Abgrund und winkte dem Mönch mit hämischem Grinsen im Gesicht zu.

Der andere ließ sich zu keiner Reaktion hinreißen. Stattdessen machte dieser kehrt und eilte offenbar zur Leiter zurück. Da fiel das kurzzeitige Hochgefühl von Melvin ab. Er wusste, die Gefahr war noch lange nicht gebannt.

Hastig sah er sich auf dem Warenspeicher um. Dort! In ein paar Metern Entfernung gab es eine Luke. Er rannte hin, zog an dem Griff im Holz und riss den Zugang in das Gebäude auf. Ohne zu zögern, sprang er hindurch und landete in einem dunklen Stiegenhaus. Jeweils zwei Stufen auf einmal nehmend, stürzte Melvin nach unten, bis er strauchelte, auf den Knien über den nächsten Treppenabsatz schlitterte und unsanft gegen eine Backsteinwand prallte.

Für einen Moment war alles still. Keuchend lag er auf dem Rücken und lauschte angestrengt. Zunächst hörte er nur seine eigenen schnellen Atemstöße. Doch dann vernahm er aus dem Erdgeschoss Geräusche.

Er hielt die Luft an. Trampelnd jagten Schritte zu ihm hoch.

Fluchend sah er sich um. Hinter ihm gab es eine Tür. Er sprang zu ihr und rüttelte in blinder Verzweiflung am Türknauf. Vergebens ... das *verdammte* Ding war verschlossen. Die Schritte kamen derweil immer näher. Ihm blieb keine Wahl: Er musste zurück aufs Dach!

Da hörte er ein Quietschen über sich. Anschließend ein lautes *Wums*, als die Luke zugeschlagen wurde. Sekunden darauf waren auch von oben Schritte zu hören.

Melvin stieß einen leisen Fluch aus. Ein oder mehrere Angreifer mussten inzwischen auf das Dach von diesem Kontor gestiegen sein und waren eben auf identischem Weg wie er in das Gebäude gedrungen.

Er saß in der Falle. Ihm blieb nur ein möglicher Ausweg: das verschlossene Zimmer.

Erneut raste er zur Tür. Irgendwie musste er sie aufbekommen. Er umfasste den Knauf und die Tür sprang ohne Weiteres auf.

Zum Wundern blieb ihm keine Zeit. Schnell glitt er in den dahinter liegenden Raum und schloss behutsam den

Durchgang. Den Schlüssel, der von innen im Schloss steckte, drehte er ebenso leise. Anschließend schlich Melvin zum einzigen Fenster und schob es hoch.

Er beugte sich hinaus. Diese Seite zeigte zum Wasser. Ungestüme Wellen klatschten ein paar Meter unter dem Fenster schäumend gegen die Ufermauer.

Fieberhaft tasteten seine Blicke das düstere Zimmer nach einer anderen Fluchtmöglichkeit ab. Es gab keine. Da waren plötzlich auf der anderen Seite der Tür schwere Schritte zu hören. Bebend vor Angst suchte Melvin Schutz hinter einem Tisch. Sekunde um Sekunde verstrich.

Da flog die Tür mit einem ohrenbetäubenden Krachen und Splittern auf. Mit angehaltenem Atem starrte Melvin zum Eingang. Dort stand jemand. Es war einer der Mönche. Und der trat nun in den Raum.

Ohne zu zögern sauste Melvin los, spürte, wie die Klauen des Widersachers seinen Rücken streiften, dann sprang er durch das offene Fenster in das eisige schwarze Wasser des Hafenbeckens.

Abney Park Cemetery, London Borough of Hackney, nach Sonnenuntergang

Vincent, Sam und zwei weitere Männer schritten nebeneinanderher, vorbei an verwitterten Skulpturen und düsteren Granitkreuzen, ehe sie durch einen rosenumrankten

Bogen den Friedhof verließen. Über die menschenleere Straße stiefelten sie zu der wartenden Kutsche.

Der Mann hinter Vincent und dem Riesen war knochendürr. Seine magere Gestalt wurde von einem Mantel mit aufgestelltem Kragen umhüllt. Das Gesicht, in dem unter zusammengewachsenen Brauen eine gebogene Nase prangte, war fahl und durch ein Netz unzähliger feiner Äderchen verunstaltet. Das streng zurückgekämmte Haar darüber hatte die Farbe und Konsistenz von schwarzer Wolle.

Ihm folgte ein gedrungener Mann. Dieser trug eine abgewetzte Militärjacke, hatte die Hände verbunden und sein Gesicht wurde vom Schatten eines breitkrempigen Hutes verborgen.

Sam blieb neben der Kutsche stehen. Unwirsch rieb er sich mit dem Ärmel seiner Jacke über den Mund.

»Mir ist vielleicht übel«, stöhnte der Schwarzhaarige mit dem blaugeäderten Gesicht.

Sam ballte seine Pranken zu Fäusten und drehte dem Mann seine totenbleiche Visage zu. »Halt die Klappe, du Blutsauger.«

»Sam hat recht, Byron. Deine Tischmanieren sind auch nicht viel besser«, ertönte darauf eine raue Stimme unter der überhängenden Hutkrempe des Kleinsten der Gruppe.

»Hört auf zu streiten und spart lieber eure Kräfte.« Vincent sah seine Begleiter tadelnd an. »Heute Nacht beginnen wir mit unserer Suche nach Jack. Nat und Sam, ihr seht euch in Whitechapel um. Byron, du gehst nochmals zum Hafen. Nimm dich in Acht! Möglicherweise liegen dort unsere Feinde auf der Lauer. Schärft euch alle ein: Wir dürfen keine Aufmerksamkeit erregen. Gebt euch also unauffällig und stellt keine Dummheiten an. Die Gefolgsleute des Bischofs sind möglicherweise auch verdeckt unterwegs.«

»Und was gedenkt unsere Lordschaft in der Zwischenzeit zu tun?«, fragte der Riese in einem vorwurfsvollen Tonfall.

»Ich sehe mich derweil beim Gotteshaus um, lieber Sam«, gab Vincent mit einem Lächeln zurück.

»Deine Versteckspielchen und das ewige Warten gehen mir auf den Geist!«, wetterte der Hüne mit einem Mal. »Wir waren lange genug auf der Flucht. Soll der verdammte Pfaffe doch wissen, dass wir in London sind! Wozu haben wir unsere Kräfte, wenn wir sie nicht einsetzen? Wie lange gedenkst du noch zu warten, bis wir dem scheinheiligen Pharisäer endlich das Handwerk legen?«

»Sam, Sam«, seufzte der Anführer der Männer. »Wie oft soll ich es dir noch erklären? Zunächst müssen wir uns um Jack kümmern. Wir brauchen ihn für unsere Mission. Danach sollst du Gelegenheit bekommen, deine Kräfte zu testen. Das verspreche ich dir!« Vincent betrachtete den Riesen mitleidig. »Ebenso wie du möchte auch ich wieder ein *normales* Leben führen.«

»Du hast ja keine Vorstellung davon, welchen Ekel ich empfinde, wenn mich dieser ... dieser Drang überwältigt.« Sam ballte erneut seine riesigen Hände zu Fäusten. »Kannst du denn nicht verstehen?«

»Doch das tue ich, Sam. Aber die Suche nach Jack hat nun einmal oberste Priorität!« Vincent kratzte geistesabwesend an seinen Koteletten. »Ich würde mich zu gerne mit dem Jungen unterhalten.«

»*Verdammt noch mal,* welcher Junge?« Sam stampfte so vehement auf den Boden, dass sich ein panisches Zwitschern erhob und die Vögel aus den umstehenden Bäumen die Flucht ergriffen.

»Vermutlich war er Zeuge des Mordes an der letzten Dirne«, erklärte Vincent unbeeindruckt.

»Aber wie sollte man den finden? Auf Londons Straßen gibt's schließlich Tausende dieser Jungs«, mischte sich der Mann mit dem großen Hut und den verbundenen Händen ein.

»Das ist schon wahr, Nat«, stimmte ihm Vincent zu. »Aber ich habe so ein Gefühl, dass sich unsere Wege nochmals kreuzen werden. Für alle Fälle: Der Bursche sieht aus, als hätte er seit Wochen oder eher Monaten nicht gebadet. Er hat zotteliges Haar und trägt eine viel zu große zerschlissene Jacke, die vor Dreck regelrecht steht.«

»Wunderbar. Das grenzt die Zahl der potenziellen Kandidaten ja ungemein ein«, spöttelte Nathaniel.

Vincent ging nicht darauf ein. »Nun denn, ihr wisst, was ihr zu tun habt«, sagte er, warf einen ernsten Blick in die Runde und spazierte davon.

Schon stieg Byron auf die Kutsche, wendete die Pferde und entfernte sich Richtung Osten.

Sam und Nathaniel sahen dem Wagen nach und marschierten anschließend an der Friedhofsmauer entlang.

»Vincent hat recht«, sagte der bandagierte Mann.

»Wenn du meinst«, murrte der Hüne und schaute zu seinen weißen Pranken hinab. Auf ihnen klebte geronnenes Blut.

London Docks, Wapping, East End of London, eine Stunde darauf

Melvin kauerte pitschnass und zähneklappernd am Fuß eines Stützpfeilers unter einer Landungsbrücke. Ein widerlich kalter Wind riss an seinen durchnässten Klamotten. Seit seinem Sprung ins Wasser waren wenigstens zwei Stunden vergangen. Inzwischen war er völlig ausgekühlt. Weil immer wieder Geräusche und Stimmengemurmel zu ihm getragen wurden, hatte er es bis jetzt nicht gewagt, aus seinem Versteck hervorzukriechen. Bis auf das Klatschen des Wassers gegen die Kaimauer war nun endlich alles still.

Die Luft schien rein zu sein.

Er richtete sich auf und boxte auf seine gefühllosen Oberschenkel, um das Blut zum Zirkulieren zu bringen. Dann schlich er über den Betonsockel zur hoch aufragenden Hafenmauer und suchte nach einem möglichen Einstieg. Er grub die kältesteifen Finger in zwei Vertiefungen zwischen den glitschigen Steinen, seine Fußspitzen fanden Halt und er kletterte ohne größere Schwierigkeiten zur Mauerkrone. Vorsichtig sah er sich auf dem Hafengelände um.

Die Gebäude im Hintergrund und die Schiffe auf beiden Seiten waren gerade noch schemenhaft zu erkennen, da das Mondlicht nur schwach durch die Wolkendecke sickerte. Melvin stieß einen stummen Fluch aus, als er die Kutsche der Ordensbrüder entdeckte, die noch immer in der Nähe des Frachters stand.

Wo steckt ihr Schweinehunde?

Er zog sich vollends hoch. Langsam richtete er sich auf und suchte dabei mit den Augen das Gelände ab. Nichts. Von den Mönchen keine Spur.

Steifbeinig überquerte er in seinen nassen Schuhen den Platz. Auf halbem Weg zu den Gebäuden blickte er zu der zweiten Kutsche der Kuttenträger vor der Halle – neben ihr stand jetzt ein Zweispänner.

Melvin verlangsamte seine Schritte, zögerte und huschte dann an den Wagen vorbei zum Lager. Dicht an der Fassade des Gebäudes entlang schlich er zu dem nach innen aufgeschwungenen Wellblechtor. Vorsichtig linste er um die Ecke und da sah er sie. – Eine skelettdürre Gestalt in einem knöchellangen Mantel.

Erschrocken wich Melvin vom Eingang zurück und presste sich zitternd in den Schatten des Tores. Leise drangen näher kommende Schritte an seine Ohren. Dann trat die Gestalt ins Freie. Keine fünf Fuß von ihm entfernt blieb sie stehen und richtete den Blick hinauf zum Nachthimmel.

Melvin starrte auf das Profil des Mannes – auf das zurückweichende Kinn, die gebogene Adlernase und die wilden Brauen über den tief in den Höhlen liegenden Augen.

Der Mann senkte nun den Blick zu dem Zweispänner und ging mit federnden Schritten auf ihn zu. Er schwang sich auf den Bock und schon rollte der Wagen an.

Melvin stand noch immer stocksteif an der Wand. Er spürte seinen Herzschlag bis in die letzte Haarspitze.

Folge einem seltsamen Fremden.

Melvin ahnte, er hatte ihn gefunden – und er war sich ziemlich sicher, um wen es sich handelte. Es musste der Mörder sein!

»Für dich, Ayleen«, hauchte er in die kühle Nachtluft. Dann rannte er der Kutsche hinterher, bekam die Leiste für das Gepäcknetz zu fassen und zog sich hoch.

Der Wagen machte auf dem Gelände einen weiten Bogen, wendete darauf in Richtung der Warenspeicher und fuhr an diesen vorbei in das nächtliche London.

Nach langer Fahrt hielt die Kutsche vor einem rostigen Tor.

Sofort sprang Melvin ab und huschte hinter das Gestrüpp am Wegesrand. Dort löste er den Knoten der Pferdedecke, die glücklicherweise in der Gepäckablage gesteckt und die er sich während der Fahrt umgebunden hatte.

Er ließ die Decke auf den Boden fallen und spähte durch

das Blattwerk. Ringsumher stachen Bäume in den Himmel und weit und breit gab es keine Gebäude. Mit einer Ausnahme. In einiger Entfernung hinter dem Tor stand ein einsames Haus.

Der Mann war mittlerweile vom Kutschbock gestiegen und schob das Doppeltor auf. An der Trense führte er das Pferd auf das Grundstück und zog anschließend das Gatter hinter der Kutsche wieder zu.

Melvin wartete ein paar Sekunden, ehe er zum Tor schlich. Durch die Gitterstäbe beobachtete er, wie der Wagen auf einem von Unkraut überwucherten und von wilden Sträuchern gesäumten Weg eine Anhöhe hinaufholperte. Das Gespann hatte noch nicht vor dem Herrenhaus auf der Hügelkuppe angehalten, da war Melvin schon am Tor hinaufgeklettert und auf das Grundstück gesprungen. Im Schutz eines Baumstamms äugte er vorsichtig zu dem Bauwerk, wo der Mörder eben die Eingangstür aufzog und ins Innere schlüpfte.

Melvin betrachtete das Haus. Es war in einem miserablen Zustand: Risse durchzogen den Putz, die Fensterläden hingen schief in ihren Angeln, armdicke Efeuranken und wilde Kletterrosen krochen die rostigen Fallrohre und Wände empor. Die Fenster blickten trübe auf den wild wuchernden Garten hinaus. Allesamt blieben sie dunkel.

Warum macht der denn kein Licht?, fragte sich Melvin. In dieser Sekunde sah er ein schwaches Flackern hinter einer Kellerluke.

Du solltest schleunigst von hier weg und die Polizei rufen, riet ihm eine innere Stimme. In seiner Fantasie sah er bereits eine Horde Polizisten das Haus stürmen und den Mörder in Handschellen abführen.

Zuerst aber wollte er nachschauen, was der unheimliche Kerl da unten im Keller zu schaffen hatte.

Geduckt rannte Melvin zu der alten Villa. Vor der Luke ging er in die Hocke und linste in den Kellerraum. Auf dem Lehmboden standen eine große Kiste sowie ein Sarg, auf dessen Deckel eine brennende Kerze befestigt war.

Ihm blieben nur wenige Augenblicke, sich über das ausgefallene Inventar zu wundern. Etwas – nein, *jemand* pikste ihn in die Seite.

»Wen haben wir denn da?«, hörte er auch schon eine hohe Stimme flöten.

Mit einem Mal schlotterte Melvin am ganzen Körper. Langsam drehte er den Kopf. Vor ihm ragte die Gestalt des Fremden auf. Aus tintenschwarzen Augen blickte er zu ihm herab.

Melvin sog vor Schreck die Luft ein, doch dann wirbelte er blitzschnell wie ein Kreisel herum und stürzte den Hügel hinab. Erst wenige Meter vor dem Tor wagte er einen Blick zurück. Der Mörder war nicht hinter ihm her und stand auch nicht mehr vor dem Kellerfenster.

Wo zum Teufel war er hin?

Flink wie ein Eichhörnchen hangelte sich Melvin an den Gitterstäben in die Höhe.

Noch einen Meter, dann über die Mauer und nichts wie weg von hier!

Da packte plötzlich jemand seinen Jackenärmel und zog ihn auf die Mauerkrone. Wie durch Zauberei saß der Mann bereits auf der Erhöhung und legte ihm eine langfingrige und entsetzlich kalte Hand um den Nacken.

Entgeistert betrachtete Melvin das Netzwerk bläulicher Venen unter der durchscheinenden Haut des Fremden. Langsam beugte sich dieser zu ihm vor. Das schreckliche Gesicht kam dem seinen nun so nahe, dass sich ihre Nasenspitzen fast berührten und ein Atem voll verderblicher Süße Melvin die Tränen in die Augen trieb.

Dann sprach die hohe vibrierende Stimme ein zweites Mal zu ihm.

»Warum möchtest du so rasch wieder fort? Ich hätte gegen etwas Gesellschaft an diesem gottverlassenen Ort nichts einzuwenden.«

Melvin wurde es mit einem Mal schwindlig. Wie hypnotisiert blickte er in die Augen vor sich – schwarze Tümpel, die ihn zu locken schienen. Ihm war es, als würde er den Boden unter den Füßen verlieren und in ihre Dunkelheit hinabsinken.

Mit aller Kraft stemmte er sich gegen den Griff um seinen Nacken und hieb mit den Fäusten auf den Arm des Mannes ein. Doch die Hand schloss sich nur umso fester um sein Genick. Schicksalsergeben gab Melvin seinen Widerstand auf.

Der geheimnisvolle Fremde lächelte ihm zu und Melvin starrte voller Entsetzen auf lange, spitze Eckzähne, die im Mondlicht bedrohlich funkelten.

Sitz der Bruderschaft, Northern London

Vincent Berengar hatte sich hinter dem Stamm einer knorrigen Ulme versteckt. Von dort aus sah er zu dem Bollwerk aus massivem Stein hinüber.

Wachposten in Uniformen und knielangen Lederstiefeln standen vor dem Haupttor und sondierten die Straße. Auf der Begrenzung patrouillierten weitere mit Flinten bewaffnete Wachen.

Vincent sah an den Türmen hinauf, die sich aus der Mitte der Umfriedung in den Himmel reckten. Entfernt hörte er ein Fuhrwerk nahen. Kurz darauf rollte es an ihm vorüber, steuerte auf das Doppeltor in der Mauer zu und hielt davor an.

Einer der Wachmänner schwenkte eine Laterne über die Ladefläche. Danach leuchtete er die Unterseite des Wagens ab. Anschließend gab er seinen Kollegen ein Zeichen. Das Tor aus schweren hölzernen Bohlen glitt auf und der Wagen durfte passieren.

Vincent hatte genug gesehen.

Er verließ seinen Beobachtungsstand und spazierte die Allee hinab, bis er an der Mietdroschke ankam, die an der Mündung einer abzweigenden Straße auf ihn wartete.

Unterschlupf der vier, London Borough of Hackney

Der offene Einspänner kam vor dem Eingang des Grundstücks zum Stehen. Vincent Berengar bezahlte den Fahrer. Auch Sam und Nathaniel waren gerade zurückgekehrt. Gemeinsam gingen sie zu ihrem Domizil.

»Wie war dein Ausflug?«, fragte Nathaniel.

»Dort ist alles unverändert. Der Orden lässt seine Festung bewachen. Aber es dürfte nicht allzu schwierig sein, auf das Gelände zu kommen«, antwortete Vincent. »Zuvor war ich noch in der Stadt, ein paar Erkundigungen einholen.«

»Und, hast du was rausgefunden?«

»Nicht viel mehr als das, was uns ohnehin schon bekannt ist. Auch bei dem letzten Opfer handelte es sich offenbar um eine Dirne. Scotland Yard hat noch immer keine Spur von dem Täter.«

Sam brummte: »Wir leider auch nicht. Allerdings tappen wir nicht im Dunkeln, sondern wissen sehr wohl, wer dieser Verrückte ist.«

Vincent blieb stehen. »Sam, zieh bitte keine voreiligen Schlüsse. Wir wissen noch immer zu wenig, um absolut sicher zu sein.«

»Wenn Sie meinen, Monsieur«, knurrte der Riese widerwillig und trampelte die Veranda hinauf.

Nathaniel und Vincent sahen sich an und zuckten mit den Schultern, dann folgten sie ihm.

Nachdem sie die Eingangshalle durchquert hatten, traten sie in den Raum, den die vier Freunde zu ihrem Aufenthaltsort auserkoren hatten.

Melvin hatte sich in eine Ecke des Kaminzimmers gepresst und blickte mit unverhohlener Abscheu den Mann an, der rittlings auf einem Stuhl vor der Tür hockte und mit einem Messer seine schrecklich langen Fingernägel reinigte.

Da hörte er plötzlich Schritte und gedämpfte Stimmen. Der Eingang wurde geöffnet und das Blut gefror ihm in den Adern. Die drei Männer, die hereinkamen, sahen um keinen Deut vertrauenerweckender aus als das Schreckgespenst, das ihn eingefangen hatte.

»Da seid ihr ja endlich«, sagte sein Wächter. »Schaut einmal, wir haben Besuch. Ich habe den kleinen Schnüffler im Garten aufgegabelt.«

Die Männer wandten gleichzeitig die Köpfe zu dem unerwarteten Gast in ihrem Heim, da raste Melvin schon auf den Ausgang zu. Er war gerade an der Tür angelangt, als sein Fluchtversuch jäh gestoppt wurde. Einer der Männer hatte ihn am Kragen erwischt und hielt ihn wie ein eingefangenes Karnickel in die Höhe.

Melvin fluchte und schlug wild um sich. Doch als er unter den Hut seines Fängers blickte, erstarrte er mitten in der Bewegung. Statt eines Gesichts sah er graue Mullbinden, die um einen Schädel geschlungen waren. Nur die Augen waren zu erkennen. Sie leuchteten in einem geheimnisvollen Grün.

Der Vermummte ließ ihn wieder frei. Auf der Stelle stolperte Melvin von ihm weg und stieß gegen die Beine eines unglaublich großen und ungeheuer breiten Kerls. Mit aufgerissenen Augen starrte er nun in ein regloses, von zementgrauen Wucherungen verunstaltetes Gesicht. Wie benommen taumelte Melvin darauf in die Raummitte und blieb dort stehen.

Jetzt ergriff der vierte Mann das Wort. Im Vergleich zu seinen Komplizen wirkte er beinahe *normal*. Er trug einen knielangen schwarzen Frack mit aufgeschlagenem Kragen, auf seinem Kopf saß ein hoher Zylinder und seine Linke umklammerte den Messingknauf eines Gehstocks. Sein Gesicht jedoch war an den Seiten ungewöhnlich dicht behaart und die Augen unter seinen ausgeprägten Brauen ließen Melvin an ein hungriges Raubtier denken.

»Jagt ihm keine Angst ein«, sagte der Mann nun und durchbohrte Melvin dabei mit einem forschenden Blick. »Das ist der Junge!«

Die anderen sahen Vincent überrascht an und Melvin nutzte die allgemeine Verwunderung für einen erneuten Fluchtversuch. Er sprang los, trat dem Riesen mit dem schlohweißen Schopf gegen das Schienbein, rutschte durch dessen Beine und schlug im Vorbeirennen dem Mullbinden-Kerl seinen Ellbogen in die Eingeweide. Dann stand er tatsächlich vor der Tür und griff nach der Klinke ...

Auf ein Zeichen Vincents hin fuhr Byron einen Arm aus und erwischte den Jungen am Jackensaum, als der eben durch die aufgerissene Tür aus dem Zimmer stürzen wollte.

»Lass mich los, du ... du widerliches Monster!«, kreischte Melvin, während er zurück in das Zimmer gezogen wurde.

»Zuerst versprichst du uns, dass du mit dem Unsinn aufhörst«, forderte Vincent.

Melvin blickte panisch nach allen Seiten. Als er dem stechenden Blick des Gentlemans begegnete, nickte er sachte mit dem Kopf.

»Byron, gib ihn frei«, befahl Vincent und Melvin wurde losgelassen.

Sofort sprang er zurück in die Ecke des Zimmers.

»Hatte ich schon erwähnt, dass unser Gast widerspenstig ist?«, schmunzelte der Kerl, der ihn eingefangen hatte.

»Das ist nicht zu übersehen«, erwiderte der vornehme Mann mit den imponierenden Koteletten. Er blickte Melvin dabei eindringlich an. »Erzähl uns doch einmal, was du hier zu suchen hast.«

»Euer Freund hat mich hergelockt. Er ist der Ripper!« Melvin zeigte hasserfüllt auf Byron. »Warum haben Sie die Frauen umgebracht? Dafür werden Sie hängen! Das schwör ich.«

»Na, na, na. Man sollte niemanden voreilig verdächtigen«, ermahnte Vincent den Jungen in gespielter Strenge. »Byron, was hast du zu deiner Verteidigung vorzubringen?«

Der Beschuldigte gluckste zuerst und erklärte dann pathetisch, als stünde er im Gerichtssaal des *Old Bailey* unter Anklage: »Herr Richter, sehr geehrte Geschworene. Ja, ich habe getötet.« Nun sah er Melvin unerwartet ernst an. »Aber ich bringe keine unschuldigen Dirnen um.« Die nächsten Worte richtete er an Vincent: »Am Hafen waren ein paar der Ordensbrüder und in der Lagerhalle lag der Kapitän der *Hope*. Mausetot, die Kehle durchtrennt. Ich habe die Mönche belauscht. Sie waren anscheinend auf der Suche nach einem Knaben, der unfreiwillig Zeuge des Mordes geworden war, um ihn zu beseitigen. Da hielt ich es für angebracht, ihre Pläne zu vereiteln. – Außerdem hatte ich Hunger.«

Vincent schnaufte unzufrieden. »Spätestens jetzt weiß der Bischof, dass wir in London sind. Sei's drum. Es lässt sich nicht mehr ändern. Wenigstens wird ihm aufgegangen sein, dass ihm seine Vasallen keinen Schutz bieten.« Wieder nahm er Melvin mit diesem durchdringenden Blick ins Visier. »Siehst du nun? Du hast unseren Freund zu Unrecht verdächtigt.«

Melvin betrachtete den Wortführer mit nachdenklicher Miene, weil der ihm plötzlich irgendwie bekannt vorkam. Dann fiel der Groschen und er erinnerte sich, dass er ihn vor der Gasse in der Nähe des *Ten Bells* gesehen hatte, nachdem er diesem Inspektor Abberline entwischt war.

»Er hat andere Augen ...«, sagte er leise vor sich hin und betrachtete dabei Byrons Züge.

Vincent hob interessiert die Brauen. *»Er?«*

»Der Ripper.«

Die vier Männer wechselten einvernehmliche Blicke. Dann schauten sie alle den Jungen erwartungsvoll an.

»Mehr habe ich nicht gesehen«, beantwortete Melvin die unausgesprochene Frage in ihren Gesichtern.

Sitz der Bruderschaft, Northern London, zur gleichen Zeit

Der Blick des Bischofs verfinsterte sich, als sein Diener vor ihm eine demutsvolle Haltung einnahm.

»Was ist geschehen?«

Joseph senkte das Haupt noch tiefer. Er hatte auf ganzer Linie versagt und ihre Gegner unterschätzt. Für diese Verfehlung würde er Buße tun. Zwanzig Hiebe wären nicht genug, um dafür Abbitte zu leisten. Denn hatte ihn sein Meister nicht stets gemahnt, ihren Feind für mächtiger zu halten, als er erschien? Hochmut kommt vor dem Fall. Und er war hochmütig gewesen. Wie sonst hätte ihm diese Schmach widerfahren können?

Seine Spitzel hatten ihm zugetragen, dass mit einem Schiff namens *Hope* Passagiere in London gelandet waren, die eine gewisse Ähnlichkeit mit den Gesuchten aufwiesen. Auch deren Gepäck – ein Sarg und eine Kiste – schienen verdächtig. Deshalb hatte er seine Leute zum Hafen entsandt, damit sie dort Nachforschungen anstellten. Sie sollten dem Kapitän des Schiffes auf den Zahn fühlen. Womöglich waren so Informationen über den Verbleib seiner Passagiere zu erhalten. Doch dann war etwas schiefgelaufen.

Joseph beschloss, den zwanzig Hieben weitere einhundert folgen zu lassen. Sie würden ihn reinwaschen und seine Sinne schärfen. Er spürte, dass die Geduld seines Gebieters erschöpft war. Er würde ihm aufrichtig und ohne Umschweife antworten. Niemals würde er versuchen, sein Versagen in ein günstigeres Licht zu rücken.

»Es gibt keine Zeugen. Unsere Männer wurden tot in einer Lagerhalle aufgefunden. Die Spuren sind eindeutig: Jemand hat seinen Durst an ihnen gestillt.«

»Byron Langdon!«, knurrte der Bischof und fuhr wütend auf. Sein drohender Blick bohrte sich unbarmherzig in die Augen seines Gehilfen. »Die nächste Aktion wird für uns erfolgreicher verlaufen!«

Joseph verneigte sich und verließ den Raum ohne ein weiteres Wort. Sein Weg führte ihn geradewegs in das dunkle Reich unter der Kirche.

Unterschlupf der vier, London Borough of Hackney

Melvin saß nun auf einem großen Sessel neben dem Kaminfeuer. Eine kratzige Decke war um seine Schultern geschlungen.

»Was ... Wer seid ihr eigentlich?«, fragte er in die Runde.

»Das geht dich nichts an«, antwortete eine grollende Stimme. Sie gehörte dem Hünen mit dem übellaunigen Totengesicht.

»Nimm es ihm nicht krumm. Sam ist ein unverbesserlicher Griesgram«, erklärte der Wortführer der Gruppe.

»Wir haben uns noch gar nicht vorgestellt«, meldete sich der Mann mit den Perlmuttzähnen zu Wort. »Ich bin Byron Langdon. Die Herren neben mir sind Vincent Berengar«, der Gentleman beugte sein Haupt, »Nathaniel Fields«, der Bandagierte tippte an seine Hutkrempe, »und Samuel Seymour.« Der Goliath warf Melvin einen kurzen Blick zu und brummte dann etwas Unverständliches.

Melvin betrachtete die Männer und musste unwillkürlich an die Kuriositätenschau denken, die im vergangenen Jahr in Spitalfields ein paar Vorstellungen gegeben hatte. Er konnte sich noch gut an das Plakat erinnern, mit dem die Veranstaltung damals angepriesen wurde. Auf diesem waren Menschen abgebildet, die ihn erschreckt und zugleich fasziniert hatten: Ein Mann, der vom Scheitel bis zur Sohle von einem dichten Pelz bedeckt war. Zwei auf grausige Weise miteinander verwachsene Mädchen. Am erstaunlichsten hatte er damals die Darstellung eines jungen Mannes gefunden, den man den *Elefantenmenschen* nannte. Sein Bild zeigte ein Geschöpf, so grauenvoll entstellt, dass man glauben konnte, ein Fabelwesen vor sich zu haben.

Melvin schaute die vier Männer der Reihe nach an und es war ihm, als stünde er wieder vor dem Plakat.

»Wer oder was seid ihr überhaupt?«, fragte er erneut und richtete seinen Blick auf das Netz aus Adern im Gesicht der feingliedrigen Gestalt, der er vom Hafen hierher gefolgt war. »Was ist mit Ihrer Haut? Und Sie«, Melvin nickte zu dem Riesen mit der schrecklichen Visage und den purpurnen Schatten unter den Augenhöhlen, »mit Verlaub, sehen aus, als müssten Sie eigentlich sechs Fuß unter der Erde vermodern.«

Der riesenhafte Mann zog beleidigt die Stirn in Falten, was bei dessen Freunden prompt ein heiteres Lachen auslöste.

Melvin achtete nicht darauf und deutete auf den Bandagierten. »Und wieso verstecken Sie sich unter diesen Lumpen?«

»Du kennst doch sicher das eine oder andere Gruselmärchen, in dem Monster vorkommen«, sagte Byron und sah ihn dabei unverwandt an. »Wir sind die armseligen Vertreter bekannter Figuren, die gemeinhin im Reich der Sagen ihr Unwesen treiben. Ich bin ein Vampir, Nat eine Mumie, Sam ein Untoter und Vincent ...«

»... ein Werwolf«, beendete dieser den Satz.

»Ihr wo-wo-wollt mich wohl auf d-den Arm nehmen?!«, stotterte Melvin.

Die vier Männer antworteten nicht.

Melvin blickte zuerst in die smaragdgrünen Augen des Vermummten, dann zu Byrons funkelnden Fängen, danach in das leblose Gesicht und die grauen toten Augen Sams und schließlich zu Vincents dicht behaarter Hand. Das Blut rauschte in seinen Ohren.

»Keine Angst, wir sind eigentlich harmlos«, erklärte der Vampir. »Bis auf Sam natürlich. Den sollte man besser nicht von der Leine lassen.«

Melvin sah, dass der Hüne die Fäuste ballte und die

Venen bedrohlich aus den Muskelsträngen seiner Unterarme quollen. Offensichtlich missfiel es ihm, dass seine Kumpane auf seine Kosten Witze rissen.

»Genug Märchenstunde für heute«, mischte sich Vincent ein. »Erzähl uns bitte, was du in der gestrigen Nacht gesehen hast.«

Melvin wich seinem Blick aus. Nach einer Pause flüsterte er: »Nichts habe ich gesehen. Der Ripper hat Ayleen umgebracht. Dafür wird er bluten.«

»Ayleen? Eine Freundin von dir?«, fragte Vincent.

»Ja.«

»Unser aufrichtiges Beileid. – Kannst du dir erklären, warum sie getötet wurde?«

»Wie sollte ich?«, erwiderte Melvin in einem Tonfall, der seinen Widerwillen verriet.

»Bist du dir wirklich sicher, dass du es nicht weißt?«, bohrte Vincent nach.

Melvin blickte mit zusammengepressten Lippen auf seine Schuhe. »Allerdings!«, antwortete er schließlich.

»Nun gut. Wenn dir noch etwas einfällt, dann lass es uns wissen«, sagte Vincent.

Melvin sah auf. Der Wortführer der vier fixierte ihn, als wolle er geradewegs in seine Seele blicken.

»Du erzählst niemandem von uns, nicht wahr? Denke daran, wir sind nur eine Ausgeburt deiner Fantasie.«

Melvin antwortete mit einem halbherzigen Nicken.

»Sam, fährst du unseren Gast bitte in die Stadt zurück?«, beendete Vincent das Gespräch und löste endlich den Blick von ihm.

Als sie vor dem Ausgang standen, gab der Wortführer der Männer Melvin die Hand und zwinkerte ihm aufmunternd zu. Nathaniel und Byron hoben zum Abschied die Hände. Dann stieß Sam die Tür auf und schob ihn nach draußen.

Vincent schloss die Tür hinter den beiden und drehte sich zu Nathaniel und Byron um. »Der Bursche lügt. Er hat *ihn* gesehen. Außerdem verheimlicht er uns ein wichtiges Detail.«

»Und du lässt ihn trotzdem gehen?«, fragte Byron.

»Er wird zurückkommen. Er braucht noch Zeit, bis er uns Vertrauen schenken kann. Er wird schon noch reden.«

»Wie kannst du so sicher sein?«, wandte Nathaniel ein.

Vincent ging ans Fenster und sah zu, wie Sam und Melvin auf den Kutschbock kletterten. »Der Junge möchte wissen, wer das Mädchen ermordet hat. Ohne Zweifel war er bis über beide Ohren in sie verliebt. Zudem ist er nicht auf den Kopf gefallen. Er hat bereits verstanden, dass wir mehr wissen, als wir preisgegeben haben.« Vincent verstummte und blickte der Kutsche nach, die eben die Auffahrt hinabrollte. Plötzlich grub sich ein Lächeln in seine Wangen. »Außerdem kenne ich Sam gut genug. Unser gutherziger Trauerkloß wird das Seine dazu beitragen, dass er anbeißt.« Er sah wieder zu seinen Kumpanen. »Der Morgen bricht bald an. Ihr solltet euch ausruhen.«

»Dein Wort in Gottes Ohr«, gähnte Byron und streckte seine Glieder.

»Dein Schnarchen in meinen Ohren ist bestimmt nicht im Sinne Gottes«, erwiderte Nathaniel.

Byron zog ein empörtes Gesicht. »Ich schnarche nicht, du wandelnder Wischlappen!«

Die Kellertür fiel hinter den beiden ins Schloss und schnitt ihr Wortgefecht ab. Vincent blickte noch einmal aus dem Fenster. Draußen erwachte allmählich ein grauer Morgen.

TAG 4

East End of London, vor Morgengrauen

Während er auf dem Kutschbock neben einem Fahrer saß, dessen Miene die Zuversicht eines Grabsteins ausstrahlte, fühlte sich Melvin, als habe ihm jemand den Boden unter den Füßen weggezogen. Ihm war, als wäre er aus seiner bekannten Wirklichkeit in eine andere Welt gestürzt. Eine absurde Welt, in der die logische Abfolge der Ereignisse keine Gültigkeit mehr hatte. In der die Zeit anders verrann, in der alles in verzerrten und undeutlichen Bildern ablief, die seiner Fantasie entsprungen schienen und mit der Realität nichts gemein hatten.

Während er von der Fahrt auf unebenem Pflaster durchgeschüttelt wurde, Häuserzeilen an ihm vorüberglitten und Gaslampen Lichtkreise auf den feuchtschimmernden Boden warfen, hing Melvin düsteren Gedanken nach.

Einerseits sehnte er sich nach seinem Zuhause und der Stille, die dort auf ihn wartete und die er brauchte, um in Ruhe nachdenken zu können. Zugleich fürchtete er sich vor dem Alleinsein mit seinen Gedanken und seiner Trauer.

Melvin warf einen Seitenblick auf das grausige Profil des Fahrers und fragte sich, was die vier merkwürdigen Männer mit den Ereignissen zu tun haben mochten.

Was wussten sie über den Mörder? Waren sie vielleicht auch auf der Suche nach ihm?

Die Kutsche holperte über eine kleine Brücke und Melvin beschloss, das frostige Schweigen zu durchbrechen.

»Nett von Ihnen, dass Sie mich zurück in die Stadt bringen, Sir!«

»Hm.«

»Darf ich Sie was fragen?«

»Hm.«

»Von Mumien, Werwölfen und Vampiren habe ich schon gehört, aber was genau ist ein *lebender* Toter?«

Unverhofft gab der Mann neben ihm mehr von sich als sein sprödes *Hm*, allerdings dachte er nicht daran, seine Frage zu beantworten. Zwischen halb geschlossenen Lippen murmelte er übellaunig: »Sei nicht so neugierig.«

Nach weiteren schweigsamen Minuten drosselte der Riese unversehens das Tempo und hielt die Kutsche in der Brick Lane an der Ecke zur Thrawl Street an. Dann sprang er hinunter auf das Pflaster. Als Melvin ihm folgen wollte, wurde er ruppig in den Sitz zurückgedrückt.

»Bleib da oben. Ich muss was erledigen.«

»Was fällt Ihnen ...?«, hob Melvin entrüstet an.

»Keine Widerrede! Du wartest hier!«, unterbrach ihn der Koloss barsch und schon stiefelte er los.

Mit empörter Miene beobachtete Melvin, wie der Mann auf ein Eckhaus zuhielt, in dessen Erdgeschoss eine üble Spelunke namens *Frying Pan* untergebracht war. Unter dem Türsturz zog der Hüne den Kopf ein und verschwand gebückt in der Kneipe.

»Muss was erledigen!«, äffte Melvin den ungehobelten Klotz nach und sprang vom Wagen.

Schnell war auch er zu dem Pub hinübergerannt. Stimmengewirr, Gelächter und das Klappern von Bierkrügen drangen an seine Ohren, als er durch ein angelehntes Fenster in die Gaststätte spähte.

Dieser Sam stapfte in seinen altmodischen Kniebundhosen, aus denen seine Waden wie dicke Keulen ragten, durch die Schankstube und blieb am Tresen stehen. Ein paar Gäste hatten sich zu dieser frühen Morgenstunde hier bereits eingefunden. Sie hockten allesamt um einen runden Tisch in einer Ecke. Sie mussten urplötzlich verstummt sein, als der Fremde hereingekommen war. Denn es war nun so still, dass man eine Stecknadel hätte fallen hören können.

»Ein Pint«, brummte Sam.

Der Wirt hinter der Theke sah seinen neuen Gast an, als sei er soeben dem Leibhaftigen begegnet. Mit misstrauischer Miene drehte er sich zum Zapfhahn um. Nachdem er einen Krug befüllt und vor dem Riesen abgestellt hatte, fischte Sam ein paar Pennys aus seiner Brusttasche und schob dem Wirt die Münzen rüber. Danach stierte er mit ausdrucksloser Miene auf das Gebräu vor sich.

In die Stammgäste des *Frying Pan* war derweil wieder Leben gefahren. Einer der Männer, ein hässlicher Kerl mit arglistigen Schweinsaugen, stand jetzt auf und stolzierte zum Tresen. Vor Sams breitem Kreuz blieb er stehen und stemmte die Fäuste in die Seiten.

»Nich' viel Sonne gesehn, wie? Bist 'n Ire, gell?«, sagte er und feixte danach den anderen zu.

Deren Reaktion ließ nicht lange auf sich warten. Schon brachen die Männer in lauten Jubel aus. Erheitert prosteten sie sich zu, dann kippten sie den Inhalt ihrer Gläser hinunter. Sam hingegen nippte gelassen an seinem Bier, als habe er von der Provokation nichts mitbekommen.

»Iren sind hier nämlich nich' willkommen«, fügte der Mann hinzu und drehte sich wieder grimassierend zu seinen Freunden um. Angestachelt von weiteren Lachsalven seiner Trinkkumpane tippte er Sam mit einem wurstigen Finger auf den Rücken. »He, hab dich was gefragt.«

Weil er immer noch keine Reaktion erntete, versetzte der Störenfried einem der mächtigen Oberarme vor sich einen Knuff mit der Faust. Sam stellte den Bierkrug ab, die rot geäderten Augen auf seine Pranken gerichtet.

Auf einmal ging alles blitzschnell.

Der Mann in Sams Rücken hob die Faust für einen härteren Schlag. Zeitgleich grub sich eine tiefe Falte in die kantige Stirn des Untoten. Plötzlich wirbelte der Hüne herum. Seine Rechte packte die gegen ihn erhobene Faust. Eine Sekunde darauf erfüllte ein widerliches Knacken den Raum, gefolgt von einem schrillen Aufheulen des Angreifers. Kaum war dieser wimmernd auf die Knie gesunken, ließ Sam von dem Raufbold ab und griff erneut nach seinem Pint. Da war ein vielsagendes Klicken zu hören. Der Schankwirt hielt jetzt eine Flinte in Händen und zielte mit dieser auf den Riesen.

»Ich will in meinem Schuppen keinen Ärger«, sagte er. »Das *Frying Pan* ist ein anständiges Haus. Hier verkehren ehrbare Leute. Trinken Sie schleunigst Ihr Bier aus und dann verduften Sie!«

»Genau – das – hatte – ich – vor«, knurrte der Untote gefährlich.

In diesem Moment hörte Melvin das Scharren von Stühlen. Auch die anderen Gäste hatten sich von ihren Sitzen erhoben und näherten sich der Theke. Sam wandte sich mit dem Krug in der Hand zu ihnen um. Ohne die Männer aus den Augen zu lassen, trank er sein Bier in einem einzigen Zug aus. Dann stellte er das Gefäß zurück auf seinen Platz und wischte sich den Bierschaum vom Kinn. Mit einem Mal schnellte sein Arm nach hinten und die Waffe des Wirts war in seinem Besitz. Vor seinem staunenden Publikum verbog der Riese den Lauf und warf die nutzlose Flinte hinter den Tresen.

»Wer will zuerst?«, fragte er und blickte drohend in die Runde.

Fünf Männer fielen gleichzeitig über ihn her. Melvin war auf der Stelle klar, dass Sams Lage aussichtslos war. Trotz seiner körperlichen Überlegenheit konnte der sicher nichts gegen eine Handvoll kräftiger Kneipenschläger ausrichten. Vergeblich versuchte er in dem Körperknäuel den Riesen auszumachen, aber alles, was er sah, waren verschwitzte Rücken und wirbelnde Fäuste.

Doch er wurde eines Besseren belehrt. Just in diesem Augenblick schienen die Angreifer von einer Art Druckwelle erfasst zu werden, denn sie wurden allesamt durch den Raum geschleudert. Unter lautem Krachen und Klirren landeten sie in Stühlen, Tischen und den Regalen voller Flaschen und Gläser hinter der Theke. Als einer der Tölpel an dem Riesen vorbeikrabbeln wollte, wurde er von den tellergroßen Pranken gepackt und nochmals quer durch den Raum katapultiert.

Schwer beeindruckt glotzte Melvin durch die Scheibe und bestaunte das Chaos in dem Raum. Da stapfte Sam bereits aus der Pinte. Direkt hinter ihm torkelte ein weiterer Gast des *Frying Pan* nach draußen. In seiner Rechten hielt der Mann ein Messer.

»Passen Sie auf! Hinter Ihnen!«, schrie Melvin lauthals auf.

Zu spät. Die Waffe bohrte sich tief in Sams rechte Seite. Doch der Hüne knickte weder in den Knien ein, noch bog er sich vor Schmerzen. Stattdessen packte er die Kehle des Angreifers. Finster stierte er dem röchelnden Gegner in die Augen.

Nun kam auch der Wirt aus seiner demolierten Spelunke. In einer Hand umklammerte er einen Schürhaken. Ihm folgten zwei Streithälse nach, die sich mit Tischbeinen bewaffnet hatten.

Melvin fand, dass es allmählich Zeit war, von hier zu verduften. Wie als Bestätigung ertönte in diesem Moment aus einiger Entfernung das Trillern einer Polizeipfeife.

»Los! Verschwinden wir!«, rief er dem Riesen zu, ehe er flugs zum Wagen rannte und sich auf den Kutschbock schwang.

Sam hatte ihn anscheinend nicht gehört. Seine Pranken umschlossen immer noch den Hals des Mannes. Trotz des Dämmerlichts hätte Melvin schwören können, dass der arme Teufel bereits blau anlief.

Mit Schrecken sah er nun, dass der Wirt hinter Sam getreten war und mit dem Schürhaken ausholte. Offenbar wollte er mit dem Ding den Schädel des Riesen zertrümmern. Doch noch bevor das Eisen niedersauste, klaffte eine Wunde auf der Stirn des Kneipenwirts. Verdattert ließ dieser den Prügel fallen, betastete die Stelle und betrachtete dann ungläubig die blutverschmierte Handfläche.

Sam verfolgte mit großen Augen den Wirt, der jammernd und mit an die Stirn gepressten Händen an ihm vorbeitaumelte. Der Koloss runzelte verwundert die Stirn und schaute fragend zum Kutschbock, auf dem Melvin mit einem breiten Grinsen im Gesicht stand und seine Rechte samt Schleuder in die Höhe reckte.

»Kommen Sie endlich!«, rief er seinem Begleiter zu, weil sich das Schrillen der Polizeipfeife auf einmal sehr nah anhörte.

Nun gab Sam den Messerstecher frei, der sogleich ohnmächtig in den Straßenstaub sank. Dann stieg der Riese zu dem Jungen hinauf und Melvin gab den Pferden die Peitsche. Die Kutsche schlingerte einmal hin und her und rollte dann auf der verlassenen Straße davon.

Nachdem sie um einige Ecken gebogen waren und sicher sein konnten, sämtliche Verfolger abgeschüttelt zu haben, drosselte Melvin das Tempo.

»Danke«, sagte Sam in einem deutlich freundlicheren Tonfall als zuvor.

»Gern geschehen.« Melvin sah seinen totenbleichen Nebenmann besorgt an. »Ähm, Sie haben da noch was.« Er deutete auf dessen Seite.

Der Hüne sah an sich runter und zog, ohne dabei eine

Miene zu verziehen, das Messer aus seinem Körper. Achtlos warf er es über die Schulter.

»Tut das nicht weh?«

»Nee.«

»Wie das denn?«

»Ist halt so.«

Melvin rollte mit den Augen. Die wortkarge Konversation ging ihm allmählich auf die Nerven.

»Wollen Sie mir nicht endlich verraten, was das ist – ein lebender Toter, meine ich?«

»Wir wissen selbst nicht genau, was wir eigentlich sind. Damals ... Ich meine, seit wir uns ...«, druckste Sam herum. Nach einer verdrießlichen Pause fügte er schroff hinzu: »Halt einfach die Klappe, okay!?«

»Tut mir leid. Ich sollte nicht so neugierig sein«, sagte Melvin und schob auch schon die nächste Frage hinterher: »Müssen Sie denn nichts essen?«

»Ich glaube, das willst du lieber nicht wissen.« Sam musterte ihn eindringlich. Zu Melvins Überraschung ließ sich nun auch der Untote zu einer Frage hinreißen: »Wo wohnst du überhaupt?«

»In Whitechapel«, antwortete Melvin knapp, obwohl ihm klar war, dass Sam eigentlich in Erfahrung bringen wollte, wo genau er ihn absetzen sollte.

»Hast du denn kein Zuhause?«

Melvin zuckte nur mit den Schultern.

»Und Familie oder Freunde?«, fragte Sam so einfühlsam, wie man es diesem groben Klotz gar nicht zugetraut hätte.

Plötzlich schossen Melvin Tränen in die Augen. Die

Frage seines Begleiters hatte ihn unausweichlich an Ayleen erinnert.

Der Untote starrte ihn mit großen Augen an. Dann legte sich seine Stirn in Falten. »Mmmhhh«, brummte er und zog dazu ein Gesicht, das man mit etwas Fantasie als nachdenklichen Ausdruck deuten konnte. »Was würdest du davon halten, für eine Weile bei uns unterzuschlüpfen?«

Melvin blickte dem Mann eine lange Sekunde ins Gesicht. Schließlich gab er ihm mit einem Nicken Antwort.

»Nun gut«, sagte Sam. »Also, worauf wartest du? Los geht's!« Der plumpe Mund des Hünen krümmte sich zu einer Art Lächeln, das Melvin nach kurzem Zögern erwiderte.

In den Ausläufern der Stadt wies der Riese den Jungen an, die Kutsche noch einmal zu stoppen. In Sichtweite eines Friedhofs hielten sie an.

»Ich komme gleich wieder. Warte hier«, sagte Sam und stieg ab. Als er davontrottete, schien es Melvin, als täte er dies auf etwas unsicheren Beinen. Anscheinend hatte die Messerattacke den Untoten doch mehr mitgenommen, als dieser zugab. Obwohl Melvin neugierig war und zu gern gewusst hätte, was sein Begleiter auf dem Friedhof vorhatte, tat er diesmal wie ihm geheißen.

Nach ungefähr zwanzig Minuten kam Sam endlich zurück. Mit ausholenden Schritten hielt er auf die Kutsche zu und schwang sich auf den Kutschbock. Offensichtlich hatte sich der Riese zwischenzeitlich erholt und war wieder zu Kräften gekommen.

»Worauf wartest du?«, fragte er und wies mit einem

ausgestreckten Finger zu den Pferden. »Mach den Gäulen Beine!«

»Zu Befehl, Sir«, antwortete Melvin.

Dann jagten sie, verfolgt vom Echo der Pferdehufe, dem Morgengrauen entgegen.

Commercial Road, Spitalfields, East End of London, nach Sonnenaufgang

Ellie seufzte in sich hinein. Seit Ewigkeiten saß sie nun schon auf Melvins Lieblingsplatz, den er üblicherweise an jedem Morgen aufsuchte, um dort sein Frühstück zu vertilgen.

... und auf die Luke da oben zu gaffen, fügte Ellie in Gedanken hinzu.

Heute aber war Melvin nicht an der Mauer gegenüber des *Ten Bells* erschienen. Warum hatte er mit seiner Gewohnheit gebrochen?

Weil Ayleen nicht mehr in dem Rattenloch lebt!

Irgendetwas in Ellies Hals verknotete sich bei dieser Erkenntnis. Das Mädchen, das sie bis gestern noch am liebsten in irgendein verschlafenes und möglichst weit entferntes Nest gehext hätte, würde nie wieder hier auftauchen. Ayleen war tot. Die Tat eines Wahnsinnigen hatte sie aus dem Leben gerissen.

Mit einem Mal füllten sich ihre Augen mit Tränen.

Aus Mitleid mit der armen Seele, aber auch weil sie daran dachte, was Melvin in diesen Stunden durchmachen musste. Doch es dauerte nicht lange, da mischte sich unter ihren Kummer eine ängstliche Unruhe. Ellie musste an die schlechte Verfassung des Freundes denken, in der sie ihn am Tag zuvor angetroffen hatte. Obwohl sie ihn bekniet hatte, wollte er sich nicht darauf einlassen, eine Zeit lang im Lager der Bande Unterschlupf zu suchen.

Wieso hatte er ihr über die nächtlichen Ereignisse so gut wie nichts erzählt? Weil er tatsächlich nicht mehr wusste? Oder wollte er ihr etwas verheimlichen?

»Wo steckst du bloß, verdammter Heimlichtuer?«, zischte Ellie wütend und sprang von der Mauer.

Am besten, ich frage den alten Packer, ob er Mel gesehen hat, redete sich Ellie zu. Mit diesem Vorsatz marschierte sie schnurstracks zum Stand des Straßenhändlers. Doch seltsamerweise fand sie diesen verlassen vor. Der Handkarren war leer, neben dem schiefbeinigen Tisch standen die noch vollen Obst- und Gemüsekisten. Achselzuckend wollte sich Ellie abwenden, als sie ein rasselndes Keuchen vernahm.

Sie ging näher heran. Das angestrengte Japsen drang hinter der Auslage hervor. Ellie stellte sich auf die Zehenspitzen. Auf der Stufe vor dem Hauseingang saß Mister Packer und presste ein fleckiges Taschentuch an den Mund.

Rasch rannte sie um den Tisch herum und ging vor dem Greis in die Knie. »Mr Packer?« Er schien sie nicht zu bemerken. Deshalb berührte sie ihn an der Schulter. »Geht es Ihnen nicht gut?«

Blinzelnd öffneten sich die zusammengekniffenen Augen in dem faltigen Gesicht. Trotz seiner offensichtlichen Schmerzen und des feuchten Gluckerns, das tief in seiner Lunge zu hören war, verzog der Alte die graustoppligen Wangen zu einem Lächeln.

»Hab schon bessre Tage gesehen. Fürchte, du musst dich selbst bedienen, wenn du was kaufen willst.«

Aus seiner Kehle drang ein raues Lachen, das ihm prompt einen grässlichen Hustenanfall bescherte. Zäher, von roten Sprenkeln durchzogener Speichel verfing sich in seinen Mundwinkeln.

»S-Soll ich einen Arzt holen?«, fragte Ellie erschrocken.

»Da lass ich mir lieber 'nen Gnadenschuss verpassen, bevor mir einer von diesen Scharlatanen die sauer verdienten Kröten stiehlt. – Hilfst mir rein?«

Ellie reichte ihm die Hände und er zog sich an ihr hoch. Sie führte ihn in die karge Stube, wo er sich auf eine Liege sinken ließ.

In eine Bettdecke gehüllt, kauerte der Mann danach auf der Schlafstätte. Seine Augen waren glasig und sein Gesicht aschfahl. Angestrengt rang er nach Luft, während Ellie unschlüssig vor dem Bett stand.

»Bring mir doch mal den Stumpen«, sagte der Händler endlich.

Ellie sah sich um. Auf einem Tisch entdeckte sie einen Aschenbecher und eine angerauchte Zigarre. Sie zuckte mit den Schultern und reichte ihm beides. Anschließend gab sie dem Alten Feuer. Gierig sog Mr Packer den Rauch ein, der ihm überraschenderweise besser zu bekommen schien als die Luft zum Atmen. Nach den ersten Zügen entspannten sich seine Gesichtszüge.

»Setz dich.«

Ellie gehorchte und zog einen Stuhl neben die Pritsche.

»Du suchst nach Melvin?«

Ellie nickte.

»Der war heut nicht da.«

Ellie zog ein langes Gesicht.

»Bist anscheinend nicht der Einzige, der ihn sucht.«

Ellie merkte, wie sich erneut etwas in ihr zu verknoten schien.

Packer nahm einen tiefen Zug. Rauch stieg aus seiner Nase und sein Gesicht verlor jeden Ausdruck. Die wässrigen Augen sahen jetzt an Ellie vorbei und plötzlich begann er zu erzählen.

»Hatte grade die Kisten abgestellt, da hab ich ein Rumpeln und Ächzen gehört. Mir wurde komischerweise sofort mulmig in der Magengrube. Kurz darauf bog ein Wagen um die Ecke. Ein mächtig langer Holzwagen war's, wie ihn früher die Quacksalber hatten, die durch die Lande zogen und ihren Hokuspokus unter die Leute brachten. Droben auf dem Bock saß ein sonnenverbrannter Kerl in einem Fellmantel und mit einem zerbeulten Zylinder auf dem Schädel. Dachte, der Wagen rollt an mir vorüber, als plötzlich was anfängt zu krakeelen, dass es einem in den Ohren wehtut. Musste zweimal hinschauen, bevor ich geglaubt hab, was ich sehe: Vorn auf dem Dach sitzt wahrhaftig ein Rabe, der mich anglotzt und dabei ein Höllenspektakel macht. Wie auf Kommando gibt der Fahrer dem Klappergaul vor dem Wagen Befehl und das Gespann hält direkt neben meinem Laden an. Prompt hört das Gezeter auf und der Gaukler sieht zu mir runter.«

»Und hat er Sie gefragt, wo Mel steckt?« Ellie rutschte ungeduldig auf dem Stuhl hin und her.

»Zuerst hat er mich nur angesehen mit seinen stechenden Augen«, krächzte der Alte, weil er einen neuerlichen Hustenanfall unterdrücken musste. »Der Halunke hat sich amüsiert. Gott verdammt, das tat er wirklich! Seh jetzt noch sein galliges Grinsen vor mir. Ich kann dir sagen, die Kälte ist mir runter bis in die Zehen gekrochen. Dann hat er mich gefragt, ob ich einen Jungen kenn, der hier in der Gegend rumlungert. Frag mich nicht wieso, aber ich hatte so ein Gefühl, dass dieser Mensch nach Melvin suchen muss. Mir war sofort klar, dass ich mir lieber die Zunge abbeiß, ehe ich was über ihn ausplauder. Um diesen Lump abzuwimmeln, hab ich nur gesagt, dass sich hier in der Gegend jede Menge Burschen rumtreiben.«

»Und was hat der Mann dann gesagt?«, fragte Ellie ungeduldig.

»Gesagt hat er gar nix mehr. Vom Acker hat er sich aber auch nicht gemacht. Glotzt mich stattdessen weiter mit seinen hypnotischen Augen an. Richtig in mich reingeschaut hat er, dass mir ganz schwindlig wurde. So wahr mir Gott helfe, es fühlte sich an, wie wenn was elend Kaltes in mich reinkriechen würde. Meinem ärgsten Feind wünsch ich so was nicht. Hat sich angefühlt, als würd er in meinem Kopf nach einer Antwort suchen. Da hab ich ganz schnell die Augen zugekniffen und fest an meine Lisbeth gedacht, was ich sonst nur tu, wenn ich allein in meiner Höhle bin. Ganz deutlich hab ich sie vor mir gesehen, genauso wie sie bei unsrer ersten Begegnung ausgeschaut hat. Fast fünfzig Jahre ist das nun schon her. Stell sich das mal einer vor. Teufel auch, hab seither nie was Schöneres gesehen wie das Mädel in dem weißen Sommerkleid und dem ewig langen Haar. Alle haben sie angehimmelt – und wen von ihren Verehrern hat das dumme Frauenzimmer genommen?«

Ein seliges Lächeln vertrieb die Krankheit aus seinem abgezehrten Gesicht. Bis ein Hustenanfall, der nicht enden wollte, den friedlichen Ausdruck wieder fortscheuchte.

Als Mr Packer fortfuhr, war seine Stirn schweißbenetzt und er schlotterte am ganzen Leib. »War immer noch schön, meine Lisbeth, wie sie mir unter den Händen weggestorben ist. Vor drei Sommern war das. Ihre Locken trag ich noch bei mir. Direkt an meinem alten Herzen.« Er tätschelte zärtlich seine Hemdtasche. »Hab erst nach einer Weile wieder gemerkt, wo ich eigentlich bin. Richtig weggetreten muss ich gewesen sein. Wie ich wieder zu mir gekommen bin, war die Kälte weg, komisch warm war's mir und meine Lungen haben gebrannt wie nie zuvor. Der Wagen aber war verschwunden, wie wenn er nie da gewesen wär. In der Ferne hab ich allerdings noch das Rattern der Räder gehört und das Gekrächze von dem Rabenvieh.«

Geistesabwesend fuhr sich Ellie mit den Fingern über den Nasenrücken. Sie fragte sich, was dieser merkwürdige Vorfall mit Melvin zu tun haben mochte.

»Dein Melvin ist ein famoser Bursche«, hörte sie Mr Packer nun sagen. »Ich weiß nicht, was es ist ... Immer wenn ich ihn anschau, kommt's mir vor, als wär er eigentlich woanders. Wie ein Gespenst, das man sieht, obwohl's gar nicht da ist. Als wenn er nicht in unsre Ecke gehören würde und sich hier nur rumdrückt, weil er sonst nicht weiß wohin. Sag ihm bitte, dass er auf sich aufpassen soll. Von mir wird er das nämlich nicht mehr zu hören bekommen.«

Ellie blickte dem Alten betroffen ins Gesicht. »Aber ...«, murmelte sie.

»Nix aber. Siehst doch auch, dass ich krepiere. Da braucht man nicht drum rumreden. Bin reif für die Kiste. Und weißt du was? Ist höchste Zeit, meiner Lissy nachzufolgen.« Der Alte drückte seine Zigarre aus und stellte den Aschenbecher neben sich ab.

»Jeden Abend sitz ich hier und bete, dass es endlich ein Ende mit mir nimmt. Hab von den Schmerzen genug. Ich mein diese ...«, er tippte mit einem Finger auf sein Brustbein, »... und jene«, seine Hand wanderte noch einmal zur Hemdtasche auf der Höhe seines Herzens, in der er die Locken seiner verstorbenen Frau verwahrte. »Also, tust du mir den Gefallen und richtest ihm eine letzte Bitte aus?«

Ellies Hals war plötzlich wie zugeschnürt. Darum nickte sie nur.

»Hab dich nicht gehört.« Mr Packer hielt seine Rechte hinter sein großes Ohr.

»Okay. Versprochen«, brachte Ellie sehr leise heraus.

Ihr Gegenüber seufzte zufrieden. »Such nach deinem Freund und sag ihm, dass er schön auf sich achtgeben soll.

Ihr werdet bestimmt mal genauso ein schönes Paar abgeben wie meine Lissy und ich, wenn ihr alt genug seid für so was.« Mr Packer zwinkerte verschwörerisch.

Ellie hatte den Mund aufgesperrt, zu perplex, um zu protestieren.

Der Alte schien seine Schmerzen kurzzeitig vergessen zu haben, denn seine Augen strahlten plötzlich vor diebischem Vergnügen. »Kleine, ich geb dir einen gut gemeinten Rat: Solltest dich dringend mal rausputzen. Wärst ein hübsches Ding, aber in deiner Aufmachung bist du nicht grade ein Blickfang. Könntest glatt als Bursche durchgehen.« Das Strahlen in seinen Augen erstarb und mit ihm verschwand auch das Lächeln aus seinem Gesicht. Eindringlich blickte er Ellie in die Augen. »So, und nun troll dich! Bin schrecklich müde.«

Ellie sah, wie der alte Mann erschöpft auf seine Liege sank und die Augen schloss. Leise zog sie die Tür hinter sich zu. Unschlüssig verharrte sie vor dem Haus und grübelte, wann und wieso Mr Packer aufgegangen war, dass sie kein Junge war.

Kensington, West London

Mit den Schuhspitzen stieß Russel Wallace missmutig das Laub am Wegesrand vor sich her. Er war verstimmt, denn zu dieser unchristlichen Zeit lag er für gewöhnlich noch unter einer molligen Daunendecke im Schlafgemach seines Landhauses *Old Orchard* in Broadstone. Weil er jedoch als Gast bei seinem alten Freund in London weilte, marschierte er an diesem neblig kühlen Morgen in aller Herrgottsfrühe durch die Gegend.

Keine halbe Stunde war verstrichen, seit ihn ein vehementes Trommeln gegen die Zimmertür aus seinem friedlichen Schlummer gerissen hatte. Während er sich noch den Schlaf aus den Augen rieb, hatte Ms Ratcliffe nochmals gegen die Tür gehämmert und ihn mit den Worten *»Der Herr erwartet Sie ausgehbereit an der Garderobe!«* in seine Klamotten getrieben. Als er Minuten darauf schlaftrunken in den Hausflur gewankt war, hatte ihn Crookes mit einem breiten Grinsen empfangen und auf seinen fragenden Blick geantwortet: »Wir unternehmen einen Spaziergang. Ich verspreche Ihnen, hinterher fühlen Sie sich wie neu geboren.«

Russel Wallace blickte auf, weil die Schritte vor ihm plötzlich verstummt waren. Crookes war stehen geblieben und musterte ihn mit einer unübersehbaren Mischung aus Mitleid und Spott.

»Wissen Sie, woran Sie mich erinnern?«, sagte er nun.

»Ich habe k-keine Ahnung«, presste Wallace kurzatmig hervor und erntete prompt ein schadenfrohes Grinsen im Gesicht des Freundes.

»An die Dampfloks in *Charing Cross!* Auch diese ungelenken Ungetüme setzen sich unter Pfeifen und Ächzen in Bewegung. Sobald sie aber ins Rollen gekommen sind, erklimmen sie ihrer beachtlichen Masse zum Trotz flink und munter einen jeden Hügel, der ihnen in die Quere kommt. Sie werden schon sehen, was ich meine.«

»Scherzbold!«, knurrte Wallace und marschierte mit verbissener Miene an Crookes vorbei. Als dieser zu ihm aufschloss, fügte er grimmig hinzu: »Sobald wir zurück sind und Ihr bärbeißiger Hausdrache uns beiden einen wärmenden Tee kredenzt, werde ich Ihnen die Einladung zu diesem zweifelhaften Vergnügen gegebenenfalls nachsehen.«

Crookes legte ihm freundschaftlich eine Hand auf die Schulter. »Ich verspreche Ihnen, wir werden unsere Geschwindigkeit drosseln und Sie brauchen nichts weiter zu tun, als einen Fuß vor den anderen zu setzen und dabei zuzuhören. – Ist das ein Angebot?«

Wallace nickte hoffnungsvoll. »Gut. Dann schießen Sie los!«

Und schon begann Crookes zu erzählen.

»Ich möchte mit einer Begebenheit beginnen, die sich vor rund 450 Jahren zugetragen hat. In ihrem Mittelpunkt steht ein Mann, den man seinerzeit den Schwarzen Ritter nannte. Meine Geschichte handelt davon, wie aus einem einstmals achtbaren, zu aufrichtiger Liebe fähigen Menschen die schwärzeste aller Seelen wurde, welche je auf dem Erdball wandelte. Die Rede ist vom tapferen Gilles de Rais, der sich am Ende seines irdischen Seins zu einer wahnsinnigen Bestie verwandelt hatte.«

Sie passierten die Südseite des *Kensington Palace*. Während sie an der Backsteinfassade vorbeischritten und anschließend entlang taubenetzter Rasenflächen zum Zierteich *Round Pond* gingen, erzählte Crookes weiter:

»Im Jahr 1404 wurde Gilles de Rais in der Bretagne im Schloss *Machecoul* geboren. Seine Eltern waren der Graf Guy de Montmorency-Laval, ein raubeiniger Haudegen, und die spröde Schönheit Marie de Craon. Bis zu seinem elften Lebensjahr wuchs der kleine Gilles in einer heilen Welt auf. Er war der Spross einer angesehenen Familie, wurde am Hof von den besten Lehrern des Landes unterrichtet, das Schloss und die angrenzenden Ländereien boten ihm den größten Spielplatz der Welt. Dieses unbeschwerte Leben sollte von einem Tag auf den anderen enden. 1415 fand der Vater des Jungen durch eine widerliche Intrige den Tod. Der Hinterhalt war von niemand Geringerem als Marie eingefädelt worden. Guy de Montmorency-Laval starb im elterlichen Schlafzimmer durch das Schwert des Liebhabers seiner eigenen Frau. Der halbwüchsige Sohn musste als heimlicher Zeuge, versteckt hinter einem der schweren Vorhänge vor den Fenstern, die schreckliche Tat mit ansehen, weil er dem Vater einen Humpen Bier, den bewährten Schlaftrunk eines jeden gestandenen Ritters, ans Nachtlager gebracht hatte.

Verriet Gilles seine Mutter? Weit gefehlt! Selbst dann nicht, als sie kurz darauf den Meuchelmörder des Grafen ehelichte und sich auch ihres Sohnes entledigte, indem sie ihn in die Obhut ihres Vaters gab. Der Junge musste sein Zuhause verlassen und auf das finstere Schloss *Champtocé* umziehen, wo sein hartherziger Großvater, der alte Jean de Craon, eine zechende und mordende Horde räudiger Ritter befehligte, die das Landvolk schikanierten und für ihn Abgaben eintrieben. Seines Vaters beraubt und von der Mutter in eine kalte, brutale Welt verbannt, ging eine tiefgreifende Veränderung in dem bis dahin so sorglosen Kind vor. Der Elfjährige kleidete sich von nun an ausnahmslos schwarz und verkroch sich in seiner Kammer im düsteren Turm von *Champtocé*. Mit den Jahren wuchs er zu einem stattlichen Ritter heran, dem der alte de Craon nach seinem Tod sagenhaften Reichtum und die größte Baronie der Bretagne als Erbe überließ. Anstatt wie andere Altersgenossen seines Standes in Luxus zu schwelgen und sinnliche Freuden zu erkunden, verschrieb sich der verschlossene und unnahbare Gilles dem Studium geistlicher und philosophischer Schriften sowie der körperlichen Ertüchtigung. Auch ließ er sich in allen erdenklichen Waffengattungen und Kampfstilen ausbilden. In der Tradition der Tempelritter hatte er sich bis zu seinem einundzwanzigsten Lebensjahr zu einem perfekten Soldaten und enthaltsamen Mönch geformt.

1425 kam der Schwarze Ritter, wie er schon zu jener Zeit hinter vorgehaltener Hand ehrfürchtig bezeichnet wurde, an den Hof des Dauphin in Chinon, um Karl VII. seine Dienste anzutragen. Der französische Thronfolger hatte Frankreich in einen hoffnungslosen Krieg gegen England geführt, der als der Hundertjährige in die Geschichte eingehen sollte. Das Land war ausgeblutet, die Städte geplündert, die Felder verbrannt, die Bevölkerung durch Schlachten, Beutezüge und die Pest um mehr als die Hälfte dezimiert.

Als Gilles an den Hof des Dauphin kam, fand er einen Hofstaat in Auflösung vor. Die Engländer überschwemmten mit ihren Truppen das Land und das Schicksal Frankreichs hing am seidenen Faden. Karl VII. plante bereits, in den Süden zu flüchten, doch Gilles konnte den Kronprinzen von seinem Vorhaben abbringen und überzeugen, sein Vaterland nicht aufzugeben und für den Erhalt des Reiches zu kämpfen. Als kurz darauf am Hof ein Bauernmädchen mit einer sprichwörtlich himmlischen Botschaft im Gepäck erschien, war der Widerstand gegen die Feinde endgültig formiert. Gemeinsam mit diesem Mädchen, das später als die legendäre Jeanne d'Arc in die Geschichte eingehen sollte, zog Gilles de Rais von da an in den Kampf.«

William Crookes blieb stehen, Russel Wallace tat es ihm gleich. Sie hatten den *Round Pond* erreicht und schauten zur Wasseroberfläche, auf der sich Enten und Nebelfäden von einer sanften Brise treiben ließen. Wallace sog die erfrischende Morgenluft tief in seine Lungen. Ohne dass er es merkte, stahl sich ein Lächeln in seine Mundwinkel. Es war nicht von der Hand zu weisen: Die ungewohnte Bewegung und die Erzählung seines Freundes hatten sowohl seine Müdigkeit als auch seine schlechte Laune vertrieben.

Etwas Spitzes bohrte sich in seine Seite. Er löste den Blick von den träge dahingleitenden Enten und betrachtete den Freund.

»Hatte ich zu viel versprochen?« Noch einmal pikste ihn Crookes neckisch mit dem eisenbeschlagenen Ende seines Stocks.

»In der Tat ist die anregende Wirkung unserer Unternehmung nicht von der Hand zu weisen. Ich könnte Bäume ausreißen.«

»Sehen Sie! Dennoch sollten wir allmählich umkehren. Ich weiß aus Erfahrung, dass uns in Kürze ein mächtiger Hunger befallen wird. Seien Sie sich gewiss: Ms Ratcliffe wird uns nachher ein Frühstück kredenzen, das selbst die alten Sybariten entzückt hätte.«

»Gesegnet sei diese Frau«, sagte Wallace. »Aber nun erzählen Sie schon weiter, mein Freund. Ich bin sehr gespannt, worauf Ihre Geschichtsstunde hinausläuft.«

Crookes lächelte huldvoll. Dann ließen sie den Zierteich hinter sich zurück und der Wissenschaftler griff seine Erzählung erneut auf.

»Versuchen wir einmal das fragile Wesen unseres in sich gekehrten Helden zu ergründen. Der Mord an seinem Vater hatte Gilles de Rais zweifellos traumatisiert. Hernach scheute er jede menschliche Nähe und widmete sich einer Aufgabe, der er sich aus tiefster Seele verschreiben konnte.«

»Die Errettung seines Heimatlandes«, tat Wallace kund.

»Richtig, alter Freund. Und nun tritt die Chance für deren Erfüllung ausgerechnet in Gestalt eines jungen, wilden und furchtlosen Mädchens in sein Leben. Ich bin sicher, Johanna eroberte sein Herz im Sturm. Umgehend bot Gilles sich an, die Jungfrau zu geleiten und zu beschützen. Von da an folgte er ihr ergeben und stand ihr immer und überall zur Seite. Im Schlachtgetümmel hielt er sich stets in ihrer Nähe auf und konnte unter Einsatz seines eigenen

Lebens zahlreiche Angriffe auf das ihre vereiteln. Nachts wachte er in der Nähe ihres Zeltes, damit er bei einem möglichen Anschlag rechtzeitig zur Stelle war. Tatsächlich wendete sich das Blatt zugunsten der Franzosen. Der Sieg war vollbracht, als die Engländer aus Orléans abziehen mussten und auch die Burgen südlich der Loire aufgaben. Endlich konnte die Krönung des Dauphin vorgenommen werden. Am 17. Juli 1429 durften Jeanne und ihr treuer Wächter in der Kathedrale in Reims auf einem Ehrenplatz der feierlichen Zeremonie beiwohnen.«

»Wie romantisch.«

»Sie haben nicht ganz unrecht«, erwiderte William Crookes auf die spöttelnde Bemerkung seines Begleiters. »Ich kann mir gut vorstellen, dass der junge Mann in dieser Stunde vielleicht davon träumte, eines Tages mit demselben Mädchen vor einen Altar zu treten.«

»Grundgütiger!«, entwich es Wallace, weil ihm plötzlich aufging, wie die historischen Ereignisse weitergingen. Schneidend fuhr ihm die Erkenntnis in die Glieder. »Das bemitleidenswerte Geschöpf endete doch ...«

»... auf dem Scheiterhaufen. Richtig. Johanna wollte nach der feierlichen Zeremonie auch Paris erobern und die Engländer restlos vom Festland jagen. Am 23. Mai 1430 jedoch wurde Johanna von Orleans nach der Niederlage der Franzosen in der Schlacht von Compiègne gefangen genommen, an die Engländer ausgeliefert und inhaftiert. Anschließend wurde sie zum Tode verurteilt und dem Inquisitionstribunal überantwortet.«

»Und Gilles de Rais?«, fragte Russel Wallace.

»War diesmal nicht an ihrer Seite. Ihn hatte kurz zuvor die Nachricht ereilt, seine Mutter liege im Sterben. Obgleich aus naheliegenden Gründen der Kontakt zu Marie de Craon seit seiner Kindheit abgebrochen war, hatte er die Reise zu deren Sterbebett angetreten. Doch Gilles kam zu spät. Nur Stunden vor seiner Ankunft hatte Marie das Zeitliche gesegnet. Er war noch nicht lange in *Machecoul* angelangt, da überbrachten ihm Boten die Nachricht von der Verhaftung der Heiligen Jungfrau.«

»Ich schätze, Gilles gab sich die Schuld?«, murmelte Wallace.

»Darauf würde ich wetten«, erwiderte Crookes. »Zum ersten Mal hatte der Schwarze Ritter nicht über ihr Leben gewacht und prompt war Fürchterliches geschehen.«

»Die Selbstvorwürfe müssen ihn zerfressen haben«, pflichtete Wallace ihm bei.

»Umgehend reiste er zurück. Er unternahm alles Erdenkliche, um das Mädchen zu retten. Vergeblich erbat er die Unterstützung des Königs. Mithilfe von Söldnern versuchte er Johanna zu befreien. Der Handstreich schlug fehl. Er bot den Feinden sein Vermögen an, um die Gefangene freizukaufen. Auch dies misslang. Die Engländer wollten nur eines: Jeanne d'Arcs Tod.«

»Und dann?«, fragte Russel Wallace.

»1431 starb die Angeklagte mit nur neunzehn Jahren auf dem Scheiterhaufen in Rouen.« Crookes machte eine bedeutungsvolle Pause.

»Gilles *musste* es mit ansehen?«, riet Russel Wallace.

»Er *wollte*, mein Freund. Er empfand es als seine Pflicht,

ihr beiseite zu stehen. Und so war er zugegen, als die Flammen das kurze Leben des tapferen Mädchens auslöschten.«

Die beiden Männer hüllten sich in besinnliches Schweigen, während sie wieder in Richtung des *Kensington Palace* marschierten.

Unterschlupf der vier, London Borough of Hackney

Nach einer kurzen, von dunklen Träumen begleiteten Nacht verließ Vincent Berengar sein ehemaliges Zimmer im zweiten Stock, das er für die Dauer seines Aufenthaltes wieder bezogen hatte.

Als er das Kaminzimmer betrat, umspielte ein Lächeln seine Lippen. In einer Ecke, auf Decken gebettet, lag ... der Junge.

Er näherte sich dem zusammengerollten Körper und betrachtete ihn. Sogleich begann sich Melvin zu strecken.

»Na, ausgeschlafen?«, fragte Vincent. Lächelnd erwiderte er Melvins irritiertes Blinzeln. »Sollte dich Sam nicht zu dir nach Hause bringen? Oder täuscht mich meine Erinnerung?«

»Ich dachte, bei uns ist er sicherer als in seinem Revier. Wo doch die Bruderschaft hinter ihm her ist«, erklärte Sam, der im Türrahmen erschienen war. »Er sollte uns lieber für eine Weile Gesellschaft leisten!« Sam warf Melvin, dem langsam einzufallen schien, wo er sich befand, ein Zwinkern zu.

»Eine gute Idee!«, sagte Vincent und musterte ihren Gast. »Melvin, du hast ja nichts auf den Rippen. Du musst etwas Anständiges zwischen die Zähne bekommen. Deshalb gehen wir beide später in die Stadt. – Was hältst du davon?«

»Weiß nicht«, murmelte Melvin. »Ich habe eigentlich gar keinen …«

»Papperlapapp!«, fiel ihm Vincent kurzerhand ins Wort. »Ich kenne ein gutes Lokal, wo es die besten Hühnchen von ganz London gibt.«

Kensington, Westlondon

Die betagten Herren kamen abermals am *Kensington Palace* vorbei, als Crookes seine Erzählung wieder aufgriff.

»Nach Jeannes Hinrichtung verschwand der Schwarze Ritter von der Bildfläche«, sagte er. »De Rais wurde zum Menschenfeind. Er zog sich in sein Schloss zurück und widmete sich in wildem Eifer dem Aufbau einer Bibliothek, die in ihrer Epoche einzigartig war. Seine Suche galt in erster Linie okkulten Manuskripten. Ein Jahr nach Johannas schrecklichem Tod beauftragte er ein Heer von Handwerkern, in den Kellergewölben ein riesiges Laboratorium zu bauen. Anschließend rief er die berühmtesten

Alchimisten und Wahrsager an seinen Hof. Diesen folgten noch obskurere Gestalten: Nekromanten und Adepten der Schwarzen Künste.«

»Der arme Teufel wollte doch nicht etwa sein Mädchen zurückhaben?«, fragte Russel Wallace.

»Ja, das glaube ich«, sagte Crookes. »Natürlich sann er auch auf Rache. Deshalb bereitete der Graf in seinen Gewölben mysteriöse Mixturen und hielt nächtliche Beschwörungen ab. Bald machten im Umland des Schlosses Gerüchte die Runde, der Schlossherr veranstalte Schwarze Messen. Eines Tages fehlte in einem nahe gelegenen Dorf ein Kind. Daraufhin verschwanden weitere Kinder. Bald gab es im Umkreis von dreißig Meilen kein Dorf, das nicht den Verlust wenigstens eines Knaben oder Mädchens beklagte. Schnell fiel der Verdacht auf den Grafen, der einsam und abgeschottet in seinem Schloss auf dem Hügel residierte. Die Gerüchte über scheußliche Riten hinter den Mauern der dunklen Festung gelangten zum Bischof von Nantes und im Herbst 1440 stürmten Truppen die nahezu unbewachte Bastion des Schwarzen Ritters. Was die Inquisitoren des Bischofs in dem Schloss entdeckten, spottet jeder Beschreibung. Deshalb verschone ich Sie um Ihret- und meinetwillen mit den Einzelheiten.«

»Und das alles ist wirklich geschehen?«, fragte Wallace ungläubig.

»Oh, ja doch. Die kirchlichen Untersuchungsprotokolle sind erhalten geblieben.«

»Allmächtiger! Der Kerl musste völlig übergeschnappt sein.«

»Sein Seelenleben war nach dem schrecklichen Erlebnis in Rouen sicher vollends zerrüttet. Aber bedenken Sie, wie zielstrebig er vorging. Ich glaube nicht, dass er geisteskrank war, sondern dass ihn neben der schmerzvollen Sehnsucht nach dem Mädchen auch unbändige Wut antrieb. Er wollte den Allmächtigen höchstpersönlich herausfordern und wie Orpheus in die Unterwelt hinabsteigen und Jeanne dem Jenseits entreißen. All seine Mühen blieben jedoch ohne Erfolg. So wie es ihm nicht gelungen war, die unglückliche Johanna vor dem Verderben zu retten, war es ihm nun nicht vergönnt, ihren Geist zu beschwören. So verdunkelte sich seine Seele zusehends. Er wurde zu einem Monster, das sich in bestialischer Blutgier und ekstatischer Raserei erging. In den erhaltenen Schriften und Protokollen, in denen ich gestöbert habe, ist immer wieder die Rede davon, de Rais habe Dämonen oder gar den Teufel selbst angerufen. Von einem Pakt ist die Rede und davon, dass die armen Geschöpfe, die seine Opfer wurden, ein Blutzoll waren.«

»Sie wollen mir sagen, die Morde erfüllten einen höheren Zweck? Es handelte sich um rituelle Tötungen? Um Menschenopfer?«

»Meines Erachtens waren sie vielmehr Beiwerk für ein Ritual, das er in seinem Wahn niederschrieb.«

»Was hat es mit diesem Ritual auf sich?«, fragte Wallace.

»Dies, mein Guter, ist das große Rätsel. Ich weiß lediglich, dass der Ritus tatsächlich existiert. Darüber hinaus bin ich überzeugt, dass er niemals zur Anwendung kommen darf. Ansonsten werden die unsichtbaren Mauern zwischen unserer und einer jenseitigen Welt eingerissen und Unvorstellbares wird uns alle heimsuchen. Gilles blieb damals gottlob nicht ausreichend Zeit, seinen Plan zu Ende zu führen und den Durchlass zwischen den Welten aufzustoßen.«

Russel Wallace seufzte nachsichtig. »Werter Crookes, Sie glauben doch nicht wirklich an dieses Märchen?«

»Es gibt mehr Dinge zwischen Himmel und Erde, als unsere Schulweisheit sich träumen lässt.«

»Bitte verschonen Sie mich.«

William Crookes zeigte ein Lächeln, in dem unter dem Schalk ein tiefgründiger Ernst durchschimmerte. »Das ist noch nicht alles, mein Freund«, sagte er. »Ich habe Grund zur Annahme, dass de Rais als mordender Dämon und getreuer Vasall der Dunkelheit wieder unter uns weilt, ungeachtet der Tatsache, dass er am 26. Oktober 1440 in Nantes gehängt wurde. Sollte ich mit meiner Vermutung recht behalten, dann müssen wir uns damit abfinden, dass der Schwarze Ritter in diesem Augenblick irgendwo in der Stadt nach weiteren Opfern Ausschau hält.«

Oxford Street, Soho, City of Westminster, gegen Mittag

Melvin hatte beide Ellenbogen auf die Tischkante gestützt und verschlang die letzten Bissen eines Paprikahähnchens. Vincent sah ihm dabei zu, die Arme vor dem Bauch verschränkt und in einem Mundwinkel die kalte Pfeife. Im Gegensatz zu den anderen Gästen in dem Restaurant in der Oxford Street, die den ungewaschenen Jungen abfällig beäugten, nahm er an seinen Tischmanieren keinerlei Anstoß.

Er wartete geduldig, bis das Gerippe des Vogels säuberlich abgenagt war und Melvin die übrig gebliebenen Brotscheiben in seinen Jackentaschen verstaut hatte. Erst dann stellte er ihm die erste seiner Fragen.

»Warum lebst du auf der Straße?«

»Ist halt so«, erwiderte Melvin kurz angebunden.

»So«, sagte Vincent und begann seine Pfeife zu stopfen. Nach einer Weile blickte er von seiner Beschäftigung auf und bemerkte: »Sam hast du im Handumdrehen um den Finger gewickelt. – Wie hast du das angestellt?«

»Es gab Ärger. Ist nicht der Rede wert.«

»Mit wem hat sich unser Heißsporn denn diesmal geprügelt?«

Melvin blickte sein Gegenüber mit gerunzelter Stirn an, denn ihm war der vorwurfsvolle Tonfall in dessen Stimme nicht entgangen. Sam war zwar ein Holzkopf, aber was konnte er denn dafür, dass ihn diese Nichtsnutze belästigt hatten?

»Er wollte in der Kneipe nur einen heben. Die Trunkenbolde sind ihm im Nu an den Kragen! Sicher, weil er so ... so komisch aussieht.«

»Oh, Sam, wenn man dich ein Mal aus den Augen lässt«, seufzte Vincent.

»Er zieht den Ärger an, wie?«

Vincent lächelte matt. »Ja, das auch. Allerdings könnte man auch sagen, dass Sam den Ärger sucht. Er muss ab und an Dampf ablassen, um nicht zu explodieren. Ihm fällt es schwer, sich mit seinem Los abzufinden. Er sehnt sich so sehr nach einem normalen Leben. Sam ist überzeugt, dass er nichts mehr fühlen kann, weil sein Herz aufgehört hat zu schlagen. Dabei ist gerade sein großes Herz seine verwundbarste Stelle.« Vincents Augen schienen Melvin auszuleuchten. »Er mag dich. Natürlich würde er das weder sich noch anderen je eingestehen. Deshalb trägt Sam die mürrische Fassade vor sich her.«

Melvin lächelte ebenfalls, weil er das sauertöpfische Gesicht des Untoten vor sich sah.

»Wir müssen noch über andere Dinge reden.« Vincent hatte sich über den Tisch gebeugt und betrachtete ihn mit diesem unangenehm stechenden Blick. »Ich weiß, dass du uns nicht die ganze Wahrheit über die Nacht erzählt hast. Willst du mir nicht verraten, was du weißt?«

»Da war sonst nichts.«

»Warum hat dich der Ripper verschont?«

»Weiß nicht.« Melvin gab sich keine Mühe, den aufsteigenden Trotz in seiner Stimme zu verbergen. »Vielleicht tötet er nur Frauen.«

»Du hast das Mädchen gemocht, nicht wahr?«

»Lassen Sie gefälligst Ayleen aus dem Spiel!«

»Ich sehe schon, du hast sie *sehr* gern gehabt.«

»Ja ... eigentlich nein. Sie war ... ich meine, sie und ich, wir ... *Ach, vergessen Sie's!*«

Melvin fuhr so abrupt vom Stuhl auf, dass seine Schenkel gegen die Tischkante stießen. Ohne auf seine schmerzenden Beine oder das empörte Gaffen der feinen Gesellschaft an den anderen Tischen zu achten, wandte er sich zum Gehen um.

Doch da packte ihn sein Gegenüber am Handgelenk.

»*He!*«, empörte sich Melvin und versuchte sich aus dem Griff zu winden.

»Setz dich!«

Vincents Worte drangen sehr leise an Melvins Ohren, aber die Stimme des Mannes klang so kühl und schneidend, dass er am ganzen Körper erstarrte. Schließlich glitt er wieder auf den Stuhl und Vincent reichte ihm ein Taschentuch über den Tisch. Melvin nahm es entgegen, betrachtete es unschlüssig und ließ es auf den Teller fallen. Anstelle des Tuches rieb er sich mit dem Ärmel seiner Jacke über die Augen.

»Ich kann dich nicht zwingen«, sagte Vincent nun in einem beruhigenden Tonfall. »Es wäre jedoch hilfreich für uns alle, wenn wir einander vertrauten. Sieh mich an und entscheide selbst!«

Melvin taxierte das Gesicht vor sich. Die schwarzen Brauen unter der ausdrucksvollen Stirn und diese rätselhaften Augen. Er antwortete, indem er eine Gegenfrage stellte: »Werden Sie dann auch von sich erzählen?«

»Quid pro quo«, sagte Vincent und hielt ihm die geöffnete Hand hin. »Das bedeutet so viel wie: Gib du mir was, dann bekommst du auch was von mir.«

Der Mann hob auffordernd eine Braue und Melvin schlug ein.

Dann holte er tief Luft und begann mit fester Stimme zu erzählen: »Ayleen hat unter dem Dach der Kupplerin gewohnt, bei der ich aufgewachsen bin, als meine Eltern ... nicht mehr da waren. Die ermordeten Frauen haben alle irgendwann mal für meine Ziehmutter gearbeitet.«

»Es gibt also einen Zusammenhang zwischen den Opfern!«, stieß Vincent überrascht aus. »Was ist mit deiner Ziehmutter?«

»Tot.«

»Wann ist sie gestorben?«

»Vor zwei Jahren ungefähr.«

»Was ist am Abend des Mordes noch geschehen?«

»Ich weiß nicht. Es ging alles so schnell. Da war irgendwer. Ich wollte Ayleen zu Hilfe eilen und dann ... dann sind bei mir die Lichter ausgegangen. Ich kam erst wieder zu mir, als die Polizei schon da war.« Melvin stockte, denn er merkte erneut, wie schwer es ihm fiel, das Erlebte in Worte zu fassen oder sich auf das zu beschränken, was sicher geschehen und nicht möglicherweise Produkt seiner Fantasie war. Dennoch versuchte er es erneut. »Allerdings ...«

»Allerdings was?«

»Ich hatte einen merkwürdigen Traum.«

Vincent nickte auffordernd und Melvin erzählte von der Stimme, die in seinem Traum zu ihm gesprochen hatte.

»... also bin ich zu den London Docks und habe mich dort nach einem *seltsamen Fremden* umgeschaut. Tatsächlich habe ich dann die *Hope* entdeckt und plötzlich haben diese Mönche Jagd auf mich gemacht. Später bin ich dann vor einer der Hallen Byron fast in die Arme gelaufen. Weil ich dachte, er müsse dieser *Fremde* sein, habe ich mich an seine Fersen geheftet.«

»Jack ...«, murmelte Vincent nachdenklich. »Warum sollte er *dich* auf unsere Fährte setzen?«

»Sie meinen, Jack the Ripper war das? Dieser gemeine Mörder hat mir das eingeflüstert?«

Vincent öffnete fragend die Handflächen. »Fällt dir eine andere Erklärung ein? Immerhin hat er dein Leben verschont. Und nun sitzt du hier bei mir.«

Schweigend blickten sie sich an. Plötzlich stand Vincent auf und gab dem Kellner ein Zeichen.

»Belassen wir es vorerst dabei. Ich danke dir für deine Offenheit«, sagte er. Kurz darauf verließen der Mann und der Junge das Lokal.

Sitz der Bruderschaft, Northern London

Der Bischof lehnte an der Balkonbrüstung und hatte den Blick in die Ferne gerichtet, zu den Schindeldächern, spitzen Giebeln und dem Netz finsterer Straßenschluchten. Nun senkte der Bischof den Blick auf sein Reich. Zunächst betrachtete er die lang gestreckte Kolonnade an der Mauerinnenseite, wo die Wohnkabinen, Pferdeställe, eine Schmiede und die Waffenkammer des Ordens untergebracht waren. Dann drehte der Geistliche den Kopf und beobachtete, wie die Wachen an der Wehrmauer das Haupttor aufzogen. Eine Kutsche fuhr auf das Gelände und kam vor dem Portal zum Stehen. Eine weiß gekleidete Person schälte sich aus der Kabine und sprang eilig die Stufen zum Kirchenportal hinauf.

Der Blick des Bischofs wanderte weiter. Am Rande der westlichen Umgrenzung entdeckte er nun den Jäger, der offenbar trainierte und mit einem Messer gegen einen fiktiven Gegner focht.

Eine Weile verfolgte der Geistliche die fließenden Bewegungen des breitschultrigen Mannes, dann wandte er den Blick von ihm ab und erspähte sogleich eine der Frauen seiner Garde. Sie lehnte mit verschränkten Armen an einer Wand und beobachtete den Mann bei seinen Übungen. Interessiert, wie es schien.

Die Tür zum Balkon knarrte und Joseph kam in seine weiße Soutane gekleidet zu ihm nach draußen. Außer Atem lehnte auch er sich auf das Geländer.

Beide Männer sahen dem Jäger bei seinem Training zu.

»Der Mann versteht sein Handwerk, nicht wahr, Joseph?«, sagte der Bischof.

Sein Lakai presste die blutarmen Lippen zu einem dünnen Strich zusammen. »Ja, Meister«, stieß er widerwillig aus. »Er durchlief die beste Schule. Wie auch ich.«

Der Bischof lächelte zweideutig. »Der Zeitpunkt wird kommen, an dem du deine Fähigkeiten mit den seinigen messen wirst. Sobald wir seine Dienste nicht mehr benötigen.«

»Sie können auf mich zählen, Herr!«, antwortete der Priester mit erregter Stimme und brennenden Augen.

»Ich hoffe, du bringst nach den gestrigen unerfreulichen Meldungen heute ausnahmslos gute Nachrichten.«

»Vor einer Stunde wurde der Wolfsmensch zusammen mit einem Straßenjungen gesehen. Einer unserer Späher hat sie in der Stadt entdeckt. Leider hat er ihre Spur wieder verloren.«

Der Bischof lächelte boshaft. »Die Fäden spinnen sich schneller zusammen, als ich zu hoffen wagte. Da hat der Narr allen Ernstes die Protagonisten einander vorgestellt.« Der Geistliche kratzte nachdenkend das blanke Haupt. »Unterrichte den Jäger und unsere Damen. Sie sollen heute Nacht Stellung beziehen. Wir werden die vier in eine Falle locken – möglicherweise wird auch der Junge in diese geraten. Fünf Fliegen mit einer Klatsche, oder wie sagt man so treffend?« Nach einer Pause fügte er hinzu: »Wer weiß, vielleicht verfängt sich sogar schon die wichtigste Fliege von allen in unserem Netz!«

Das laute Lachen, das nun aus seinem Brustkorb drang, hallte an den Außenmauern wider und erfüllte für einige Sekunden den Platz vor dem Gotteshaus.

Buckingham Palace, City of Westminster

Die Monarchin des Vereinigten Königreiches stand an einem Fenster ihres Schreibzimmers und spähte an der Gardine vorbei in den Innenhof des Palastes. Eben fuhr dort ein ausgesucht schäbiges und für diese Örtlichkeit höchst befremdliches Gespann vor.

Hinter einem klapprigen Gaul holperte ein mächtiger Anhänger über das Pflaster. Der Zustand des Holzwagens war erbärmlich. Die Schindeln auf dem Halbrunddach waren von Moos und Flechten überzogen und von den ehemals rot getünchten Brettern an den Außenwänden blätterten die letzten Reste der Farbe ab.

Der Wagen kam zum Halten und die Königin betrachtete mit gerümpfter Nase die staubigen Vorhänge hinter den trüben Fensterscheiben. Auch der Fuhrmann auf dem Wagenbock bot keinen angenehmeren Anblick. Er war in einen struppigen, grauschwarz gemusterten Wolfsfellmantel gehüllt und trug dazu einen zerbeulten Zylinder.

Queen Victoria vergewisserte sich nun, ob auch alle Läden vor den Palastfenstern zugezogen waren. Dies hatte sie veranlasst, damit die bevorstehende Begegnung vor der klatschsüchtigen Dienerschaft verborgen blieb. Niemand brauchte zu erfahren, dass sie fragwürdigen Individuen Einlass in die ehrwürdigen Mauern gewährte. Diese Besuche waren schließlich ihr kleines Geheimnis. Denn immer wenn ihr zugetragen wurde, dass sich Wandervolk in der Stadt aufhielt, welches sich im Handlesen, Kartenlegen oder sonstigem Gaukelwerk verstand, nutzte sie die Gelegenheit, ein heimliches Treffen zu arrangieren.

Sie hatte genug gesehen. Sie wandte sich vom Fenster ab und nickte Sir Henry Frederick Ponsonby zu, ihrem Privatsekretär, der in strammer Haltung neben der Tür darauf wartete, sie nach unten zu geleiten.

Soho, City of Westminster

»Sie sind dran«, erinnerte Melvin Vincent an ihre Vereinbarung, nachdem sie hinaus auf den Gehsteig getreten waren.

»Nun gut. Wo fange ich an? Wir sind auf der Suche – nach einem ehemaligen Freund. Er trägt das gleiche Stigma wie wir vier, denn ihm ist dasselbe widerfahren. Wir hatten eine Vermutung, die leider Gottes zur Gewissheit geworden ist.« Vincent winkte einen kastanienbraunen Hansom heran und nannte dem Kutscher auf dem Podest ihr Ziel. Er öffnete die Tür und sie nahmen Platz. Als beide in das Polster gesunken waren, fuhr er mit seiner Rede fort.

»Bei dem Mann, den wir suchen, handelt es sich um den Ripper. Das steht inzwischen fest.«

»Was ist geschehen?«, fragte Melvin neugierig.

Sein Begleiter antwortete nicht gleich. Mit nachdenklicher Miene entfachte er seine Pfeife. Melvin spähte derweil durch die wasserfleckige Scheibe. Auf dem Bordstein hatte sich ein schwarzer, ziemlich großer Vogel niedergelassen. Einbeinig humpelte er den Rinnstein entlang, verharrte und legte den Kopf schief. Boshaft glotzte er zum Kutschenfenster hinauf. Dann setzte sich der Wagen in Bewegung und das Tier entschwand aus Melvins Sicht.

Die Kutsche verfiel in gemütliches Schaukeln. Vincent sog an der Pfeife und stieß Rauchkringel in die Kabine. Endlich holte er zu einer Antwort aus.

»Wir haben ein ganzes Jahrzehnt damit verbracht, das herauszufinden. Damals lebten wir in London. Sam, Byron, Nathaniel, meine Wenigkeit und auch Jack. Wir studierten alle am *University College*. Noch waren wir keine Freunde. Nur Sam kannte ich vom Sehen. Er war auch zu Lebzeiten ein stattlicher Bursche, der auffiel. Er studierte Semiotik und Philosophie. Nathaniel und Byron, die seit Kindesalter befreundet sind, waren Linguisten. Sie hatten sich den altgriechischen und lateinischen Schriften verschrieben und beherrschten darüber hinaus ein halbes Dutzend slawischer und semitischer Sprachen. Jacks Leidenschaft galt der germanischen Mediävistik. Ich hingegen komme aus einer Anwaltsfamilie und studierte Rechtswissenschaften. Mehr der Erwartungen meiner Familie wegen denn aus Berufung. Mein Steckenpferd war ein anderes: Von Kindheit an hatten es mir verschlüsselte Texte angetan. Man kann wohl sagen, dass ich mich ganz passabel mit gängigen Kryptografie-Methoden auskannte. Während meines Studiums habe ich mich sicher durch annähernd hundert Bücher voller rätselhafter Zeichen, Zahlenkolonnen und Buchstabenreihen gewühlt.« Vincent unterbrach sich, weil Melvin ihn mit großen, fragenden Augen ansah. »Entschuldige bitte, du kannst von solchen Dingen nichts wissen. Ich erzähle das alles nur, weil jene Passionen uns zum Verhängnis wurden. Ich fasse es einmal so zusammen: Wir verfügten über Kenntnisse, die uns befähigten, unverständliche Texte aus der Vergangenheit und anderen Kulturkreisen zu übersetzen und zu deuten. So wundert es nicht, dass mir der Anschlag ins Auge sprang, der eines Tages am Schwarzen Brett der Universität hing. Studenten wurden dazu aufgerufen, sich an der Übersetzung eines uralten Artefakts zu beteiligen. Und so kam es, dass wir fünf uns auf dem Gelände eines Ordens vor den Toren der Stadt wiederfanden. Ein Mann, den wir bis heute nur als den *Bischof* kennengelernt haben, empfing uns mit offenen Armen. Sogleich legte er uns dar, was uns erwartete. Angeblich sollte er im Auftrag der Kirche in Rom Spezialisten für die Entschlüsselung eines Zauberpapyrus ausfindig machen, welcher jahrhundertelang unentdeckt in den Katakomben des Vatikans gelegen hatte.

Mir gefiel der eloquente und belesene Geistliche auf Anhieb. Auch meinen Mitstreitern muss es ähnlich ergangen sein, denn voller Eifer machten wir uns an die Arbeit, ohne uns um die Absichten unseres Auftraggebers zu scheren. Wochen brüteten wir über den fleckigen und brüchigen Pergamentbögen. Der Text war zum Großteil in einer unbekannten Schrift und Sprache verfasst, fehlerfrei, ohne jegliche Korrekturen. An manchen Stellen fanden wir Kommentare in Altisländisch, Wortgebilde aus Runen, Zeichen wie das Malteser- oder das Patriarchenkreuz, dann wieder astrologische Symbole und Buchstaben aus dem hebräischen Alphabet. Zuerst standen wir wie vor einer undurchdringlichen Wand. Nichts schien irgendeinen Sinn zu ergeben. Aber wir waren gut. Besonders Nat und Byron sprühten nur so vor Ideen und stachelten sich gegenseitig an. Schließlich machten wir bei der Übersetzung und Deutung des Textes erste Fortschritte. Allmählich dämmerte uns, was wir da nach und nach freilegten.

Es handelte sich um eine brillant maskierte Botschaft, die nur von Eingeweihten entdeckt und dechiffriert werden sollte.«

Vincent hielt inne und sog an seiner Pfeife. »Der Bischof brannte darauf, dass wir das Geheimnis endlich entschlüsselten, das sich zwischen den rätselhaften Lettern verbarg. Mehr und mehr fiel seine höfliche Fassade und ließ auf einen unduldsamen Geist blicken, der zunehmend bedrohlicher auf uns wirkte. Aber auch Jack schien von einer Art Besessenheit befallen. Wenn wir uns am Ende eines langen Arbeitstages nach Hause begaben, blieb er in dem Zimmer zurück, das uns der Bischof für unsere Forschungen zur Verfügung gestellt hatte. Dort arbeitete Jack nächtelang bis zur Erschöpfung weiter. Langsam dämmerte uns – die intensive Arbeit hatte Sam, Nathaniel, Byron und mich zu engen Freunden zusammengeschweißt –, dass unser Auftraggeber Böses im Schilde führte. Irgendwas stimmte mit dem Bischof nicht. Was trieb ihn zu solcher Eile? Warum wollte er unbedingt in den Besitz des heidnischen Inhalts gelangen? Seine rechte Hand, ein Geistlicher mit fanatischen Augen namens Joseph, war uns ohnehin von Anfang an suspekt. Und die stummen, kahl geschorenen Mönche mit den leeren Gesichtern waren schlichtweg unheimlich. Auch fragten wir uns, warum diese gottesfürchtigen Brüder uniformierte Männer beschäftigten, die den heiligen Ort rund um die Uhr bewachten. Allmählich kam uns diese Bruderschaft vor wie ein Aufmarsch Götzen verehrender Wahnsinniger. Eines Abends vereinbarten wir ein heimliches Treffen im Pub *Prospect of Whitby* in Wapping, zu dem Jack jedoch nicht erschien. In seiner Abwesenheit beschlossen wir, unsere Arbeit abzubrechen und unvollendet zu lassen. Erleichtert über unserer Entscheidung gingen wir nach der Unterredung nach Hause. Das war der letzte Abend …«

Vincent drehte den Knauf seines Spazierstocks. Melvin sah ihm an, dass er nach Worten suchte. »Den Rest der Geschichte kennen wir bestenfalls in Bruchstücken. Wir wurden überfallen, betäubt und verschleppt. Wir erwachten in einem unterirdischen Gewölbe. Gefesselt und geknebelt. Dann ist etwas geschehen, das vollends aus unser aller Erinnerung gelöscht wurde. Als wir irgendwann wieder zu Sinnen kamen, waren wir nicht mehr wir selbst. Uns peinigten entsetzliche Schmerzen, unser Bewusstsein war verworren, alle unsere Empfindungen spielten verrückt. Einerseits waren sie geschärft, aber auch wie in einem Zerrspiegel bizarr entstellt. Nichts fühlte sich mehr an wie zuvor. Das Hören und Sehen und auch sonst alle Sinneseindrücke waren zu einer unerträglichen Qual geworden. Irgendwie gelang uns die Flucht aus dem stockfinsteren Labyrinth unter der Erde. Jack jedoch haben wir niemals wiedergesehen.«

Vincent blickte aus dem Fenster, an welchem statt Häusern und windschiefer Baracken nun Sträucher, Bäume und Zaunpfähle vorbeiflogen, da sie inzwischen durch eine ländlichere Gegend fuhren. »Auch er muss verwandelt worden sein. Es steht zu befürchten, dass seine Veränderung noch grausamer als die unsere war.«

Vincent ballte geistesabwesend eine Hand um den

Stock. Melvin legte erneut die Stirn in Falten. Er fragte sich, was den Fünften unter ihnen heimgesucht haben musste, wenn dessen Verwandlung *grausamer* war als die seiner ehemaligen Freunde.

»Nach dieser fatalen Nacht flohen wir aus der Stadt«, führte Vincent weiter aus. »Zuerst suchten wir ein Versteck, wo wir zur Besinnung kommen und die Regeln unseres künftigen Daseins erlernen konnten. Denn fortan waren wir dem Diktat unserer neuen Natur unterworfen. Einfachste Dinge wie etwa die Aufnahme von Nahrung stellten uns vor allergrößte Probleme. Byron verträgt nur noch frisches Blut. Ich bekomme höchstens rohes Fleisch runter, ohne dass es mir sterbenselend wird. Nathaniels Organismus scheint seine Energie allein aus dem Licht des Mondes und dem Sternenleuchten zu gewinnen.«

»Und Sam?«, fragte Melvin, weil Vincent nicht weitersprach.

»Diese Erklärung erspare ich dir und mir lieber.«

Die Hand seines Begleiters krampfte sich erneut um den Stock und Melvin sah blanke Wut über Sams Schicksal in seinen Augen.

»Allmählich ging uns auf, dass wir alle seit jener Nacht über abnorme Fähigkeiten verfügen«, fuhr Vincent nach einigen stillen Sekunden fort. »Wir haben also seither Kräfte und Begabungen, welche die gewöhnlicher Menschen bei Weitem übertreffen. Zugleich hat jeder von uns eine signifikante Schwäche. Byron muss das Tageslicht meiden, Nathaniel das Wasser, ich sollte keinesfalls mit Silber in Berührung kommen. Für Sam hingegen gibt es kaum

Beschränkungen. Er benötigt nicht einmal Schlaf. Gleichwohl muss auch ein lebender Toter auf der Hut sein, denn es gibt durchaus Gefahren, die seiner Existenz ein Ende bereiten können. Der Sage nach kann das Dasein eines Untoten ausgelöscht werden, wenn sein Herz mit einem Eisen durchstoßen wird. Außerdem muss er starke Verletzungen meiden, denn seit seiner Verwandlung stimmt irgendwas mit seiner Blutgerinnung nicht.« Vincent unterbrach sich, schüttelte den Kopf und machte eine wegwerfende Handbewegung. »Kurz und gut: All das mussten wir erst herausfinden, damit wir uns auf die Bedingungen unserer jetzigen Daseinsform einstellen konnten. Das Ritual hat uns einer Art Theriomorphose unterzogen, eine Verwandlung, aus der wir als Mischwesen hervorgegangen sind. Auf unseren späteren Reisen haben wir intensive Untersuchungen angestellt, um herauszufinden, was mit uns geschehen ist. Schließlich aber musste ich mir eingestehen, dass uns die Recherchen nicht wirklich weiterbrachten.« Vincent stieß eine Rauchwolke aus und sein Blick verlor sich im dunstigen Himmel. »Insgesamt irrten wir zehn Jahre vergebens auf der Suche nach der finsteren Vergangenheit des Manuskriptes und der Lösung des Rätsels umher, immer an den Rändern der Zivilisation, weil unsere morbide Absonderlichkeit zwangsläufig den Argwohn der Menschen weckt. Zeitgleich flohen wir vor den Schergen des Ordens, die uns stets auf den Fersen waren. Sie waren ausgesandt worden, um uns wieder einzufangen, damit der Bischof seinen Plan vollenden kann. Wir sind überzeugt, dass bei dem Ritual vor zehn Jahren etwas schiefgelaufen ist. Unsere Verwandlung ist noch nicht vollends vollzogen. Wäre sie das, säßen wir jetzt nicht hier beisammen.«

Melvin schreckte auf, weil die Droschke anhielt. Benommen kam er auf die Beine und sprang hinter seinem Begleiter aus der Kabine. Schweigend lief er neben ihm den Hügel zum Haus hinauf.

»Was Jack angeht, dachten wir lange Zeit, dass er durch das Ritual umgekommen oder der Bruderschaft in die Hände gefallen war«, berichtete Vincent weiter. »Doch dann hörten wir von den Morden an dem Ort, an welchem alles seinen Anfang genommen hatte – London. Begangen von einem Mann, der den Zeitungen seinen Namen verraten hatte: Jack. In dieser Zeit etwa begannen Byron, Nat und ich von einem Klingen bewehrten Schattenwesen zu träumen, dem wir stets in einem nächtlichen, menschenverlassenen London begegnen. Ich hatte dir berichtet, dass Jacks Verwandlung vermutlich noch grausamer sein muss als die unsrige. Wir sind überzeugt: Der Dämon, der in unseren Träumen lauert, ist unser alter Weggefährte. Ferner glauben wir, dass hinter diesen fürchterlichen Taten keineswegs ein gewöhnlicher Mann steckt. Heute hatte ich Gelegenheit, mit dem einzigen Zeugen eines der Morde zu sprechen. Deine Beschreibung, Melvin, bestätigt meinen Verdacht. Außerdem hat dich eine mysteriöse Botschaft direkt nach den Ereignissen geradewegs zu uns geführt. Das kann kein Zufall sein. Jack muss den Verstand verloren haben und versteckt sich irgendwo in dieser Stadt.«

Vor dem Haus blieb Vincent stehen. Er klopfte seine

Pfeife an den Stiefeln aus. »Es ist an der Zeit, unserem Gegner die Stirn zu bieten und dieser Farce ein Ende zu bereiten. Deshalb sind wir zurückgekommen.«

Melvin rauschte der Kopf. Bestürzt hatte er den Ausführungen zu den Albträumen gelauscht. Jene erinnerten ihn erschreckend an seine eigenen Träume seit geraumer Zeit. Diese Parallele war ebenso ungeheuerlich wie die Geschichte, die ihm eben unterbreitet worden war. Trotzdem glaubte er jedes Wort.

»Was haben Sie jetzt vor?«, fragte er.

»Wir müssen Jack finden und ihn zur Vernunft bringen. Nur gemeinsam mit ihm können wir unser Schicksal wenden. Überdies sollten wir mittlerweile stark genug sein, um unserem Feind die Stirn zu bieten.« Vincent sah entschlossen auf. »Ich denke, du kannst uns dabei helfen.«

Sitz der Bruderschaft, Northern London

Im Schein der Fackeln vor den Stallungen absolvierte der Jäger sein tägliches Training. Auch als eine der Frauen auf ihn zuschritt und sich vor ihm aufbaute, ließ er weiter unbeirrt die Messerklinge sirren und schnitt die Luft in Stücke.

»Ihre Bemerkung gestern war geschmacklos«, sagte die Frau mit kaum unterdrückter Wut in der Stimme.

»Schon möglich«, sagte Kyle Hunter, ohne sie anzusehen.

»Und selbstverliebt sind Sie auch.«

Pfeilschnell warf der Jäger das Messer über die Schulter. Es traf einen Stützbalken genau in dessen Mitte. Jetzt wandte er sich zu der Frau um.

»Mein Name ist übrigens Kyle.«

Er sah die Frau auffordernd an und sie sah feindselig zurück.

»Heute Nacht werden wir auf die Jagd gehen. Halten Sie sich bereit!«

Das Mitglied der Leibgarde des Bischofs machte auf dem Absatz kehrt und marschierte in Richtung Kathedrale.

Kyle Hunter blickte ihr amüsiert hinterher.

»Und Ihr Name war Fiametta?«

Sie blieb stehen, drehte sich aber nicht um.

»Man nennt mich ... Flame.«

Weil sie ihm den Rücken zugewandt hatte, blieb dem Jäger das unfreiwillige Lächeln in ihrem Gesicht verborgen.

Buckingham Palace, City of Westminster

Ihre Hand lag auf Ponsonbys Unterarm, als beide an den Guards vorbeikamen, die neben der aufgehaltenen Tür Spalier standen.

Dann geleitete sie ihr getreuer Sekretär über das unebene Hofpflaster. Der Fahrer des Wagens lehnte, den Zylinder ungalant ins Gesicht geschoben, an seinem Fuhrwerk. Es nötigte ihr eine gewisse Portion Respekt ab, dass der Gaukler von ihrem Erscheinen völlig unberührt schien und keinerlei Anstalten machte, sie mit einer untertänigen oder sonstigen Geste willkommen zu heißen.

Sie erreichten die heruntergelassene Klappleiter an der rückwärtigen Seite des Wagens. Ponsonby wollte ihr sogleich hinaufhelfen, aber sie gab ihm mit einer Handbewegung zu verstehen, den Rest des Weges ohne seine Hilfe antreten zu wollen.

Also erklomm Ihre Majestät allein die Stufen, klopfte einmal an der Tür und betrat das düstere Wageninnere. Nur allmählich gewöhnten sich ihre Augen an das spärliche Licht, das hier herrschte. Die Wände der Kabine waren grau und der Boden schmutzig. Rechts verströmte ein rostiger Bollerofen eine unangenehme Hitze. Die spinnwebenartigen Behänge vor den beiden einzigen Fenstern waren zugezogen und ließen nur gedämpftes Licht hinein. Die Monarchin des Landes wunderte sich, wie groß ihr der Raum vorkam. Er erschien in der Tat viel zu groß, so als müsste eine optische Täuschung vorliegen.

Plötzlich vernahm Queen Victoria Geräusche. Aus einem stockfinsteren Winkel näherte sich ein Schlurfen und Klopfen. Gleichzeitig löste sich ein Schemen aus der Finsternis. Hin und her wankend wie eine wuchtige Glocke kam er näher und allmählich verwandelte er sich in eine sichtbare Erscheinung.

Bevor die Königin sehen konnte, wen sie vor sich hatte,

roch sie die Person. Der saure Geruch war ihr schon beim Betreten des Schaustellerwagens in die Nase gekrochen. Jetzt schlug er ihr wie ein aasiger Windstoß entgegen.

Das hutzlige Weib, das dem Gestank nachfolgte und allmählich vor der Besucherin Gestalt annahm, musste steinalt sein. Das verschrumpelte Gesicht, welches sich aus dem Dunkeln geschält hatte, war mit Altersflecken übersät und von tiefen Furchen und Kratern durchzogen. Der Mund war eingefallen, die Lippen dünn und runzelig, aus den Ohren sowie den Warzen an Wange und Kinn spross borstiges Haar. Das ergraute Haar auf dem Schopf der Alten hingegen war licht, dünn und offensichtlich ungewaschen.

»Herein, hereinspaziert!«, krähte diese nun und zeigte ein grässliches Willkommenslächeln, welches Aussicht auf etliche schwarze Zahnstumpen gewährte. Zeitgleich winkte die Vettel ihren Gast mit einem gichtigen Finger heran und deutete auf den Schemel vor einem Tisch. »'tschuldigen Sie, Madame«, jammerte sie unterwürfig. »Hoher Besuch verirrt sich normal nicht hierher. Sie müssen also damit vorliebnehmen.«

Die Monarchin zog den Schemel unter dem Tisch hervor und ließ sich vorsichtig auf dem gebrechlichen Möbel nieder. Dann sah sie zu einem pagodenförmigen Drahtgestell auf, das über ihr an der Decke hing. Es war ein orientalisch anmutender Vogelkäfig. Er war leer, die Klappe stand offen. Wenn ihn die verpestete Luft hier drin nicht dahingerafft hatte, war der Vogel wohl ausgeflogen.

Was man ihm nicht verdenken könnte, stellte die Frau

für sich fest und verkniff sich gerade noch ein Lächeln. Da erkannte sie erschrocken, dass sie die Augen hinter den Schlitzen plötzlich scharf musterten, als hätte deren Besitzerin eben Fetzen ihrer Gedanken erhascht.

»Dafür hab ich aber was Leckeres für die Madame!«, versprach die Alte nun und watschelte – erneut begleitet von dem Schlurfen und Klopfen – zu einer Ablage unter einem der Fenster.

Als sie zurückhumpelte, hielt sie eine Tasse in der knotigen Hand. »Dies ist selbst gemachter Tee aus Bilsenkraut. Er vertreibt allen Kummer und alle Sorgen«, sagte sie und zwinkerte dabei geheimnisvoll. »Übrigens: Wenn Sie's hier in meiner Höhle klopfen hören, dann stammt das meist nicht von der Tür.«

Konsterniert beobachtete die Queen, wie das verlotterte Weiblein nun die verschiedenen Rockschichten, die es übereinander trug, hochraffte. Sofort begann aus den Niederungen darunter dieser stechende Geruch hervorzukriechen. Nachdem die Alte die Kleidung bis zur Taille hinaufgezogen hatte, deutete sie mit einem breiten Froschgrinsen unter den gelüfteten Vorhang.

Verstört betrachtete die Queen ein Bein. Es war von einem löchrigen Kniestrumpf umhüllt und das graue Fleisch darunter von geschlungenen Venen durchzogen. Daneben stach statt des anderen Beins ein Holzstumpf aus dem gelüpften Rock.

Die Alte stampfte dreimal mit dem falschen Bein auf den Boden und versetzte die Dielen in Schwingungen. »Sehen Sie. Unten rum schau ich aus wie der olle Ahab. Man braucht hier also nicht gleich *Herein* zu rufen, wenn es klopfen tut.«

Ein gruseliges Kichern erfüllte darauf den Raum. Als es nach einigen keuchenden Luftschnappern endete, hob die Greisin forschend ein schlaffes Augenlid, sodass ihr Gast erstmals einen Blick auf die jadegrünen Augen dahinter erhaschen konnte.

»Sie sind aber nicht wegen meinem Hinkebein da, gelt?«

Die Alte reckte den faltigen Hals und ihr Gesicht wurde in das rötliche Schimmern des Ofens getaucht.

Mahnend hob sie den knochigen Zeigefinger. »Sagen Sie bloß nix! Meine spezielle Glaskugel könnt Sie hören. Edward ist furchtbar schnell beleidigt. Er will uns lieber selbst verraten, was er gleich sehen wird. Gehört sich ja auch so für ein Orakel. Also halten Sie mal schön den Mund.« Sie zwinkerte mit einem ihrer Triefaugen. »Warten Sie, ich hol ihn her.«

Nochmals humpelte die Alte durch den Raum. Heftig japsend kam sie zurück, an die üppige Brust ein Ebenholzkästchen gepresst. Sie stellte es zwischen ihnen auf den Tisch und fummelte in ihrer Rocktasche herum. Mit einem verzerrten Grinsen hielt sie bald einen rostigen Schlüssel in die Höhe, um ihn in das dazugehörige Schloss der Kiste zu stecken.

Währenddessen hob die Königin die Tasse und prüfte skeptisch den Inhalt. Der ominöse Tee roch verdächtig nach Kloakenwasser und in der trüben Brühe schwammen sämige Brocken herum.

Angewidert verzog sie das Gesicht und senkte die Tasse.

Erleichtert nahm sie zur Kenntnis, dass ihre abgestoßene Miene unbemerkt geblieben war, denn die Alte stocherte noch immer mit heraushängender Zunge an dem Verschluss herum. Dann endlich schnappte das Schloss auf und der Deckel des Kästchens öffnete sich.

Zum Vorschein kam ein runder, in ölige Lumpen gewickelter Gegenstand. Arthritische Finger begannen den Stoff auseinanderzunesteln.

Zum Entsetzen der Monarchin wurden zuerst zottige Haare freigelegt und dann ein Gesicht. In der Kiste lag ein menschlicher Kopf. Wächsern schimmernde, räucherfischfarbene Haut umspannte den Schädel. Die Augen im eingefallenen Gesicht des Toten waren geschlossen. Unter dem länglichen Kinn verdeckten – *gottlob* – verfilzte Barthaare und lange Locken den Hals des Enthaupteten. Doch auch die Haare konnten nicht verbergen, dass dem Schädel die Ohren fehlten und an ihrer Stelle zwei abstoßende Löcher klafften.

Eine Hand vor den Mund gepresst, die Luft in hektischen Stößen durch die Nase ein- und ausatmend, drehte sich das Oberhaupt des Landes zur Tür um. Nur dank ihrer einzigartigen Selbstbeherrschung bekam Queen Victoria ihren Mageninhalt unter Kontrolle. Nach einigen Sekunden fasste sie Mut und drehte sich wieder um, denn ihr Anliegen war von außerordentlicher Wichtigkeit. Zum Wohle des Landes musste sie endlich die richtigen Antworten auf ihre Fragen erhalten.

Die Alte stand nun gebeugt über ihrer makabren Trophäe und tätschelte dem Toten die Wange. »He, Edward!

Wach auf! Wir haben Kundschaft. *Kruzifix!*«, moserte sie, begleitet von aufmunternden Ohrfeigen.

Und tatsächlich begannen plötzlich die Lider des Hauptes zu flimmern. Begleitet von einem kehligen Stöhnen wurden Augen und Mund in der toten Fratze gleichzeitig aufgerissen.

»Ja, ja, ja ... da ... da bin ich ... bin ich«, quoll eine heisere Stimme aus dem aufgerissenen Schlund und mit ihr strömte ein verderblich süßlicher Hauch in den Raum.

Zufrieden warf die Alte der Besucherin ein Zahnlückengrinsen entgegen. »Wir sind nun so weit«, sagte sie und stemmte die Fäuste in die Seiten. Dicht über den Kopf gebeugt, stierte sie in die milchige Trübung unter den aufgerissenen Lidern des Toten.

Trotz der überwältigenden Eindrücke und des neuerlichen Schwalls widerlichster Ausdünstungen merkte die Königin, wie ihre Neugierde Oberhand über ihren Ekel gewann. Hier waren keine Quacksalber am Werk, die listige Taschenspielertricks darboten. Fraglos kamen hier dunkle Künste zum Einsatz.

Konnten die Hexe und ihr angeschimmelter Wahrsager sehen, welches Schicksal dem Empire blühte? Würde sie nun endlich erfahren, wie viel Zeit noch blieb und welche Schritte womöglich die drohende Katastrophe abwenden konnten? Die Lage spitzte sich stündlich zu. Die Morde hielten die Stadt in Atem. Vieles deutete inzwischen darauf hin, dass eine alte Legende ihrer Erfüllung entgegensteuerte.

Die Monarchin beugte sich deshalb gleichfalls vor und

stierte wie die Alte in die Augen des erweckten Toten. Plötzlich wurde das abgelebte Antlitz von einer unsichtbaren Quelle in lapislazuliblaues Licht getüncht und die Augen der Hexe weiteten sich.

»Heiliger Bimbam!«, juchzte sie. »Ich seh ein Kämmerlein. In einem Turm direkt unterm Dachgebälk. Herr im Himmel, was liegt denn da auf dem Boden? Sind das tote Vögel, Edward?«

»Die Raben«, antwortete der Kopf heiser. »Die Raben im Tower sind tot.«

Whitechapel, East End of London, Nacht

Melvin saß mit Nathaniel, Byron und Vincent in der Kabine der Kutsche. Sam, dessen Laune sich seit ihrem Aufbruch um keinen Deut gebessert hatte, hockte grummelnd auf dem Bock und lenkte die Pferde. Melvin stierte in die Dunkelheit jenseits der Scheibe. Seine Gedanken durchwanderten noch einmal den vergangenen Tag.

Nachdem Vincent und er gegen Mittag aus der Stadt in das alte Haus zurückgekehrt waren, hatte sich sein Begleiter entschuldigt und in ein Zimmer im zweiten Stock zurückgezogen. Melvin war mit dem Vorsatz ins Kaminzimmer gegangen, es sich dort gemütlich zu machen und etwas Schlaf nachzuholen. Doch nach Vincents Erzählung fühlte er sich viel zu aufgewühlt dafür.

Also war er schon bald zuerst durchs Haus gestromert und danach ruhelos auf dem Anwesen umhergestrichen. Beim Stall hinter dem Haus traf er schließlich Sam an, der damit beschäftigt war, für die Kutschenpferde einen baufälligen Verschlag herzurichten.

Unbeeindruckt davon, dass der übellaunige Dickschädel sein Angebot zur Mithilfe ignorierte, legte Melvin mit Hand an. Eine sinnvolle Beschäftigung an der frischen Luft erschien ihm die beste Möglichkeit, für eine Weile quälende Gedanken zu verdrängen.

Stunden später – er hatte auf dem Dach undichte Stellen geflickt, während Sam jede Menge Krempel aus dem Schuppen befördert hatte – konnten sie die Gäule trocken unterstellen und mit frischem Heu versorgen.

Nach getaner Arbeit streckte sich Melvin erschöpft und zufrieden auf den Decken im Kaminzimmer aus. Diesmal schlief er auf der Stelle ein.

Als er aufwachte, warteten ein großes Glas Milch, ein Laib Brot und säuberlich geschnittene Blutspeckwurstscheiben auf einem Tisch vor dem angefachten Feuer auf ihn. Stirnrunzelnd hatte Melvin die geblümte Tischdecke unter dem Geschirr betrachtet. Allmählich kam er dahinter, wie Sam tickte. Das Arrangement war offenbar einem *Dankeschön* gleichzusetzen.

Bis zum Sonnenuntergang hatten sich weder Sam noch Vincent bei ihm blicken lassen. Nathaniel und Byron ebenso wenig, da die beiden, wie Melvin von Vincent wusste, die Tage fern vom Sonnenlicht verbrachten.

Schließlich kamen Vincent und Sam gemeinsam ins Kaminzimmer. Kurz darauf schwang auch die Tür zum Keller auf und einer der beiden Nachtwandler linste in den Raum.

»Sieh einer an, unser Gast ist ja noch da«, rief Nathaniel aus und zwinkerte Vincent zu.

»Scheint so, als hätten wir was verpasst«, gähnte Byron, der direkt nach der Mumie schlaftrunken ins Zimmer torkelte.

Da nun alle versammelt waren, richtete Vincent das Wort an seine Freunde. »Es gibt eine geringfügige Änderung in unserem Plan«, sagte er und blickte nun zu Melvin. »Wir werden den Jungen heute Nacht mitnehmen. Es war kein Zufall, dass er zu uns gefunden hat. Ich denke, Jack möchte, dass Melvin uns zu *ihm* führt.«

Melvin hatte erstaunt die Augen aufgerissen und konnte sein Glück kaum fassen, dass er bei der Suche nach dem Ripper mit von der Partie sein durfte. In Sams Gesicht dagegen war während Vincents Worten eine Gewittergrimasse aufgezogen. Mit wütenden Schritten, die den Raum zum Vibrieren brachten, war er darauf zum Fenster getrampelt. Mit verschränkten Armen hatte er hinaus in den verschatteten Garten geblickt. Die anderen hatten zuerst ratlos auf sein breites Kreuz gestarrt und sich dann fragende Blicke zugeworfen.

»Ich verstehe deine Bedenken, Sam«, versuchte ihn Vincent zu beruhigen. »Ich glaube aber nicht, dass der Junge in Gefahr ist. Jack hätte Melvin längst töten können. Stattdessen hat er ihn auf unsere Fährte gesetzt.«

»Es wird ihm schon nichts passieren«, bemühte sich nun auch Byron, Sams störrisches Schweigen zu beenden.

Die drei Freunde und Melvin blickten erwartungsvoll zu dem Untoten. Sekunden verstrichen. Dann erklang plötzlich ein durchdringendes Schnauben und der Riese drehte sich um.

»Ach, macht doch, was ihr wollt«, knurrte Sam mit finsterer Miene. »Aber wenn dem Jungen auch nur ein Haar gekrümmt wird, dann ... dann ...« Plötzlich verstummte er, ballte die Fäuste und polterte ohne ein weiteres Wort aus dem Zimmer.

Kaum war der Hüne verschwunden, feixten sich die drei verbliebenen Freunde zu und gaben auf diese Weise ihr Einverständnis, dass Vincents Plan beschlossene Sache war.

Und nun saß Melvin zwei Stunden später zusammen mit Vincent, Byron und Nathaniel in der Kutsche und Sam fuhr sie in die Stadt. Weil draußen vor dem Fenster mehr und mehr Gebäude vorbeizogen, hielt Melvin den Zeitpunkt für gekommen, sich noch einmal über den Plan seiner Begleiter auszutauschen.

»Habe ich das richtig verstanden? Ich soll den Lockvogel spielen?«, fragte er. »Sie denken allen Ernstes, der Ripper möchte ausgerechnet über mich mit Ihnen Kontakt aufnehmen?«

Nathaniel und Byron zuckten mit den Schultern.

Vincent räusperte sich. »Ich weiß, wie abwegig das erscheint. Aber es muss einen Grund geben, warum er in dieser Nacht das Mädchen getötet, aber dich verschont hat. Vergiss nicht, wie du uns aufgespürt hast. Ich vermute, man kann Jacks geistigem Zustand nicht mit unserer Vorstellung von Logik beikommen. Ich fürchte, wir müssen uns auf die Regeln seines Spiels einlassen, wollen wir seiner habhaft werden. Wenn dir etwas Besseres einfällt, dann raus mit der Sprache. Wir sind für jeden Ratschlag offen.«

Nun war es an Melvin, ratlos die Schultern zu heben. »Tut mir leid, damit kann ich nicht dienen. Also, versuchen wir's. – Wo wollen wir anfangen?«

Nathaniel, Byron und Vincent blickten sich fragend an.

»Was meinst du?«, fragte Byron.

Melvin überlegte, dann fiel ihm etwas siedend heiß ein. Rasch berichtete er den dreien, dass es eine weitere Frau gab, die für Peggy Rose gearbeitet hatte und noch am Leben war. Er erzählte auch von Wilkies und seinem Versuch, Mary Kelly zu warnen.

»Dann steht wohl fest, wo wir mit der Suche beginnen sollten«, sagte Vincent. »Du gehst zur Wohnung dieser Frau. Wir werden dich im Auge behalten. Wenn sie zu Hause ist, berichte ihr, was du weißt. Sollte der Ripper auftauchen, schlagen wir unverzüglich zu und überwältigen ihn. Wahrscheinlich hat die Frau in der Zwischenzeit ohnehin deine Nachricht erhalten und woanders Schutz gesucht. Wenn sich also nach einer Stunde nichts Verdächtiges tut, dann brichst du wieder auf. Du gehst auf direktem Weg zur High Street und mischst dich dort unter die Leute. Halte die Augen nach uns offen. Sam und ich werden dir in einigem Abstand – doch stets in Sichtweite – folgen. Nat bildet die Nachhut und Byron wird die Lage von oben kontrollieren.«

Melvin kniff die Augen zusammen und musterte den Mann mit den eingefallenen Wangen und dem ausdrucksvollen Gebiss. Er kannte die eine oder andere Vampirgeschichte. Deshalb stellte er sich eine Fledermaus vor, die über den Häusern von Whitechapel kreiste.

»Können Sie denn fliegen?«, fragte er ungeniert und musste prompt an seinen beschämenden Fluchtversuch vor Byron in der vergangenen Nacht denken.

»Der lahme Vogel?!«, gluckste Nathaniel.

Als Antwort verpasste der Vampir der Mumie einen Stoß zwischen die Rippen. »Noch ein falsches Wort, du Lumpensack, und ich wickle dich auf.«

»Weißt du, die beiden kennen sich so lange, dass sie manchmal an ein altes Ehepaar erinnern«, sagte Vincent und schob leise hinterher: »Schon vor unserer Verwandlung waren sie Freunde, die durch dick und dünn gingen und sich doch unablässig zankten.«

Mit einem Mal wurde es sehr still in der Kutsche und Melvin musste plötzlich an Wilkie denken. Es tat ihm leid, dass er ihn nach ihrer letzten Begegnung ohne eine richtige Erklärung hatte ziehen lassen.

Wo wohl der Freund jetzt gerade war? Machte sich Wilkie schon Sorgen um ihn?

Endlich durchbrach Vincent die unbehagliche Stille. »Nein, Melvin, fliegen kann Byron leider nicht. Wie auch Nathaniel verfügt er aber über nicht zu verachtende Talente.« Er sah zu Melvin. »Von welchen du, wie ich meine, bereits eine Kostprobe bekommen hast.«

Melvin rief sich nochmals sein erstes Zusammentreffen

mit dem Vampir in Erinnerung und begnügte sich mit dieser Erklärung.

Weitere zwei Stunden später wanderte er die Hauptstraße Whitechapels entlang. Selbst zu dieser nachtschlafenden Zeit war hier die Hölle los. Während er an schäbigen Wohnhäusern, Bierschänken und Pinten vorbeikam und sich zugleich an Schuhputzern, Hütchenspielern und Straßenhändlern vorbeidrängelte, reckte er gelegentlich den Hals und spähte zu den Dächern der umstehenden Häuser. Auf denen folgte ihm heute nämlich ein spezieller Schutzengel. Ab und an blickte Melvin zudem über die Schulter zurück, um sich zu vergewissern, dass irgendwo in dem wuseligen Durcheinander ein Gentleman und ein baumhoher Untoter zu finden waren.

Seit er vor einiger Zeit von seinem ergebnislosen Ausflug zu Mary Kellys Wohnung hier angekommen war, lief er die High Street hinauf und hinab. Seine ehemalige Mitbewohnerin war auch diesmal wieder nicht zu Hause gewesen. Der Zeitungsausschnitt steckte immer noch unter der Türschwelle. Seine Warnung hatte Mary Kelly also noch nicht erreicht. Darum hatte Melvin eine gefühlte Ewigkeit vor ihrer Tür gewartet, die Hofeinfahrt fest im Blick und inständig darauf hoffend, dass die Frau dort erschien. Doch sein Warten war vergebens und irgendwann musste er unverrichteter Dinge weiterziehen.

Melvin bog jetzt um ein Eckhaus und lief an der von fettigen Schlieren getrübten Scheibe eines Metzgerladens vorbei. Dahinter sah er einen beleibten Mann in einem rostrot besprenkelten Kittel, der im Schein einer Gasflamme ein Fleischermesser wetzte. Schaudernd wandte sich Melvin ab und beschleunigte seine Schritte.

Den Blick auf den Bordstein gerichtet, ließ er sich eine Weile mit dem Strom der Passanten weitertreiben, ehe er sich wieder nach seinen Beschützern umdrehte. Sam und Vincent folgten ihm in einiger Entfernung. Auf der gegenüberliegenden Straßenseite kämpften sich die beiden durch ein heilloses Durcheinander aus Hüten und Hauben.

Wenige Meter weiter gelangte Melvin an eine neue Kreuzung. Kurz entschlossen bog er in eine schmalere Straße ab, ließ das Gewusel auf der High Street hinter sich zurück und tauchte in ein wahres Labyrinth aus spärlich beleuchteten und weitgehend ungepflasterten Gassen ein. Es dauerte nicht lange und das permanente Rattern der Wagenräder auf dem Kopfsteinpflaster und das Gegröle aus den Kneipen waren nur noch eine dumpfe Geräuschkulisse in der Ferne.

Gedankenverloren schlenderte er weiter. Irgendwann blieb er stehen und blickte sich um. Weit und breit war keine Menschenseele mehr zu entdecken. Auch von Sam und Vincent fehlte jede Spur. Erst jetzt fiel Melvin auf, wie still es inzwischen um ihn herum geworden war.

Allmählich breitete sich ein mulmiges Gefühl in seiner Magengrube aus. Wo waren seine Beschützer abgeblieben? Er beschloss, den Weg zurückzugehen. Dann würde er den beiden bestimmt in die Arme laufen und konnte ihnen sagen, dass ihre Unternehmung nichts einbrachte und er für heute genug hatte.

In diesem Augenblick setzte ein leichtes Nieseln ein. Ärgerlich blickte Melvin in den Nachthimmel. Eine dichte Wolkendecke hatte sich über diesen geschoben. Weil der Niederschlag stärker wurde, beschleunigte er seine Schritte. An der nächsten Weggabelung hielt er erneut an. Zweifelnd schaute er nach links und rechts.

Aus welcher Richtung bin ich eigentlich gekommen?

Inzwischen schlug der Regen in dicken Tropfen auf das staubige Pflaster, floss in Rinnsalen die Fassaden herab und ergoss sich, mit dem Ruß der Wände vermengt, über die Bordsteine. Rasch hatten sich überall auf der löchrigen Straße Pfützen gebildet.

Melvin beschirmte die Augen, um hinter dem Vorhang aus Regenfäden nach Sam und Vincent Ausschau zu halten. Doch alles, was er sah, waren verschwommene Häuser, die wie heimtückische Ungeheuer am Straßenrand hockten, mit schwarzen Mäulern und Augen aus Türen und Fenstern.

Der Wind zerrte an seinem Mantel, als wollte er ihn fortziehen. Melvin blinzelte und drehte ein weiteres Mal den Kopf hin und her. Nirgends war auch nur eine Spur seiner Begleiter zu entdecken.

»Wo steckt ihr denn, Gott verdammt?«, fluchte er und versuchte zu ignorieren, dass sich das mulmige Gefühl in seinen Eingeweiden allmählich in Furcht verwandelte.

Da erblickte er zwischen den gegenüberliegenden Fassaden eine Gassenmündung. Sie kam ihm vage bekannt vor. Kurzerhand beschloss er, in diese einzubiegen. Er verließ den Schutz der Häuser und setzte sich vollends dem kaskadenartigen Guss aus. Zähneknirschend wollte er noch einmal zum Himmel blicken, da versiegte der Regen ebenso plötzlich, wie er eingesetzt hatte.

Nur einen Augenblick darauf vernahm Melvin hinter sich ein Geräusch. Es ließ ihn erstarren. Es klang, als würde ein riesiger Vogel mit gewaltigen Schwingen vom Himmel segeln. Gleichzeitig rollte eine schneekalte Böe über die Straße hinweg. Mit angehaltenem Atem blickte Melvin hinter sich und sah, wie ein Schatten über das nasse Pflaster kroch und dabei die Spiegelung der Laternen in den Pfützen auslöschte.

Augenblicklich senkte sich eine erstickende Schwere auf Melvins Sinne. Seine Beine waren mit einem Mal wie steif gefroren, denn sie gehorchten ihm nur widerstrebend, als er sich vollends umdrehte.

Und nun sah er, was ... *wer* den Schatten warf.

In der Gassenmündung stand jemand, umweht von einem schwarzen, wild flatternden Umhang. Auf dem Kopf über dem großen, stämmigen Körper thronte ein überdimensionaler Hut mit einer wagenradbreiten Krempe.

Mit schreckensgeweiteten Augen starrte Melvin auf die Gestalt. Sie war noch schwärzer als die dunkelste Nacht. Es war, als hätten sich alle Essenzen der Finsternis in ihr vereinigt. Zugleich schien eine mysteriöse Kraft von ihr auszugehen, denn die Schatten der Häuser verloren allmählich ihre Form, dehnten sich wie von einem Magneten angezogen und begannen den regennassen Boden entlangzukriechen, bis sie allesamt wie Uhrzeiger auf den Unbekannten wiesen.

Melvin wusste ohne Zweifel, wen er vor sich hatte. Er erbebte vor Angst.

In diesem Augenblick hob der Ripper die Arme, streckte sie seitlich von sich und langsam öffneten sich an ihren Enden Hände, die anscheinend keine Finger hatten. An deren Stelle sah Melvin metallische Klingen, die mit einem widerlichen Quietschen aneinanderrieben. Sein Schrecken war allumfassend und raubte ihm den Atem. Seine Beine sackten unter ihm weg. Er verlor das Gleichgewicht, stolperte rückwärts, sank gegen eine Hausmauer ... und nichts war mehr von Bedeutung.

Melvin dachte nicht an seine Aufpasser, die nicht mehr da waren, um ihn zu beschützen. Er dachte nicht an Flucht. Ohnmächtig erwartete er sein Ende, denn er wusste, das zweite Treffen mit dem Todesengel würde er nicht überleben.

Das lichtmordende Ungeheuer rückte auf ihn zu. Melvin schloss die Augen und seine Gedanken suchten nach einer Erinnerung, mit der er aus dem Leben scheiden wollte. Sie führten ihn geradewegs zu seiner letzten richtigen Begegnung mit Ayleen, als sie ihm ihren Haarreif gegeben hatte, und seine Wange brannte, als hätte ihr heimlicher Kuss dort ein Brandmal hinterlassen.

Im Sog der Erinnerung an jenen verzauberten Augenblick flutete urplötzlich eine ungeheure Wut durch seine Venen und die betäubende Schwere fiel wieder von ihm ab. Wie ein angeschossenes Tier sprang Melvin auf die Beine und riss die Augen auf.

Der Mörder Ayleens war auf halber Strecke stehen geblieben. Obgleich nun ein traumbekanntes Kichern aus dem schattenhaften Wesen drang, begegnete Melvin wagemutig den rot glühenden Augen seines Widersachers. Er hielt dem Mörderblick stand, während seine Rechte zu seiner Hosentasche wanderte, wo er immer drei Steine als Waffenarsenal bei sich trug. Seine Linke umschloss zugleich die Schleuder.

»*Nimm das!*«, schrie Melvin nun und feuerte einen nussgroßen Stein auf das Phantom.

Mit einem lauten Scheppern durchschlug der Stein irgendwo eine Scheibe. Das Geschoss hatte sein Ziel verfehlt.

Der Ripper rückte näher und hob den rechten Arm. Schnell griff Melvin nach einem weiteren Stein, denn vor ihm blitzte schon eine spitze Klinge auf. Er spannte die Schleuder, zielte auf den Kopf des Mannes ...

Dann geschahen mehrere Dinge unmittelbar hintereinander.

Zuerst dröhnte vom Ende der Straße her sein Name durch die Nacht. Der Ruf verhallte noch, da wurde direkt über ihren Köpfen ein Fenster aufgerissen. Melvin nutzte die Gelegenheit und schoss.

Diesmal traf der Stein!

Der Ripper stieß ein raubtierhaftes Fauchen aus. Doch die Spitze der Klinge war unverändert auf Melvins Kopf gerichtet, bereit für den Todesstoß. Aus den Augenwinkeln nahm Melvin wahr, dass hinter einigen Fenstern der umstehenden Gebäude Lichter erschienen. Sein Schreien und das Klirren der Scheibe mussten die Anwohner aufgeweckt haben. Doch ihm war klar, dass jede Hilfe für ihn zu spät kam. Gleich würde die Klinge wie der Stachel eines riesigen Insekts auf ihn niederfahren.

Da schoss urplötzlich etwas aus der Dunkelheit heran und schlug unter dem Hutschatten des Rippers ein.

Ungläubig blickte Melvin zu der massigen Gestalt, die ihre todbringenden Hände vors Gesicht gerissen hatte und mit etwas zu ringen schien. Nun taumelte sie rückwärts und Sekunden darauf flog unter dem Hutschatten ein großer schwarzer Vogel hervor und verschwand mit einem triumphierenden Krächzen über den Dächern.

Es folgte eine ungewisse Zeitspanne, in der sämtliche Geräusche ausgelöscht und alle Bewegungen stillzustehen schienen. Schließlich drehte der Ripper langsam den Kopf. Melvin hielt den Atem an, als ihm diese wahnsinnigen Augen entgegenglühten. Doch dann stürzte der Mörder jählings davon und sein wehender Mantel wurde eins mit der Dunkelheit.

Augenblicklich gaben Melvins Beine nach und er fiel. Hände so breit wie Pranken fingen ihn auf.

Flackernd öffneten sich seine Augenlider. Direkt über ihm schien ein bleicher Mond zu schweben. Nur allmählich verwandelte sich der farblose Kreis in ein Gesicht. Ein leichenfahles Gesicht mit einer rissigen Haut voller Wucherungen und einem Mund, der so verkniffen wirkte, als würde er von einem Schraubstock zusammengepresst. Obgleich Sam wütender denn je aussah, durchflutete Melvin eine warme Woge der Erleichterung.

Erst jetzt ging ihm auf, dass er ausgestreckt auf dem feuchten Pflaster lag. Ehe er es sich versah, wurde er unter den Achseln gepackt und ungestüm hochgehoben. Der Untote stellte ihn auf die Beine und stierte ihm mit mahlenden Kiefern ins Gesicht. Erst als eine kreischende Frauenstimme von irgendwoher lauthals nach der Polizei rief und wie auf Kommando eine Trillerpfeife ertönte, wurde Melvin von Sam an der Jacke gepackt und fortgezerrt.

Vincent hetzte atemlos durch menschenverlassene Häuserschluchten. Der Ripper schien ihn zu verhöhnen, denn sobald er ihn verloren glaubte, entdeckte er seine schwarze Gestalt an einer Ecke, in einer Nische oder unter einem Torbogen. Kaum hatte Vincent jedoch den Abstand verkürzt, wurde der Mörder wieder eins mit den Nachtschatten und von irgendwoher hallte ein Lachen wie das Rasseln rostiger Ankerketten wider.

Vincent spürte, dass er die Wut nicht mehr lange zügeln konnte. Sie hatte bereits begonnen, wie ein zähes Gift in seine Adern zu sickern. Bald schon würde die Kreatur, die in ihm schlummerte, erwachen und ihre Ketten sprengen. Langsam lief ihm die Zeit davon, um mit Jack zu reden und ihn vielleicht doch noch zur Besinnung zu bringen.

Außer Atem blieb Vincent an einer Weggabelung stehen. Etwa zwei Dutzend Schritte entfernt lehnte der Ripper im Licht einer Straßenlaterne an einem Hofgatter. Vincent musste an sich halten, um nicht vor den glühenden Augen unter dem Hutschatten zurückzuweichen, obgleich ihr Anblick ihm alles andere als fremd war. Es waren dieselben, die ihn Nacht für Nacht durch seine Träume hetzten.

»Jack«, sagte er und tat einen Schritt auf das Schattenwesen zu. »Erkennst du mich?«

Der Ripper antwortete nicht.

»Nat, Byron, Sam und auch ich, wir alle teilen dasselbe Los.« Vincent tastete sich weiter vorwärts. »Es ist noch nicht zu spät! Wir könnten unser Schicksal wenden, wenn wir gemeinsam in den Kampf ziehen.«

Er blieb stehen und öffnete die Arme. Vincent wollte seinem Gegenüber, von dem ihn keine zehn Schritte mehr trennten, bedeuten, dass er sich in friedlicher Absicht näherte. Da hörte er ein Geräusch direkt über sich. Er hob den Kopf. Auf einer Laterne hatte sich ein Rabe niedergelassen und glotzte aus schwarzen Knopfaugen auf das Geschehen herab.

Als er wieder zu dem Hofgatter blickte, glitt der Ripper bereits auf ihn zu. Vincent hob die Arme an, um sich vor dem Angriff zu schützen. Doch da war der Mörder schon herangestürmt und wie eine eisige Böe an ihm vorbeigeweht.

Bange sah Vincent an sich herab. Sein Hemd war nun an mehreren Stellen zerschnitten. Blut sickerte in den weißen Stoff und färbte ihn rot.

Ein altbekannter Schmerz, der nichts mit seinen Schnittwunden zu tun hatte, fiel über Vincent her. Dieser ungeheure, stechende, wütende Schmerz, der ihn zusammenkrümmte, auf die Knie warf und von Kopf bis Fuß durchschüttelte. Mit geweiteten Augen starrte Vincent auf seine Hände, mit denen er sich auf dem glitschigen Pflaster abstützte. Drahtige Haare sprossen aus den Handrücken, bis die Haut von einem dichten Pelz bedeckt war. Dann stemmten sich seine Hinterbeine reflexartig in den Boden und ein lang gedehntes Heulen drang aus seinem Brustkorb.

Auf allen vieren sprang der Wolfsmensch dem Mörder nach, hinein in die Schwärze der Nacht.

Der Jäger wartete. Er saß auf dem flach abfallenden Dach eines Erkers. Zwischen den Beinen lehnte sein Gewehr. Neben ihm hatte Flame Platz genommen, den Kolben einer Flinte schussbereit gegen ihre Schulter gepresst. Kyle Hunters Augen glitten über das Meer aus Dächern. Irgendwo hinter den verrußten Schornsteinen und spitzgiebligen Dachgauben ringsumher lagen die drei anderen Frauen der Leibgarde auf der Lauer.

Eine Stunde war es her, seit seine Begleiterin mittels eines Dietrichs die Eingangstür des alten Stadthauses geöffnet hatte. Im Dunkeln waren sie das Treppenhaus hinaufgeschlichen und hatten dort gewartet, bis das kurze

Unwetter vorüber war. Dann waren sie über ein Fenster auf das noch regenfeuchte Dach gestiegen. Warum sie hier Stellung bezogen und wen sie erwarteten, darüber hatte sich die Frau ausgeschwiegen. Genau genommen hatte sie nicht ein einziges Wort von sich gegeben, seit sie den Bischofssitz verlassen hatten.

Kyle Hunter gönnte seinen Augen nun ein Schweifen über den Nachthimmel, an welchem nach dem Gewitter wieder vereinzelte Sterne funkelten. Unterdessen wanderte seine Hand in die Brusttasche. Er zog seinen Tabakbeutel heraus, legte das trockene Kraut auf das Papier, rollte es, befeuchtete den Rand mit der Zunge und schob die fertige Zigarette in einen Mundwinkel. Er entfachte ein Zündholz und führte es zur Zigarette. Bevor er die Spitze der Selbstgedrehten in die Flamme tauchen konnte, wurde sie ihm aus dem Mund gerissen.

Flames Augen funkelten wütend, als sie einen Finger an die Lippen legte und mit dem Zeigefinger der anderen Hand auf die Dächer unter ihnen wies.

Hunter wedelte das Zündholz aus und folgte dem Fingerzeig. Zuerst bemerkte er nichts Ungewöhnliches. Dann sah er einen langen Schattenwurf über die Ansammlung aus Giebeln, Vorsprüngen und steilen Flächen gleiten. Ein samtschwarz gewandeter Mann balancierte waghalsig auf einer Dachkante. Er kletterte über die glänzenden Dachpfannen auf die Zinne und sprang von dort aus mit einem beachtlichen Satz auf das nächste Haus. Sein Umhang blähte sich dabei auf und schien ihn beinahe über den gefährlichen Abgrund zu tragen.

Hunter registrierte eine Berührung an seiner Schulter.

Flame nickte in die Richtung, aus welcher der Mann gekommen war. Auf identischem Weg folgte diesem eine wolfsähnliche Kreatur. Halb Mensch, halb Tier sprang sie abwechselnd auf allen vieren vorwärts oder stieg auf zwei Beinen in geduckter Haltung über die Hindernisse. Das Hemd, das sie trug, hing zerrissen an dem gewaltigen Oberkörper, unter dem sich mächtige Muskeln spannten. Dem breiten Nacken schloss sich ein etwas zu kleiner, behaarter Schädel an, der in einer länglichen Hundeschnauze auslief.

Die Frau legte eine Wange auf den Gewehrkolben und suchte durch die Kimme ihr Ziel. Doch noch bevor sie schießen konnte, zuckte ein Knall durch die Stille. Direkt neben dem Wolfsmenschen, der auf den Dachfirst des benachbarten Hauses gesprungen war, zersplitterte eine Schindel. Die anderen Frauen der Leibgarde hatten das Feuer eröffnet, denn weitere Mündungsfeuer blitzten auf und mit ihnen peitschten ebenso viele Explosionen durch die Nacht.

Der Werwolf knickte in den Knien ein, verlor den Halt und rutschte die Schräge auf Hunters und Flames Seite nach unten, direkt auf den Abgrund zu. Die Regenrinne, auf die seine Pfoten stießen, rettete ihn. Das behaarte Wesen presste den Rücken auf die geneigte Fläche. Sein gewaltiger Brustkorb hob und senkte sich in wilden Stößen. Die Lefzen der Wolfsschnauze waren vor Schmerz hochgezogen und brachten das Gebiss eines wilden Tieres zum Vorschein. Aus seiner Kehle drang ein gepeinigtes Jaulen. Der Wolfsmensch war ihnen ausgeliefert.

Flame hatte ihr Ziel fest im Visier. Sie wusste, wo sie diese Missgeburt, die winselnd auf den Dachschindeln der entgegengesetzten Häuserreihe lag, treffen musste, um sie zu töten. Zu gern hätte sie die Mündung ihrer Waffe auf deren Schläfe oder Stirn gerichtet und dann abgedrückt. Leider hatte Joseph einen anderen Befehl erteilt. Sie sollten das Scheusal unschädlich machen und lebend zum Orden bringen. Im linken Bein ihres Opfers klaffte bereits eine Wunde. Sie beschloss, die Kugel in das andere zu jagen.

Sie spannte den Abzug, da senkte plötzlich ein unerwarteter Druck den Lauf ihrer Waffe. Fassungslos starrte Flame auf die Hand, die das Eisen umschloss. Sie hob den Blick und begegnete den blauen Augen des Jägers, die sie ernst fixierten. Zugleich schüttelte ihr Begleiter den Kopf und deutete zu dem Fenster, durch das sie auf das Dach gestiegen waren.

Nun löste sich der Griff um ihre Waffe und Hunter trat einen Schritt zurück. Verwirrt kam Flame auf die Beine. Langsam entfernte sich ihr Begleiter und hielt sie dabei weiterhin mit den Augen fest. In ihrem Rücken verhallte der grelle Schrei eines Vogels. Noch einmal sah sie über die Häuserschlucht.

Der Wolfsmensch humpelte jetzt an der Dachkante entlang. Sein Gang schien aufrechter zu sein. Der Nacken und der Brustkorb hatten sich verändert, waren nun weniger eindrucksvoll. Auch das Fell war ihr eben noch dichter vorgekommen. Die Kreatur sah beinahe aus wie ein normaler Mann, der verletzt war und offensichtlich Hilfe brauchte.

Flame riss sich von dem Anblick los und betrachtete das Gewehr in ihrer Hand. Sie hob es an und ließ es wieder sinken. Dann folgte sie Kyle Hunter nach. Ehe sie in das verdunkelte Treppenhaus kletterte, blickte sie ein letztes Mal zurück. Das Wolfswesen war fort. Nur ein schwarzer Vogel hüpfte einbeinig über die Schindeln. Sein Federkleid glitzerte metallen im Licht des Mondes. Mit einem Krächzen stieß sich das Tier ab und wurde eins mit dem Nachthimmel.

Sam schritt vor Melvin her durch unbeleuchtete und verwaiste Straßen. Der Hüne schenkte ihm keinerlei Beachtung, sondern stierte stur geradeaus.

Seit sie vor der anrückenden Polizei geflohen waren, hatten sie ihr Tempo kaum gedrosselt. Dabei waren eventuelle Verfolger längst abgeschüttelt. Melvins Füße brannten inzwischen, als würde er über glühende Holzscheite wandeln. Der Rest von ihm dagegen war bis auf die Knochen durchgefroren, denn seit dem Regenguss hatte er keinen einzigen trockenen Fetzen mehr am Leib. Außerdem war er müde. Hundemüde. Er war dermaßen müde, dass es an ein Wunder grenzte, dass er sich überhaupt noch auf den Beinen halten konnte.

Und was tat Sam? Machte der irgendwelche Anstalten, nach einer Droschke Ausschau zu halten? Verlangsamte er seine Schritte? Von wegen! Der Riese marschierte mit seinen elend langen Holzstammbeinen so schnell vor ihm her, dass er mehr und mehr Mühe hatte, mit ihm Schritt zu halten.

Kann denn dieser Dämlack keine Rücksicht nehmen?

Melvin blieb stehen und wartete, bis auch Sam anhielt und sich nach ihm umdrehte.

»Genug!«, blaffte er seinen Begleiter an. »Du machst sofort langsamer oder wir gehen ab hier getrennte Wege!«

Mit vor der Brust verschränkten Armen und ohne Sam eines Blickes zu würdigen, drängte er sich an dem Riesen vorbei. Kurz darauf schloss der Untote zu ihm auf und trottete neben ihm her.

Nach einer Weile hörte Melvin ein Räuspern.

»Wir hätten das nicht tun dürfen.«

»*Was* hättet ihr nicht tun dürfen?«

»Nun ... dich mitnehmen. Wir haben dich damit in Gefahr gebracht.«

Melvin blieb erneut stehen und presste die Hände in die Hüften. Wütend schnaubte er: »Hör mal gut zu. *Niemand* sagt mir, was ich zu tun und zu lassen habe! Ich brauche keinen Aufpasser und komme bestens allein klar.«

Sams bewölkte Augen lasteten schwermütig auf ihm. »Das glaube ich dir. Dennoch ist es nicht richtig, wenn man in deinem Alter auf sich allein gestellt ist.«

Melvin ließ ermattet die Hände sinken. Er hatte keine Lust zu streiten. Natürlich verstand er, was sein Begleiter ihm sagen wollte. Aber was sollte er tun? Er hatte sich seine Lebensumstände schließlich nicht ausgesucht.

Während er in die mitleiderregenden Augen in dem grässlichen Gesicht schaute, verflog der Rest seiner Wut und er merkte, dass er diesen grobschlächtigen Kerl mittlerweile ins Herz geschlossen hatte.

»Komm«, sagte er, »ich möchte endlich ins Warme.«

Also gingen sie weiter. Doch Minuten darauf war es der Riese, der unvermittelt stehen blieb. Sie waren eben in eine dürftig beleuchtete Straße in den Ausläufern Whitechapels abgebogen. Die gedrungenen Ziegelsteinhäuser zu beiden Seiten waren zwar einfach, aber in besserem Zustand als die Gebäude im finsteren Zentrum des Viertels. Melvin vermutete, dass nicht weit von hier das ehemalige Haus der Familie Rose stehen musste, in dem er die ersten Jahre seines Lebens verbracht hatte.

Gebannt starrte Sam zu einem der Häuschen, hinter dessen Fenstern bereits Licht brannte. Der Untote blickte jetzt zu Melvin hinunter. Langsam zog er aus der Innentasche seiner Seemannsjacke einen Gegenstand und streckte ihm diesen hin. Vor Melvins Gesicht baumelte nun eine Taschenuhr hin und her.

»Ich muss dich um einen Gefallen bitten. Siehst du das Haus?« Sam deutete auf die windschiefe Hütte. »Geh bitte da rüber. Das legst du vor der Tür ab. Dann klopfst du und machst dich aus dem Staub, bevor sie geöffnet wird. Verbirg dich in einem der Hauseingänge.« Der Riese deutete zu den Gebäuden in seinem Rücken. »Bitte beobachte genau, was geschieht. Ich warte auf dich am Ende der Straße.

Sobald du zurück bist, berichtest du mir, was du gesehen hast. – Würdest du das für mich tun?«

Melvin nickte sachte. Schon schlurfte Sam mit hängenden Schultern davon und Melvin überquerte die Straße. Am Gatter des kleinen Gartens, der das Haus umgab, blieb er stehen. Er zog es behutsam auf und betrat das Grundstück. Drei Schritte weiter hielt er an und spähte durch die Scheibe. Dahinter stand eine Frau. Sie hatte ihm den Rücken zugewandt und schnitt auf der Küchenablage Brot in Scheiben. Melvin erkannte, dass er eine alte Frau vor sich hatte. Sie war klein, ihr Rücken gebeugt, das lange Haar grau und auf dem Hinterkopf zu einem Knoten geflochten. Unschlüssig betrachtete er die Taschenuhr auf seiner Handfläche.

Plötzlich verspürte Melvin einen unwiderstehlichen Drang, sie aufzuklappen. Schuldbewusst blickte er sich um. Sam war nicht mehr zu sehen. Sicher hatte der bereits das Ende der Straße erreicht. Melvin ertastete den Knopf in der Einfassung und drückte ihn. Der Deckel sprang auf. Das Glas über dem Ziffernblatt war matt und zerkratzt. Die Zeiger standen. Dann entdeckte er das wellige Foto, das im Deckel der Uhr klemmte.

Er hielt die Hand in das aus dem Fenster fallende Licht und betrachtete die Fotografie. Sie zeigte zwei Menschen: einen jungen Mann und eine ältere Frau. Die Frau saß auf einem Stuhl, der Mann stand hinter ihr. Sie lächelte und Melvin glaubte, einen gewissen Stolz in ihrer Miene zu entdecken.

Er beugte sich vor, um das kantige Gesicht über ihr genauer in Augenschein zu nehmen. Auf dem Kopf des Mannes saß ein viereckiges Barett, unter dem helles Haar hervorquoll. Im Gegensatz zu der Frau sah er alles andere als glücklich aus. Er schien sich vor der Linse des Fotografen nicht wohl zu fühlen, denn er hatte die Mundwinkel zu einem bemühten Lächeln verzogen. Plötzlich stockte Melvin der Atem, denn mit einem Mal ging ihm auf, wer dieser Mann war.

»Sam!«, murmelte er und betrachtete erschüttert das Abbild auf seiner bebenden Hand.

Wie alt war das Foto? Was in aller Welt war seither geschehen?

Der Mann auf dem Bild war Sam. Ein junger, ein lebendiger Sam. Ein stattlicher Mann mit wachen Augen und einem *normalen* Gesicht. Erst in diesem Augenblick begriff Melvin das ganze Ausmaß seines schrecklichen Schicksals. Die Wesen, die ihn begleiteten, waren einmal normale Menschen gewesen. Sie hatten einst eine Familie, eine Zukunft, Wünsche, Ziele. All das hatten sie verloren. *Nein!* Ihre Existenz war ihnen von ihren Gegnern geraubt worden.

Melvin klappte die Uhr zu und legte Sams Erinnerung an ein verlorenes Leben vor der Türschwelle ab. Dreimal schlug er mit einer Faust gegen das Holz, dann rannte er den Weg zurück bis in den Schutz der jenseitigen Häuser.

Die Tür öffnete sich knarrend. Im Eingang erschien die Frau. Suchend blickte sie sich um. Da entdeckte sie den Gegenstand zu ihren Füßen. Trotz der Entfernung sah Melvin, dass ein heftiges Zucken ihren Körper durchfuhr.

Endlose Sekunden stand sie wankend da. Unsicher ging sie in die Knie und nahm die Uhr auf. Wie er zuvor öffnete auch sie den Deckel. Für Sekunden erstarrte die alte Dame. Dann richtete sie sich mühsam auf und suchte mit den Augen die dunkle Straße ab.

»Samuel?«, sprach sie zaghaft in die Dunkelheit. »Bist du da?«, rief sie mit dünner, zitternder Stimme und Melvin überfiel ein beinahe unerträgliches Mitgefühl.

Er wollte zu ihr springen und ihr alles erzählen, was er wusste. Es war offensichtlich, dass die Frau ihren Sohn all die Jahre für tot gehalten hatte. Sie musste doch die Wahrheit erfahren!

Aber etwas hielt ihn zurück.

Sam, Byron, Nathaniel und Vincent war jede Möglichkeit genommen worden, ihren Angehörigen jemals wieder unter die Augen zu treten. Die Freunde mussten beschlossen haben, dass es besser für sie und ihre Familien war, wenn man sie für tot hielt. Sam hatte ihn gebeten, die Uhr vor der Tür abzulegen, weil er seiner Mutter das einzige Erinnerungsstück an sein verlorenes Leben überlassen wollte. Ein letztes Geschenk an eine gramgebeugte Frau, die noch immer auf ihren verschollenen Sohn wartete. Zugleich begriff Melvin, dass Sam ihm damit auch zeigen wollte, dass er nachvollziehen konnte, wie es um ihn stand. Auf eigenwillige Art und Weise hatte der Riese ihm sein Beileid bekundet.

Melvin beobachtete nun, wie die Frau die Uhr an die Brust drückte, kehrtmachte und die Tür hinter sich schloss.

An der nächsten Gabelung wartete der Untote auf ihn.

Gemeinsam gingen sie weiter und Melvin erzählte Sam, was er gesehen hatte.

Danach verfielen beide in bedrücktes Schweigen.

TAG 5

Unterschlupf der vier, London Borough of Hackney

Nicht lange vor Morgengrauen kamen sie am Haus der vier an. Als Sam und er das Kaminzimmer betraten, stellte Melvin überglücklich fest, dass es von einer wohligen Wärme erfüllt war. Die anderen waren bereits zurückgekehrt und hatten ein Feuer im Kamin entfacht. Gleich würde er sich auf den Decken der Schlafstätte ausstrecken, die Sam hier für ihn hergerichtet hatte, und auf der Stelle einschlafen.

Da erst entdeckte er Vincent, aufrecht auf einem Stuhl sitzend. Er sah angeschlagen und irgendwie verändert aus: Die Brauen über seinen Augen schienen über Nacht dichter geworden zu sein, ebenso die Koteletten auf seinen Wangen. Obwohl Vincent sie mit einem freudigen Lächeln begrüßte, war nicht zu übersehen, dass er Schmerzen litt. Seine Mundwinkel zitterten und auf seiner Stirn schimmerte ein fiebrig feuchter Film.

Melvin kam näher, dicht gefolgt von dem Riesen. Vincent trug keines seiner rüschenbesetzten Hemden. Um seine Brust hatte er ein Bettlaken geschlungen, das an verschiedenen Stellen blutgetränkt war. Sein linkes Hosenbein war zu beiden Seiten aufgeschnitten und die Stofffetzen dazu benutzt worden, den Oberschenkel abzubinden. In der Wade klaffte ein schartiges Loch.

Dicht neben den glimmenden Scheiten im Kamin kauerte Nathaniel auf dem Boden. Sein Oberkörper wirkte merkwürdig eingesunken, als wären ihm in der Nacht seine Innereien abhandengekommen. Die Enden einiger Mullbinden baumelten lose an ihm herunter.

Allein Byron schien wohlauf zu sein. Er lehnte seitlich am Kamin und reinigte mit einer Messerspitze seine langen Fingernägel. Er wartete nicht, bis Melvin die unabwendbare Frage an die Runde richtete.

»Mach's dir erst mal gemütlich. Du hast uns heute Nacht die meisten Sorgen bereitet. Was die zwei angeht, ist alles nur halb so schlimm, wie es aussieht.«

»Da hat der Blutsauger ausnahmsweise mal recht, Melvin«, meldete sich Nathaniel zu Wort. »Die beiden Mistkerle haben mich ausgewickelt und ein paar meiner Mullbinden stibitzt, weil nirgends Verbandszeug für Vincent aufzutreiben war.«

Melvin glitt in den Stuhl neben dem Anführer der Männer und sah ihn besorgt an.

»Nat macht natürlich Scherze. In der Tat besteht kein Grund zur Sorge. Ehe wir Sam und dich im Detail über die Vorkommnisse der vergangenen Nacht unterrichten, möchte ich mich – auch im Namen meiner Begleiter – bei dir entschuldigen.«

»Da gibt es nichts –«

»Erspare dir und uns eine Erwiderung«, unterbrach Vincent ihn. »Ich möchte dir erklären, wie es geschehen konnte, dass du auf dich allein gestellt warst.« Er gab Byron durch einen Fingerzeig zu verstehen, dass er ihm seine Pfeife reichen sollte. Während er sie stopfte, fuhr Vincent fort. »Ich hatte dir doch erzählt, dass wir alle über außerordentliche Fähigkeiten verfügen und zugleich sehr speziellen Gefahren ausgesetzt sind. Nats naturgemäßer Feind ist das Wasser.«

Nathaniel hob eine seiner porösen Bandagen in die Höhe. »Du siehst, ich habe nach dieser Sintflut vorhin eine plausible Ausrede für mein derangiertes Äußeres.«

Melvin schenkte ihm als Antwort ein zaghaftes Lächeln. »Ich dachte, du verträgst keine Sonne«, fiel ihm plötzlich ein.

»Wie kommst du denn darauf?«

»Na, weil ihr beide euch«, er deutete zu Byron, »tagsüber im Keller versteckt.«

»Das hat bei mir andere Gründe. Weißt du, obgleich man uns wahrlich nicht als gewöhnliche Menschen bezeichnen kann, so brauchen wir alle immer noch eine Art von Schlaf. Außer Sam. Der ist rund um die Uhr putzmunter, wenngleich man gerade bei einem Verblichenen das genaue Gegenteil vermuten sollte.« Nathaniel gluckste kurz, dann fuhr er unbeeindruckt von Sams zornfunkelndem Blick in seine Richtung fort. »Byron ist es, der mit der Sonne auf Kriegsfuß steht. Ich hingegen habe mir die Tage für meine Ruhephase ausgesucht, weil man sich in meiner Aufmachung lieber nicht zu häufig unters gewöhnliche Volk mischen sollte. Schon gar nicht am helllichten Tag.«

»Außerdem war diese Aufteilung in der Vergangenheit sinnvoll, da zu jeder Uhrzeit immer wenigstens zwei von uns auf waren und Wache schieben konnten«, ergänzte Vincent.

»Wir wollen Melvin aber nicht den wichtigsten Grund vorenthalten!«, sagte Nathaniel.

»Welcher sollte das denn sein?«, fragte Byron gereizt.

»Du fürchtest dich doch allein im Dunkeln!«, antwortete die Mumie mit vergnügter Stimme.

»Meine Herren, dürfte ich bitte fortfahren?«, unterbrach Vincent die beiden. »Als es plötzlich wie aus Kübeln zu regnen begann, verloren Sam und ich dich kurz aus den Augen. Nat war zeitgleich gezwungen, irgendwo unterzukriechen, um nicht dem Regen ausgesetzt zu sein. Und Byron wurde just in diesem Augenblick abgelenkt, denn er musste sich vor jemandem verstecken, der gleichfalls den Weg über die Dächer genommen hatte.«

»Der Ripper«, sagte Melvin.

»Richtig. Und so kamst du uns abhanden, obwohl wir dir so rasch wie möglich hinterhereilten. Unser Versagen ist nicht zu verzeihen. Ich verspreche dir, wir werden dich kein weiteres Mal einer Gefahr aussetzen.« Melvin öffnete den Mund, weil er widersprechen wollte, da erhob Vincent mahnend die Hand. »Ich habe mich geirrt. Es macht nicht den Anschein, als wollte dich der Ripper verschonen. Umso mehr danken wir dir für deine Hilfe und deinen Mut in der gestrigen Nacht.«

»Wer hat dich eigentlich in die Mangel genommen?«, mischte sich jetzt Sam ein. Mit einem abfälligen Blick auf Vincents Verletzungen schob er hinterher: »Hatte der gute Jack etwa keine Lust auf ein vernünftiges Gespräch?«

»Nein, Sam, hatte er nicht«, seufzte Vincent, als wüsste er bereits, was nun folgen würde.

»Hab ich's nicht gesagt?!«, schimpfte der Riese und hämmerte die Faust so vehement gegen die Tapete, dass

die Wände wackelten. *»Aber auf mich will ja hier keiner hören.«*

»Sam!«, zischte Vincent derart schneidend, dass Melvin tiefer in seinen Stuhl sank. »Ja, du hast recht behalten. Aber hatten wir eine andere Wahl? Vieles deutet darauf hin, dass wir nur miteinander unser Ziel erreichen können.«

»Ist ja schon gut«, murmelte der Riese und begutachtete die fleischige Wunde über Vincents Fußknöchel. »Was ist das da? Die hat dir doch nicht Jack beigebracht, oder?«

»Man hat uns eine Falle gestellt. Die Gewährsleute des Bischofs, nehme ich an. Wenn ich richtigliege, will dieser Teufel uns lebend haben. Sie wollten mich nicht töten, sondern unschädlich machen. Ansonsten hätten sie Silberkugeln verwendet. Ich frage mich nur, wie unsere Feinde wissen konnten, dass ich ausgerechnet dort aufkreuzen würde, wo sie sich verschanzt hatten.«

»Das ist in der Tat seltsam«, bemerkte Byron. »Es sei denn, dass Jack ...«

»Meinst du wirklich?« Nathaniel schien ein Licht aufzugehen.

»Sieht doch ganz danach aus«, erwiderte der Vampir.

»Verdammt«, fluchte Nathaniel, grübelnd in das knisternde Feuer starrend.

Vincent mischte sich in die Unterredung ein. »Ich habe ihn gesehen. Er ist nicht mehr er selbst. Ich fürchte, wir kommen zu spät.«

Sam folgte dem Gespräch offensichtlich ebenso ahnungslos wie Melvin, denn plötzlich verdunkelte sich sein blasses Gesicht auf unheimliche Weise. »Was schwafelt ihr da eigentlich? Würdet ihr gefälligst in zusammenhängenden Sätzen reden!«

Vincent widmete sich in aller Ruhe seiner Pfeife, unbeeindruckt, dass Sam wütend die Fäuste knetete. Erst als dünne Rauchsäulen aus seinem Pfeifenkopf strömten, sagte er: »Die beiden glauben, dass Jack dem Bischof zuarbeitet. Es wird Zeit, dass wir handeln.«

Melvin sah in die Runde und ihm blieb nicht verborgen, dass die Männer plötzlich betroffene Mienen zogen.

Vincent stemmte sich mit zusammengepressten Zähnen aus dem Stuhl hoch und hielt sich an der Lehne fest. »Wir müssen uns ausruhen. Ich möchte, dass ihr morgen Jack ...«, er stockte, »... den Ripper findet.«

»Er wird uns nicht unterstützen, richtig?« Nathaniels Stimme war beinahe ein Flüstern.

»Es sieht ganz danach aus.«

Die anderen blickten Vincent bestürzt an. Sie schienen seine folgenden Worte vorauszuahnen.

»Sollte sich dies bewahrheiten, sind wir es Jack schuldig, ihn von dem bösen Dämon zu befreien, der von seiner Seele Besitz ergriffen hat. Dann müssen wir ihn töten.«

Schlagartig war es vollkommen still in dem Raum, einzig das Knacken des Feuers und das Windheulen im Dachgebälk waren zu hören.

»Und was jetzt?«, fragte Byron.

»Wir müssen das Manuskript finden. Deshalb werde ich in die Höhle des Löwen gehen. Mal schauen, was ein Wolf dort ausrichten kann.« Vincent versuchte ein aufmunterndes Lächeln, das keiner erwiderte. Anschließend blickte er ernst und entschlossen zu Melvin. »Du wirst in der kommenden Nacht hierbleiben. Draußen ist es zu gefährlich für dich.«

Melvin sah den Wortführer voller Enttäuschung an. Als er zu einem Protest anheben wollte, erkannte er an dessen unnachgiebiger Miene, dass Vincent keinen Widerspruch dulden würde. Melvin schluckte und wandte sich hilfesuchend zu dem Riesen. Sam würde sich bestimmt für ihn einsetzen.

Aber der Untote trat nur verlegen von einem Bein aufs andere und murmelte: »Ist besser so.«

Melvin sprang auf. Strafend funkelte er jeden Einzelnen im Raum an. Dann stürmte er wutschnaubend aus dem Zimmer. Mit einem ohrenbetäubenden Krachen warf er die Tür hinter sich zu.

»Folge ihm«, sagte Vincent zu Sam. »Sieh zu, dass er keine Dummheiten anstellt.«

»Keine Sorge. Ich passe auf ihn auf. Wie auf meinen Augapfel.«

Sitz der Bruderschaft, Northern London

Fiametta Saccaro saß auf ihrer Pritsche, umgeben von Wänden aus grob behauenem Stein. In der jungen Frau wütete ein zermürbender Kampf, den sie schon einmal, vor vielen Jahren, mit sich ausgefochten hatte.

Ihre Erinnerungen wanderten zurück zu jener Zeit, als sie in dieser spartanischen Kammer, die einstmals eine Kerkerzelle gewesen war, oft bis zum Morgengrauen wach gelegen hatte. Die Tage und Monate, die dem Schwur gefolgt waren, mit dem sie ihr Dasein dem Orden unumkehrbar verschrieben hatte, waren von Zweifeln geprägt und voller Fragen gewesen.

Flame blickte zu dem ovalen Fenster unter dem Dachgebälk auf. Hinter der Scheibe konnte sie den bewölkten, zinnfarbenen Morgenhimmel sehen und den höchsten Turm der Kirche, der in diesen stach. Ihr Blick blieb am Kreuz auf der Turmspitze haften.

In vielen mondbeschienenen Stunden hatte sie damals zu diesem Symbol hinaufgesehen, um Trost und innere Ruhe zu finden. Mit der Zeit waren die Fragen und Zweifel in ihr schließlich verstummt. Sie war in einem neuen Leben angekommen und ihr altes auf den Straßen Londons war verblasst. An die Stelle der Erinnerungen war allmählich ein anderes Bewusstsein getreten. Ihr neues Leben hinter den Mauern der Kirche diente einer Sache, die von fundamentaler Wichtigkeit war. – Für das Empire, das ganze Land, ja für die gesamte Menschheit.

Während Flame das Kreuz mit den Augen festhielt, reisten ihre Gedanken noch weiter zurück in eine Vergangenheit, die sie schon vergessen geglaubt hatte.

Damals war sie noch ein Mädchen gewesen, die Wangen staubig, das Haar schwarz und verfilzt. Das verdreckte, von Ungeziefer zerfressene Kleid kratzte auf ihrer Haut.

Sie kauerte auf dem Bordstein und hielt den vorübereilenden Menschen eine geöffnete Hand entgegen. Da hörte sie das gleichförmige Rattern eines geölten Fahrwerks.

Langsam rollte eine schwarze, auf Hochglanz polierte Kutsche heran, gezogen von vier edlen, langmähnigen Pferden. Eine Erscheinung aus einer anderen Welt. Sie hielt genau vor ihr an. Langsam schwang der Schlag auf. Aus der düsteren Kabine beugte sich ein Mann in einer blütenweißen Robe. Freundlich sah er zu ihr hinunter.

Der Mann hatte eine seltsame Frisur. Mattes Haar lag wie ein Kranz um eine kahle Stelle. Das Gesicht über dem sehnigen Hals war das eines jungen Mannes. Die Haut war faltenlos. Nur die Ringe unter seinen Augen und die harten Linien in den eingefallenen Wangen verrieten ihr, dass er älter sein musste. Trotz seines Lächelns blieb ihr der brutale Zug um seine dünnen Lippen nicht verborgen.

Ängstlich schlug sie deshalb die Augen nieder. Als der Fremde seine leise Stimme an sie richtete, blickte sie wieder auf.

Der Geistliche sprach, ohne dass das Lächeln aus seinen Mundwinkeln wich. »Ich biete dir eine einmalige Chance für dein künftiges Leben. Es gibt allerdings zwei Bedingungen. Die eine Bedingung ist: Du musst dich sofort entscheiden. Nun zu meinem Angebot. Ich nehme dich mit an einen Ort, wo dich ein hartes, aber sicheres Leben erwartet. Wenn du mitgehen möchtest, antworte einfach, indem du mir ein Nicken schenkst. Aber bedenke: Das Leben, das ich dir biete, hat neben vielem Angenehmen auch einen Preis. Wenn du mit mir kommst, musst du dich der

Kirche und unserem Orden für alle Zeit verpflichten. Das war die zweite Bedingung.« Für einen kurzen Augenblick verschwand das Lächeln aus seinem Gesicht, ehe er hinzufügte: »Wenn du aber weiterleben möchtest wie bisher, brauchst du bloß dein Köpfchen zu schütteln und eins, zwei, drei bin ich auf und davon wie ein Blatt im Wind.«

Das Mädchen, das sie damals war, dachte nur eine Sekunde nach, dann sagte es der Straße, die sein Zuhause war, für immer Lebewohl. Ihre Kinderhand wurde von der ausgestreckten Männerhand umschlossen und sogleich wurde sie in die Kabine gezogen. Dann schloss der Priester den Schlag und sperrte das Sonnenlicht aus. Im Dunkeln der Kutsche fühlte sie sich plötzlich wie gefangen. Sie wusste, es gab nun kein Zurück mehr.

Flames Gedanken wanderten weiter und durchstreiften die folgenden Jahre.

Joseph war der Name des Mannes, der sie aufgelesen hatte. Er entpuppte sich als ihr Lehrer, Priester und strenger Kommandant. Gemeinsam mit anderen Mädchen, die dem gleichen Versprechen gefolgt waren, durchlief sie eine Schule, die ein einziges Ziel kannte: Sie waren als Leibgarde für den Mann bestimmt, der den Orden befehligte. Eines Tages würde ihnen die Aufgabe zufallen, einem Plan zur Vollendung zu verhelfen, der von unermesslicher Bedeutung für die Kirche und das ganze Menschengeschlecht war.

Nach dem strengen Protokoll ihres Vorgesetzten wurden sie geschult. Joseph, der Kommandant, übernahm es persönlich, sie in der Schwertkunst und im Gebrauch von Schusswaffen zu unterrichten. Ohne Mitleid und Gnade trieb er sie an. In den Jahren wurde ihre Zahl kleiner und kleiner. Viele Mädchen verschwanden einfach, stets von einem Tag auf den anderen, irgendwohin. Schließlich waren nur noch sie und die drei anderen übrig geblieben. – Die Besten der Besten.

Die körperlichen Lehrstunden waren indes nur ein Teil der Ausbildung. Nach dem Training, das stets vor Morgengrauen begann, verbrachten sie Stunden in der leeren Kathedrale im stillen Gebet. Joseph, der Priester, achtete streng darauf, dass seine Schülerinnen so lange vollkommen still und reglos auf harten Bänken kniend ausharrten, bis er sie erlöste.

Nach dem Mittagsmahl folgte die nächste Trainingseinheit. Und nach dem Abendessen unterrichtete Joseph die Mädchen in Glaubensfragen.

Allmählich, während Jahr um Jahr verging, wurde aus ihnen eine robuste und widerstandsfähige Leibgarde geformt, deren Loyalität grenzenlos war. Sie und ihre Mitstreiterinnen waren einzig von einem Ansporn beseelt: Das Leben des Ordensführers mit ihrem eigenen zu beschützen. Nichts anderes war von irgendeiner Bedeutung.

Bis zum heutigen Tag.

Der Jäger war schuld, dass Flame unruhig und hadernd auf ihrer Pritsche lag und wie in den ersten Tagen und Monaten in dieser Kammer keinen Schlaf finden konnte. Dafür hasste sie ihn. Es waren nicht seine blauen Augen, die Gefühle in ihr weckten, die verboten waren. Nicht allein.

Was sie verunsicherte, war schwerer zu greifen. Es war die Tatsache, dass er aus demselben Holz geschnitzt war wie sie und die anderen Frauen. Auch er hatte die Schule der *Assassinen* durchlaufen. Das wusste sie von ihrer ersten Begegnung an. Er musste zu den besten ihrer Zunft zählen. Allerdings unterschied ihn etwas von ihnen. Ein Unterschied, der irritierend und zugleich merkwürdig verlockend war. Von dem Jäger ging eine unerschütterliche Ruhe aus. Sie lag in seinen kalten Augen, offenbarte sich in seinem überheblichen Benehmen und verriet sich in jeder seiner Bewegungen. Er hatte zu einer inneren Ruhe gefunden, die ihr selbst trotz der harten Ausbildung und den eingetrichterten Überzeugungen nicht vergönnt war, sooft sie auch Halt bei dem Kreuz dort oben auf der Zinne suchte.

Wo aber rührte diese Ruhe her?

Flame hatte nur eine mögliche Antwort parat. Der Jäger war ein freier Mann. Er hatte sich keiner Aufgabe verschrieben – außer seiner eigenen. Er hatte seine Fesseln abgeworfen.

Dafür hasste sie ihn.

Flame hasste jedoch nicht nur ihn. Viel größer war ihr Hass gegen sich selbst. Weil sie nicht stark genug war, Gefühle in Zaum zu halten, die allen Dienern des Ordens verboten waren. Voller Entsetzen hatte sie festgestellt, dass sie für das Wesen, das sich letzte Nacht unter Schmerzen auf dem Dach gewunden hatte, Mitleid empfand. Es hatte nur wenig von der bösartigen und gefährlichen Höllenkreatur an sich, vor der Joseph sie und ihre Mitstreiterinnen immer gewarnt hatte.

Hatte sie deshalb dem Druck der Hand auf dem Lauf ihrer Waffe nachgegeben? Der Jäger musste ihre Unsicherheit gespürt und ihr Zögern erkannt haben und hatte diesen kurzen Moment von Schwäche ausgenutzt.

Was führte er im Schilde?

Darauf wusste Flame keine Antwort. Aber sie wusste nun, dass man dem Mann, der dem Orden aus Rom zur Unterstützung ihrer Mission geschickt worden war, nicht trauen durfte.

Commercial Road, Spitalfields, East End of London, später

Auf der Mauer gegenüber dem *Ten Bells* nahm Ellie beharrlich die Fußgänger in Augenschein, die zu dieser frühen Stunde bereits auf den Beinen waren. Währenddessen fluchte sie leise vor sich hin, weil Melvin ihr Angebot ausgeschlagen hatte, für eine Weile im Lager der Bande unterzuschlüpfen.

»Dieser sture Bock. Warum hat Mel nicht auf mich gehört? Jetzt darf ich mir hier den Hintern platt sitzen und das Hirn zermartern, wo er stecken könnte. So eine *Rattenkacke!*«

Ellie hielt den Atem an. Am Ende der Straße kam ihr gerade ein Bursche entgegen. Er hatte in etwa Melvins Statur und auch eine Schlägermütze auf dem Kopf. Der zweite Blick verriet ihr jedoch, dass es ein anderer war.

Der Junge dort unten gehörte sicher nicht ihrer Zunft der Waisen und Ausreißer an, denn seine Klamotten waren gebügelt und sorgsam gestopft.

»Mist!«, stieß Ellie aus. Ihr Groll hatte sich aufgebraucht und die Sorge um den Freund schnürte ihr wieder das Herz zusammen.

Einmal mehr musste sie an ihre kürzliche Begegnung mit dem alten Mr Packer denken und an dessen Geschichte über einen vorlauten Raben und einen unheimlichen Gaukler. Anscheinend suchte noch jemand nach Melvin.

Ellie seufzte und dachte an ihre Unternehmungen am heutigen Morgen zurück. Zuerst hatte sie Melvins Bruchbude hinter der stinkenden Hinterhofkloake aufgesucht. Wie sie befürchtet hatte, war das Zimmer verlassen. Danach war sie erneut zur Commercial Road aufgebrochen, wo Mr Packer seinen Gemüsestand betrieb. Sie wollte nachschauen, wie es dem Alten ging, und ihn bei der Gelegenheit fragen, ob er Melvin inzwischen gesehen hatte.

Doch erneut fand Ellie die Auslagen leer vor. Die unbeaufsichtigten Kisten, die am Tag zuvor gefüllt neben dem Tisch gestanden hatten, lagen umgekippt auf dem Boden, von dem Obst und Gemüse fehlte jede Spur. Die Fensterläden vor Mr Packers Kammer waren nun verrammelt, die Tür zugeschlossen. Mehrmals hatte sie vergeblich gegen das Holz geschlagen, bis sie eine Stimme über sich hörte. Aus dem Fenster im zweiten Stockwerk lehnte eine Frau.

»Da kannst du lange klopfen«, hatte diese in einem wichtigtuerischen Ton gesagt. »Den Alten haben sie gestern geholt. Ich hab die Polente gerufen, weil er den ganzen Tag nicht an seinem Stand aufgetaucht ist und sein Gebell nicht mehr zu hören war. Hab mir gleich gedacht, dass da was nicht stimmt. Also bin ich mit denen rein zu ihm. Er lag auf seinem Lager, als ob er schlafen würde. Richtig friedlich hat er ausgesehen. Nur war er so tot, wie man nur tot sein kann ...«

Ellie war derart schockiert, dass sie diese taktlose Frau einfach hatte weiterschwatzen lassen und davongetrottet war. Mr Packer musste kurz nach ihrem Gespräch gestorben sein. Einfach so.

Sie raffte die Jacke enger um die Schultern, weil ihr plötzlich kalt war. Hinter dem Schaufenster des Gemischtwarenladens gegenüber stapelte Ms Marsh Kisten aufeinander.

Kurzerhand sprang Ellie von der Mauer und huschte zwischen zwei Droschken über die Straße. Vielleicht hatte ja die Händlerin Melvin gesehen.

Metropolitan Police Headquarter, 4 Whitehall Place

Was für ein furchtbarer Tag!, stellte Inspektor Abberline fest, obwohl der Morgen noch nicht vorüber war und er nicht ahnen konnte, wie viele unangenehme Überraschungen dieser Tag noch für ihn bereithalten sollte.

Abberline saß an seinem Schreibtisch und musterte grimmig die Frau auf dem Stuhl gegenüber. Vor gut einer

Viertelstunde hatte er aufgehört, ihrer unzusammenhängenden Erzählung zu folgen, und vor rund zehn Minuten hatte er endgültig alle Versuche begraben, ihren Redeschwall zu unterbrechen.

Wann holt das dumme Weibsbild eigentlich Luft?, fragte er sich und plötzlich befiel ihn eine unwiderstehliche Lust, seinen Fantasien Taten folgen zu lassen und die Frau mit vorgehaltenem Revolver aus dem Zimmer zu scheuchen.

Stattdessen seufzte er innerlich und massierte mit den Daumen seine pochenden Schläfen. Wegen des am Vorabend genossenen Malt Whiskeys hatte er immer noch einen dicken Schädel. Außerdem war sein Schlaf in der vergangenen Nacht wie so oft in den letzten Wochen alles andere als erholsam gewesen.

»Wie soll man auch friedlich schlafen, wenn die Welt aus den Fugen gerät?«, hatte er schon gleich nach dem Aufwachen missvergnügt vor sich hin gegrummelt. Dann war er auf müden Beinen ins Badezimmer gestolpert, wo er eine gefühlte Ewigkeit in den Spiegel gestiert hatte. Aus diesem glotzte ihm ein Mann mit Doppelkinn, geschwollenen Augen und einem beschämenden Kahlschlag auf dem Schädel entgegen.

Du lieber Himmel, sehe ich fertig aus, befand er schließlich und schwor, sich einige Tage Urlaub zu genehmigen, sobald er den Wahnsinnigen gefasst hatte, der nichts Besseres mit seiner Zeit anzufangen wusste, als ausgerechnet die Dirnen dieser Gegend um die Ecke zu bringen.

Nachdem er das Haus verlassen hatte, machte Abberline

in banger Erwartung vor einem Kiosk halt, um die heutigen Schlagzeilen zu studieren. Erleichtert atmete er aus, denn die Blätter brachten keine neuen Nachrichten über den Ripper, sondern wärmten lediglich Altbekanntes auf. Seine Männer hatten also dichtgehalten und der neuerliche Mord an einem Mädchen war nicht in die Öffentlichkeit getragen worden.

Als er im Präsidium schließlich hinter seinem Schreibtisch Platz nahm, hatten seine Kopfschmerzen ein wenig nachgelassen und in ihm war Hoffnung aufgekeimt, dass der bevorstehende Tag vielleicht doch nicht so übel werden könnte. – Just in dieser Sekunde war aus heiterem Himmel das vorlaute Weib in die Abteilung gestürzt, resolut an seinen Beamten vorbeigestapft und in sein Büro geplatzt.

Ohne Punkt und Komma hatte sie sogleich losgelegt und ihn mit einer komplett wirren Geschichte behelligt, in welcher in schwarzen Stoff gehüllte Männer und Wölfe die Hauptrolle spielten.

Abberline seufzte in sich hinein und bemerkte im selben Augenblick, wie angenehm still es auf einmal in seinem Büro geworden war.

Er schielte vorsichtig zu der Frau, aus Angst, sie könne eine Regung als Aufforderung verstehen, ihren Monolog fortzuführen. Doch gottlob gaffte sie ihn nur erwartungsvoll an.

Der Inspektor nahm bedächtig seinen Füllfederhalter auf und beugte sich über das Formular vor sich auf dem Tisch. »Also, ich fasse noch einmal zusammen. Sie haben einen Wolf gesehen, der über den Dächern der Stadt ein Individuum verfolgt hat, welches einen langen schwarzen Umhang über die Schultern geworfen hatte?«

»Das habe ich Ihnen doch in aller Ausführlichkeit berichtet«, keifte die Frau wie ein ordinäres Fischweib am Billingsgate.

»Allerdings haben Sie das«, murmelte Abberline zähneknirschend, während er ein paar Stichworte auf das Papier kritzelte. »Ihre Aussage ist aufgenommen. Ich versichere Ihnen, wir werden uns um diese Vorgänge kümmern.« Er kam um den Tisch herum, half der Frau aus dem Stuhl und dirigierte sie zur Bürotür. »Noch einmal vielen Dank. Aber jetzt gehen Sie schön nach Hause und vergessen das Ganze. Bald schon wird in Whitechapel wieder Ruhe einkehren.«

Seine aufgesetzte Freundlichkeit hielt so lange, bis die Tür hinter der Frau zuschlug. Dann schrie er »Connors!« in den Raum und kehrte wutschnaubend an seinen Schreibtisch zurück.

Schon kam sein Assistent ins Büro gesprungen. Außer Atem blieb der vor dem Schreibtisch des Vorgesetzten stehen.

»Sergeant Connors. Schärfen Sie sich ein: Sollte jemals wieder wer versuchen, sich unerlaubt Zutritt in mein Büro zu verschaffen, werden Sie notfalls Gebrauch von Ihrem Prügel machen, um ihn daran zu hindern. Und es ist mir *vollkommen egal*, um wen es sich handelt!«

»Jawohl, Inspektor.«

»Diese Frau eben hatte offensichtlich nicht mehr alle

Sinne beisammen. Wölfe will sie gesehen haben. Über den Dächern Londons! Das stelle sich mal einer vor ...« Abberline musterte den Beamten, denn der war mit einem Mal auffallend blass um die Nase geworden. »Conners, geht es Ihnen nicht gut?«

»Doch, Inspektor!«

»Was ist dann los? Ich sehe doch, dass Ihnen was auf die Leber drückt.«

»Die Frau war n-nicht d-die einzige ...«, stotterte der Sergeant und biss sich auf die Unterlippe.

»Die einzige was?«

Der Polizist blickte entschuldigend auf. »Die einzige Zeugin.«

»Sie möchten mir doch nicht erzählen, dass noch weitere Personen Wölfe gesehen haben wollen, die auf Dachgiebeln herumspazieren?!«

»Nein, das nicht«, beeilte sich Connors zu entgegnen. »Allerdings ...«

»Allerdings *was*?«

»Während Sie sich mit der ... der Dame unterhielten, haben sich weitere Bürger bei uns gemeldet. Die Berichte sind – wie soll ich sagen? – schwer einzuordnen.«

»Sprechen Sie verflixt noch mal nicht in Rätseln und lassen Sie endlich die Katze aus dem Sack!«

Der Polizist stöhnte, dann schaute er auf den Block, den er bisher hinter seinem Rücken verborgen hatte. »Ein Mr Tempone, Schreiner italienischer Abstammung, wohnhaft in Whitechapel, gab zu Protokoll, er habe Schüsse auf dem Dach seines Hauses gehört. Am Morgen entdeckte er zerbrochene Schindeln und Blutstropfen. Eine Mrs Druit hat einem Sergeanten berichtet, der im Osten auf Streife war, sie habe vor Morgengrauen – ich zitiere – *ein schwarzes Monster mit glühenden Teufelsaugen* gesehen, das offenbar ein Kind bedroht hat und Reißaus nahm, als zwei Männer zu Hilfe eilten. Laut der Frau soll einer der beiden ein riesiger, Furcht einflößender Kerl gewesen sein. Zwei weitere Zeugen wollen zudem beobachtet haben, dass die schwarz gekleidete Gestalt mit den roten Augen zuvor von einem großen Vogel angefallen worden war. Die Leute waren allesamt aufgeweckt worden, weil wohl infolge der Auseinandersetzung eine Scheibe zu Bruch gegangen ist.«

Abberline folgte dem Bericht mit wachsender Unruhe.

Wölfe? Schusswechsel auf den Dächern der Stadt? Ein schwarz gekleideter Mann mit roten Augen? Angriffslustige Vögel?

Was für ein furchtbarer Tag!, wiederholte er in Gedanken seine Feststellung von vorhin und fiel frustriert in den Stuhl zurück.

»Wo ist dieses Kind?«

»Verschwunden.«

»Was ist mit den beiden Männern?«

»Unauffindbar.«

Abberline schüttelte müde das Haupt. »Danke, Connors«, flüsterte er und winkte den Sergeanten aus dem Raum.

Dann sank er noch tiefer in seinen Stuhl und war sich sicher, dass alle Welt langsam verrückt wurde. Die Frage war nur, ob auch er allmählich den Verstand verlor.

William Crookes' Wohnsitz, 7 Holland Park, Kensington, West London

Russel Wallace und William Crookes saßen sich am Tisch des holzvertäfelten Speisezimmers gegenüber. Dem Gast war nicht entgangen, dass der Hausherr an diesem Morgen müde und angespannt wirkte. Doch seit einigen Minuten hielt Crookes eine aufgeschlagene Tageszeitung vor sich, sodass Wallace die Sicht auf seine Miene verwehrt blieb. Darum widmete er seine Aufmerksamkeit dem atemberaubenden Frühstück der sauertöpfischen Frau in Crookes' Diensten. Als er jedoch aus den Augenwinkeln die ihm zugewandte Titelseite überflog, verdüsterte sich seine Miene. Es war der heutige Leitartikel, der seinen Unmut weckte. Die Schlagzeile lautete: *Dunkle Schatten über London – Wölfe, schwarze Monster und ein wahnsinniger Mörder suchen die Stadt heim.*

Nach der Lektüre hatte Russel Wallace vor Ärger hektische Flecken auf den Wangen. Offensichtlich wollte der Autor der Zeilen die aktuellen Vorgänge in der Stadt in ein lächerlich mystisches Gewand hüllen. Wallace stieß ein misslauniges Grummeln aus.

Da ließ sein Gegenüber die *Times* sinken. Prüfend musterte ihn Crookes über die Gläser seiner Lesebrille hinweg.

»Russel, Sie empören sich doch nicht etwa darüber?«, fragte er und deutete auf den reißerischen Artikel.

»Allerdings tue ich das. Die Angelegenheit mit diesem ...

diesem Frauenmörder mag ja durchaus einen gewissen Reiz auf unsere niederen Instinkte ausüben, aber wenn sich selbst die *Times* auf das Niveau der Revolverblätter herablässt, dann steht uns bald der Untergang des Abendlandes bevor.«

»Die Auswüchse eines übereifrigen Reporters, lieber Freund, sind vielleicht ärgerlich, aber in Anbetracht der prekären Vorgänge, die uns bedrohen, sollten sie uns nicht bekümmern. Außerdem möchte ich anmerken, dass der Verfasser des Artikels keineswegs übertreibt, sondern den Ernst der Lage herunterspielt – wenn auch ganz und gar unwissentlich.«

Crookes lächelte milde und Wallace lief puterrot an.

»Herrgott Sakrament!«, wetterte er lautstark los und fuchtelte dabei mit dem Zeigefinger. »Hören Sie endlich mit Ihrer Geheimniskrämerei auf und setzen Sie mich verflixt noch mal in Kenntnis, was ...« Er unterbrach seine Tirade, als er aus den Augenwinkeln sah, wie Ms Ratcliffe die Hände über dem Kopf zusammenschlug und in die Küche floh. Mit gesenkter Stimme fuhr Wallace fort: »Ich warte seit dem gestrigen Morgen sehnlichst auf die Fortsetzung Ihrer Mördergeschichte. Ich flehe Sie an, erlösen Sie mich aus meiner Ungeduld.«

Crookes schenkte ihm als Antwort ein einsichtiges Nicken. Er faltete die Zeitung zusammen. Dann entfernte er mit einer raschen Handbewegung die Serviette aus seinem Hemdkragen und schob den Stuhl zurück. »Kommen Sie«, sagte er im Aufstehen. »Sie haben recht. Die Zeit rast dahin und ich muss Ihnen noch einiges anvertrauen.«

Crookes war bereits auf halbem Weg zur Eingangshalle, als sich Wallace noch aus seinem Stuhl kämpfte.

Eine unauffällige Tapetentür neben dem Portal führte die Männer über eine steile Treppe in den Keller. Vorbei an Vorratskammern gelangten sie zu einer massiven Eichenholztür, die William Crookes sogleich aufschloss. Wallace folgte ihm in einen dunklen Raum. Schon wurde ein Zündholz entfacht und nun spendete eine Lampe Licht.

Staunend besah sich der Gast des Hauses den fensterlosen Raum, der von Bücherregalen aus dunkelbraunem Holz eingerahmt wurde, die mit Einbänden aus sprödem Leder, zerschlissenen Leinenumschlägen und vergilbten Seiten vollgestopft waren.

Entzückt rieb sich Russel Wallace die Hände und blickte im selben Augenblick in die einzige Ecke des Raumes, in der sich keine Regale befanden. Dort hing ein Bild, das ihn schaudern ließ. Es war ein vortreffliches Portrait einer heranwachsenden Schönheit von etwa fünfzehn Jahren mit wallendem Haar und feinen Gesichtszügen. Das Gemälde zeigte Crookes' Tochter Violet, die ein viel zu früher Tod ereilt hatte.

»Was ist das alles hier?«, fragte er mit zittriger Stimme.

Crookes setzte sich nun auf die Kante eines Tisches, den Blick auf das Bild gerichtet. Eine Minute herrschte Schweigen.

Es war nicht zu übersehen, dass William Crookes um Worte rang. In seinem Gesicht spiegelte sich ein Kaleidoskop an Gefühlen wider.

Wallace musste sich kräftig räuspern, um den Kloß im Hals zu entfernen. »Lieber Crookes, vor Jahren richteten Sie eine Bitte an einen Freund. Er möge Ihnen Zeit lassen für die Trauer um einen geliebten Menschen und so lange warten, bis Sie ihn rufen. Er willigte ein und hat Wort gehalten, obgleich er unmöglich ahnen konnte, dass mehr als ein Dutzend Jahre verstreichen würden, bis ihn – endlich – der ersehnte Ruf ereilte. Er ist diesem gefolgt und nun stehe *ich* hier. Machen Sie bitte aus Ihrem Herzen nicht länger eine Mördergrube.«

William Crookes legte die Fingerspitzen aufeinander und wartete mit seiner Antwort, bis sich Wallace auf einem Stuhl niedergelassen hatte. »Russel, ich muss Ihnen danken für Ihre unermessliche Geduld, Ihre Aufrichtigkeit und Loyalität. Wir kennen uns eine lange Zeit. Vor dem Tod meiner Tochter sind wir über die Jahre viele Abende beisammengesessen. Stets fand ich in Ihnen damals einen interessierten Zuhörer, wenn es um meine Ausflüge in die Welt des Paranormalen und Okkulten ging. Ihre Meinung war mir immer wertvoll, gerade weil Sie kein Anhänger des Transzendenten sind, sondern ein Rationalist. Deshalb habe ich nie versucht, Sie zu bekehren. – Das heißt: bis heute ...« Crookes beugte sich verschwörerisch vor und senkte die Stimme. »Ich muss bekennen, dass meine Geschichte auch die Absicht verfolgt, einen eingefleischten Atheisten von der Existenz des Übersinnlichen zu überzeugen. Am Ende müssen auch Sie glauben. Unbedingt! An das Übernatürliche, die furchtbare Verlockung eines Rituals und an dessen Kraft, die Mauern jenseitiger Welten einzureißen. Nur dann haben wir eine Chance, die widerlichen Mächte, die hier in der Stadt am Werk sind, mittels Glück, Mut und Verstand niederzuringen.«

Unterschlupf der vier, London Borough of Hackney

Melvin war aufgewacht. Er wollte sich eben unter den Wolldecken strecken und ausgiebig gähnen, als er das Ticken der Standuhr und das Knacken der Holzscheite im Kamin hörte. Da erst fiel ihm ein, dass er nicht in seiner Kammer war, sondern in dem einzigen beheizten Zimmer des verlassenen Hauses, das den vier Männern als Unterschlupf diente.

Heute würde er nicht das Abflussrohr hinuntergleiten und bei Mr Packer sein Frühstück verdienen. Er würde auch nicht Ayleen sehen. Diesen Morgen, der Tag für Tag in beruhigender Beständigkeit wiedergekehrt war, würde es nie wieder geben. Sein Leben hatte einen neuen, unbekannten Weg eingeschlagen.

Melvin rang noch mit seinen Gefühlen, als er merkte, wie jemand die Tür des Kaminzimmers öffnete und wieder schloss. Schwere Schritte rüttelten sein Deckenlager durch.

Nun hörte er Sam, der sich Mühe zu geben schien, sein lautes Organ zu einem Flüstern zu bändigen: »Hier steckst du also!«

»Ich wollte nachdenken«, sagte Vincent.

»Was machen deine Wunden?«, fragte Sam.

»Sie sind so gut wie verheilt. Dann und wann bringt unser neues Dasein auch Vorteile mit sich.«

Sam antwortete mit einem tiefen Grummeln. Dann fragte er: »Und wie waren deine Träume?«

»Heute gab es keine.«

»Haben wir den Bastard gestern etwa so erschreckt, dass er ihnen endlich fernbleibt?«

»Ich konnte in den letzten Stunden keinen Schlaf finden. Darum habe ich nicht geträumt. Wir werden später Byron und Nathaniel fragen, wie ihr Schlaf war. Sollten ihre Albträume ausgeblieben sein, favorisiere ich eine andere Erklärung.«

»Und die wäre?«

»Dass die Träume ihren Zweck erfüllt haben.«

»Welcher sollte das bitte schön sein?«

»Uns hierherzuführen.«

»War mir doch glatt entfallen.«

Melvin hob nun die Decken an, um zu den Männern zu sehen. Vincent saß in einem Sessel, den er vor den Kamin geschoben hatte. Sam stand daneben und blickte mit galliger Miene zum Fenster.

»Ich habe eine Aufgabe für dich«, sagte Vincent und schnitt damit ein anderes Thema an. »Der Junge ...«

»Was ist mit ihm?«, fragte Sam und sah zur Schlafstätte in der Ecke des Zimmers.

Melvin schloss rasch die Augen und imitierte unter seiner Decke die tiefen Atemzüge eines Schlafenden.

»Es war ein Fehler, ihn mitzunehmen. Ich hatte eine Vermutung. Leider lag ich falsch. Meine Einschätzung hätte Melvin beinahe das Leben gekostet. Du musst verhindern, dass er sich heimlich davonstiehlt. Sperr den Jungen zur Not im Haus ein. Falls er Schwierigkeiten macht, stelle ich mein Zimmer im zweiten Stock zur Verfügung. Ich habe vorhin auch dort Kaminfeuer angeschürt und es ein wenig hergerichtet. Der Schlüssel steckt in der Tür.«

Melvin fuhr explosionsartig hoch, riss die Decken von sich und sah wutentbrannt zu Vincent und Sam. »Das könnte euch so passen!«

Der Hüne glotzte ihn erschrocken an, dann blickte er schnell zum Kaminsims, als hätte er dort etwas Hochinteressantes entdeckt. Vincent hingegen sah ihn mitfühlend an.

»Ich kann dich verstehen«, sagte er. »Aber darauf dürfen wir keine Rücksicht nehmen. Wir werden die Angelegenheit zu einem Ende führen, das auch in deinem Sinne ist. Das verspreche ich dir.«

Sitz der Bruderschaft, Northern London

»Angeblich drängt Unsere Heiligkeit höchstpersönlich darauf, dass die Untersuchungen an dem Manuskript beendet werden und es umgehend zurück nach Rom gebracht wird. Soll ich die Queen in Eurem Auftrag ersuchen, dass sie ihre Beziehungen spielen lässt?«

Joseph blickte den Bischof fragend an, während dessen Augen glanzlos auf ihm ruhten.

»Der Pontifex möchte, dass unsere Schrift in den Kellergewölben vermodert – wie alles im Vatikan. Soll er meinetwegen seine Aufpasser schicken! Sie werden ohnehin zu spät hier anrücken. Die alte Natter brauchen wir deshalb nicht zu behelligen. Auch die Tage der Queen sind gezählt.« Der Bischof hielt inne und lauschte. Dann blickte er zur Tür seiner Kammer. »Der Jäger ist pünktlich. Hören wir uns an, was er zu berichten hat.«

Es klopfte und der Bischof breitete die Arme aus. »Kommen Sie herein, Hunter. Wir sind gespannt auf Ihren Bericht.«

Kyle Hunter trat vor die Männer.

»Eure Exzellenz, Ihr Personal muss über hellseherische Fähigkeiten verfügen. Meine Anerkennung. Eines dieser Geschöpfe ist tatsächlich direkt vor unsere Flinten gelaufen.« Er sah die beiden Geistlichen prüfend an. »Leider ist es uns durch die Finger geschlüpft.«

»Sie kommen also wieder mit leeren Händen zurück.« Der Bischof schenkte seinem Gast ein kaltes Lächeln. »Sie werden eine neue Chance erhalten. – Ihre letzte.«

»Ich möchte ab sofort allein an der Sache arbeiten.«

»Wir wollten Ihrer Unternehmung nur ein wenig unter die Arme greifen. Aber wie Sie wünschen.«

»Dann wäre das geklärt.« Der Jäger deutete eine Verbeugung an, um sich zu verabschieden.

In dieser Sekunde schwang die Tür auf und die vier Amazonen kamen nacheinander in den Raum. Zu beiden Seiten der Tür gingen sie in Stellung.

Hunter wandte sich um. Flüchtig streifte er Flames Blick.

Der Bischof trat neben ihn. »Meine Leibgarde! Eine Augenweide, nicht wahr?«

»Warum eigentlich Frauen?«

»Sie sind zuverlässiger, schlauer und vor allem kaltblütiger als unsereins. – Wussten Sie das nicht, Hunter?«

Der Jäger gab darauf keine Antwort.

»Bevor Sie gehen, möchte ich Ihnen und meinen getreuen Gehilfinnen nicht verhehlen, wie sehr es mich enttäuscht hat, dass unsere Unternehmung in der vergangenen Nacht nicht von Erfolg gekrönt war.« Der Geistliche erhob mahnend den Zeigefinger. »Möchte eine meiner Beschützerinnen eine Erklärung beisteuern?«

Im Zimmer des Bischofs breitete sich ängstliche Stille aus.

Kyle Hunter hielt gespannt den Atem an und blickte noch einmal zu Flame.

Erst als er sicher war, dass weder sie noch eine der anderen Frauen auf die Frage etwas erwidern wollte, durchbrach er das unbehagliche Schweigen.

»Wenn Sie gestatten, werde ich mich ausruhen.« Er tippte an seine Hutkrempe.

»Eines noch. Im Dunstkreis der Missgeburten wurde in letzter Zeit ein Straßenjunge gesehen.«

»So?«, fragte Hunter. »Was hat das zu bedeuten?«

»Wir wissen es nicht«, sagte der Bischof und hob ratlos die Schultern. »Es hat den Anschein, als verfolge er diese Kreaturen. Wir müssen herausfinden, warum er das tut. Deshalb möchte ich, dass Sie mir auch den Jungen herbeischaffen.«

Kyle Hunter nickte und verließ das Zimmer, gefolgt von der Leibgarde des Geistlichen und bedrängt von Flames schwarzen Augen, deren Blicke sich beinahe spürbar in seinen Rücken bohrten.

Sobald die Tür hinter dem Jäger und den Frauen zugefallen war, richtete der Bischof das Wort an seinen Untergebenen: »Was meinst du, Joseph, kann man ihm trauen?«

»Von den Männern in Rom erhielt er die allerbesten Zeugnisse. Wir können uns seiner Loyalität wohl gewiss sein. – Solange wir ihm vorgaukeln, dass wir nur diesen *Unrat* aufkehren möchten.«

»Wohl wahr, wohl wahr. Vielleicht hat er bei dem Jungen ja mehr Fortune als bisher. Wenn er nochmals versagt, mache ich ihn mit unserem speziellen Gehilfen bekannt. Das heißt: früher als ohnehin geplant.«

Nach einer kurzen Pause fügte der Bischof an: »Heute müssen letzte Vorbereitungen getroffen werden. Es ist gut möglich, dass wir unsere Gäste in Kürze empfangen dürfen. Erteile der Mannschaft entsprechende Anweisungen. Ich verlange absoluten Gehorsam und bedingungslosen Einsatz für unsere Sache.«

Miller's Court, Dorset Street, East End of London, vormittags

Ellie hockte auf den Stufen vor Mary Kellys Erdgeschosswohnung im Miller's Court. Die Fensterläden waren auch diesmal geschlossen. Zuvor hatte sie unter den Türspalt gesehen. Die Zeitungsseite, die Melvin vor drei Tagen hindurchgeschoben hatte, lag immer noch dort. Es sah ganz danach aus, als wäre Mary Kelly nicht mehr nach Hause gekommen, seit sie und Melvin hier gewesen waren.

Nun sah Ellie hoffnungsvoll auf, denn es näherten sich Schritte. Doch es war keine Frau, die durch den gemauerten Bogengang in den Hof kam, sondern ein plumper Kerl mit Bartstoppeln auf den Wangen und einer platten Boxernase. Er hielt auf den benachbarten Hauseingang zu. Dann aber bemerkte er Ellie und schwenkte in ihre Richtung. Vor den Stufen stemmte er die Hände an die Seiten seines fleckigen Unterhemds und streckte ihr seinen Blähbauch entgegen. Als Ellie nun in eine Wolke aus säuerlich riechendem Schweiß, billigem Gin und Weißkohl gehüllt wurde, rutschte ihre Stimmung restlos in den Keller.

»Was suchst 'n hier, Zwerg?«, fragte der Mann auch schon.

Ellie erwiderte darauf nichts, sondern rümpfte nur die Nase.

»Denkst, kannst hier was auskundschaften, wie?«

Ellie rollte genervt die Augen.

»Kenn euch Spitzbuben. Hier gibt's nix zu holen. Schleich dich, sonst zieh ich dir die Löffel lang.«

Ellie unterdrückte das Bedürfnis, dem Mann die Meinung zu geigen, und sagte so freundlich wie möglich: »Sie liegen falsch, Mister. Ich warte hier auf wen.«

»Erzähl mir doch nix vom Pferd. Wen magst denn hier treffen, hä?«

Ellie seufzte hörbar und antwortete mit einer Gegenfrage: »Wann haben Sie Mary Kelly das letzte Mal gesehen?«

»Was willst 'n von der?«

»Geht Sie nix an, Sir.« Ellie lächelte ihr liebenswürdigstes Lächeln.

Der Dicke stellte die Beine breit und reckte eine Faust. »Du machst jetzt auf der Stelle die Fliege oder du landest ruck, zuck draußen in der Gosse!«

Ellie merkte, wie ihr plötzlich die Galle hochkam. Blitzschnell war sie auf den Beinen. »Passen Sie gut auf, ich sag's nur ein Mal: Es liegen zwei komplett beschissene Tage hinter mir. Mein bester Freund hat sich in Luft aufgelöst, ich hab mir Blasen an den Füßen gelaufen und vom vielen Rumsitzen langsam einen wunden Hintern. Gar nix will ich auskundschaften. Ich muss der Frau was Dringendes sagen. Also strengen Sie Ihren Grips an: Wann sind Sie Mary Kelly das letzte Mal begegnet? Raus damit!«

Mit blitzenden Augen und den Fäusten in den Seiten fixierte sie den Mann.

Dieser schaute verdutzt zurück und ließ die Arme sinken. »Is' ja schon gut«, murmelte er und kratzte sich am stacheligen Doppelkinn. »Man wird ja wohl noch fragen dürfen.«

»Ich höre!«, zischte Ellie und kniff die Augen zusammen.

»Die Mary kommt bloß noch selten her. Wie man läuten hört, soll sie ’nen Macker auf der andern Flussseite haben. Schade, ich hatte ’n Auge auf sie geworfen.«

»Man soll die Hoffnung nie aufgeben«, sagte Ellie und quetschte sich an dem Mann vorbei. »Aber hin und wieder mal ein Bad könnte nicht schaden, wenn Sie bei Ihrer Herzdame punkten wollen. Morgen komm ich noch mal her. Sollten Sie Mary bis dahin sehen, sagen Sie ihr, sie muss unbedingt die Zeitung lesen.«

»Was für ’ne Zeitung?«

»Sie wird rausfinden, welche.«

Unterschlupf der vier, London Borough of Hackney, nach Sonnenuntergang

Melvin lag ausgestreckt auf Vincents Bett, eingesperrt in dessen Zimmer im zweiten Stock, und er kochte vor Wut.

Inzwischen war draußen längst die Sonne untergegangen und Stunden waren verstrichen, seit sein erster Fluchtversuch gescheitert war. Nachdem er Vincent und Sam belauscht und ihnen anschließend Pest und Teufel an den Hals gewünscht hatte, wollte er einfach nur fort und diesen Ort auf Nimmerwiedersehen verlassen. Doch als er aus dem Haus gehen wollte, hatte sich Sam mit todernster Miene im Türrahmen aufgebaut und ihm so den Ausgang versperrt. Weil alles Bitten und Betteln und Drohen nichts halfen, hatte er sich schließlich in seine Ecke verkrochen, um Sam von dort aus wutschäumend anzustarren und auf eine Chance zu warten, seinen Bewacher bei erstbester Gelegenheit zu überlisten. Diese ergab sich, als der Untote irgendwann die Tür öffnete und mit bedröppelter Miene erklärte: »Bin gleich wieder da. Du bleibst schön hier!«

Kaum hatte Sam seinen Wachposten verlassen, war er zur Tür geschlichen und hatte dort gewartet, bis die sich entfernenden Donnerschritte nicht mehr zu hören waren. Rasch war er darauf zum Fenster geeilt und hatte hinausgespäht. Die Luft schien rein zu sein. Also war er nach draußen gesprungen und unbehelligt quer über das verwilderte Grundstück gerannt. Siegessicher hatte er das Tor einen Spaltbreit aufgezogen, war raus auf den Bordstein geschlüpft und ... jählings an der Jacke gepackt worden.

Ungeachtet seiner Fausthiebe und Verwünschungen hatte ihn der Riese an Kragen und Hosenbund hochgehoben, wie einen Sack über die Schulter geworfen, schnurstracks zum Haus zurückgebracht und das Treppenhaus hinaufgetragen. In Vincents Zimmer war Melvin schließlich von Sam auf dem Bett abgesetzt worden. Ohne ein Wort von sich zu geben, war der Untote gleich wieder aus dem Raum gestapft. Erst hinter der Tür hatte Sam gebrummt: »Du hast noch dein Leben. Ich werde nicht zulassen, dass du es leichtfertig aufs Spiel setzt.«

Entgeistert hatte Melvin zur Tür gesehen, weil eine Sekunde darauf deutlich zu hören war, wie sich ein Schlüssel im Schloss drehte. Mit einem Satz war er an der Tür. Nachdem er vergeblich an ihrem Knauf gerüttelt hatte, blickte er sich verzweifelt in Vincents Zimmer um. Die Lamellenläden vor dem Fenster waren mit einem Schloss versehen. Offensichtlich war das Zimmer von dem Anführer der vier zu einer Gefängniszelle umfunktioniert worden, während er von Sam im Kaminzimmer festgehalten worden war.

Melvin konnte nicht fassen, dass man ihn wie einen schäbigen Verbrecher weggesperrt hatte. Entmutigt sank er nach dieser Erkenntnis auf das Bett. Es sollte bis zum Nachmittag dauern, bis er aus seiner Lethargie erwacht und wieder zu einem klaren Gedanken fähig war. Dann aber hatte er entschlossen und mit einer gehörigen Portion Wut im Bauch begonnen, einen Fluchtplan zu schmieden.

Er musste schnellstmöglich weg von hier und das Heft selbst in die Hand nehmen. Wilkie machte sich gewiss schon Sorgen um ihn. Es war höchste Zeit, dem Freund ein Lebenszeichen zukommen zu lassen und ihn einzuspannen, Mary Kelly in Sicherheit zu bringen. Er selbst würde dann alles daransetzen, den Ripper zu jagen und ihn aufzuspüren. Der Mörder sollte für seine Taten bluten, auch wenn er dafür sein eigenes Leben opfern müsste. Doch um ihn zu finden, musste er unbedingt mehr über diesen mysteriösen Bischof in Erfahrung bringen und herausbekommen, wo dieser sich mit seinem Orden verschanzt hatte.

Denn wenn er Vincents Worte richtig deutete, hielt sich dort auch der Mörder auf.

Aber was mache ich, wenn ich ihn gefunden habe?

Die Frage jagte eine Gänsehaut über seinen Rücken und im selben Moment hörte er jemanden die Treppe emporsteigen. Das gequälte Knarren der Stufen verriet Melvin, dass es der Hüne sein musste.

Er lockerte seine Körperspannung und sein Gesicht verwandelte sich in eine teilnahmslose Maske. Der Schlüssel wurde umgedreht und Sam stakste ins Zimmer, unbeholfen ein Tablett vor sich hertragend. Mit einem Tritt beförderte der Untote die Tür hinter sich ins Schloss und stellte das Servierbrett auf den Beistelltisch neben dem Bett.

»Ich dachte mir, zu einer heißen Tasse Tee und einem Käsesandwich vor dem Schlafengehen sagst du bestimmt nicht Nein.«

Melvin sah zu dem schrankbreiten Kerl auf und plötzlich fiel es ihm schwer, sich nicht für dessen Fürsorglichkeit zu bedanken. Aber Sam hatte ihn in der Nacht zuvor verraten und sich nicht für ihn eingesetzt, als Vincent ihrer Runde unterbreitet hatte, dass die Jagd nach dem Ripper von nun an ohne ihn stattfinden sollte. Deshalb wandte er sich jetzt demonstrativ von dem Riesen ab. Aus den Augenwinkeln sah er, dass Sam unschlüssig neben dem Bett verharrte und verlegen seine Hände knetete.

»Magst du nichts essen?«, fragte sein Kerkermeister.

Melvin gab keinen Laut von sich und presste störrisch die Lippen zusammen, bis Sam mit gebeugtem Rücken und hängenden Schultern aus dem Raum schlurfte. Der

Schlüssel drehte sich noch winselnd im Schloss, da war Melvin schon aus dem Bett und in seine Stiefel geschlüpft. Mit dem Stück Draht, das er immer um eine Gürtelschlaufe gewickelt bei sich trug, machte er sich an dem Vorhängeschloss vor dem Fenster zu schaffen. Nach einigem Stochern sprang es mit einem wohlklingenden *Klick* auf. Sogleich klappte Melvin die Läden auf und lehnte sich aus dem Fenster.

Nachdenklich schaute er auf den breiten, von Unkraut überwucherten Kiesstreifen entlang der Fassade. Einen Sprung konnte er nicht wagen, ohne sich die Knochen zu brechen. Melvin blickte auf und sah, dass rechter Hand das Geäst einer Eiche die Hausmauer berührte. Vorsichtig stieg er auf die Fensterbank. Er hielt sich am Fensterrahmen fest, streckte den anderen Arm aus und musste erkennen, dass ihm mindestens eine Ellenlänge zu den Zweigen fehlte. Deshalb bewegte er nun den rechten Lamellenladen in seinem Scharnier hin und her und verlagerte etwas von seinem Gewicht darauf. Auch wenn die Farbe von dem Holz fast vollständig abgeblättert war, schien er noch stabil in seiner Verankerung zu sitzen.

Ohne lange zu überlegen, beugte sich Melvin über den oberen Rand, sodass seine Achseln auf dem Holz auflagen. Dann spannte er die Arm- und Brustmuskeln an und drückte sich mit den Füßen ab. Der Laden schwang herum. Ehe er gegen die Hauswand stieß, riss Melvin den Kopf zurück und gleichzeitig den linken Arm in die Höhe. Er bekam dünne Zweige zu fassen und fuhr auch die Rechte aus. Diese fand Halt an einem soliden Ast und so konnte er sich rasch Richtung Baumstamm weiterhangeln. Der Rest der Kletterpartie war ein Kinderspiel und bald hatte er wieder festen Boden unter den Füßen. An die vom Haus abgewandte Seite des Stammes geschmiegt, lauschte Melvin aufmerksam in die Dunkelheit. Außer dem Rascheln der Blätter über seinem Kopf war nichts zu hören.

Im Dickicht des Gartens schlich er zur Ostseite des Hauses. Eine imposante Silhouette füllte das Flurfenster aus. Sie gehörte Sam, der hinaus in den Garten starrte. Melvin stieß einen leisen Fluch aus. Wenn er die freie Fläche zum Tor überquerte, würde der Untote ihn unweigerlich sehen und die anderen aufscheuchen, um ihn wieder einzufangen. Er musste also zur anderen Hausseite und dort versuchen, über die Mauer zu flüchten.

Da unterbrachen plötzliche Geräusche die Stille. Von der Straße her war das Nahen von Pferdehufen zu hören. Die Haustür wurde geöffnet. Vincent trat auf die Veranda und lief über die Auffahrt zum Tor. Durch die Gitter des Torbogens sah Melvin vor dem Gelände ein angeschirrtes Pferd, das halb hinter den Mauersteinen verborgen war. Vincent unterhielt sich mit jemandem, den Melvin nicht erkennen konnte. Wahrscheinlich der Fahrer der Kutsche. Er sperrte die Ohren auf, aber die Stimmen waren zu leise. Nach einem kurzen Gespräch verschwand Vincent hinter der Ummauerung.

Wenn das kein Dusel ist! Vincent hat eine Droschke herbestellt.

Ausgerechnet der Mann, der seinen Arrest angeordnet hatte, würde ihn unwissentlich in die Stadt kutschieren.

Die Erkenntnis traf Melvin so unvorbereitet, dass er sich beinahe gegen die Stirn gehauen hätte. Plötzlich erinnerte er sich an Vincents Worte: *Wir müssen das Manuskript finden. Deshalb werde ich in die Höhle des Löwen gehen. Mal schauen, was ein Wolf dort ausrichten kann.*

Vincents Ziel war gar nicht die Stadt, sondern der Sitz des Ordens! Auf der Stelle war Melvin klar, dass seine eigenen Pläne warten mussten. Er würde Vincent heimlich folgen und auf diese Weise herausbekommen, wo sich Ayleens Mörder versteckt hielt.

Ungeduldig beobachtete er das Fenster. Sam kontrollierte noch immer das Gelände. Sein Schatten fiel lang gezogen und gewaltig auf die Rasenfläche. In diesem Augenblick erschienen hinter dem Riesen Nathaniel und Byron und Sam wandte sich zu ihnen um. Sofort schlüpfte Melvin aus seiner Deckung. So schnell er konnte, sprintete er den Hügel hinab zum Tor. Er stieß es eben auf, da nahm die Droschke schon Fahrt auf und rollte an ihm vorbei. Auf wirbelnden Beinen stürzte er hinterher und sprang auf die Gepäckablage hinter der Kabine.

William Crookes' Wohnsitz, 7 Holland Park, Kensington, West London

»Wünschen der Herr noch einen Nachschlag von den Bohnen?«, fragte Ms Ratcliffe und Russel Wallace blickte von seinem Teller auf. Neben dem Tisch stand Crookes' Hausdame und auf ihren blutarmen Lippen lag zu seiner Überraschung die Andeutung eines Lächelns.

»N-Nein, Ms Ratcliffe. Vielen Dank«, brachte Wallace nur mit Mühe heraus, weil er im Gesicht der Frau vergebens jene Missbilligung suchte, die dort ansonsten den lieben langen Tag geschrieben stand. Als die Frau nach seiner Antwort zur Küche tippelte, schaute er ihr irritiert hinterher, doch dann versank er wieder in seinen Gedanken.

Sein Gastgeber war seit dem Mittag unauffindbar. Offensichtlich hielten Crookes abermals Verpflichtungen davon ab, seinem Besuch Gesellschaft zu leisten. Russel Wallace war das Verhalten des Freundes immer weniger geheuer. Aber er würde schon dahinterkommen, welchen Beschäftigungen jener heimlich nachging. Vorerst wollte er das Beste aus der Situation machen. Darum nippte er an seinem Tee, lehnte sich in seinem Stuhl zurück und blickte in die Flamme der Kerze auf dem Tisch. Dann ließ er die Details, die ihm Crookes am Vormittag im Keller des Hauses unterbreitet hatte, Revue passieren.

»Nach dem Tod Gilles de Rais' am Strang im Jahre 1440 verschwanden auch dessen Aufzeichnungen«, hatte Crookes seine Rede begonnen und sogleich die wunderliche Geschichte dieser obskuren Niederschrift fortgeführt: »Ich kann nur Mutmaßungen anstellen, was danach mit diesen geschah. Es spricht einiges dafür, dass das kirchliche Gericht in Nantes die Pergamentbögen konfiszierte, diese über Umwege nach Italien gelangten und dort drei

Jahrhunderte lang in der Bibliothek irgendeines Klosters vor sich hin staubten. Vor zwei Jahrzehnten jedoch geriet dieses Zauberbuch aus mir unbekannten Gründen in die Hände eines Mannes, der es von seinem sicheren Verwahrungsort entfernte und ...«

»... es doch nicht etwa nach London brachte?!«, hatte Wallace zweifelnd dazwischengeworfen.

»Allerdings! Das geschah im Jahre 1875«, antwortete Crookes, legte die Fingerspitzen aufeinander und schaute den Freund über die Gläser seiner Brille an. »Ich muss an dieser Stelle erwähnen, dass die ursprüngliche Schrift, die damals im Schloss des Schwarzen Ritters gefunden wurde, nach wie vor verschollen ist. Ihr heutiger Besitzer wurde in Italien lediglich einer Kopie habhaft. Ich vermute, kluge Köpfe haben irgendwann das sinistere Original vernichtet und dafür gesorgt, dass dessen gefährlicher Inhalt künftig nur noch Eingeweihten zugänglich sein würde. Die Kopie wurde nämlich auf geniale Weise chiffriert. Ergo stand der Mann, auf den ich gleich zu sprechen komme, vor der Herausforderung, den verschlüsselten Zeilen ihre Geheimnisse zu entlocken.«

»Und wieso kam er dazu ausgerechnet nach London?«

»Die Stadt ist ein Sammelbecken für spirituelle, okkultistische und esoterische Strömungen aus aller Welt. Wichtige Geheimbünde haben hier ihre Dependancen und die Parapsychologie viele Anhänger in einflussreichen Kreisen. Außerdem ist London weit genug von Rom und der Kontrolle des Vatikans entfernt, dass jene ungestört ihren teuflischen Plan verfolgen können.«

»Wer ist denn nun dieser Mann?«, stieß Wallace ungeduldig aus.

»Ich kenne seinen Namen nicht. Von den wenigen Menschen, die von ihm gehört haben, wird er schlicht *Bischof* genannt. In den Reihen der Anhänger des Übersinnlichen munkelt man, er sei im Besitz eines Textes, der auf die Urfrage allen menschlichen Seins Antwort gibt und den ultimativen Beweis für ein Leben nach dem Tod liefert.«

»Oha«, stöhnte Russel Wallace abfällig und William Crookes lächelte milde.

»Tatsächlich weiß niemand Genaues. Aus Gründen, die Sie noch erfahren werden, bin ich jedoch zu der festen Überzeugung gelangt, dass diese Schrift eine Beschwörungsformel enthält, um mit den Toten in Kontakt zu treten. Mehr noch! In Wahrheit handelt es sich um ein Ritual, das verspricht, ihre Seelen wieder dem Jenseits zu entreißen.«

»Crookes, ich bitte Sie. Seien Sie nicht närrisch! Das ist doch absurd.«

»Wir sind keine leere Hülle, mein Freund. Obwohl der wissenschaftliche Nachweis noch nicht erbracht ist, glaube ich daran, dass nach dem körperlichen Ende ein immaterieller Teil von uns weiterexistiert. Sei es die unsterbliche Seele oder eine Art von Energie, die sich unserem Verständnis noch entzieht. Ich bin ferner überzeugt, dass Kontakt zu einer Dimension jenseits der Realität im Prinzip möglich ist und darum von diesem Ritual eine ungeheure Gefahr ausgeht, weil es die Grenze zu den Welten abseits der uns bekannten durchlässig macht. Eine Grenze, die gewiss nicht ohne Grund besteht.«

»Bei allem gebührenden Respekt vor Ihren Ansichten, für mich ist das alles Mumpitz.« Russel Wallace machte eine wegwerfende Geste.

»Mag sein. Aber all diejenigen als Spinner zu verunglimpfen, die sich nach einem winzigen Zeichen aus dem Totenreich sehnen, wäre sicherlich vermessen. – Finden Sie nicht auch?!« Ohne den stechenden Blick von ihm abzuwenden, hob sein Gegenüber herausfordernd eine Braue an.

Wallace musste diesem Blick ausweichen. Auf einmal waren seine Sinne geschärft, denn unerwartet bestürzte ihn die Intimität dieses düsteren Ortes. Er kam nicht umhin, abermals das Portrait der Tochter seines Freundes zu betrachten. Mit einem Mal schien es ihm wie ein Sinnbild für Crookes' Verlust, der eine tiefe Wunde in dessen Herz geschlagen hatte.

Zu seiner Erleichterung sprach der Freund nun unbeirrt weiter. »Viele Geschichten und Sagen führen uns die Tragödie vor Augen, wenn die Liebe inmitten ihrer Blüte entzweigerissen wird. Denken Sie an Romeo und Julia oder an den bemitleidenswerten Orpheus, der gar selbst in die Totenwelt hinabstieg, um seine Eurydike zurückzugewinnen. Gilles de Rais' Beispiel zeigt nach meinem Dafürhalten eindrücklich, wie ungeheuer Sehnsucht, Schmerz und Wut nach dem Verlust eines geliebten Menschen auch alle Vernunft und Humanität hinwegfegen können.«

»Ich verstehe«, murmelte Wallace und vermied es, noch einmal zu dem Gemälde zu linsen.

»Gut«, sagte Crookes mit ernster Miene. »Mein gütiger Freund, glauben Sie mir, dies ist für Ihr weiteres Verständnis der Situation unerlässlich. Nun gibt es viele, die sich nach einer Botschaft ihrer Liebsten aus dem Totenreich sehnen. Manche wären sogar bereit, ihr Seelenheil zu opfern, um ihre Trauer zu stillen. Diesen Umstand wusste der Bischof für seine Zwecke zu nutzen. Auf diese Weise hat er Unterstützung bis hin zu den erlesensten Mächten unseres Landes gefunden. Nach allem, was man so hört, ist er ein faszinierender Charakter. Ein Mann mit Witz, Charme und einem vereinnahmenden Temperament. Kurzum: der geborene Demagoge, dem es immer wieder gelingt, seine Mitmenschen zu verführen und zugleich die dunklen Absichten zu verschleiern, welche er in Wahrheit verfolgt ... Aber belassen wir es dabei«, fuhr Crookes nach einer kurzen Pause fort. »Ich werde Ihnen später alles Weitere erzählen und Sie dann über die Ereignisse in Kenntnis setzen, in deren Folge ich Vormund eines Knaben namens Jacob wurde. Seine Freunde gaben ihm den Rufnamen Jack. Es ist kein Zufall, Wallace, dass der Mörder, der die Menschen dieser Tage in Angst und Schrecken versetzt, diesen Namen trägt.«

Sitz der Bruderschaft, Northern London

Kyle Hunter stand in den Stallungen neben seinem gesattelten Hengst. Er kontrollierte gerade die Zäumung des Pferdes, als er hinter sich leise Schritte auf dem Heuboden hörte. Er drehte sich nicht um, sondern widmete sich ungerührt seiner Beschäftigung.

»Wir sollten weiterhin zusammenarbeiten.«

Sanft streichelte der Jäger dem Ross die Stirn. »Ich muss mich bei Ihnen bedanken – Flame.«

»Warum?« Pfeilschnell und schneidend schoss die Frage aus ihrem Mund.

»Sie wissen, warum.«

Flame zog eine widerwillige Miene und machte auf dem Absatz kehrt.

»Danke«, sagte Hunter gerade so laut, dass sie es noch hören musste.

Flame stockte plötzlich, schien zu überlegen, aber sie erwiderte nichts, sondern marschierte mit eiligen Schritten davon.

Kyle Hunter sah ihr nach und tätschelte unterdessen seinem Pferd die Flanke.

»Sie ist schön«, sagte er. »Findest du nicht auch, mein Großer?«

Vor dem Sitz der Bruderschaft, Northern London, um Mitternacht

Eine schier endlos lange Fahrt quer durch die Stadt lag hinter ihm. Die ganze Zeit über hatte sich Melvin mit immer tauberen Armen an eine Stange hinter der Kabine geklammert. Nun endlich rollte die Kutsche inmitten einer einsamen Ulmenallee aus. Bevor sie zum Halten kam, sprang er ab und suchte hinter einem Baumstamm Schutz. Während er sich das Kribbeln aus den Armen massierte, behielt er den Wagen im Auge, den er dank des mondhellen Nachthimmels gut sehen konnte.

Vincent stieg aus und entlohnte den Fahrer. Kaum hatte die Droschke gewendet, beobachtete Melvin, wie Vincent zur anderen Straßenseite sprang und sich dort gleichfalls hinter einem Baumstamm auf die Lauer legte.

Was hat er vor?, fragte sich Melvin.

Es dauerte nicht lange, da hörte er einen Pferdewagen nahen. Er war mit Kisten beladen und wurde von einem Kuttenträger gelenkt. Kaum hatte das Fuhrwerk Melvin passiert, da kam Vincent aus seinem Versteck hervor, rannte in geduckter Haltung zu dem Gefährt und kletterte an dessen Seite hinauf. Melvin hörte ein überraschtes Grunzen und beobachtete erschrocken, wie der Wagen abrupt stoppte und Vincent anschließend einen schlaffen Körper zur Baumreihe zog.

Eine Minute später kam er in der Kutte des Mönchs aus dem Unterholz zurück und stieg auf den Bock. Ehe Vincent die Zügel ergriff, stülpte er die Kapuze über seinen Kopf. Der Wagen rollte an und Melvin rannte hinterher. Nach einem Sprung auf die Ladefläche schlüpfte er geschwind unter eine der Segeltuchplanen, die zwischen den Kisten herumlagen.

Der Wagen rumpelte weiter und hielt auf ein düsteres Mauerwerk zu, hinter dem sich eine klobige Steinmasse und drei finster aufragende Türme in den Himmel reckten. Melvin rutschte nun ganz unter die Plane. Minuten darauf hörte er einen Schnalzlaut.

Vorsichtig lugte er aus seinem Versteck. Sie hielten vor einem riesigen Tor. Davor standen drei Wachmänner, die Gewehre schussbereit in die Höhe gereckt. Weitere Uniformierte marschierten oben auf dem Wehrgang der Mauer entlang. Jetzt kam ein Wachmann auf den Wagen zu und leuchtete mit einer Blendlaterne unter das Fuhrwerk. Als er sich aufrichtete und zur Ladefläche umdrehte, machte sich Melvin ganz klein. Licht drang unter die Plane. Bange hielt er die Luft an. Nun entschied es sich, ob der Wachmann die Bedeckung anhob und er entdeckt würde. Doch zu seiner unendlichen Erleichterung verschwand das Laternenleuchten Sekunden darauf wieder.

Erlöst atmete Melvin aus und der Wagen setzte sich wieder in Bewegung. Jetzt traute er sich, die Decke wieder anzuheben. Sie passierten eben die Durchfahrt, bogen gleich darauf rechts ab und ließen einen ausgedehnten, von vielen Fackeln beleuchteten Hof links liegen. Anschließend fuhren sie einen tunnelartigen Pfad zwischen dem bedrohlich aufragenden Gebäude und der Außenmauer entlang. Über ihnen wanderte eine Armee steinerner Kobolde und Dämonen vorüber, die auf Simsen entlang der moosbewachsenen Fassade kauerten. Melvin kroch eine Gänsehaut über den Rücken, denn die Wasserspeier glotzten aus ihren verwitterten Fratzen so wutschäumend auf ihn hinab, als würden sie nach seiner Seele gieren.

Der Weg mündete schließlich in einem hufeisenförmigen Platz, der von den Schatten hochaufragender Steinwände in komplette Dunkelheit gehüllt wurde. Hier endete die Fahrt und sie waren am Ziel. – In der Höhle des Löwen.

Flugs schmiegte sich Melvin auf den Boden der Ladefläche. Er wartete, bis er das Klacken von Stiefelabsätzen hörte und sich diese entfernt hatten. Dann kam er unter dem Tuch hervor, warf prüfende Blicke in alle Richtungen und sprang vom Wagen. So schnell er konnte, rannte er durch die Dunkelheit zur Fassade. Dort verharrte er und schaute sich nochmals um. In dem verwinkelten Innenhof waren gottlob nirgends Wachen zu entdecken.

Da hörte er irgendwo über sich ein Rascheln und unmittelbar darauf das Knirschen rostiger Scharniere. Er sah auf und erblickte einen Schatten, der sich durch ein geöffnetes Fenster ins Innere der Sakristei schob.

Melvin lächelte, pure Abenteuerlust durchströmte ihn. Konzentriert suchte er die Granitfassade nach unregelmäßigen Steinen ab, um einen Einstieg in die Wand zu finden und Vincent nachzufolgen. Doch plötzlich ließen ihn Geräusche innehalten.

Er wirbelte herum und wurde von lähmendem Schrecken erfasst. Ordensbrüder kamen in den Hof. Alle trugen dunkle Roben und hielten Fackeln in den Händen, vor deren Schein die Schatten zurückwichen.

Vincent landete in einer kargen Kammer. Nachdem er die Kutte abgelegt hatte, gelangte er über uralte, knarrende Holzbohlen in ein gewundenes Treppenhaus. Unverzüglich machte er sich an die Besteigung des Turms, unter dessen Zinnen damals die Privaträume des Bischofs gelegen hatten.

Doch plötzlich drang Stimmengewirr an seine Ohren. Er hielt inne und blickte unschlüssig zurück. Da übertönte mit einem Mal gellender Glockenalarm den Tumult.

Vincent fluchte und machte auf dem Absatz kehrt. Eilig sprang er die Stufen wieder nach unten, während der Lärm in das Treppenhaus drang.

Er riss die Tür der Kammer auf und trat ans Fenster. Irrlichter huschten über die Ummauerung. Hektische Kommandorufe und eiliges Stiefelgetrappel erfüllten den Hof. Unter sich sah er eine Ansammlung von Mönchen und Männern der Wachmannschaft. Ihre Körper bildeten einen Kreis – um einen Jungen, der panisch zu ihm nach oben sah.

Melvin!

Vincent spürte Angst und Wut in sich aufsteigen. Zugleich erglühte in seiner Bauchhöhle ein brennender

Schmerz, der sich urplötzlich ausbreitete und ein siedend heißes Lodern in seine Muskeln und Glieder trieb. Er sank auf die Knie, dann warf er sich wild herum. Elend lange Sekunden wälzte und krümmte sich Vincent Berengar auf dem Boden. Dann war der Schmerz so schnell vorbei, wie er gekommen war.

Er stemmte sich hoch und stieß die Fensterflügel auf. Sie krachten gegen die Außenwand, Butzenscheiben barsten und gelbe Wolfsaugen erwiderten das verzweifelte Suchen des Jungen.

Whitechapel, East End of London

Sam, Nathaniel und Byron liefen die belebte Whitechapel High Street entlang, inmitten eines grauschwarzen Meeres aus Melonen und Filzhüten.

Sam hatte seine Schiebermütze tief in die Stirn gezogen. In einem bärenartigen Trott schlurfte er über die Straße. Nathaniel steckte in seiner abgewetzten Jacke, gesichtslos unter einem riesigen Schlapphut. Byron hatte zur Tarnung den breiten Kragen seines Mantels hochgeschlagen, so dass er ihm bis über die Ohren ragte.

Sam brabbelte schon eine ganze Weile übellaunig vor sich hin. »... Ich hätte besser aufpassen müssen.«

»Ich sage es dir noch einmal: Melvin ist ein pfiffiger Junge«, stöhnte Byron genervt. »Den halten keine zehn Pferde auf, wenn er sich was in den Kopf gesetzt hat. Es war doch sonnenklar, dass er früher oder später ausbüxen würde. Wir werden ihn schon finden – und zwar *lebend!*«

Der Riese gab als Antwort nur ein Knurren von sich und verfiel wieder in finsteres Schweigen.

»Ihn oder Jack«, fügte Nathaniel nach einer Pause hinzu. »Einen von beiden werden wir hier in der Gegend aufspüren. Das habe ich im Gefühl.«

»Zum Teufel mit deinen Gefühlen!«, brummte Sam und stierte finster um sich. »Damit eins klar ist: Wir gehen erst zurück, wenn sicher ist, dass es dem Jungen gut geht!«

Er stieß die Pranken in die Taschen seiner Caban-Jacke und marschierte mit ausholenden Schritten weiter. Nathaniel und Byron sahen sich kurz schulterzuckend an und folgten dann dem Hünen.

Nach einer Weile versiegte der Menschenstrom und sie kamen in eine ruhigere Gegend, wo die Straße nicht mehr von Läden und Schenken, sondern von rußigen Wohnhäusern gesäumt wurde. Plötzlich hörten die Freunde schrille Stimmen miteinander streiten. Auf der anderen Straßenseite standen sich zwei Blumenmädchen gegenüber und warfen sich im schlimmsten Cockney-Dialekt Beschimpfungen um die Ohren. Offenbar stritten sie sich um den beleuchteten Flecken auf dem Bordstein unter einer der Gaslaternen. Nathaniel und Byron schlenderten schon weiter. Auch Sam wollte sich eben abwenden, als er aus den Augenwinkeln eine Bewegung über den Mädchen sah. Auf der Stange der Laterne saß ein schwarzer Vogel und glotzte mit vorwitzigen Knopfaugen zu ihm hinüber. Sam glotzte grimmig zurück, dann stapfte er seinen Begleitern hinterher.

»Ich schau mir die Gegend mal aus einer anderen Perspektive an«, erklärte Byron ein paar Minuten später und schlüpfte in einen dunklen Hinterhof. Kurz darauf winkte er den beiden von einem Dach aus zu.

Nach weiteren Minuten erreichten Nathaniel und Sam einen verwaisten Platz. Zwischen den mittelalterlichen Fachwerkhäusern ringsumher klafften zwielichtige Durchgänge. Vor ihnen in der Häuserreihe stand eine Kapelle. Aus ihrem Dach wuchs ein kleiner Glockenturm empor. Auf dessen Spitze thronte ein Kreuz, das im Mondlicht zu leuchten schien und seinen gestreckten, scharf umrissenen Schatten auf das Pflaster warf.

Unter den Ästen einer knorrigen Eiche in der Mitte des Runds blickten sich Nathaniel und Sam um.

»Hübsch hier«, bemerkte Nathaniel.

»Amen«, entgegnete Sam schlecht gelaunt. »Wenn du mich fragst, ist das Ganze reine Zeitverschwendung.«

Die zwei sahen zur linken Häuserfront, an der Byron wie eine Spinne hinabkletterte.

»Irgendwas entdeckt?«, fragte er, als er bei dem Untoten und der Mumie anlangte.

»Weit und breit niemand zu sehen«, antwortete der Vampir. »Was nun?«

Alle drei hoben gleichzeitig die Köpfe, von einem Geräusch wie von ledrigen Flügelschlägen aufgeschreckt. Ein fledermausartiger Schatten war aus der Dunkelheit hervorgebrochen und flog rasend schnell über sie hinweg.

»Was zur Hölle?« Sam ballte die Fäuste.

»Fühlt ihr es?«, fragte Byron.

»Er ist hier.« Nathaniel trat einen Schritt vor.

Sam warf seine Schlägermütze auf die Straße und ließ die Fäuste knacken. Byrons knochiger Finger deutete zur Kapelle. Auf dem Dachfirst vor dem Glockenturm kauerte eine schwarz glänzende Masse wie aus Anthrazit. – Langsam wuchs sie in die Höhe.

Sitz der Bruderschaft, Northern London

Panisch wirbelte Melvin um die eigene Achse, während sich der Kreis aus Körpern um ihn schloss. Angsterfüllt sah er zu dem Fenster hinauf. Auch die Mönche und Wachmänner hatten die Gesichter zu der schwarzen Öffnung erhoben.

Auf dem Fensterbrett kauerte ein Wesen mit einem behaarten Schädel. Es blickte zu ihnen herab und sprang dann wutheulend in die Tiefe. Keinen Meter neben dem Pulk aus Körpern landete es auf allen vieren.

Die Männer, die dem Tier am nächsten standen, wichen instinktiv zurück und lockerten so den Kreis um Melvin wieder. Das Lärmen und Rufen war einer angespannten Stille gewichen, während sich der Wolfsmensch auf die Hinterbeine stemmte.

Melvin starrte auf die breiten Schultern und den mächtigen Nacken des Wesens. Ein dichter Pelz aus braunschwarzen Borsten quoll durch die zerrissenen Überreste des Hemds über dem massigen Brustkorb. Ohne Vorwarnung wirbelte der Wolfsmensch herum und die ockerfarbenen Augen der Bestie trafen ihn wie eine geräuschlose Sturmböe.

Die Stimme, die zu ihm sprach, erschütterte Melvin bis ins Mark. Aus der geifernden, von scharfen Zähnen gespickten Schnauze schnitt ein einziges Wort durch die Nacht: »*Verrrrschwinde!*«

Melvin taumelte zuerst mit angehaltenem Atem zurück, dann stürmte er geistesgegenwärtig durch eine Lücke zwischen den Körpern, die sich direkt neben ihm aufgetan hatte. Um sich schlagend wand er sich an ausgestreckten Armen vorbei. Als er sie abgeschüttelt hatte, spurtete er quer über den Hof.

Auf einmal zerriss hinter ihm ein Knall die Stille und Melvin zuckte heftig zusammen. Der Schuss hallte noch von den Mauern wider, da peitschten weitere Salven durch die Nacht. Wankend blieb Melvin in den Schatten jenseits der Fackellichter stehen. Über die Schulter blickte er zurück. Wie paralysiert betrachtete er den blutenden Körper auf dem Boden. Obwohl ihm der grässliche Befehl noch in den Ohren nachhallte, konnte er unmöglich fliehen und das verwundete Wesen einfach zurücklassen.

Zögerlich ging er zurück. Niemand schien ihn zu bemerken, weil alle das niedergestreckte Tier begafften oder ein triumpherfülltes Johlen ausstießen. Melvin pirschte sich weiter heran. Zitternd tastete er nach der Schleuder im

Hosenbund. Im nächsten Augenblick wurde er brutal von den Beinen gerissen und von dem Menschenkreis weggeschleift.

Seine Finger hatten sich reflexartig an den Arm gekrallt, der sich um seinen Hals geschlungen hatte. Doch vergebens riss er an dem Stoff unter seinem Kinn. Er wollte schreien, aber seiner Kehle entwich lediglich ein schwaches Krächzen, das im allgemeinen Getöse unterging.

Whitechapel, East End of London

Der Ripper stand über ihnen. Starr und massiv wie ein dämonisches Götzenbild. Der Wind hatte sich in seinem Mantel verfangen, blähte ihn auf und brachte ihn wie die Lederschwingen einer riesenhaften Fledermaus zum Flattern. Bewegungslos sah der Mörder aus rot glühenden Augen auf sie herab.

»Jack, komm doch zur Besinnung!«, rief ihm Byron zu.

»Wir sind in friedlicher Absicht gekommen. Wir sind deine Freunde!«, rief auch Nathaniel dem schwarzen Körper entgegen.

Wie ein Todesengel hob der Ripper seine Arme an und streckte sie wie Flügel von sich. An ihren Enden brach sich das fahle Mondlicht an langen, spitz zulaufenden Klingen.

»Ich geh dem verdammten Kerl an die Gurgel«, schnaubte Sam ungehalten und stapfte zur Kapelle. Im Gehen löste er die Knöpfe seiner Seemannsjacke, zog sie von den Schultern und warf sie achtlos zu Boden. »Komm her, wenn du dich traust!«

»Sam, warte!«, versuchte Nathaniel ihn aufzuhalten.

Der Riese beachtete ihn nicht und blieb direkt unter dem Dach stehen. Die Fäuste drohend gereckt, blickte er zu dem Wesen vor dem Kreuz hinauf. »Worauf wartest du?«

Byron hatte sich unterdessen von Nathaniels Seite gelöst und verschwand in den Häuserschatten. Der Ripper trat vor zur Dachkante. Brennende Augen nahmen den Untoten ins Visier. Umweht von den Schwingen seines Mantels segelte er auf Sam zu und der Riese wurde unter dem schwarzen Stoff begraben. Fünf Klingen, die sich am Ende eines erhobenen Armes zu tödlichen Spitzen verjüngten, fixierten den strampelnden und um sich schlagenden Gegner. Dann sausten sie herab. Die Dolche bohrten sich tief in Sams Fleisch. Ein nasses, schlürfendes Geräusch war zu hören, als sie wieder herausgezogen wurden. Augenblicklich verlor das heftige Toben unter dem Mantel an Kraft.

Der Arm des Rippers hob sich erneut. Doch ehe er nochmals auf sein Opfer niedersausen konnte, schossen wie angreifende Nattern peitschende Bandagen aus der Dunkelheit hervor und umwickelten das Handgelenk des Mörders. Schon flogen weitere Stränge auf ihn zu, schlangen sich um seinen Hals und zerrten an ihm. Obgleich sich der Ripper dem Druck mit aller Kraft entgegenstemmte, wurde sein Oberkörper gleich einer Marionette angehoben und der Umhang glitt von dem Untoten. Sam lag reglos und mit aufgerissenen Augen in einer dunklen Lache.

Nathaniel löste vor Schreck für einen Moment die Spannung der ausgeworfenen Bandagen und sein Widersacher stürzte zu Boden. Umgehend spannte die Mumie sie wieder an. Auf der Stelle wurde der Ripper über das Pflaster geschleift, direkt auf die Eiche zu. Mit einem dumpfen Laut krachte er gegen den Stamm und blieb benommen davor liegen.

Mühevoll begann sich die nachtschwarze Gestalt aufzurichten, doch schon stürzte Byron aus dem Geäst auf sie zu. Der Vampir packte den Kragen des Gegners und riss den Mund auf. Seine Fangzähne blitzten im Mondlicht. Da traf ihn die freie Pranke des schattenhaften Mannes mit voller Wucht. Byrons Körper wurde durch die Luft geschleudert, durchbrach mit einem lauten Krachen das Kapellentor und schlitterte über den Mittelgang zwischen den Holzbänken.

Nathaniel blickte erschüttert zur Kapelle, dann wandte er sich wieder dem Ripper zu und erstarrte, denn mit einem Mal war der nicht mehr zu sehen. In dieser Sekunde flutete ein heftiger Schmerz durch Nathaniels Eingeweide. Er sah an sich hinunter und sein Blick fror auf dem blitzenden Stahl fest, der aus seinem Bauch ragte. Einen Augenblick darauf wurde die Klinge mit einem heftigen Ruck wieder aus seinem Körper gerissen. Sofort presste Nathaniel die Lumpenhände vor die Wunde. Stöhnend sank er auf die Knie und wie ein schwarzseidenes Grabtuch sank ein Schatten auf ihn herab. Mit gesenktem

Haupt erwartete Nat den todbringenden Stich in seinen schutzlosen Nacken.

Er blieb aus. Stattdessen kroch der Schatten wieder von ihm weg und ließ ihn im kalten Mondlicht zurück.

Mühsam stand Nathaniel auf. Zugleich erschien Byron wankend im Eingang der Kapelle. Auch Sam kämpfte sich mit einem gequälten Ächzen wieder auf die Beine.

Die drei geschlagenen Gegner sahen den Ripper an, der unerschütterlich neben dem Gotteshaus stand und mit seiner Klingenhand lässig die Bandagen durchtrennte, die sich um ihn wanden.

»Los, Jack! Bringen wir es hier und jetzt zu Ende«, knurrte Sam und ballte erneut die Fäuste.

Sitz der Bruderschaft, Northern London

Melvin wand sich vergebens unter der erbarmungslosen Umklammerung. Der Angreifer in seinem Rücken zerrte ihn hinter sich her und damit weg vom Kreis der Ordensbrüder und Wachmänner – und somit auch von Vincent, der noch immer in der Mitte des Hofes lag.

Panik übermannte Melvin, während er erfolglos gegen den Druck auf seine Luftröhre ankämpfte. Sein Sichtfeld begann sich bereits einzutrüben. Wie durch einen Schleier sah er, dass sich der Werwolf trotz seiner Schusswunden aufrichtete und den Lakaien des Bischofs die gebleckten Zähne zeigte. Melvin schöpfte Hoffnung. Nur wenige Wachen fingerten nun hektisch an den Gewehren herum, um ihre Waffen nachzuladen. Die Mehrzahl wich ängstlich vor dem kraftstrotzenden Untier zurück, das mit angespannten Muskeln zum Sprung ansetzte. Doch plötzlich stieß der Werwolf ein grässliches Jaulen aus.

Mit aufgerissenen Augen starrte Melvin auf den Pfeil, der von irgendwoher herangesurrt sein musste und jetzt in einem Schulterblatt des Tieres steckte. Augenblicke später fiel Vincent wie ein gefällter Baum um. Sofort stürmten die Wachleute auf das reglose Untier zu und schlugen mit Gewehrkolben auf es ein.

Verzweifelt zog Melvin noch einmal an dem Stoff unter seinem Kinn. In diesem Augenblick wurde ihm ein feuchtes, nach Alkohol und Schwefel stinkendes Tuch aufs Gesicht gepresst. Auf der Stelle breitete sich ein taubes Gefühl in ihm aus. Seine Beine sackten weg und er zappelte nur noch hilflos, während seine Sinne schwanden und ihm schwarz vor Augen wurde.

Whitechapel, East End of London

Die blitzenden Klingenfinger des Rippers fuhren auf und nieder, als wollten sie die Nachtluft zerschneiden. Sam, Byron und Nathaniel erwarteten seinen Angriff.

Plötzlich schlurfte aus einem der Durchgänge ein buckliges Männlein mit einem langen geflochtenen Bart auf den Platz. Aus einer anderen Gasse trat ein zweiter Mann hervor. Ein dunkelhäutiger Kerl in einem Fellmantel. Unter dem Schatten seines schäbigen Zylinders glomm die Spitze eines Zigarillos.

Zu Sams, Nathaniels und Byrons Verwunderung wich der Ripper augenblicklich vor den Fremden zurück. Unschlüssig blieb er vor einer Hausmauer stehen.

Der alte Mann reckte einen ausgestreckten Finger zur Kapelle. »Geht dort hinein!«, rief er mit heiserer Stimme.

Die Freunde nickten sich zu und nahmen die Stufen zum Portal. Von dort aus beobachteten sie, wie der Alte und der andere Mann über den Platz gingen und der Mörder wutfauchend in den Schatten versank.

Da hörten die drei ein Krächzen im Innern der Kapelle. Auf dem Altarkreuz saß ein Rabe. Flügelschlagend hob er ab und flatterte über ihren Köpfen hinaus in die Nacht.

»Was zum Teufel ...?«, stieß Sam mit kaum hörbarer Stimme aus.

»Ich ... h-habe keine A-hnung«, keuchte Nathaniel.

»Können wir das später diskutieren? Wir müssen los und zwar schnell«, drängte Byron. Besorgt sah er zu dem stark blutenden Riesen und anschließend nach draußen auf den nun wieder menschenleeren Platz. Dann hob der Vampir den Blick bange zum Himmel, an dem der Mond viel zu schnell hinabsank, um Platz für die Sonne zu schaffen.

Buckingham Palace, City of Westminster

Wenn die Königin des Vereinigten Königreichs von Großbritannien die Abgeschiedenheit von *Balmoral Castle* verlassen musste und Verpflichtungen sie nötigten, für Tage oder gar Wochen in den *Buckingham Palace* einzuziehen, wartete sie in den Nächten oft vergebens auf den Schlaf. Von Erinnerungen an ihre frühen Ehejahre bedrängt, suchte sie während dieser einsamen Stunden stets ihren privaten Saal im Herzen des Palastes auf, um auf dem roten Sofa Platz zu nehmen, das dort seit über fünfzig Jahren unverändert stand.

Auch in dieser Nacht fand Victoria keine Ruhe. Wie in jeder wachen Stunde seit nunmehr 27 Jahren trug sie ihre schwarze Witwentracht, während sie in der Mitte des prächtigen Raumes mit seinen Spiegelwänden, Holzvertäfelungen und mannshohen Ahnengemälden auf einem Tisch Karten legte. Ihre Gedanken verweilten indes in einer fernen Vergangenheit.

Sie und Albert sitzen auf dem gleichen Möbel, beider Beine ruhen auf dem weichen Polster einer Fußbank, ihre Nasen stecken tief in einem Buch ... Sie und er in diesem Raum, er trinkt Tee und liest die Morgenzeitung, eine schwarze Locke fällt auf seine Stirn. Sie sieht ihn an und ihr Herz lacht ... Sie liegt im Halbschlummer in ihrem Schlafgemach. Die Scheiben sind gefroren, dichtes Schneetreiben weht am Fenster vorüber. Albert schlüpft fluchend und zähneklappernd unter die Decke. Kalte Hände umschließen die ihren und Sekunden darauf erfüllt sein leises Schnarchen den Raum. Mit diesem beruhigendsten aller Geräusche schläft sie ein.

Während sie die Karten mischte und eine neue Reihe legte, rätselte die Queen, warum ihre Erinnerungen stets die unbeschwerten Augenblicke ihrer gemeinsamen Zeit heraufbeschworen. In Wahrheit waren diese Jahre von jeher getrübt gewesen. Die Furcht, dass er eines Tages von ihr gehen würde, hatte sie verfolgt, seit er und sie den Bund fürs Leben geschlossen hatten. Denn schon im jungen Mannesalter erschienen ihr die dunklen Ränder unter seinen Augen und die ungesunde Blässe in seinem Gesicht wie die Vorboten eines frühen Todes. Deshalb lag ihre Seele bereits unter Schatten, als am 14. Dezember 1861 alles Licht in ihrem Leben erlosch. Es war der Tag, der sie zur Witwe machte.

Abwesend betrachtete Victoria die senkrechten und waagrechten Kartenreihen vor sich, denn in ihrem Innern tat sich wie so oft, wenn sie in den Mauern ihres ehemaligen Heimes weilte, wieder das pechschwarze, endlos tiefe Loch auf, das Alberts Tod in ihre Seele gerissen hatte.

Viele Jahre war sie damals in diesem Loch gefangen gewesen, ohne Hoffnung auf ein Entrinnen aus der allumfassenden Schwärze. Dann hatte sie vor mehr als einer Dekade eine Nachricht erreicht. Sie enthielt ein infames Versprechen. Albert war zu diesem Zeitpunkt schon lange von ihr gegangen, aber er fehlte ihr so sehr wie am ersten Tag. Also schrieb sie an die Adresse im fernen Italien zurück und lud den Verfasser der Zeilen zu sich. Im Frühjahr 1875 empfing sie zu ihrer Überraschung einen Bischof nebst dessen Adlatus. Der Geistliche mit der einnehmenden Persönlichkeit berichtete ihr von einem Ritual und dem Mysterium, das es angeblich barg.

Natürlich zweifelte sie. *Oh ja, das tat sie!* Aber irgendetwas hatte dieser Mann an sich, dass sie ihm wider alle Vernunft dennoch Glauben schenkte. Schon bald wucherte die Sehnsucht nach einer Nachricht ihres Gatten aus dem Jenseits ins Unermessliche. Darum übereignete sie in aller Heimlichkeit dem Orden die Gemäuer am Rande der Stadt, nicht ahnend, welche Mächte dort beschworen werden sollten.

Jahre waren seither vergangen. Keines der Versprechen war bis jetzt eingelöst worden. Doch immer wieder war es dem Bischof gelungen, sie hinzuhalten und zu vertrösten. Selbst dann noch, als die Zweifel über die Absichten des Ordens immer stärker an ihr nagten und allmählich ein schrecklicher Verdacht in ihr reifte.

Nach dem Besuch der Hexe hatte sie Gewissheit. Endlich! In Wahrheit hatte sie einen Pakt mit dem Bösen geschlossen. Wegen ihrer unverzeihlichen Schwäche hatte sie das Land und seine Menschen in entsetzliche Gefahr gebracht.

Als der Kopf der Alten vom Tod der Tower-Raben gesprochen hatte, war sie wie unter einem Guss Eiswasser erstarrt, denn er hatte etwas ausgesprochen, was niemand erfahren durfte.

Jedes Kind in London kannte die Legende von den

Tower-Raben. Sollten die Vögel jemals den Tower verlassen, bedeutete das den Untergang der Monarchie und des gesamten Königreichs. Im Spätsommer dieses Jahres war das Unfassbare geschehen. Es war Mitte August, als sie der *Ravenmaster* im Tower um eine Audienz ersuchte. Weil sich der Torwächter hartnäckig weigerte, irgendwem sonst außer ihr persönlich sein Anliegen vorzutragen, hatte sie seinem Begehren stattgegeben und ihn vorgeladen.

Als der altgediente Soldat in dem dunkelblauen, rotbestickten Waffenrock vor ihr salutierte, ahnte sie bereits, dass Schlimmes geschehen war. Mit geröteten Augen hatte er sie unterrichtet, dass sämtliche Kolkraben im Tower verendet waren. Tränenerstickt schilderte der Wächter, wie er die toten Vögel vorgefunden hatte.

Nachdem sie sich vergewissert hatte, dass niemand außer dem Rabenhüter über diese Entdeckung Kenntnis besaß, entließ sie den Mann mit dem ausdrücklichen Befehl, seiner Arbeit weiter wie gewohnt nachzugehen. Ganz so, als wäre nichts geschehen. Zusätzlich stellte sie ihm eine angemessene Strafe in Aussicht, sollte auch nur ein Wort über die Angelegenheit außerhalb dieses Zimmers seine Lippen verlassen. Sie musste unter allen Umständen verhindern, dass die Öffentlichkeit davon erfuhr.

Gestern nun hatte das Orakel der Hexe sämtliche ihrer Befürchtungen bestätigt. Wieder erfasste eine Eiseskälte ihr altes Herz, als sie an die Worte des Enthaupteten dachte.

»Bedrohliche Dinge geschehen«, hatte der Kopf die heisere Stimme erhoben. »Fremde sind in der Stadt. Nach ihnen wird gesucht. Auch sie sind auf der Suche. Durch ein Schicksal vereint. Deformiert bis zur Unkenntlichkeit. Die Morde dienen einem Ziel. Empörung und Unruhe werden die ersten Wogen schlagen. Des Volkes Zorn wird erwachen. Eine gewaltige Flut naht. Auf ihr werden die Boten der Apokalypse reiten. Eine Legende folgt ihrer Bestimmung.«

In der Düsternis des Schaustellerwagens hatten sie diese Worte wie ein Beben erfasst, denn sie wusste, der gammlige Kopf hatte recht. Es geschahen tatsächlich *bedrohliche Dinge*, die dem Fundament des Empires tiefe Risse zufügten. Der Tower war seiner Raben beraubt worden. Eine Mordserie brachte allmählich des Volkes Seele zum Kochen. Nun waren auch noch Geschöpfe der Nacht in die Stadt eingefallen, um sie mit ihrem teuflischen Treiben zu vergiften. All das hatte vor vielen Jahren seinen Anfang genommen. Sie hätte dies mit allen ihr zur Verfügung stehenden Mitteln verhindern müssen. Stattdessen war sie es gewesen, die der Sache den entscheidenden Vorschub geleistet hatte, indem sie die Hüter des Rituals hierher eingeladen und eine schützende Hand über deren Treiben gehalten hatte.

Diese Erkenntnis ließ sie erneut am ganzen Leib erzittern. Mit zusammengepressten Lippen kämpfte sie gegen die aufsteigenden Gefühle an. Erst als eine tiefe Falte zwischen ihren Augenbrauen erschien, hatte sie diesen Kampf gewonnen. Mit einem unziemlichen Fluch fegte sie die Karten vom Tisch.

In diesem Augenblick schwor sie sich, künftig die Finger

von jedem Hokuspokus zu lassen und alle Anweisungen der Alten zu befolgen, die jene ihr, der Königin des Landes, in der fahrenden Hexenkammer aufgetragen hatte.

Als die Augen des sprechenden Hauptes herabgesunken und die algenbefallenen Zahnreihen mit einem vernehmbaren *Klacken* zugeklappt waren, hatte die Hexe sie eindringlich angesehen und dann in einem gurrenden Tonfall gesprochen.

»Ihr Wunsch ist so alt, wie die Menschheit alt ist. Wo kommen wir her, wo gehen wir hin? Bleibt überhaupt was zurück außer gelben Knochen? Natürlich wollen auch Sie wissen, wo Ihr Liebster hin ist und ob es ihm dort gut geht.« An dieser Stelle hatte sich die Alte mit einer heimlichtuerischen Grimasse vorgebeugt und hinter vorgehaltener Hand geflüstert: »Gell, der Glatzkopf hat Ihnen versprochen, dass Sie mit Ihrem Albert sprechen können und er ihn für Sie zurückholt?! Wer würde schon der Königin einen Herzenswunsch abschlagen, wo sie sich doch so dankbar zeigt und einem für seine Versprechen Geschenke macht, die man sich mit Zaster nie kaufen könnte.« Plötzlich hatte sich die Miene der Hexe verfinstert und ihre Stimme erinnerte nunmehr an ein finsteres Knurren. »Sie hätten sich wahrlich denken können, dass man mit solchem Teufelszeug keinen Schabernack treiben darf und man niemals wem trauen sollte, der sich als Gebieter über den Tod aufspielt. Nun haben wir den Salat! Dem vermaledeiten Deiwel, dem Sie geholfen haben, muss das Handwerk gelegt werden, sonst wird passieren, was der olle Kelley geweissagt hat. Wir haben fünf vor zwölf. Verstehen Sie? Und jetzt hören Sie genau zu, was ich Ihnen zu sagen habe.«

Erschüttert hatte Victoria in das verwitterte Gesicht gestarrt und dabei den Ratschlägen der Alten gelauscht, die diese ihr mit auf den Weg gegeben hatte.

Die Königin stieß ein schwermütiges Seufzen aus und stemmte sich aus dem Sofa hoch. Während sie auf müden Beinen über viele Treppenstufen, durch etliche Gänge und um zahlreiche Ecken zu ihren Schlafräumen ging, verweilten ihre Gedanken weiter bei diesem denkwürdigen Treffen.

»Wer liebt, muss loslassen«, hatte die Hexe am Ende ihres Besuchs mit mahnend erhobenem Gichtfinger verkündet. »Festhalten wollen nur die Selbstsüchtigen. Die Toten verdienen ihre Ruhe! Unsre Erinnerungen sind es, mit denen wir die Liebsten in Ehren halten. So bleiben sie bei uns, auch wenn sie nicht mehr da sind.«

Mit schwirrendem Kopf war Queen Victoria hierauf zum Ausgang gestolpert. Als sie vor den Wagen trat, schlug die Tür, wie von einem heftigen Windstoß erfasst, hinter ihr zu. Umarmt vom Licht und der Luft jenseits dieser Hexenhöhle, kam sie rasch wieder zu sich. Gestützt von ihrem treuen Sekretär, war sie anschließend zurück in ihre Gemächer gegangen, wo sie unverzüglich damit begonnen hatte, wichtige Vorbereitungen zu treffen.

Miller's Court 13, Dorset Street, Spitalfields, East End of London

Irgendwo in Whitechapel fand unterdessen das kalte Licht des Mondes eine Lücke im Wolkenteppich. Es fiel auf ein Häuschen in einem Hinterhof. Das Klacken von Schuhsohlen hallte dort von den Wänden der armseligen Behausungen wider.

Dann verstummte es. Vor einem Fenster, hinter dessen schmutzgrauen Gardinen Kaminlicht flackerte, stand nun eine dunkle Gestalt und stierte durch einen Spalt zwischen den Vorhängen in die Kammer.

In dieser kniete eine Frau auf dem Boden neben dem Bett. Ihre Augen waren geschlossen und ihre Hände zum Gebet gefaltet. Vor ihr lag eine einzelne Zeitungsseite. Plötzlich erfüllte ein Knarren den stillen Raum und mit diesem Laut wehte ein kalter Windstoß herein.

Die Frau öffnete die Augen.

Ein Schatten schwebte über die Schwelle, glitt über die Dielen und erwuchs übergroß an der Wand über dem Bett. Der Mann, der ihn warf, verharrte im Türrahmen. Ein Schnauben und ein leises metallisches Sirren waren jetzt zu hören. Der Körper der Frau erbebte kurz, dann wurde er mit einem Mal straff.

»Ich wusste, dass Sie zu mir kommen werden«, flüsterte sie. »Ich bin mit meinem Gott im Reinen. Ich fürchte mich nicht mehr.« Dann hob sie den Blick zu der schwarzen Gestalt. »Sie suchen nach Melvin, nicht wahr?«

Obwohl sie keine Antwort erhielt, fügte Mary Kelly mit erstaunlich fester Stimme hinzu: »Ich bete, dass Sie ihn niemals finden werden.«

Darauf schob der nächtliche Besucher die Tür hinter sich ins Schloss.

Sitz der Bruderschaft, Northern London

Umweht von dampfender Hitze galoppierte das Pferd des Jägers auf das Kirchengelände. Vor dem Portal riss Kyle Hunter an den Zügeln, sprang aus dem Sattel und eilte die Stufen des Gotteshauses hinauf.

Auf der Schwelle zur Kirche empfing ihn Joseph.

»Ich soll Sie zu ihm bringen«, erklärte der Priester mit einem verschlagenen Lächeln und ging voraus – an den Sitzreihen entlang, die Empore hoch, am Altar vorbei. Anschließend hielt er auf eine Tür zu, vor der zwei Wachmänner postiert waren. Joseph gab diesen ein Zeichen und wurde mit seinem Begleiter durchgelassen.

Über Steinstufen ging es abwärts in eine feuchte, nur vom Schein vereinzelter Fackeln unterbrochene Schwärze. Tief unter der Erde mündete die Treppe in einem aus dem Gestein gehauenen Stollen. Begleitet vom Klirren der Schlüssel an Josephs Gürtelring, schritten sie den abschüssigen Gang entlang. Nach einiger Zeit kamen sie an einer eisenbeschlagenen Tür vorbei.

Kyle Hunter stockte, denn er meinte, gedämpfte Laute dahinter zu vernehmen. Ein Stöhnen und Wehklagen tief im Innern des Höhlensystems. Er trat näher, doch nun war bis auf den Widerhall tropfenden Wassers und Josephs Schritten kein Laut mehr zu hören.

Nach der folgenden Biegung erschien am Ende des Stollens eine mächtige Tür. Joseph stieß mit der Schulter einen ihrer beiden Flügel auf.

Kyle Hunter blickte nicht ohne Staunen in ein beeindruckendes Kellergewölbe. Ein Windhauch unbestimmten Ursprungs riss an den Flammen unzähliger Talgkerzen und scheuchte ihr Licht über das von Spinnweben verhüllte Inventar des Gemäuers. Direkt hinter der Tür führte ein Steg über einen trägen Wasserlauf.

Kyle Hunter blickte sich um. Die gerundete Decke des Raumes wurde von brüchigen Säulen gestützt und war mit verblichenen Malereien versehen. In Regalen entlang der rückwärtigen Wand reihten sich Abertausende Bücher und Packen verschnürter Pergamentseiten. Vor den Regalen wuchs ein schwarzer Steinquader wie ein riesiger Stalagmit aus dem Boden. Auf der abgeflachten Spitze stand ein thronartiger Stuhl. Auf diesem saß in behäbiger Pose der Bischof.

Der Jäger überquerte den Steg, blickte hinab auf den trüben Strom unter sich und blieb hinter der Überquerung stehen. Dann hob er den Kopf und blickte zu dem Quader auf.

»Hunter, treten Sie doch näher«, forderte der Bischof und breitete die Arme zu einer Geste des Willkommens aus. »Begrüßen wir gemeinsam unseren Gast. Er ist kürzlich eingetroffen.«

Das Oberhaupt des Ordens stieg von seinem Thron herab und führte den Jäger an den verwitterten Statuen vorbei zu einer Tür neben den Regalen. Dahinter erwartete sie ein Kerker mit fünf Zellen, die mit schweren Eisenstangen versehen waren. Davor stand Schulter an Schulter die Leibgarde des Bischofs.

Der Geistliche schnalzte mit den Fingern. Die vier Frauen traten beiseite und gaben die Sicht auf eine Liege in der ersten Zelle frei. Ein geschundener Körper lag darauf. Der Gefangene war bewusstlos, sein Gesicht zerschlagen und von geronnenem Blut bedeckt. Die Kleider hingen in Fetzen an ihm.

Hunters Miene verriet keinerlei Regung. Im Gesicht des Bischofs hingegen stand unverhohlene Genugtuung geschrieben.

»Wenn die wahren Propheten ihre Lämmchen zu sich bestellen, dann folgen jene früher oder später diesem Ruf. Ganz gleich, wo sie sich verkrochen haben.« Mitleidlos betrachtete er den Gefangenen. »Mein rotes Gewand hat unseren Gast offenbar verleitet, den bösen Wolf zu spielen. Als wir ihm den Pelz über die Ohren gezogen haben, fanden wir darunter dieses armselige Schäflein.« Die Miene des Bischofs überzog nun ein bedauernder Ausdruck. »Unser Gast dachte tatsächlich, er könne in meinem Reich unbemerkt jagen und mich gemeinsam mit diesem Jungen bestehlen.«

»*Der* Junge?«, fragte Kyle Hunter geradeheraus.

»Richtig! Ihre Suche in dieser Nacht war sicher vergebens. Das Balg war ebenfalls hier. Leider konnte es uns durch die Finger schlüpfen. – Es ist und bleibt ein Rätsel, wie diese Rotznase das angestellt hat.« Der Ordinarius sah den Jäger einige Sekunden abwesend an, ehe er mit gefährlich leiser Stimme hinzufügte: »Ihre Fertigkeiten sind gefragt, Hunter. – Werden Sie diesmal erfolgreich sein?«

»Dafür werde ich bezahlt, Euer Ehren. Ich werde den Knaben auftreiben!«, gab der Jäger unbeeindruckt zurück.

In diesem Augenblick begannen Vincents Lider zu zucken. Er stöhnte vor Anstrengung, als er die Augen zu bebenden Schlitzen öffnete. »Ha... halten Sie ... d-den Jungen aus der Sache raus«, stöhnte er. »Er ... hat nichts damit zu tun.«

Der Bischof betrachtete seinen Gefangenen mit äußerster Geringschätzung. »Sie irren, Berengar. Kam Ihnen denn nie der Verdacht, dass dem Burschen in unserer Scharade eine besondere Rolle zufällt?«

Auf Vincents Zügen breitete sich das Aufflammen einer Erkenntnis aus, die einem niedergeschlagenen Ausdruck wich.

»Na-na-na, wer wird denn wegen solcher Nichtigkeiten gleich seinen Glauben verlieren? Das kann ich als getreuer Diener des Herrn gar nicht gutheißen.« Der Bischof beugte sich vor. »Berengar, hören Sie gut zu. In Kürze werden Sie erfahren, welche Rolle ihm zugedacht ist. Ihre Freunde ebenfalls. – Sie werden bald eintreffen, nicht wahr?«

Vincent blickte schockiert in die höhnische Fratze seines Peinigers.

»Wir werden ihnen einen gebührenden Empfang bereiten.« Der Bischof sah seinen Gefangenen mit durchdringenden Augen an. »Sobald wir alle versammelt sind, werde ich das Geheimnis lüften.« Nun richtete er sich auf und wandte sich dem Jäger zu. »Ich erwarte Sie in der kommenden Nacht zurück. Mit dem Jungen. Sind Sie erfolgreich, wartet eine Belohnung auf Sie, die Ihre kühnsten Vorstellungen übertreffen wird.«

Kyle Hunter nickte und trat ab. Wie zufällig sah er beim Hinausgehen zu den Frauen. Flames und seine Augen trafen sich für die Zeitspanne eines Wimpernschlags.

TAG 6

Irgendwo im Londoner East End

An jenem Morgen hatte der Nebel London wie in Watte gehüllt. Er machte keinen Unterschied zwischen Ost und West oder arm und reich. Träge strich er über die malerischen Wiesen der königlichen Gärten wie auch durch die schmutzigen Gassen im Osten. Weit vor dem Festland segelten unterdessen regenschwere Wolken der Stadt entgegen. Unaufhaltsam näherten sie sich der Küste. In wenigen Stunden schon sollten gezackte Blitze und Donnergrollen ihre Ankunft einläuten. Sobald sie den Himmel über dem endlosen Schindeldach erreichten, würden sie sich in Londons Straßen, Gassen und Höfe ergießen und den Staub, den Pferdemist und auch das Blut der nächtlichen Ereignisse über die Rinnsteine in die Eingeweide der Metropole spülen.

Das Aufwachen an diesem Morgen glich einem Kampf gegen unsichtbare Kräfte. Als es Melvin endlich gelungen war, sich aufzurichten und die Augen aufzuschlagen, fielen die Bilder der Ereignisse vor der Kathedrale blitzartig über ihn her.

Gestern Nacht war er Vincent heimlich gefolgt und mit ihm auf das Kirchengelände gelangt.

Aber was war dann geschehen?

Die Mönche haben mich entdeckt und die Wachmannschaft alarmiert. Vincent ist mir zu Hilfe geeilt und dann ...

Das Bild der gelbäugigen Kreatur in dem aufgestoßenen Fenster erschien ihm vor Augen. Das also war Vincents Schicksal. In diesem vornehmen und stattlichen Mann hauste ein zweites Wesen. Ein wildes Geschöpf mit den Zähnen eines Raubtiers und den Augen eines Wolfes. Vincent hatte zugelassen, dass es von ihm Besitz ergriff – um ihn zu retten.

Dabei hatte er allein dieses Debakel verschuldet. Er hätte Vincent niemals folgen dürfen. Wegen seines Leichtsinns war der nun seinen Erzfeinden in die Hände gefallen.

Die Erinnerung an den Werwolf, der sich unter den Schlägen der Gewehrkolben krümmte, trieb Melvin auf der Stelle Zornestränen in die Augen. Er verfluchte die Angreifer und auch sich selbst.

Wo bin ich eigentlich?, fragte er sich plötzlich.

Er wusste es nicht. Wie durch ein Wunder musste er den Häschern des Bischofs entkommen sein.

Verwirrt blickte sich Melvin um. Offenbar lag er in einer Hofnische, zwischen einer bröckelnden Fassade und einer Reihe Mülltonnen. Ungläubig betrachtete er die durchweichten Zeitungsseiten über seinen Beinen und den zerschlissenen Kartoffelsack, der ausgebreitet über seinem Bauch lag.

Wer verdammt …

Jäh überfiel ihn die Erinnerung.

Da war doch noch jemand gewesen!

Irgendwer hatte ihn hinterrücks angegriffen und von den Gefolgsleuten des Bischofs fortgezogen. Dann hatte er die Besinnung verloren.

Während der Morgennebel behäbig an ihm vorbeikroch, suchte Melvin nach mehr Erinnerungen. Doch sein Gedächtnis spuckte keine weiteren Bilder von der Nacht aus. Es blieb ein Rätsel, warum er in Sicherheit war und nicht mehr an diesem grässlichen Ort.

Aber Vincent ist nun dort gefangen.

Melvin rappelte sich auf. Er musste schleunigst zu Sam, Byron und Nat und ihnen erzählen, was geschehen war.

Als er durch das Hoftor trat, setzte Nieselregen ein, der ihm sogleich unangenehm in den Nacken tröpfelte. Blinzelnd sah Melvin in den Himmel. Er klappte den Kragen hoch und steckte seine klammen Hände in die Jackentaschen. Da berührten seine Finger etwas, was sich dort fremd anfühlte. Ratlos betrachtete er das hervorgezogene Blatt.

Melvin trat unter einem Dachvorsprung in das spärliche Licht, das aus einem Fenster fiel. Dort führte er das Papier dicht vors Gesicht. Mit zusammengekniffenen Augen bemühte er sich, die Handschrift zu entziffern.

Nach einer Weile hatte er die Buchstaben zusammengefügt und konnte die Mitteilung lesen.

Man sucht nach Dir! Sei auf der Hut! Komm heute Nachmittag zum Ten Bells! Wir müssen reden.

Mit zitternden Fingern stopfte Melvin das Papier zurück in die Hosentasche. Dann rannte er davon, hinein in den Morgennebel.

Abney Park Cemetery, London Borough of Hackney, kurz vor Morgengrauen

Byron und Nathaniel stützten Sam von beiden Seiten und schleppten ihn über den Friedhof.

»Ich brauch eine Pause«, ächzte die Mumie und blieb schnaufend stehen.

Sogleich sank der Untote zwischen ihnen auf die Knie.

»Es muss irgendwo eines geben«, sagte Byron und löste sich von dem schweren Körper in ihrer Mitte. Ungeduldig suchte er das Gelände ab. Anschließend blickte er voller Sorge zum Firmament. Bald schon würde die Sonne aufgehen.

»Wir haben einen Totenacker gefunden. Also werden wir auch noch ein frisches Grab auftreiben«, presste Nathaniel mühsam hervor, weil er sich nun allein gegen Sam stemmen musste, damit dieser nicht umkippte.

»Es wird bald hell, Nat.« Byron hielt seine Hände vors Gesicht und beobachtete ängstlich, wie sich auf diesen mehr und mehr kleine Blasen bildeten.

»Zuerst müssen wir uns um Sam kümmern. Er verblutet uns, wenn wir ihm nicht auf der Stelle was zu futtern besorgen. Danach suchen wir rasch ein schattiges Plätzchen für dich. Halt dich ran! Unser Großer macht es nicht mehr lange.« Nathaniels Blicke flogen über das Gelände. Plötzlich riss er einen Arm in die Höhe. »Dort! Ein frischer Erdhügel. Auf geht's!«

»Lasst mich … lasst mich einfach liegen«, stöhnte Sam und sah auf sein Hemd hinab, das nass an seinem Oberkörper klebte und von zähen Körpersäften rot und braun eingefärbt war.

»Das könnte dir so passen!«, schimpfte Nathaniel, während er sich vergebens abmühte, den verletzten Freund aufzurichten.

»Ich spüre nichts … rein gar nichts. Nicht mal jetzt habe ich … habe ich Schmerzen. Das ist es doch nicht wert …«

Byron wirbelte herum. Seine Augen schleuderten zornige Blitze. »Okay, du bist vielleicht tot! Aber *ich* habe noch nicht ins Gras gebissen. Also hör endlich auf zu jammern und reiß dich verflixt noch mal zusammen. Ich werde nämlich gleich bei lebendigem Leib gegrillt.«

Gemeinsam schafften sie es, Sam auf die Beine zu stellen.

»Wir können wieder zu normalen Menschen werden. Dann wird unser Albtraum ein Ende haben. Solange müssen wir durchhalten«, keuchte Byron nun in einem milderen Tonfall.

Sam blickte dem Vampir mit trüben Augen ins Gesicht. »Du glaubst das … das wirklich?«

Byron, dessen Stirn auf einmal von zahlreichen Schwielen und Blasen bedeckt war, wich dem Blick des Riesen aus.

Nathaniel schüttelte wütend das Lumpenhaupt und schlüpfte eilig aus seiner Jacke. Hastig warf er sie dem Vampir über den Kopf.

»Sam, vergiss nicht, wem wir das zu verdanken haben«,

schnaubte er. »Wir müssen – wir *werden* dem Bischof dafür die Hölle heißmachen.«

Kurz vor ihrem Ziel knickten Sams Beine ein. Der schwache Schein des anbrechenden Morgens traf auf sein Gesicht. Tiefe Risse, die an ausgetrocknete Flussläufe erinnerten, hatten sich in die graue Haut gegraben. Nathaniel und Byron verdoppelten ihre Anstrengungen und zerrten den zusammengesunkenen Körper die letzten Meter hinter sich her, bis sie den Erdwall erreicht hatten.

Die Morgendämmerung kam unaufhaltsam näher. Mit ihr krochen die Strahlen einer matten Sonne auf die drei Freunde zu. Wild schaufelten Byron und Nathaniel Erde beiseite. Endlich stießen sie auf Holz und wuchteten es hoch. Sofort ließen sie ihren Freund in die Grube gleiten.

Der Vampir und die Mumie schauten zu dem Untoten hinab. Sam linste verlegen zu ihnen hoch. Die beiden nickten ihm aufmunternd zu. Aber dann beeilten sie sich, die Blicke abzuwenden. Sekunden darauf war ein Knacken zu hören. Byron verzog angewidert die Mundwinkel und Nathaniel schüttelte amüsiert das bandagierte Haupt.

Es dauerte nicht lange, da hallte Sams wiedererstarkte Stimme volltönend aus der Grube: »Ich mach diesen katholischen Bastard kalt! Und seine vermaledeiten Teufelsbündler ebenso.«

Nathaniel atmete erleichtert aus. »Das war verdammt knapp.«

Byron starrte unterdessen auf seine geschwollene Hand, von der plötzlich Rauchkringel aufstiegen. Voller

Furcht linste er sogleich zu dem glühenden Feuerball, der hinter der Friedhofsmauer hervorlugte.

»Jetzt macht schon«, sagte er. »Mir bleiben höchstens noch Minuten.«

Sitz der Bruderschaft, Northern London

Der Jäger lehnte an der Holzwand des Pferdestalls und rieb geistesabwesend einen Lederriemen über die Klinge einer Axt. Er schien nicht zu bemerken, dass die Frau auf ihn zuschritt. Erst als sie vor ihm stehen blieb, sah er zu ihr auf. Dann legte er den Riemen beiseite und kontrollierte mit der Daumenkuppe die Schärfe der Klinge.

»Was wissen Sie über den Ripper?«, sagte er beiläufig.

Flame senkte unsicher den Blick. »Nichts. Das ist Angelegenheit des Bischofs.«

»Und was hat es mit dem Burschen auf sich? Was hatte er in der vergangenen Nacht hier zu suchen?«

»Auf welcher Seite stehen Sie eigentlich?«, fragte sie.

Der Jäger griff wortlos nach dem Leder, wickelte die Enden um die Hände und widmete sich wieder seiner Arbeit.

»Ich werde nicht schlau aus Ihnen, Hunter.« Flame wartete vergebens auf eine Reaktion und trat dann mit wütender Miene den Rückzug an.

»Was auch immer er hier wollte. Es ist ein unschuldiger Junge, auf den dieser Verein nun Jagd macht.«

Flame verlangsamte ihre Schritte und blieb dann unschlüssig stehen.

»Ich brauche deine Hilfe«, hörte sie den Mann in ihrem Rücken plötzlich sagen. Sekunden verstrichen, ehe er weitersprach. »Flame, ich muss wissen, wo dieser Satansjünger das Manuskript versteckt.«

Unterschlupf der vier, London Borough of Hackney

Melvin erreichte schweißgebadet das Haus. Zweimal hatte er sich unterwegs verlaufen, ehe er den Weg zurück zum Unterschlupf der vier gefunden hatte. Endlich stand er vor dem Tor und sah zu dem Herrenhaus mit den trüben Fenstern hinüber. Außer dem Vogelgezwitscher in den Bäumen und dem Plätschern des Regens auf dem Laub war nichts zu hören.

Mit einem flauen Gefühl im Magen öffnete er das Tor und lief die Anhöhe hinauf. In der Einfahrt stand keine Kutsche und auch der Verschlag für die Pferde war verwaist. Umgehend eilte er zum Eingang der Villa und ging ins Haus. Im Kaminzimmer war das Feuer erloschen, die Asche auf dem Rost kalt.

Entmutigt lief Melvin in den Flur zurück.

»*Sam!?*«, rief er in die Stille.

Doch als Antwort kam nur das Echo seiner Stimme zu ihm zurück.

Also stieß er die Kellertür auf und ging die Stufen nach unten.

Die Kiste und der Sarg auf dem lehmigen Untergrund standen offen – und waren leer.

Wo sind sie nur?, fragte sich Melvin, als er wieder auf der Veranda stand.

Mit marternden Gewissensbissen und voller Sorge um Vincent, Sam, Byron und Nathaniel hockte er sich auf eine Stufe.

Abney Park Cemetery, London Borough of Hackney

Melvin war nicht der Einzige, der an diesem Vormittag zum Warten verdammt war. Während er mit wachsender Ungeduld und Besorgnis ihre Rückkehr herbeisehnte, hatten sich die drei Männer in die lichtgeschützte Ecke einer Gruft verkrochen.

Byron beobachtete durch einen Spalt in den Steinen die aufsteigende Sonne am Himmel.

Sam hockte neben ihm, die langen Beine von sich gestreckt und den breiten Schädel an die Wand gelehnt.

Nathaniel saß vor dem Eingang zur Gruft und hing trüben Gedanken nach.

In den Katakomben der Bruderschaft

Vincent lag zur gleichen Zeit auf einer Pritsche hinter den Gittern einer Kerkerzelle.

Der Gedanke, dass seine Freunde wahrscheinlich bald versuchen würden, ihn aus den Fängen des Bischofs zu befreien, machte ihn schier wahnsinnig. Tatenlos würde er zusehen müssen, wie auch sie in die Falle ihres Todfeindes gerieten.

Er hatte sich täuschen lassen! Wie hatte ihm nur entgehen können, dass Melvin ein wichtiger Spielstein ihres Gegners war?

Sie irren, Berengar. Kam Ihnen denn nie der Verdacht, dass dem Burschen in unserer Scharade eine besondere Rolle zufällt?

Nach diesen Worten des Bischofs war ihm klar geworden, dass der Junge alles andere als zufällig in die Geschichte geraten war. Außerdem befand sich Melvin in entsetzlicher Gefahr.

Wo war er jetzt?

Vincent hoffte inständig, dass er sich irgendwo verkrochen hatte, wo er vorerst in Sicherheit war.

Miller's Court, Dorset Street, East End of London

Inmitten des Häuserlabyrinths eilte Ellie durch die Dorset Street. Sie war auf dem Weg zu Mary Kellys Wohnung und betete innerlich, dort endlich die Frau anzutreffen.

Als sie den *Miller's Court* betrat, blieb Ellie wie vom Donner gerührt stehen. Am Ende des Hofes drängten sich Körper zu einer dichten Traube. Ein Mensch in einem fleckigen Unterhemd kauerte in einer Ecke, gegenüber der Erdgeschosswohnung. Er hatte das Gesicht zwischen den Beinen vergraben und zitterte am ganzen Körper. Dennoch erkannte Ellie ihn sofort. Es war Marys Nachbar, dem sie am Vortag an gleicher Stelle begegnet war.

Ihr war sofort klar: Der Ripper hatte wieder zugeschlagen. Sie hatte nicht verhindern können, dass die letzte ehemalige Bewohnerin der Dachkammer über dem *Ten Bells* ermordet worden war.

Von Erschütterung und Enttäuschung übermannt, presste Ellie die Handflächen vors Gesicht. Nach einer Weile sanken ihre Arme herab und sie blickte zu den dunklen Wolken am Himmel.

»Bitte lass Mel am Leben sein. Bitte, bitte, lieber Gott«, flüsterte sie.

Miller's Court, Dorset Street, East End of London

Seine Beamten hatten alle Mühe, den aufgebrachten Pöbel vom Tatort zurückzudrängen, während Abberline in die Kammer starrte und um Fassung rang.

Der Inspektor hatte gute Gründe, sich Sorgen zu machen. Diese neuerliche Gräueltat des Rippers konnte er unmöglich vor der Öffentlichkeit vertuschen. Zu viele Augen hatten bereits gesehen, was hier geschehen war. Doch Abberline verschwendete keinen weiteren Gedanken an die möglichen Konsequenzen. Diese würden ihn einholen. *Sicher!* Im Moment nahm ihn vielmehr in Anspruch, ein Mindestmaß an Haltung zu bewahren und nicht vor den Augen seiner Männer ohnmächtig auf den Boden zu sinken.

Zum wiederholten Mal wischte er sich mit seinem schweißgetränkten Tuch übers Gesicht. Dann nahm er Sergeant Connors ins Visier, der kreidebleich neben dem Bett der Toten stand. Abberline räusperte sich, bevor er eine Anweisung gab, der er eine tiefere Tonlage als gewöhnlich verlieh, um das Zittern seiner Stimme zu verbergen.

»Connors, veranlassen Sie umgehend die Spurensicherung. Dann schaffen Sie das, was von der Frau noch übrig ist, schnellstmöglich in die *Shoreditch-Leichenhalle*. Aber vorher entfernen Sie dieses Lumpenpack dort draußen vom Tatort. Zur Not sollen unsere Leute von ihren Schlagstöcken Gebrauch machen. – Ich erwarte Ihren Bericht in einer Stunde in meinem Büro.«

Commercial Road, Spitalfields, East End of London

Derweil erreichte der Jäger das East End. Vor dem *Ten Bells* stieg Kyle Hunter aus dem Sattel und führte das Pferd um die Mauer einer Hausruine herum. Dort strich er dem Hengst über den Rücken. Dann streute er Brotstücke in das Gesträuch des verwilderten Grundstücks. Das Pferd sollte sich bei der Suche nach den Leckereien ein wenig die Zeit vertreiben, denn Hunter hatte sich darauf eingestellt, hier länger zu verweilen.

Nun ließ er sich genau an der Stelle nieder, wo sich Melvin nach Ayleens Ermordung vor Inspektor Abberline und den Polizisten verborgen hatte. Er zog seinen Hut ins Gesicht und steckte eine Zigarette in Brand.

Auf dem Gelände des Spitalfield Marktes, East End of London

Zur gleichen Zeit beugte sich die Hexe in der dunklen Wagenkammer über ihren Seher, das Gesicht in blaues Licht getaucht, die knotigen Hände um die Tischkante geklammert. Mit gespannter Miene blickte die Vettel in die magischen Augen des Toten, in welchen sich Szenen widerspiegelten, die sich zeitgleich irgendwo in der Stadt abspielten.

Als das Licht schließlich erlosch, richtete sich die Alte mit einem angestrengten Luftjapsen auf. Mit zittrigen Fingern ergriff sie beide Enden eines schmierigen Tuches und wickelte es um den Kopf auf dem Tisch.

»Edward, es wird Zeit, dass wir den Bub finden«, murmelte sie. »Wir müssen uns Hilfe besorgen. Ich kann mir auch schon denken, von wem wir die bekommen.«

Kensington Gardens, City of Westminster

Als Russel Wallace die *Kensington Gardens* betrat, zerrte augenblicklich ein stürmischer Ostwind an ihm. In Gedanken versunken ging er an den Wiesen entlang.

Heute war er spät am Morgen durch ein unbeherrschtes Hämmern an seiner Tür aufgeweckt worden. Sogleich war Crookes in das Zimmer gestürmt. Obwohl Wallace noch nicht vollends wach war, bemerkte er auf der Stelle, wie aufgebracht der Freund war.

»Gerüchte machen die Runde, der Ripper habe heute Nacht wieder zugeschlagen«, stammelte Crookes. »Im East End ist eine Tote aufgefunden worden. Die Frau wurde bestialisch ermordet. Lieber Russel, ich muss dringend Genaueres in Erfahrung bringen. Rüsten Sie sich. Heute Nacht ...«

Russel Wallace hatte sich aufgesetzt und sich erst einmal den Schlaf aus den Augen gerieben. Dann betrachtete er seinen alten Weggefährten mit einiger Besorgnis. Der bleiche und schmächtige Mann sah aus, als stünde er kurz vor einem Zusammenbruch.

»Lieber Crookes, hätten Sie bitte die Güte, Ihren Satz zu vervollständigen? Nach wie vor geben mir Ihre Absichten Rätsel auf. Gestern habe ich über Stunden auf Ihre Rückkehr gewartet. Vergebens, wie Ihnen sicher nicht entgangen sein dürfte. Wenn ich in dieser Affäre behilflich sein soll, dann müssen Sie mich endlich einweihen.«

»Es tut mir leid, Wallace, dass ich Sie so lange im Unklaren gelassen habe. Die Dinge haben sich rasanter entwickelt, als ich in meinen schlimmsten Träumen befürchtet habe.«

»Nun, dann ergreifen Sie jetzt die Gelegenheit. – Schießen Sie los! Ich höre!«

Crookes wich seinem Blick aus und fuhr sich nervös durch das ungekämmte Haar. »Leider muss ich zuerst anderweitigen Verpflichtungen nachkommen«, entgegnete er kleinlaut. »Sie lassen keinen Aufschub zu. Nicht nach den Nachrichten heute Morgen. Sie werden mich gewiss bis zum späten Abend in Beschlag nehmen.«

»Ich bitte Sie ...«, erhob Wallace die Stimme, aber dann unterbrach er sich, denn der Freund hatte einen vergilbten Umschlag aus der Innentasche seiner Weste gezogen und streckte ihm diesen nun entgegen.

»Den Brief habe ich einst an Jack geschrieben. Er hat ihn nie erreicht, weil meine Suche nach seinem Verbleib ergebnislos geblieben ist. Darin steht beinahe alles, was Sie über unsere Verbindung wissen sollten. Lesen Sie ihn sorgfältig und mit offenem Herzen. Ich verspreche Ihnen, sobald wir nach Sonnenuntergang aufbrechen, setze ich Sie vollends über den schrecklichen Zauber in Kenntnis, der uns alle heimzusuchen droht.«

Perplex hatte Russel Wallace den Umschlag in seiner Hand betrachtet. »Wohin werden wir aufbrechen?«, fragte er.

»Zu einer Kirche«, hatte Crookes gesagt, dann war er aus dem Zimmer geeilt.

Kurze Zeit später hatte Russel Wallace den Weg ins Erdgeschoss angetreten, angelockt von den Gerüchen, die das Haus erfüllten. Im Speisezimmer war das Gedeck am Platz des Hausherrn bereits entfernt worden. Kaum hatte sich Wallace auf seinem Stuhl niedergelassen, war auch schon Ms Ratcliffe in den Raum gestürmt, um eine dampfende und himmlisch nach gekochten Würsten duftende Porzellanschüssel aufzutischen und hernach weitere Köstlichkeiten folgen zu lassen.

Kurzerhand hatte Wallace da beschlossen, den Brief in seiner Westentasche zu belassen und zunächst dem unübertrefflichen Frühstück von Crookes' Haushälterin die angemessene Aufmerksamkeit zu schenken. Er hatte einen Bärenhunger. Zudem hielt er es aus unerfindlichen Gründen für ratsam, das Schreiben nicht in diesem, von Crookes' Unglück durchdrungenen Haus zu lesen, sondern an einem neutralen Ort.

So war in ihm der Vorsatz gereift, nach dem Frühstück einen Spaziergang zu unternehmen. Die Parkbänke um den *Round Pond* boten Gelegenheit für eine ungestörte

Lektüre. Also hatte er sich eine halbe Stunde später auf den Weg zu den *Kensington Gardens* gemacht.

Russel Wallace tauchte aus seinen Gedanken auf und blieb stehen. Er nahm die beschlagene Brille ab und trocknete sie mit seinem Einstecktuch. Als er sie wieder aufgesetzt hatte, erblickte er rechts von sich das *Albert Memorial*, das Königin Victoria zum Gedenken an ihren verstorbenen Ehemann Prinz Albert hatte erbauen lassen. Dahinter sah er die Kuppel der *Royal Albert Hall* und linker Hand den *Round Pond*, auf dem es jetzt verspielt funkelte, da die Sonne über dem Tümpel ein Loch in der Wolkendecke gefunden hatte.

Auf einer Steinbank ließ er sich nieder, zog den Umschlag hervor und begann, den mehrseitigen Brief zu lesen, der vor etwas mehr als zehn Jahren geschrieben worden war.

London, im Jahre 1878

Lieber Jack,
verzeih mir die versöhnliche Anrede. Ich erinnere mich sehr wohl daran, dass wir bei unserem letzten Wiedersehen mit anderen Worten auseinandergegangen sind. Drei Jahre sind nunmehr vergangen, seit wir Violet zu Grabe tragen mussten. Ich lebe seither mit der Bürde, dass meine geliebte Tochter im Streit von mir gegangen ist. Ich würde mein Leben dafür geben, wenn ich sie um

Verzeihung bitten könnte. Denn ich habe das Liebste für mich auf Erden verstoßen.

Beinahe scheint es mir, als wäre ihr Tod die gerechte Strafe für mein unverzeihliches Handeln.

Aber Du, lieber Jack, lebst. Ich möchte nicht eher aus dem Leben scheiden, bevor ich nicht wenigstens Dich um Vergebung gebeten habe. Dich, der Du für mich wie ein Sohn bist, dem ich ebenso wie meiner Tochter großes Unrecht angetan habe. Weil ich Dich trotz größter Anstrengungen nicht finden kann, schreibe ich diesen Brief, in der Hoffnung, dass er Dich irgendwie erreicht, und sei es erst, wenn ich nicht mehr bin und keine Gelegenheit mehr haben werde, Dir in Demut gegenüberzutreten.

Er enthält meine und somit auch Deine Lebensgeschichte.

Stützpunkt der Straßenjungen, St. Katharine Docks, Wapping

Ellie stand vor einer fauligen Bretterwand. Sie hämmerte dreimal mit der Faust gegen ein aus Latten gezimmertes Tor und rief dazu die aktuelle Losung der Bande. Augenblicklich wurde der Riegel entsichert und das schiefe Holztor schwang auf.

»Hallo«, murmelte Ellie dem Jungen hinter dem Durchgang zu und ging an ihm vorbei.

Sie marschierte geradewegs zu einem klotzigen Ziegelsteingebäude. Auf dem Platz davor hockte eine Handvoll Bandenmitglieder um ein Feuer. Ellie warf einen beiläufigen Gruß in die Runde und nahm neben einem Jungen Platz. Sie wartete ab, bis die anderen wieder in ihre Gespräche vertieft waren, dann stieß sie den Knaben mit dem Ellenbogen in die Seite und stand auf. Einige Dutzend Meter weiter wartete sie an dem Zaun, der das Kutschendorf umgab.

Als der Junge sich näherte, kam Ellie gleich zur Sache. »Thad, du gehst doch nachher noch auf Tour. – Könntest du was für mich tun?«

Thad hob unentschlossen die Schultern. »Weiß nicht. Vielleicht.«

»Du kannst die Klappe halten. Darum frag ich dich.«

»Wo drückt denn der Schuh, Wilkie?«

»Es geht um Mel. Wenn du heute zwischendurch an der Mauer vorm *Ten Bells* vorbeischauen könntest und die Augen nach ihm offen hältst, bin ich dir einen Gefallen schuldig.«

»Wo steckt er denn? Hab ihn schon 'ne Weile nicht mehr gesehen.«

»Ich weiß es nicht. Aber ich muss ihn dringend sprechen. Also, geht das klar?«

»Kein Problem. Das war alles?«

»Fast. Wenn du ihn siehst, sag ihm, dass ich ihn heute Abend in seiner Bude treffen will.«

»Okay, mach ich«, sagte Thad und tippte sich kurz mit dem Finger an die Stirn.

Ellie schaute ihm nach, dann wandte sie sich ab und ging weiter zu ihrer Kabine. Sie brauchte dringend eine Mütze Schlaf.

Commercial Road, Spitalfields, East End of London, Nachmittag

Ein ungeduldiges Zerren an der Jacke weckte den Jäger aus leichtem Schlummer. Er hörte ein Schnauben, dann blies ihm ein warmer Atem, der nach Gras und Rüben roch, ins Gesicht.

Kyle Hunter schob den Hut hoch und schirmte die Hand über die Augen, um sie vor dem Sonnenlicht zu schützen, das dem Regen nachgefolgt war.

Neben ihm stand sein Hengst. Der Jäger lächelte. Besänftigend streichelte er das Tier und handelte sich dafür prompt ein forderndes Wiehern ein.

Er richtete sich auf und blickte zur Mauer hoch. Mit ihm zugewandten Rücken saß dort ein Kind. Es war nicht der Junge, nach dem er suchte. Aber es konnte nicht schaden, sich mit dem Burschen auf der Mauerkrone zu unterhalten.

Hunter ging an der baufälligen, zu beiden Seiten abfallenden Erhebung entlang, bis das Mauerwerk niedrig genug war und er mit einem ausholenden Schritt auf die Steine gelangen konnte. Mit wenigen Schritten stieg er über die schiefen, unregelmäßigen Geröllstufen zu dem

Jungen hinauf. Zum Gruß tippte er an seine Hutkrempe und setzte sich dann dicht neben ihn hin.

Vor Melvins Unterkunft, Whitechapel, East End of London

Kurze Zeit später deutete der Junge zu einem Spalt zwischen zwei hoch aufragenden Häusern. Der Jäger hielt den Hengst direkt davor an. Er glitt aus dem Sattel, zog den Knirps zu sich runter und bedeutete ihm vorzugehen. Nach diesem zwängte sich Hunter durch die enge Öffnung.

Ein widerwärtiger Gestank schlug ihm dahinter entgegen. Er besah sich den Hof. Auf drei Seiten wurde er von verschlackten Hauswänden eingefasst und auf der dem Zugang gegenüberliegenden Seite von einem Lattenzaun. Der lehmige Boden war übersät von Abfällen, vergammeltem Gemüse, Fäkalien und knöcheltiefen Pfützen.

Hunter folgte dem Jungen über die schmatzende Brühe. Vor der Holzbarriere deutete dieser auf eine lose Latte und danach auf ein eingesunkenes Überbleibsel von Dach, das hinter der Bretterwand aufstrebte. Der Jäger nickte zufrieden und gab seinem unfreiwilligen Begleiter mit einem Winken zu verstehen, dass er gehen durfte. Der Junge ließ sich nicht zweimal bitten und stürzte, ohne auf die Pfützen aus Kloakenwasser zu achten, in halsbrecherischem Tempo davon.

Da hob Kyle Hunter bereits das Brett an und kroch auf

die andere Seite, wo er hinter dornenbewehrten Disteln und Blattwerk eine Fassade ausmachte. Mithilfe seines Messers kämpfte er sich durch das Dickicht. Neben dem Fallrohr entdeckte er an der Fassade eine Vielzahl von Abdrücken, die Schuhsohlen dort hinterlassen haben mussten. Sie führten zu einem Fenstersims.

Eine Minute später stand Hunter in dem dazugehörigen Zimmer.

Er sah sich in dem Raum um und prägte sich alle Einzelheiten ein. Zunächst ging er zu dem provisorischen Bett und der umgedrehten Kiste. Stirnrunzelnd betrachtete er das Loch in den Dielen zwischen seinen Stiefeln. Mit einem Finger hob er das Holz an und blickte in den Hohlraum unter dem Boden. In der verbeulten Blechdose fand er neben Klimpergeld eine zerbrochene Schleuder, eine Weidenflöte, Murmeln, einen Satz abgegriffener Spielkarten und einen matt glänzenden Haarreif aus Silber. Er stellte die Dose zurück in das Versteck. Dann erhob er sich und sein Blick fiel auf die Fotografie.

Er stellte sich dicht davor und sah die Braut und den Bräutigam lange an, bis er endgültig überzeugt war, das fehlende Puzzleteil gefunden zu haben.

Plötzlich schlugen seine Instinkte Alarm. Hinter sich hörte er ein Krächzen und Geräusche wie von Flügelschlägen. Noch in der Drehung zog der Jäger sein Langmesser aus dem Holster. Mit vorgereckter Waffe spähte er in die Schatten auf der anderen Zimmerseite. Dort war nun ein schwerfälliges Schnaufen zu hören. Der Jäger spannte die Muskeln an. Seine Faust schloss sich fester um den Griff der Waffe. Da sprach eine Stimme aus dem Finstern zu ihm.

»Ich bin Mista«, sprach diese. »Meine Helfer und ich suchen nach demselben Buben wie Sie. Wir sollten uns zusammentun.«

Abney Park Cemetery, London Borough of Hackney, abends

Byron beobachtete den Sonnenstrahl, der sich durch einen Spalt neben der Eisentür in die Krypta bohrte. Unsäglich langsam wanderte der Lichtkegel an den Steinen der rückwärtigen Wand herab.

Hin und wieder blickte der Vampir direkt in den Strahl. Sobald er dies tat, schlugen all seine Sinne Alarm, war doch die Sonne für seine widernatürliche Existenz eine tödliche Gefahr. Sobald das gleißende Licht durch seine Augen in sein Inneres drang, schien ein Lavastrom sämtliche Zellen seines Leibes zu durchfluten.

Nach der Niederlage im Kampf gegen den schwarzen Dämon in der vergangenen Nacht genoss Byron diesen Schmerz beinahe. Er war ein willkommener Kontrast zu der Leere, die ihn seit der niederschmetternden Begegnung mit Jack befallen hatte. Jetzt sah der Vampir zu Sam. Der Untote glotzte mit hängenden Lidern die Wand an. Darauf wandte Byron den Blick zu Nathaniel. Im Dämmerlicht schienen die grünen Augen der Mumie zu leuchten.

Nat weiß bereits, welche Schlüsse ich nach dieser Auseinandersetzung gezogen habe.

»Wir können es nicht mehr wenden«, sagte er nach dieser Erkenntnis eine Spur zu laut, denn seine Worte hallten von der gewölbten Ziegeldecke wider.

»*Was* nicht mehr wenden?«, hörte er Nathaniel mit unverhohlenem Missfallen in der Stimme fragen.

»Das weißt du – *verflucht noch mal* – genau!«, raunte er der Mumie aufgebracht entgegen.

»Aber Vincent glaubt ...«

»Vincent glaubt einen Dreck!«

Nathaniels Smaragdaugen blitzten wütend auf. »Willst du mir damit zu verstehen geben, dass er uns nicht die Wahrheit sagt?«

»Nein, Nat, will ich nicht«, seufzte Byron resigniert. »Ich meine, er blendet die Wahrheit aus. Das Schlimme ist, ich kann ihm nicht mal böse sein. Er tut es schließlich uns zuliebe.«

»Byron«, sagte Nathaniel, »ich habe keinen Schimmer, was ...«

»Hast du sehr wohl. Auch du hast es die ganze Zeit über gewusst. Und ebenso wie ich hast auch du dich an ein Traumgebilde geklammert.«

»Traumgebilde?«

»An den Glauben, dass wir unsere Verwandlung umkehren könnten!«, zischte Byron, darum bemüht, seine Stimme zu zügeln. »Machen wir uns doch nichts vor. Das ist unmöglich. Vincent weiß das im Grunde ebenfalls. Aber was wäre uns ohne diese Hoffnung geblieben?«

»Du wirst es uns sicher gleich verraten.«

»Nichts als der Wunsch nach Rache.«

»Ich verstehe nicht ...«

»Doch, Nat! Das tust du. Ohne Hoffnung würde uns nichts anderes beherrschen als blanker Hass auf den Mann, dem wir all das zu verdanken haben.«

»Und das würde bedeuten?«

»Er wäre an seinem Ziel angelangt«, sagte Byron matt. »Wie lange, glaubst du, könnten wir den verfluchten Kräften dann noch widerstehen, die bei dem Ritual in uns gefahren sind?«

»Wir wären verloren«, seufzte Nathaniel mutlos.

»Sind«, fuhr Sam auf einmal mit einem resoluten Brummen dazwischen.

Byron und Nathaniel sahen erschrocken zu dem Riesen.

»Wir *sind* verloren«, fügte dieser an, ohne den leeren Blick von der Wand zu lösen.

Die Freunde verfielen darauf in finsteres Schweigen, in Gedanken bei dem Dämon, der einst ihr Wegbegleiter gewesen war.

Byron spähte unterdessen erneut zur Sonne. Im Gegensatz zu Jack waren *sie* noch keine Marionetten, die von unsichtbaren Kräften befehligt wurden.

»Ganz gleich, wie es um uns steht. Wir müssen weitermachen«, sagte er schließlich in die Stille hinein. »Wenn schon nicht für uns, dann für das Wohl unzähliger Menschen. Wir müssen die Pläne des Bischofs und seines Ordens vereiteln.«

»Und ich werde diesen scheinheiligen Hundesohn

höchstpersönlich über den Jordan befördern«, knurrte Sam entschlossen und blickte endlich mit einem galligen Grinsen zu seinen Freunden auf.

Da alles gesagt war, sahen sie nun gespannt zu, wie das Leuchten allmählich dünner wurde und schließlich versiegte.

»Es ist so weit.« Nathaniel richtete sich auf. Er streckte Sam die bandagierte Hand entgegen und half ihm auf.

Byron öffnete die Tür und ging nach draußen, dicht gefolgt von seinen Freunden.

Die drei blieben abrupt stehen. Vor ihnen stand, ebenso stocksteif wie die Grabsteine ringsumher, eine alte Frau mit aufgerissenen Augen.

Sekunde um Sekunde verstrich, bis Sam ein derart lautes »Buuuh« ausstieß, dass sich die Baumwipfel bogen.

Das half. Das Mütterchen ließ die Gießkanne fallen und eilte mit fuchtelnden Armen die Grabreihen entlang.

»Jesus, Maria und Josef! ... Die Toten sind auferstanden. Oh, du lieber Herrgott!«

Sam drehte sich zu seinen Gefährten um und zeigte ihnen ein breites Grinsen.

Byron blickte ihn vorwurfsvoll an. »Musstest du die arme Frau so erschrecken?«

Nathaniel und Sam bogen sich plötzlich vor Lachen. Nun musste auch Byron schmunzeln. Aufmunternd klopfte er dem Riesen und dem Bandagierten auf die Schultern. Die Zeit drängte.

Dann brachen die Freunde auf, entschlossen, in den Kampf zu ziehen.

Unterschlupf der vier, London Borough of Hackney

Es dämmerte und Melvin saß erneut auf der Verandatreppe. Abwesend sah er zu den knorrigen Bäumen. Er bemerkte kaum, wie der verwilderte Garten im schwindenden Tageslicht Farben und Konturen verlor. Die Sorge um seine Freunde hatte sich in schiere Verzweiflung verwandelt, denn Melvin glaubte nicht mehr daran, dass Nathaniel, Byron und Sam noch zurückkehren würden.

An derselben Stelle hatte er bereits bis zum Mittag vergebens auf die Männer gewartet. Als er es vor Anspannung nicht mehr aushielt, hatte er den Zettel aus seiner Tasche gezogen und noch einmal die Nachricht darauf gelesen. Kurzerhand hatte er beschlossen, den langen Marsch in die Stadt in Angriff zu nehmen. Anstatt weiter untätig die Zeit verstreichen zu lassen, wollte er sich beim *Ten Bells* auf die Lauer legen und nach dem Verfasser der Botschaft Ausschau halten. Außerdem hoffte er, dort auch Wilkie über den Weg zu laufen. Vielleicht suchte der ja in Whitechapel nach ihm.

Falls er mich noch nicht abgeschrieben hat, dachte Melvin niedergeschlagen.

War es möglich, dass Wilkie ihn inzwischen für tot hielt? Immerhin war er schon seit Tagen fort. Plötzlich vermisste er den Freund sehr. Er konnte kaum glauben, dass erst so wenig Zeit vergangen war, seit sie sich das letzte

Mal gesehen hatten. Es kam ihm so vor, als wären seither viele Wochen verstrichen.

Es war bereits früher Nachmittag, als er schließlich in Whitechapel anlangte. Dort war er nicht wie gewöhnlich auf die Mauer geklettert. Stattdessen hatte er sich in der Einfahrt zum Innenhof der Schänke verborgen. Aus seinem Versteck heraus konnte er die Straße im Auge behalten und abwarten, ob derjenige erschien, der sich hier mit ihm treffen wollte.

Neben der Fassade des *Ten Bells* kauerte sich Melvin hin und fror in seinen klammen Klamotten, weil er dem Regen schutzlos ausgesetzt war. Niemand Verdächtiges ließ sich blicken. Auch nicht Wilkie oder ein anderes Mitglied der Bande tauchten in der Gegend auf.

Irgendwann brach die Sonne durch die Wolkendecke und Melvin streckte ihr eine Zeit lang das Gesicht entgegen.

Als er später wieder zur Mauer hinübersah, saß dort wer und beobachtete das Treiben auf der Straße.

Thad!

Melvin überlegte kurz und beschloss dann, zu dem Jungen rüberzugehen. Von ihm konnte er sicher erfahren, was in den letzten Tagen hier los gewesen war. Außerdem war Thad Mitglied der Bande. Ihm würde er eine Botschaft für Wilkie mitgeben, ehe er zum Haus der vier zurückkehrte.

Melvin rückte vor zum Gehsteig, doch geschwind sprang er wieder zurück.

Denn nun hockte neben Thad ein Mann. Melvin konnte von seinem Schlupfwinkel aus das Gesicht des Fremden nicht genau erkennen, aber er hatte den Eindruck, dass dieser kürzlich von weit her in die Stadt gekommen sein musste, denn seine rotbraune Hautfarbe war für hiesige Breitengrade unüblich und sein rissiger Ledermantel sah wie ein treuer Beistand langer Reisen aus.

Der Mann flüsterte dem Jungen etwas ins Ohr. Währenddessen zog er ein Messer hervor. Darauf hielt er Thad die blitzende Klinge vors Gesicht.

Melvin zuckte erschrocken zusammen und zog blitzschnell den Kopf zurück, weil sich der Mann erneut umschaute. Er zwang sich, eine Minute zu warten, ehe er es wagte, erneut zur Mauer hinüberzuspähen. Doch es war keiner mehr dort.

Melvin raufte sich noch verwundert die Haare, als im nächsten Augenblick hinter der Erhöhung ein Pferd auftauchte. Auf dem Sattel saßen Thad und dahinter der Fremde. Der hatte einen Arm um den Oberkörper des Jungen geschlungen, in der anderen Hand hielt er lässig die Zügel. Seine staubigen Lederstiefel gaben dem Pferd die Sporen und schon preschte es davon.

Melvin trat aus seinem Versteck und schaute fassungslos hinterher.

»Was zum Teufel?«, flüsterte er, ratlos den Kopf schüttelnd. Schließlich wandte er sich zum Gehen.

Auf dem Weg zur High Street rätselte Melvin, ob dies der Mann gewesen war, der sich hier mit ihm hatte treffen wollen.

Falls er es war, was hat er nur mit dem armen Thad vor?

Tief in Gedanken versunken, lief Melvin kurz darauf

die Hauptstraße des Viertels hinab. Nur am Rande nahm er wahr, dass ein paar Meter vor ihm eine Zeitungsseite vom Wind hochgehoben und direkt vor seine Füße geweht wurde. Ohne weiter darauf zu achten, stieg er darüber hinweg. Doch unversehens stockte Melvin, drehte unschlüssig den Kopf und eilte dann urplötzlich hinter dem Papier her. Irgendetwas, was er nicht greifen konnte, war ihm aufgefallen.

Nachdem er die Seite eingefangen hatte, besah er sich aufgeregt das Blatt. Da gab es nichts Auffälliges. Deshalb wendete er es – und da fiel sein Blick auf die Fotografie eines kleinen, von hohen Mauern umgebenen Hauses. Ihm stockte der Atem. Mit bangem Herzen sah er nun zu den Worten, die unter dem Bild standen, und da entdeckte er das, was er befürchtet hatte. Zwei der Worte ergaben einen Namen: *M-A-R-Y K-E-L-L-Y*.

Der Schock traf ihn wie ein Fausthieb. Er stöhnte auf und lehnte sich gegen die Hauswand. Nach einigen Sekunden stieß er sich von ihr ab und stürzte davon.

Der Abend glitt bereits in die Nacht, als Melvin das Tor aufsperrte und sich im schwindenden Licht den ansteigenden Weg zum Herrenhaus hinaufschleppte. Dort angelangt, ließ er sich auf die Veranda fallen und blieb wie betäubt liegen.

Seither war mehr als eine Stunde vergangen. Noch immer starrte Melvin ohne Gedanken oder irgendein Gefühl vor sich hin. Ein Schwarm Krähen flog über ihn hinweg, gleich schwarzen Blütenblättern, die der Wind davonträgt. Bald darauf nahm eine finster wallende Gewitterfront den Himmel über der Stadt ein. Nach langer Reise war sie am Ziel angelangt.

Melvins Unterkunft, Whitechapel, East End of London

Ellie stand mit einer Wachskerze bewaffnet in Melvins Kammer und schwenkte diese über das Bett. Die Flickendecke lag dort in der gleichen zerwühlten Unordnung wie zuvor. Enttäuscht stellte Ellie das Licht auf die Kiste neben sich und setzte sich auf die Kante der Pritsche.

Es war und blieb ein Rätsel für sie, was mit Melvin geschehen war. Plötzlich fühlte sie sich erschöpft. Müde bettete sie das Gesicht in ihre Hände. Bisher hatte Ellie die Möglichkeit, dass ihrem Freund etwas zugestoßen sein könnte, einfach nicht zugelassen. Aber jetzt, in diesem zugigen Zimmer, verlor sie allen Mut. Melvins Kammer wirkte so kalt und leer, als wäre sie schon seit Jahren unbewohnt, und nicht erst seit drei Tagen.

Mit einem Mal wehte durch die Fensteröffnung ein schneidender Wind herein, der an den Resten der Gardinen zerrte und den Dreck über die zerkratzten Dielenbretter fegte. Fröstelnd stand Ellie auf und griff wieder nach der Kerze. Da fiel ihr Blick auf die Wand über Melvins Bett.

Die Fotografie war fort!

Ellie kam näher heran und hielt die Flamme höher. Auf der Tapete erschien ein heller, rechteckiger Fleck.

Gestern hatte dort noch das Foto gehangen, das Melvin von Mary Kelly bekommen hatte. Wenn es fort war, musste es jemand mitgenommen haben, seit sie das letzte Mal hier gewesen war. Derjenige konnte doch wohl nur Melvin gewesen sein. Wer sonst hätte ein Interesse an diesem vergilbten Ding?

Ellies Herz pochte schneller. Sie beugte sich vor und hielt den Lichtstrahl dicht über den Boden. Aufmerksam begann sie die Stelle neben der Pritsche auszuleuchten.

Frische Fußspuren!

Sie setzte ihren Fuß auf einen der Abdrücke. Er passte mindestens zweimal hinein. Zu Melvin gehörten die Spuren jedenfalls nicht. So viel war klar.

Auf Fußspitzen schlich Ellie durch den Raum, sie fand jedoch keine anderen Abdrücke. Falls es weitere auf dem staubigen Dielenboden gegeben hatte, waren sie mittlerweile vom Wind verwischt worden.

Hier gab es nichts mehr zu entdecken.

Deshalb kletterte sie auf das Fenstersims, rutschte das Fallrohr runter, kämpfte sich an dem dornigen Gestrüpp vorbei und schlüpfte durch den Zaun. Sie sprang über die Jauchepfützen und erreichte die Lücke zwischen den Häusern.

Sie wollte sich eben hindurchschieben, als sie von einem eisernen Griff am Jackenärmel gepackt und in eine stockfinstere Ecke des Innenhofs gezogen wurde.

Unterschlupf der vier, London Borough of Hackney, nach Sonnenuntergang

Melvin wurde durch das Quietschen der Torangeln aus seinem Dämmerzustand gerissen. Im Dunkeln kamen ihm drei Personen entgegen. Ihre unverkennbaren Silhouetten verrieten ihm, dass es Nathaniel, Byron und Sam waren.

Sie lebten!

Melvin atmete erleichtert auf. Als sie aber näher kamen und mit fragenden Mienen vor ihm stehen blieben, brach er in Tränen aus.

»Sie haben ihn!«, konnte er nur noch flüstern.

Whitechapel, East End of London

Eine Faust hielt Ellies Kragen fest und drängte sie gegen eine Hausmauer. Mit vor Schreck geweiteten Augen starrte sie den Mann an. Wegen des Lichts, das aus den Fenstern über ihnen in den Hof fiel, konnte sie zwar sein kantiges Kinn und den stoppeligen Bart erkennen, doch der Rest des Gesichts wurde vom Schatten eines Lederhuts verborgen.

»Wenn du schreist, muss ich dir leider wehtun«, sagte der Fremde nun. »Also sei schön still und hör mir zu.«

Unterschlupf der vier, London Borough of Hackney

Todtraurig berichtete Melvin ihnen im Kaminzimmer von den Ereignissen der Nacht. Als er geendet hatte, schüttelte Byron nachdrücklich den Kopf.

»Mach dir keine Vorwürfe. Für mich klingt das nach einer Falle. Ich fürchte, unsere Feinde hatten uns bereits erwartet.«

Eine bedrückte Stille breitete sich aus, die nur gelegentlich unterbrochen wurde, wenn Melvin in den Stoff seiner Jacke schnäuzte.

Nathaniel beendete ihr Schweigen. »In der Nacht sind wir Jack begegnet. Er hätte uns töten können. Seine Kraft ist ...«

»... so groß, dass wir ihn nur gemeinsam stellen können – gemeinsam mit Vincent«, führte Byron den Satz zu Ende.

Melvin kam ein Gedanke. Aus seiner Hosentasche fischte er den zerknüllten Zettel hervor und reichte ihn herum. Unterdessen erzählte er ihnen von der merkwürdigen Beobachtung, die er vor dem *Ten Bells* gemacht hatte.

»Habt ihr eine Ahnung, wer das sein könnte?«

Byron und Nathaniel nickten und Sam murmelte: »Das gefällt mir nicht.«

»Mir auch nicht«, stimmte ihm Nathaniel zu.

»Deine Beschreibung passt haargenau auf einen Mann, der schon unsere Spur aufgenommen hatte, ehe wir nach London kamen«, sagte Byron. »Nach allem, was wir wissen, handelt es sich um einen Spürhund aus Rom. Wir sind uns sicher, dass er für den Bischof arbeitet.«

»Mir scheint, dass dieser Kerl nun auch auf deine Fährte angesetzt wurde«, sagte Nathaniel.

»Aber wieso hat er mich dann vor den Leuten des Bischofs gerettet?«, wandte Melvin ein. »Das ergibt doch überhaupt keinen Sinn!«

»Mir gefällt das nicht«, knurrte Sam aufs Neue.

»Ich kann mir darauf und auf vieles mehr auch keinen Reim machen«, gab Byron zu. »Aber wenn er tatsächlich auf der Suche nach dir ist, müssen wir dich erst recht aus der ganzen Sache raushalten. Der Kerl ist gefährlich.« Der Vampir sah Melvin ernst an. »Wir drei werden in Kürze aufbrechen. Du solltest dich in der Zwischenzeit verstecken. Es ist gut möglich, dass dieses Haus nicht mehr sicher ist. – Gibt es einen Ort, wo du untertauchen kannst?«

Melvin nickte schwach und blickte betrübt zu Boden.

Die Mumie und der Vampir schüttelten zum Abschied seine Hand. Sam begleitete ihn zur Haustür. Dort zog der Untote einen Lederbeutel aus seiner Seemannsjacke und streckte ihn Melvin hin.

»Das ist für dich. Es wird dir helfen, einen Unterschlupf zu finden. Ich weiß ja, dass du keine … Familie hast«, beendete Sam hastig den Satz. Dann ballte er seine riesigen Hände und presste die Zähne aufeinander, bis wieder die grimmige Visage eines ungehobelten Grobians in sein Gesicht gemeißelt war. »Trödel nicht rum! Wir haben was zu erledigen.«

In der Einfahrt drehte sich Melvin noch einmal um.

Sam, Nathaniel und Byron waren hinaus auf die Veranda getreten und sahen ihm nach. Melvin hob eine Hand zum Abschied. Der Hüne, der Bandagierte und der Blutsauger taten es ihm gleich.

»Lebt wohl!«, rief Melvin seinen Freunden zu.

Dann lief er eilig zum Tor und schloss es hinter sich. Außer Sichtweite des Hauses griff er in den Beutel. Als seine Hand wieder zum Vorschein kam, machte er große Augen: Seine Finger umklammerten ein dickes Bündel Banknoten.

Eilig verstaute er den Beutel unter seinem Hemd. Dann ging er mit gesenktem Kopf weiter. Er würde den Rat der drei befolgen. Es gab einen Ort, an dem er in Sicherheit war. Dort würde er seinen besten Freund antreffen. Wilkie sollte endlich wissen, dass es ihm gut ging. Im Lager der Straßenbande würde er ihm alles erzählen, was in den letzten Tagen geschehen war.

Die drei Männer waren wieder ins Haus zurückgegangen.

»Was nun?«, stellte Nathaniel eine Frage, die mehr wie eine Aufforderung klang.

»Wir benötigen einen Plan«, sagte Byron.

Sam war derweil ans Fenster getreten und blickte abwesend nach draußen.

»Sam?«, fragte Byron.

»Sam«, sagte Nathaniel mit sanfter Stimme. »Wir machen uns auch Sorgen um den Jungen. Melvin wird schon auf sich aufpassen. Außerdem werden wir noch in dieser Nacht dafür sorgen, dass ihm bald keine Gefahr mehr droht.«

Der Untote zog die Gardine zu und war mit zwei ausholenden Schritten am Tisch. »Worauf wartet ihr?«, schimpfte er und hieb mit einer Faust gegen die Tapetenwand. »An die Arbeit!«

Nathaniel verließ den Raum und kam kurz darauf mit einer großen Pergamentrolle zurück. Auf dem Boden vor dem Kamin breitete er sie aus.

»Das sind die alten Pläne des Londoner Abwassersystems, die Vincent in der Stadt auftreiben konnte. Hier«, er deutete auf eine Stelle in dem Labyrinth aus Kanälen und Röhren, »befindet sich unser Ziel.«

Byron und Sam beugten die Köpfe über die Karte.

Auf dem Gelände des Spitalfield Marktes, East End of London, später am Abend

Der Mann in dem wettergegerbten Ledermantel führte sein Pferd an den Zügeln. Kyle Hunter passierte die *Christ Church* und betrat das Marktgelände.

Auf dem Platz gab es drei Reihen verschlossener Bretterbuden, die tagsüber als Verkaufsstände dienten. Verwundert stellte der Jäger fest, dass das Gelände verlassen war. Normalerweise hätten Dutzende Obdachlose diesen Platz zur Nachtruhe nutzen müssen. Doch kein einziger kauerte auf dem Lehmboden zwischen den Verschlägen. Der Ort war menschenleer – beinahe! An der Nordseite prasselte ein Feuer vor einem wuchtigen Schaustellerwagen. An einem in den Boden gehauenen Stock waren ein Esel und ein Pferd angebunden. Daneben stand ein Karren, an dem bleiche Knochen baumelten. Am Feuer saß ein buckliger Greis mit einem ungewöhnlich langen Kinnbart und einer Decke um die Schultern. Neben diesem lehnte, die spindeldürren Beine ausgestreckt, ein Mann, der einen Wolfsfellmantel und einen zerbeulten Klapphut trug.

Eine Flamme glomm auf und die strenge Miene des Jägers wurde kurz in ein unruhiges Licht getaucht. Lässig schnippte er das Zündholz weg. Dann ging er auf den Wagen zu. Der Esel bemerkte sein Herannahen zuerst und ließ ein schieftöniges Iaaahh, Iaaahh hören. Da blickten auch die Männer zu ihrem Besucher auf.

Noch ehe Hunter sie erreichte, flog ein blauschwarz gefiederter Vogel vom Dach des Wagens auf die Schulter des jüngeren Mannes und drei Augenpaare hießen Kyle Hunter willkommen.

Dieser warf die Zigarette weg und tippte sich zum Gruß an den Hut.

Eine Minute später stand er im Innern des Schaustellerwagens.

»Und? Haben Sie was rausbekommen?«, fragte die Alte.

»Leider nein. Weit und breit keine Spur von dem Knaben«, antwortete der Jäger und die Frau zog eine enttäuschte Grimasse. »Allerdings war ein anderer Junge bei ihm zu Hause. Ich habe ihn abgepasst und ihm einen Auftrag mit auf den Weg gegeben. Vielleicht bekommen wir demnächst überraschenden Besuch.«

St. Katharine Docks, Wapping, unterdessen

Während sich am Himmel eine bleiern bedrohliche Wolkenbank auftürmte, legte Melvin die lange Strecke zum Stützpunkt der Straßenbande zurück. Zunächst rannte er – durch Höfe, entlang an Bretterbuden und Pinten oder im Zickzack vorbei an Menschen, Kutschen und Karren. Dabei behielt er die Masten, Takelagen und schwärzlichen Schornsteine am Horizont im Auge, denn dort lag sein Ziel. Je näher er diesem kam, desto dichter wurde der Nebel und desto intensiver der Geruch von Teer, Seetang und Hafenwasser. Zugleich schwanden seine Kraftreserven zusehends.

Nachdem er die letzten Häuser hinter sich gelassen hatte, hielt er noch eine Weile das Tempo, obgleich ihm das schweißnasse Hemd am Körper klebte und er von einem heftigen Seitenstechen gequält wurde. Kurz darauf fing er an zu humpeln, weil er sich höllisch brennende Blasen gelaufen hatte. Zusätzlich schnürte ihm eine unterschwellige Angst den Brustkorb ein, während er über die leer gefegten Straßen tiefer in das verlassene Hafenareal drang.

Als Melvin sich Minuten später an den aufgegebenen Warenspeichern, verschlossenen Hallen und ausgeschlachteten Kontoren vorbeischleppte, schob sich unversehens die Erinnerung an seinen letzten Albtraum unter die marternden Gedanken in seinem Schädel. Bedrängt von den Bildern einer Schattenhand mit spitz zulaufenden Fingern, eines gewaltigen Schattens am Himmel, der die Welt in Dunkelheit hüllt, und boshaft glühender Augen, blieb er stehen. Schwer atmend stützte Melvin die Arme auf die Schenkel und sog die kühle Nebelluft in seine Lungen. Schließlich richtete er sich auf und tastete sich weiter durch das fahle Nichts, das ihn umgab.

William Crookes' Wohnsitz, 7 Holland Park, Kensington, West London

Russel Wallace war vollkommen satt und hätte sich eigentlich rundum wohlfühlen müssen. Doch trotz der ungewohnten Fürsorge Ms Ratcliffes, die ihm nach seinem nasskalten Morgenmarsch ein Kräuterbad eingelassen und ihn anschließend mit seinem Leibgericht – rosiges Roastbeef, Salzkartoffeln und Buttererbsen – beglückt hatte, versetzte ihn die Abwesenheit des Freundes in wachsende Unruhe. Er hatte William Crookes spätestens zum Dinner zurückerwartet. Bis jetzt war er noch immer nicht aufgetaucht.

Wallace schob den Teller beiseite, hob die Briefbögen von einem Stuhl auf und legte sie vor sich hin. Er hatte Crookes' Brief seit seinem vormittäglichen Verweilen am *Round Pond* ganze drei Mal gelesen. Die Zeilen hatten ihn tief berührt, weil die Niederschrift des Freundes erahnen ließ, welch ein Höllental er durchwandert hatte.

Wallace beugte sich über die geschwungene Schrift und nahm sich nochmals den Brief vor.

William Crookes schilderte darin, wie er einst als junger Wissenschaftler in einer frostig kalten Winternacht sein Institut verlassen hatte. Auf dem Weg nach Hause hatte er eine Frau entdeckt, die wenige Meter vor ihm auf dem Bordstein hockte, den Rücken gegen eine Hauswand gelehnt. Trotz der Kälte trug sie nicht mehr als ein fadenscheiniges, zerschlissenes Kleid. Da hörte Crookes ihr angestrengtes Röcheln. Rasch stürzte er zu ihr. Offensichtlich hatte er eine verirrte Seele aus den Armenvierteln vor sich, denn ihr Haar war matt und verfilzt und das Gesicht schmutzig. Das verwahrloste Geschöpf musste halb erfroren sein und benötigte offensichtlich Hilfe. Sachte fasste er die Frau an der Schulter und fragte, was geschehen sei. Er erhielt keine Antwort, aber unversehens erblühte ein hoffnungsvoller Ausdruck auf ihren Zügen. Ehe er es sich versah, schob sie ihm mit letzter Kraft ein Bündel in die Arme, das auf ihrem Schoß gelegen hatte und ihm bis dahin nicht aufgefallen war.

Ein neuerliches Röcheln drang aus ihrem Mund und sie flüsterte mit einer Stimme, die kaum mehr als ein Hauchen war: »Nehmen Sie ihn … bitte.«

Voller Entsetzen sah Crookes, wie nun das Kinn der Frau auf ihren Brustkorb fiel und alles Leben aus ihrem Körper entwich.

Mit bebenden Gliedern tastete er nach ihrem Puls. Vergebens. Die Frau war tot. Schockiert richtete sich der junge Wissenschaftler auf und blickte Hilfe suchend umher. Niemand war zu sehen, die Straße war zu dieser nachtschlafenden Stunde menschenverlassen. Dann erst senkte er den Blick zu dem Bündel in seinen Armen. Mit zitternden Händen schlug er das Wolltuch beiseite und erschrak, als er erkannte, was darin eingewickelt war. Bestürzt drückte Crookes das friedlich atmende Wesen unter dem Stoff an sich und blickte noch einmal zu der Toten. Dann eilte er, so schnell er konnte, davon.

St. Katharine Docks, Wapping

Melvin blieb keuchend stehen und blickte sich um. Hinter dem zurückweichenden Dunst waren düster aufragende Gebäude hervorgetreten. Da sah er das halb verfallene Wärterhäuschen neben einem rostzerfressenen Zaun und wusste, wo er sich befand.

Er wartete, bis sich sein Atem beruhigt hatte, dann stolperte er über die Straße. Er erklomm den Zaun, hangelte sich auf die andere Seite und schleppte sich über einen Fabrikhof. An dessen Ende stieß er auf eine Wand aus aufeinandergestapelten Holzfässern. Ächzend rollte er eines der Fässer beiseite, zwängte sich in die freigelegte Lücke und zog den Behälter wieder vor den Durchschlupf. Dahinter fand er sich in einem wahren Irrgarten aus übereinandergeworfenem Schrott wieder. Melvin kroch unter einem ausrangierten Pferdefuhrwerk hindurch und stand kurz darauf vor einem morschen Bretterzaun. Hinter diesem reckte sich ein fensterloses Backsteingebäude in den Nachthimmel, unter dessen Dach ein gewaltiger Schriftzug angebracht war, dem Wind und Wetter schon sehr zugesetzt hatten: *T. SILK & E. WATERS COMPANY – KUTSCHEN UND FUHRWERKE FÜR DAS GREAT EMPIRE.*

Melvin trat vor eine Tür zwischen den Holzlatten und hämmerte dagegen.

Dahinter ertönte eine piepsige Jungenstimme. »Das Passwort?«

»Das kenne ich leider nicht«, gab Melvin zu.

Augenblicklich öffnete sich eine Klappe in der Tür und ein Junge mit abstehenden Ohren lugte hindurch. »Ach, du bist's, Mel. Ich darf dich ohne Begleitung von einem Mitglied nicht reinlassen. Bist ja nicht mehr bei uns.«

Melvin hob flehend die Brauen. »Komm schon, Pyke, mach heute mal eine Ausnahme. Ich muss dringend zu Wilkie.«

»Okay, ausnahmsweise. Aber treib dich nicht allein auf dem Gelände rum, sonst krieg ich Ärger«, kam es nach ein paar Sekunden als Antwort zurück.

Sogleich wurde ein Riegel beiseitegeschoben und der Eingang zum geheimen Quartier der Bande war frei.

William Crookes' Wohnsitz, 7 Holland Park, Kensington, West London

Wallace leerte sein Glas, schenkte sich den Rest des Weines ein und lehnte sich wieder in seinem Stuhl zurück. Er wollte noch ein paar weitere Seiten des Briefes in Angriff nehmen, ehe er sich in sein Zimmer zurückzog, um dort bis zu Crookes' Erscheinen auszuruhen. Er hatte so eine Ahnung, dass die heutige Nacht noch einige Überraschungen bereithielt und er gut beraten war, diesen mit wachem Geist zu begegnen. Also beugte er sich erneut über die Seiten und schon war er wieder in den Brief vertieft.

Vom ersten Augenblick an wusste Crookes, er würde selbst für das Kind sorgen und es in keinem der heruntergekommenen Waisenhäuser unterbringen. Ob ihn nun der Zufall oder das Schicksal auserkoren hatte, das Neugeborene vor dem sicheren Erfrierungstod zu bewahren, er fühlte sich verpflichtet, den letzten Wunsch der Sterbenden zu erfüllen.

Er brauchte nicht lange zu überlegen, um zu wissen, wohin er gehen musste. Umgehend suchte Crookes eine Mietdroschke, die einige Zeit später vor dem Haus seiner einstmaligen Kinderfrau in Wandsworth hielt. Ethel Whipple war eine kinderlose Witwe und lebte in einfachen Verhältnissen. Während sie den schlafenden Jungen in den Armen wiegte, erzählte ihr der junge Wissenschaftler von dem Vorfall. Zu seiner großen Erleichterung willigte Mrs Whipple ein, in der Angelegenheit behilflich zu sein, und es kam zu folgendem Arrangement: Die Frau würde sich um den Knaben kümmern und Crookes als Gönner im Hintergrund dessen Aufzucht mit einem entsprechenden Betrag entlohnen. Also nahm die Frau den mageren, aber ansonsten kerngesunden Säugling bei sich auf und gab ihm den Namen Jacob. Sie zog Jacob auf, bis er sechs Jahre alt war, dann wurde er auf Crookes' Kosten an das *Loretto-Internat* in Musselburgh geschickt, um dort die bestmögliche Ausbildung zu erhalten.

Nicht lange nach dem folgenschweren nächtlichen Ereignis begegnete Crookes Hellen Humphrey, der Liebe seines Lebens. Bald darauf ehelichte er die Pfarrerstochter aus der Grafschaft Oxfordshire. Zehn Monate später schenkte ihm Hellen eine Tochter, die sie Violet nannten. Jahre vergingen. Hellens und Williams Tochter wuchs heran und das Leben des Wissenschaftlers nahm seinen vorbestimmten Lauf. Kontakt mit dem Jungen nahm er stets über die Schulleitung auf. Für den Briefverkehr richtete er eigens ein Postfach ein. Das Geld für Jacobs Erziehung und die jährlichen Päckchen mit Geschenken zu Weihnachten und den Geburtstagen des Jungen übersandte er in aller Heimlichkeit. Er scheute davor zurück, seiner Frau von Jacob zu erzählen, denn er wusste einfach nicht, wie er Hellen erklären sollte, wie es zu dieser Verbindung gekommen war.

Der Tag, an dem Crookes eine Entscheidung fällen musste, rückte jedoch unaufhaltsam näher. Im Frühjahr 1874 stand das Ende der Ausbildung des inzwischen neunzehnjährigen Mündels bevor und Crookes fasste sich ein Herz. Endlich erzählte er seiner Frau von dem Jungen, woraufhin sie ihn für seine unnötige Geheimniskrämerei schalt und das Einverständnis gab, Jacob in ihr Haus nach London zu holen, damit er am *University College* in London studieren könne.

An dieser Stelle sah Russel Wallace von den Seiten auf und nahm seine Lesebrille ab. Mit müden Augen blickte er sich um.

Die Hausdame stand am Buffet und polierte das Silberbesteck. Grübelnd betrachtete er Ms Ratcliffe, denn irgendetwas an ihrem Erscheinungsbild schien ihm verändert. Nach einigem Rätseln fiel ihm auf, dass der strenge Zopf fort war. An seiner Stelle fiel braunes, mit ein paar grauen Strähnen durchzogenes Haar auf den Rücken der Frau. Erfüllt von einer seltsamen Mischung aus Verwirrung und unverständlicher Verlegenheit kratzte sich Wallace das bärtige Kinn. Zögernd tastete er nach dem Tischglöckchen neben seinem Teller. Vorsichtig hob er es an und schüttelte dann sachte das Handgelenk.

Ms Ratcliffe versteinerte in der Bewegung, drehte sich langsam um und – daran gab es keinen Zweifel – lächelte. »Der Herr wünschen?«

»*Ähm* ... wären Sie so gütig und bringen mir noch einen Magenbitter?«

Ms Ratcliffe tippelte schon davon.

»Und wenn es Ihnen keine Umstände bereitet, wäre ich für eine Tasse Tee dazu mehr als dankbar.«

Die Frau nickte und eilte weiter Richtung Küche.

»Eines noch«, rief ihr Wallace, einem plötzlichen Impuls nachgebend, hinterher. »Mein Kompliment für dieses Festmahl. Es war vorzüglich.«

Ms Ratcliffe schnellte herum und starrte ihn an. Ihre Wangen glühten mädchenhaft. Anschließend huschte sie so geschwind aus dem Raum, als wäre ihr der leibhaftige Beelzebub auf den Fersen.

Stützpunkt der Straßenjungen, St. Katharine Docks, Wapping

Melvin lief an der Umzäunung entlang und hielt auf die Behausungen der Bandenmitglieder zu. Er sah zu dem Platz vor dem Hauptgebäude. Weil die meisten um diese Uhrzeit noch in der Stadt unterwegs waren, kauerten nur wenige Jungen um ein Lagerfeuer und hielten aufgespießte Maiskolben über die Flammen.

Unbemerkt erreichte er eine Wand aus zusammengezimmerten Holzstreben und betrat durch ein schief in der Angel hängendes Tor *London Village*, wie die Bande das Barackendorf auf dem Gelände nannte. Es bestand aus annähernd dreißig ausrangierten Kutschen und Pferdeomnibussen, die von den Eigentümern der Fabrik nach deren Niedergang zurückgelassen worden waren. Eine frühere Generation Straßenjungen hatte die Fuhrwerke hinter der Westseite der Lagerhalle aufgestellt und zu Wohnhütten umfunktioniert. Auf diese Weise war ein Refugium aus winzigen Häuschen und engen Pfaden entstanden.

Melvin lief nun auf eine Kutsche zu, an deren Flanke ein von Wind und Wetter ausgeblichenes Wappen prangte. Vor dem geschlossenen Schlag hielt er inne und holte tief Luft. In der Ferne war ein dumpfes Donnergrollen zu hören und Melvin klopfte gegen das Holz.

Buckingham Palace, City of Westminster

Mit hinter dem Rücken verschränkten Armen stand Sir Henry Frederick Ponsonby im Privatgemach seiner Arbeitgeberin neben dem Sekretär. An diesem saß Ihre Majestät und verschloss gerade zwei Umschläge.

Zuvor hatte sie mit versteinerter Miene den Brief gelesen, der spät am Abend zugestellt worden war. Nach dessen Lektüre hatte Queen Victoria unverzüglich selbst zwei Depeschen verfasst, anschließend beide gefaltet und in Kuverts gesteckt. Nun hatte sie diese versiegelt und streckte sie ihrem Assistenten hin.

»Werter Ponsonby, sorgen Sie dafür, dass diese Schreiben so rasch wie möglich zu ihren Adressaten gelangen«, sagte sie. »Das geben Sie einem Boten. Er wird meine Zeilen nach Kensington befördern und dort einem Mister William Crookes persönlich aushändigen. Und diesen Umschlag überbringen Sie bitte umgehend Charles Beresford.

Der Admiral soll unverzüglich seine Männer in Bereitschaft versetzen und sich bis Mitternacht hier im Palast einfinden. Ich werde ihn dann persönlich über den bevorstehenden Einsatz in Kenntnis setzen.«

»Zu Euren Diensten«, sagte der Privatsekretär und nahm die Briefe entgegen.

»Noch etwas.«

»Eure Majestät?«

»Schicken Sie umgehend nach Inspektor Abberline. Ich muss den Mann dringend sprechen.«

William Crookes' Wohnsitz, 7 Holland Park, Kensington, West London

Nach dem Abendessen hatte Russel Wallace eine knappe Stunde geruht. Danach war er wie ein eingesperrtes Tier im Zimmer umhergeschlichen, um anschließend eine ganze Weile am Fenster zu stehen und in das dunkle Areal des *Holland Parks* zu blicken, voller Zweifel, ob sich der Freund noch einfinden würde. In der Unheil verheißenden Stille des Hauses rätselte er, wo Crookes stecken mochte. War er möglicherweise allein aufgebrochen? Und falls ja, wohin?

Russel Wallace wandte sich zur geschlossenen Tür um. Sie lag im Finstern, weil das Kerzenlicht auf dem Beistelltisch des Sofas nicht so weit reichte. Er erinnerte sich, wie bleich, schmächtig und verloren der Freund dort am Vormittag gestanden hatte, innerlich von einer Schuld zerfressen, die er offenherzig in den Zeilen an seinen Ziehsohn gebeichtet hatte.

Wallace beschloss, sich nochmals den letzten Seiten des Briefes zu widmen. Während ein aufbrausender Wind die Wipfel der Bäume jenseits des Hauses beutelte, las er von den schwärzesten Tagen im Leben des Freundes.

Vor nunmehr vierzehn Jahren war der Sohn der Unbekannten, den Crookes das letzte Mal als Säugling gesehen hatte, in dieses Haus gezogen. Crookes beschrieb Jacob, der mit *Jack*, seinem Rufnamen an der Universität, angesprochen werden wollte, als wohlerzogenen und zugleich ernsten jungen Mann, der ihm, Hellen und Violet anfänglich zurückhaltend und verschlossen begegnet war. Voller Bitterkeit gestand sich Crookes ein, dass er es versäumt hatte, Jacks Vertrauen zu gewinnen. Er hätte ihm nicht nur eine Unterkunft bieten und eine Ausbildung ermöglichen, sondern ihm auch seine Aufmerksamkeit schenken sollen, obgleich seine Zeit als vielbeschäftigter Gelehrter knapp bemessen war.

Folglich bekam Crookes kaum etwas davon mit, wie es Hellen, die den fremden Jungen von Anfang an ins Herz geschlossen hatte, dank ihres behutsamen Wesens gelang, Jack allmählich aus der Reserve zu locken. Und erst recht entgingen dem Patriarchen die verstohlenen Blicke, mit denen Violet den neuen Bewohner des Hauses bedachte, wenn sie sich unbeobachtet glaubte.

Stützpunkt der Straßenjungen, St. Katharine Docks, Wapping

Unmittelbar nach seinem Klopfen hörte es Melvin hinter der Tür rumpeln und poltern. Einen Wimpernschlag darauf wurde der Schlag aufgerissen und in der Öffnung erschien Wilkie. Mit großen Augen stand der Freund lange Sekunden wie erstarrt da. Endlich begann sich seine Miene zu regen. Allerdings erstrahlte sie nicht vor Wiedersehensfreude, sondern verdüsterte sich bedrohlich. Schließlich blickte Willie so fuchsteufelswild drein, dass Melvin schon befürchtete, der Freund würde im nächsten Augenblick auf ihn einprügeln. Stattdessen stürmte er jedoch auf ihn zu und schlang die Arme so fest um seinen Oberkörper, dass es ihm die Luft aus den Lungen trieb.

Wilkie schien ihn gar nicht mehr loslassen zu wollen. Aber dann stieß er ihn plötzlich von sich und rückte wieder von ihm ab.

»Was fällt dir eigentlich ein, hier so mir nichts, dir nichts aufzutauchen?«, schimpfte der Freund und presste die Fäuste gegen die Hüften. »Wo in drei Teufels Namen hast du die ganze Zeit gesteckt?« Wilkie hielt plötzlich inne, legte den Kopf schief und musterte ihn mit einem besorgten Ausdruck im Gesicht. »Himmel, wie siehst du eigentlich aus?«

Es verstrichen ein paar weitere stille Sekunden, bis Melvin mit einem Mal von einem befreienden Lachen durchgeschüttelt wurde. Es war sein erstes Lachen seit Langem.

Wilkie verschränkte die Arme vor der Brust und funkelte ihn gefährlich an. »Was bitte schön ist denn so komisch?«

»'tschuldige ... Ich ... ich freue mich einfach nur, dich wiederzusehen«, erwiderte Melvin wahrheitsgemäß, denn er empfand in diesem Moment eine tiefe Dankbarkeit, dass es wenigstens einen Menschen gab, der die letzten verrückten Tage an ihn gedacht und sich um ihn gesorgt hatte.

Wilkie schaute nun geflissentlich an ihm vorbei.

»Bitte hör auf zu schmollen! Es ist so vieles passiert. Ich konnte mich einfach nicht bei dir melden.«

Der Freund sagte nichts. Aber seine eingefrorene Miene sprach Bände.

»Du wirst alles erfahren. Versprochen!«

Von draußen war wieder ein bedrohliches Gewittergrollen zu hören. Mit einem Mal war Melvins Erleichterung wie verflogen, denn er erinnerte sich daran, was anderswo in der Stadt gerade vor sich ging. Vincent war der Gefangene des Bischofs, und Sam, Byron und Nathaniel zogen in diesen Stunden in den alles entscheidenden Kampf gegen einen übermächtigen Gegner.

Niedergeschlagen sank er auf die Strohmatratze neben der Tür. Wilkie blieb zuerst mit grüblerischer Miene stehen, aber dann setzte er sich auf die Bank gegenüber.

»Drauf geschissen! Hauptsache, du bist am Leben«, murmelte er und klang jetzt nicht mehr wütend, sondern müde und erschöpft. »Ich dachte, dass dich ...«, er stockte, »dieser *Schlitzer* erwischt hat.«

»Es tut mir wirklich …«

»Schon gut. Aber ab sofort gibt's keine Alleingänge mehr! Abgemacht?«

»Abgemacht!«, antwortete Melvin und blickte dem Freund dabei fest in die Augen.

»Okay. Dann erzähl ich dir am besten erst mal, was in der Zwischenzeit alles passiert ist.«

Buckingham Palace, City of Westminster

Inspektor Abberline stand fünfzehn Minuten nach dem elften Glockenschlag des *Big Ben* im Herzen des *Buckingham Palace* vor einer weißen, mit allerlei Blattgold verzierten Flügeltür, so hoch und breit wie ein Kutschentor. Flankiert wurde er dabei von zwei stattlichen *Grenadier Guards*, die nicht zuletzt dank ihrer in die Höhe ragenden Bärenfellmützen neben ihm wie Riesen wirkten.

Abberline kochte innerlich vor Wut, denn er stand sich hier schon seit geschlagenen zwanzig Minuten die Beine in den Bauch, anstatt zu Hause seinen wohlverdienten Feierabend zu begehen.

Dabei steckte ihm ein verdammt langer, ungeheuer anstrengender und maßlos unerfreulicher Tag in den Knochen, der früh am Morgen mit dem Fund der ermordeten Mary Kelly begonnen hatte. Wie ein Lauffeuer war die Nachricht über die Stadt hinweggefegt, und schneller als die Pestbazillen anno 1665 waren die aberwitzigsten Gerüchte von Bürger zu Bürger übergesprungen. Im Laufe des Vormittags waren dann auch noch Sir Charles Warren und Robert Anderson in sein Büro geplatzt, um sich über sein Versagen zu empören. Sowohl der Polizeichef als auch sein Stellvertreter vermieden bei ihrem Besuch jeden Augenkontakt, was womöglich daran lag, dass auch die diensthöheren Kollegen inzwischen *Empfehlungen* mit einem königlichen Siegel erhalten hatten.

Deshalb hatte sich der Inspektor ab dem frühen Nachmittag auf den Besuch von Sir Henry Frederick Ponsonby eingestellt. Doch zu seiner Verwunderung war Stunde um Stunde verstrichen, ohne dass der Privatsekretär der Queen erschienen wäre.

Um zehn Uhr abends befand der Inspektor, dass ihm der Tag ausreichend Strapazen, Demütigungen und Bekümmernisse beschert hatte. Also hatte er hurtig seine Unterlagen zusammengerafft, der Nachtschicht letzte Anweisungen erteilt und seine Arbeitsstelle durch den Hintereingang verlassen, weil vor dem Department noch immer neugierige Reporter lauerten. Kaum hatte er dem Gebäude den Rücken gekehrt, entdeckte er auf der anderen Straßenseite im Licht einer Gaslaterne eine parkende Kutsche. An dem polierten Schlag der Karosse prangte ein vergoldetes Wappen. Daneben standen zwei Soldaten stramm.

Da hatte Abberline aufgeseufzt, denn ihm schwante, für wen die beiden *Guards* in den roten Leibchen, weißen Gürteln, schwarzen Hosen und mächtigen Fellmützen die Kutschentür öffneten.

Er hatte recht behalten und nun wartete er, der leitende Inspektor der *London Metropolitan Police*, nach einer holprigen Kutschenfahrt und einem schweißtreibenden Dauerlauf durch diese Gemäuer vor einem Ungetüm von Tür und fluchte innerlich über die respektlose Behandlung, die ihm hier widerfuhr.

Just in diesem Augenblick wurde auf der anderen Seite ein Riegel zurückgeschoben. Endlich glitten beide Flügeltüren vor ihm auf und gaben die Sicht auf einen großen Saal frei, der trotz der vielen Kerzenlüster und Wandleuchter nur spärlich erhellt war, sodass sich Abberlines Augen erst an das Licht gewöhnen mussten. Als der Inspektor Augenblicke darauf die ersten Einzelheiten erkannte, zerplatzte seine Wut wie eine Seifenblase und die roten Zornesflecken auf seinen Wangen wurden von einer Schockblässe vertrieben.

Exakt in der Mitte des komfortablen Saals, geschätzte zwanzig Schritte entfernt, stand ein Sofa, bezogen mit rotem Samtstoff. Auf dem Sofa saß jemand, vom Licht bauchiger Talgkerzen beschienen.

Dieser Jemand war unverkennbar ... *eine Frau.*

Eine alte Frau.

Eine alte Frau in schwarzer Witwentracht.

Abberline sog hörbar die Luft ein.

Heute erwartete ihn keine Unterredung mit einem Abgesandten der Queen. Er hatte eine Audienz. Nicht mit irgendwem, sondern mit *ihr* höchstpersönlich.

William Crookes' Wohnsitz, 7 Holland Park, Kensington, West London

Die handgeschriebenen Seiten in der Hand stand Russel Wallace wieder am Fenster des Gästezimmers. Während er in die schwarze Nacht hinaussah, ließ er die letzten Seiten des Briefes Revue passieren, den Crookes einst an seinen Ziehsohn geschrieben und der seinen Adressaten nie erreicht hatte.

Im Frühjahr 1875 hatte Jack an sein Büro geklopft und Crookes um ein Vieraugengespräch gebeten. Dann hatte er ihm seine Liebe zu Violet gestanden und zudem gebeichtet, dass sich dessen Tochter in anderen Umständen befand. Trotz Hellens Flehen, er möge um Gottes willen zur Räson kommen, hatte Crookes den Ziehsohn hochkant aus dem Haus geworfen und damit auch seine Tochter vertrieben, weil diese nach dem Eklat bei Nacht und Nebel zu ihrem Liebsten geflohen war. Zuerst raste Crookes vor Zorn, dann übermannten ihn seine Enttäuschung und Kränkung. Verbittert zog er sich zurück. Von seiner Frau, die für die beiden Liebenden Verständnis aufbrachte, fühlte er sich verraten. Für Jack, den er bereitwillig in sein Heim gelassen und dem er ein privilegiertes Leben ermöglicht hatte, empfand er glühenden Hass. Möglicherweise hätten sich die Wogen mit fortschreitender Zeit geglättet, wenn die Frucht der jungen Liebe nicht zu Violets Tod geführt hätte, denn die junge Frau starb bei der Geburt ihres Sohnes.

Das letzte Mal begegnete William Crookes Jack am Grab seiner Tochter auf dem *Highgate Cemetery*. Nach der Zeremonie unternahm der junge Mann einen verzweifelten Versuch, mit dem gebrochenen Vater des Mädchens zu reden. Doch Crookes stieß ihn fort und schrie, er verwünsche den Tag, an dem er ihn in sein Haus gelassen habe. Wutschäumend brüllte er dem jungen Mann ins Gesicht, er solle sich zum Teufel scheren.

Es vergingen beinahe drei Jahre, bis Crookes zu ahnen begann, wie sehr er sich an dem jungen Menschen versündigt hatte. Schließlich begann er, einen langen Brief zu verfassen, in dem er sich erklärte, seine Fehler eingestand und Jack um Verzeihung bat. – Es waren jene Blätter, die Wallace gerade in Händen hielt.

Schwermütig atmete er ein. Ihm war es, als drücke etwas Unsichtbares gegen seinen Brustkorb, als er sich die letzten Zeilen des Briefes vor Augen führte.

Jack, nun weißt Du um meine Verantwortung.
Ich bitte Dich aufrichtig um Verzeihung. An eine Aussöhnung mit Dir wage ich nicht zu hoffen.
Dennoch bete ich, dass ich eines Tages Euren Sohn und meinen Enkel kennenlernen darf.

William Crookes, anno 1878

Stützpunkt der Straßenjungen, St. Katharine Docks, Wapping

Betrübt blickte Melvin auf seine im Schoß ineinander verkeilten Hände. Eben hatte er durch Wilkie von Mr Packers Tod erfahren. Zuvor hatte der Freund ihm von seinen vergeblichen Versuchen erzählt, Mary Kelly im Miller's Court anzutreffen, bis seine Befürchtung schließlich zur grausamen Wahrheit geworden war.

Danach wischte sich Melvin die Tränen aus den Augenwinkeln. »Bist du fertig, Wilkie, oder kommt noch was?«

»Nicht mehr viel, aber das hat es in sich«, antwortete der Freund und blickte ihn mitfühlend an. »Heute Abend war ich in deiner Bude. Wie auch schon gestern und vorgestern. Ich bin mir sicher, du warst die ganze Zeit nicht ein einziges Mal da. – Richtig?«

Melvin nickte.

»Aber jemand *muss* dort gewesen sein. Ich hab nämlich fremde Fußspuren entdeckt.«

Melvin zog ungläubig die Stirn in Falten. Niemand außer Wilkie und eine Handvoll Jungs wusste von seinem Versteck. Unwillkürlich sah er den geheimnisvollen Fremden vor sich, den er am Mittag vom Hof des *Ten Bells* aus beobachtet hatte. Hatte der etwa aus dem armen Thad herausgepresst, wo sein Schlupfwinkel war?

»Seltsam ...«, murmelte er.

»Das ist aber noch nicht alles«, entgegnete Wilkie. »Stell dir vor: Das Foto von deinen Eltern ist weg.«

Melvin fühlte, wie sich plötzlich die Haare auf seinen Unterarmen aufrichteten. »Aber das …«, begann er und verstummte wieder.

Warum sollte jemand die Fotografie, die zwei Jahre an einem rostigen Nagel über seinem Bett gehangen hatte, von dort entfernen?

»Bist du dir wirklich sicher?«, fragte er ungläubig.

»Mel, ich hab doch Augen im Kopf. Aber warte ab, ich bin noch nicht fertig. Als ich nämlich danach aus dem Hof auf die Straße schlüpfen wollte, hat mich jemand abgepasst.«

»Abgepasst?«

»Da war ein Kerl in einem langen Ledermantel und einem komischen Hut auf dem Kopf. Er hat mich gefragt, was ich in deiner Bude zu schaffen hatte und ob ich den Jungen kenn, der da wohnt. Ich hab ihm nichts verraten und gedacht, dass er mir gleich richtig einheizen wird, aber stattdessen hat er gesagt, dass was Schlimmes im Anrollen ist, mit dem du irgendwie zu tun hast. Wenn ich dich sehe, soll ich dir unbedingt ausrichten, dass du zum Spitalfield Markt kommen sollst. Dort würden er und seine Verbündeten auf dich warten. Danach ließ er mich wieder gehen.«

»Hat er dir denn nicht verraten, wie er heißt und was die von mir wollen?«, fragte Melvin zögerlich.

»Weder noch. Ich hab da aber so eine Idee! Vielleicht ist einer von den Leuten der Gaukler, von dem Mr Packer mir vor seinem Tod erzählt hat. Der war anscheinend auch auf der Suche nach dir.«

Melvin knetete schweigend seine Hände und grübelte.

In Spitalfields erwartete ihn irgendjemand, der mit der Sache zu tun hatte. Und dieser Jemand wollte ihm etwas Wichtiges mitteilen. Er musste dorthin.

Sofort!

Schon war er auf die Beine gesprungen. Herausfordernd blickte er den Freund an.

»Mach schon!«, drängte er. »Wir dürfen keine Zeit verlieren. Wir müssen auf der Stelle los! Alles, was du wissen möchtest, erzähl ich dir auf dem Weg in die Stadt.«

William Crookes' Wohnsitz, 7 Holland Park, Kensington, West London

Russel Wallace fuhr vor Schreck zusammen, als jäh ein Blitz die Nacht zerschnitt. Zurück blieben schwarze Dunkelheit und eine knisternde Stille. Entschlossen trat er vom Fenster weg, ging durch das Zimmer und auf die Galerie hinaus. Im Haus war es düster und still. Er blickte zum Salon hinab. Eine einsame Kerze glomm auf dem Steinsockel neben der Flügeltür zum Hausflur.

Vorsichtig näherte er sich im schummrigen Licht der Treppe. Seine Fußspitzen fanden nach unbeholfenem Tasten die erste Stufe. Langsam ging er die Treppe hinab. Unten angelangt, nahm Wallace die Kerze auf und tappte durch den Korridor zur Eingangspforte. Durch die Scheiben schaute er nach draußen. Die Straße war verlassen und die Hecken des *Holland Parks* eine schwarze, undurchdringliche Wand.

Er wandte sich zur Garderobe um. Crookes' Mantel und Hut hingen an einem Haken. Wallace legte eine Hand auf den Stoff. Dieser war so gut wie trocken. Misstrauisch spähte er zu der Tür in der gegenüberliegenden Wand. War sein alter Freund vielleicht gar nicht ausgegangen? Hielt er sich womöglich unten im Keller auf? Plötzlich beschlich Wallace das Gefühl, dass Crookes die vergangenen beiden Tage gar nicht so häufig außer Haus gewesen war, wie er ihn glauben ließ. Hatte er sich stattdessen dort unten aufgehalten? Doch was konnte der alte Geheimniskrämer in seinem Rückzugsort so Wichtiges zu schaffen haben?

Er würde der Sache auf den Grund gehen. Und zwar sofort! Kurz entschlossen zog Wallace die Tür auf.

Begleitet vom Knarren der Holztreppe stieg er in den Keller hinab. Nach jeder Stufe wurde das Gefühl stärker, eine verbotene Grenze zu überschreiten.

Er erreichte den festen Lehmboden des Kellergewölbes und schlich weiter an diversen Verschlägen vorbei. Er war nur noch wenige Schritte von der Tür aus Eichenholz entfernt, als er gedämpfte Geräusche vernahm.

Wallace blieb stehen und horchte. Es waren unmissverständlich Worte und sie schienen durch die Tür am Ende des Ganges zu ihm zu dringen.

Er ging näher heran. In dem Vorhängeschloss, das mit losem Bügel an der Überwurffalle hing, steckte der Schlüssel. Crookes war demnach tatsächlich in seiner geheimen Bibliothek.

Mit wem, zum Teufel, redet er?, fragte sich Wallace und legte ein Ohr an das Holz.

Vage hörte er Crookes' Stimme. Was dieser sagte, blieb ihm unverständlich, aber deutlich vernahm er einen nervösen Tonfall. Er horchte auf. Eben hatte Crookes flehentlich ein kurzes, abgehacktes Wort ausgerufen. Es klang wie ...

... *Jack*.

Wallace hielt einmal mehr den Atem an und schmiegte sich dichter an die Tür, welche mit einem Mal unter seinem Körpergewicht zu ächzen begann. Es folgte ein splitterndes Geräusch. Dann flog sie mit einem berstenden Krachen auf und Russel Wallace stürzte in den Raum dahinter.

Als er konsterniert aufblickte, stand neben ihm William Crookes, reichte ihm eine Hand und half ihm auf. Reumütig schaute Wallace in das fahle, übernächtigte Gesicht des Freundes.

Dann blickte er suchend in alle Ecken und Winkel des Kellers. Außer Crookes war niemand zu sehen.

Buckingham Palace, City of Westminster

Abberline blickte eine gefühlte Ewigkeit unschlüssig in den Raum hinter den geöffneten Flügeltüren.

Sollte er lieber hier verharren oder einfach hineingehen? Verletzte man die Etikette, wenn man sich der Queen ohne explizite Aufforderung näherte? Und falls dem so war, welche Strafe gab es dafür? Wurde für eine derartige Verfehlung womöglich die Todesstrafe verhängt?

Die gibt's wahrscheinlich schon, wenn man sich hier die Nase schnäuzt, mutmaßte der Inspektor und lugte in der Hoffnung auf einen Fingerzeig zu den beiden Männern an seiner Seite. Doch von den *Guards* war offenbar keine Hilfe zu erwarten, denn sie standen weiter wie Salzsäulen da, die Augen stur auf ein unbekanntes Ziel gerichtet.

Also fasste sich Inspektor Frederick Abberline notgedrungen ein Herz und verließ auf kribbelnden Beinen die Stelle, an der er so unverschämt lange hatte warten müssen. Langsam und linkisch ging er auf das rote Möbelstück in der Mitte des prächtigen Raumes zu.

Während er sich dem monarchischen Oberhaupt des Landes näherte, spürte der Inspektor, wie sich seine Nerven zum Zerreißen spannten. Er fühlte sich völlig unvorbereitet für die bevorstehende Konsultation. Mit klammen Händen straffte er nun den Saum seines Tweed-Jacketts. Weil seine Stirn und Wangen mittlerweile vor Aufregung glühten, langte er darauf in der Innentasche nach dem Taschentuch, zog es aber nicht hervor, weil es womöglich unschicklich war, sich in Anwesenheit Ihrer Majestät den Schweiß vom Gesicht zu wischen. Er konnte sich gut vorstellen, dass es in ihrer Gegenwart sogar unschicklich war, überhaupt zu transpirieren. Doch dagegen war er machtlos.

Unter den Straßen Londons

Nicht lange nachdem Melvin losgezogen war, hatten sich Byron, Nathaniel und Sam zu ihrem Ziel aufgemacht. Mittlerweile befanden sie sich in einem Abwasserkanal unter den Straßen Londons.

Byron ging voran durch die stinkende Brühe und leuchtete ihnen mit gereckter Fackel den Weg. Sam stapfte hinterher, gefolgt von Nathaniel, der auf dem fußbreiten Steg neben der Kanalwand entlangbalancierte, um jeden unnötigen Kontakt mit der Nässe zu meiden. Vor den drei her flüchteten unzählige fette Ratten in die unterirdische Finsternis.

»Diese verdammten Nager«, zürnte Sam, argwöhnisch das fiepende Gewusel beobachtend.

»Die tun dir schon nichts. Es sei denn, sie kommen dahinter, wie lecker du duftest«, erklärte Nathaniel und klopfte Sam beruhigend auf den Rücken.

»Lass das, Lumpensack!«, knurrte der Riese und seine Stimme verhallte wie ein Donnergrollen in dem Röhrenlabyrinth.

Nach weiteren hundert Schritten gabelte sich die Ziegelsteinröhre.

Byron blieb stehen. »Und jetzt, Nat?«

Nathaniel holte die Karte hervor. »Da lang!«, sagte er schließlich und deutete zur rechten Abzweigung.

Sie bogen in den schmaleren der beiden Gänge. Nach

einigen Minuten kamen sie an einem Gitter in der Wand vorbei. Die drei spähten in das schwarze Loch hinter den verrosteten Stäben.

»Ich fürchte, da müssen wir durch. Am Ende dieses Tunnels müssten die stillgelegten Kanäle liegen«, verkündete Nathaniel.

Byron patschte zu dem Eisengitter und leuchtete in den stockfinsteren Einlass.

»Und? Kannst du was erkennen?«, fragte Sam.

»Nicht viel. Nur eine Menge Ratten.«

»Sehr lustig«, grunzte der Hüne und schlingerte über den glitschigen Morast heran.

Byron rüttelte derweil vergebens an dem Gitter.

»Lasst mich mal.« Pranken so weiß wie Fischbäuche umfassten zwei Stäbe und rissen das Hindernis aus seiner Verankerung. Sam warf die Absperrung hinter sich in die Kloakenbrühe und die Freunde blickten in den niedrigen Schacht, der sich vor ihnen auftat.

»Wir müssen kriechen«, bemerkte Byron.

Nathaniel nickte. »Wenigstens ist es hier einigermaßen trocken.«

Nacheinander robbten sie in das Loch, dem verborgenen Reich unter der Stadt entgegen.

William Crookes' Wohnsitz, 7 Holland Park, Kensington, West London

Russel Wallace sah sich noch einmal ungläubig um. Dann blickte er wieder zu seinem Freund.

Crookes schenkte ihm ein gequältes Lächeln. »Ich freue mich, dass Sie einen angemessenen Eifer an den Tag legen und mit Schwung und Elan bei der Sache sind.«

Wallace verzog ärgerlich das Gesicht. »Crookes, ich warne Sie. Bringen Sie das Fass nicht zum Überlaufen. – Mit wem, bitte schön, haben Sie eben geredet?«

Das Lächeln auf Crookes' Antlitz erstarb. »Sie haben also gelauscht. Nun gut, Sie sollen es erfahren. Kommen Sie! Wir haben eine Verabredung.«

Schon war Crookes aus dem Zimmer.

Minuten später schritten sie auf eine Mietdroschke zu, die vor dem Haus wartete.

Buckingham Palace, City of Westminster

Abberline kam jetzt seinem Ziel so nahe, dass er deutlich das Spitzenmuster ihres Kleides und das noch nicht gänzlich ergraute Haar erkennen konnte, welches die Dame in einem Dutt unter einem weitmaschigen Netz trug.

Dann erreichte er das Möbel und stand nun tatsächlich direkt neben der leibhaftigen Königin. Diese sah zu seiner Verwunderung nicht auf, sondern beugte sich weiterhin über den Tisch, die Ellenbogen reichlich burschikos auf die Knie gestützt.

Der Inspektor nahm Haltung an, obgleich die Frau vor ihm nach wie vor keinerlei Anstalten machte, ihn zu begrüßen. Stattdessen blickte sie gebannt auf die Tischplatte.

Abberlines Augen wanderten gleichfalls dorthin.

Mit gerunzelter Stirn betrachtete er die fünf Spielkarten, die im Licht einer Kerze nebeneinander aufgereiht waren.

Das ist doch nicht zu fassen! Die alte Schachtel legt in aller Seelenruhe Patiencen, während ich vor dieser Tür Wurzeln schlage, dachte Abberline und rollte empört die Augen zur Decke.

»Inspektor, wären Sie so gütig, mich darüber in Kenntnis zu setzen, woran Sie Anstoß nehmen?«

Abberline erstarrte wie vom Donner gerührt. Sein Gesicht glühte von einer Sekunde auf die andere wie ein Bollerofen im Winter. Mit angehaltenem Atem begegnete er dem Blick der Witwe, in deren unangenehm weichen, aber bemerkenswert faltenarmen Gesicht nicht die geringste Andeutung eines Lächelns stand.

»Sie müssen wissen, ich komme höchst selten in die Verlegenheit, dass Personen in meiner Nähe ihre Gedanken unverblümt zur Schau stellen«, sagte sie. »Das mag daran liegen, dass der Preis für solche Mätzchen in der Vergangenheit ein recht hoher sein konnte. So manchem

Landsmann wurde auf die Weise die Ehre zuteil, unter dem Geläut von *St. Sepulchre* eine kostenlose Fahrt nach Tyburn anzutreten.« Nun legte sich doch der Hauch eines Lächelns auf ihre durchscheinenden Lippen. »Keine Sorge. Diese Sitte hat sich mittlerweile abgenutzt. Sollte ich jedoch am Benehmen eines Besuchers Anstoß nehmen, können die Folgen für derartige Verfehlungen auch heute noch recht unangenehmer Natur sein.«

Es folgte eine vielsagende Pause, in der Abberline seine zitternden Hände hinter dem Rücken verbarg. Er verstand den Sinn ihrer Worte durchaus. Die Prozession der zum Tode Verurteilten hatte früher unter dem Geläut der Kirchenglocken von Newgate nach Tyburn geführt, einem Dorf, das ehedem als öffentlicher Galgenplatz der City of London diente. Seit zwanzig Jahren verzichtete man auf das ganze Tamtam und vollzog sämtliche Hinrichtungen gleich innerhalb der Gefängnismauern von Newgate.

Die Monarchin musterte den Beamten lange Sekunden, ehe sie erklärte: »Schauen Sie nicht so geknickt drein, Inspektor! Ich sehe Ihnen diesen Fauxpas noch einmal nach. Unter der Voraussetzung, dass Sie jetzt genau zuhören. Ich habe einen Auftrag für Sie. Ihnen soll die Ehre zuteilwerden, für Ihr Vaterland und Ihre Königin in den Kampf zu ziehen.«

Sie wanderten durch das verlassene Industrieareal Richtung Stadt. Trotz der Blasen an seinen Füßen drängte Melvin zur Eile.

Wem würde er auf dem Spitalfield Markt begegnen? Und was nur wollten ihm diese Leute mitteilen?

Als sie auf die Hauptstraße des verlassenen Hafengeländes bogen, erinnerte ihn der Freund an sein Versprechen.

»Es ist noch ein ganzes Stück, bis wir am Ziel sind«, keuchte Wilkie neben ihm. »Wie wär's, wenn du mir jetzt von deinen Erlebnissen erzählst?«

»Okay«, murmelte Melvin und überlegte, wo er am besten anfangen sollte. Er beschloss, einfach alles der Reihe nach zu berichten.

Also schilderte er zuerst, warum er am Abend nach Ayleens Tod zum Hafen aufgebrochen war, um dort nach einem Schiff namens *Hope* und einem *seltsamen Fremden* Ausschau zu halten.

Fahrt zum Sitz der Bruderschaft

Die Kutsche fuhr an. Russel Wallace und William Crookes saßen sich gegenüber. Wallaces Augen blitzten aufgebracht, seine Arme lagen gekreuzt auf seinem Bauch und sein rechter Fuß wippte ungeduldig. Crookes langte in seine Manteltasche und zog zwei Zigarren hervor. Eine reichte er seinem Begleiter.

»Ich habe die brasilianischen Kostbarkeiten eigens für diesen Anlass erworben«, sagte Crookes, als Russel Wallace seine Zigarre schmauchend anfachte. »Wir sollten sie genießen. Es könnten unsere letzten sein.«

Wallace verschluckte sich prompt und hustete Rauch in die schaukelnde Kabine.

»Sie wissen ja: In der Mitte des Lebens sind wir des Todes«, schob Crookes mit einem Augenzwinkern hinterher.

»Sie sind ein unverbesserlicher Schelm«, schimpfte sein Gegenüber.

»Ich kann Sie beruhigen, alter Freund. Weder Ihr Leib noch Ihre Seele sollen heute einer Gefahr ausgesetzt werden. Schließlich habe ich Sie zu meinem Eingeweihten erwählt, damit Sie mir einen letzten Wunsch erfüllen, falls meiner Wenigkeit in dieser Nacht etwas zustößt und es mir nicht vergönnt sein wird, den Machenschaften unserer Feinde Einhalt zu gebieten.«

Beklommen sog Wallace an der Zigarre, ehe er seinen Freund beschwor: »So erzählen Sie doch endlich. – Was zum Teufel ist geschehen, seit Sie Jack das letzte Mal begegnet sind?«

William Crookes holte tief Luft. »Wie Sie aus dem Brief erfahren haben, mussten nach Violets Beerdigung fast drei Jahre vergehen, ehe ich über meinen eigenen Schatten zu springen vermochte und mir das ganze Ausmaß meiner Schuld eingestand. Meine geliebte Tochter war bei der Geburt ihres Sohnes gestorben, gewiss ohne den ärztlichen Beistand, der ihr in ihrem Elternhaus sicher gewesen wäre. Ich begann mich zu fragen, wie es Jack wohl ergangen war, der irgendwo in der Stadt auf sich allein gestellt ein Kind aufziehen musste. – Violets Sohn, meinen Enkel! Endlich hatte ich mich dazu durchgerungen, zur Universität zu fahren und nachzuprüfen, ob er sein Studium fortgesetzt hatte und ich womöglich dort Kontakt zu ihm aufnehmen konnte. Doch ich kam zu spät. Eine Woche zuvor war Jack ohne Angabe von Gründen nicht mehr zu den Vorlesungen erschienen. Vier weitere Studenten waren seither ebenfalls unauffindbar. Niemand wusste, wo die fünf jungen Männer abgeblieben waren. Vergebens fahndete ich daraufhin nach Jacks Verbleib. Ich nahm sogar die Dienste eines Privatdetektivs in Anspruch. Doch es war nicht mehr in Erfahrung zu bringen, als dass Jack und Violet ein Zimmer in den Elendsvierteln bezogen hatten, in welchem er nach ihrem Tod mit dem gemeinsamen Kind weiter hausen musste. Hellen hat mir später verraten, dass sie den beiden hinter meinem Rücken Geld aus ihrer Haushaltskasse zustecken wollte, was Jack jedoch ausschlug. Wie tief in seiner Ehre muss ich den Jungen durch mein Handeln verletzt und wie sehr muss Violet ihn geliebt haben, dass sie ihr bevorzugtes Leben aufgab und bei ihm geblieben ist?« Crookes zog an seiner Zigarre. Wallace sah, dass seine Hände zitterten.

»Ich war also dazu verdammt, im Ungewissen über Jacks Schicksal und das meines Enkels zu leben«, sagte Crookes mit matter Stimme. »Nach Jacks Verschwinden hatte mich aller Mut verlassen. Meine Angst vor der Wahrheit war unermesslich. Ich ahnte, dass ihm wegen meines engstirnigen Grolls weiteres Leid geschehen war. Wie eh und je stürzte ich mich in die Arbeit und verschloss meine Verbitterung vor der Außenwelt. Indes entfernte sich meine Frau mehr und mehr von mir, bis sie eines Tages einfach fortging. So lebte ich dahin. Der Wissenschaftler William Crookes wurde eine gerühmte Autorität und ein geachtetes Mitglied der geistigen Elite des Landes. Der Mensch William Crookes trat niemals außerhalb der Mauern seines Heims in Erscheinung. Sein Seelenleben ging niemanden etwas an. Für meine Trauer und Selbstvorwürfe ging ich sprichwörtlich in den Keller.« Crookes seufzte. »Doch eines Abends, nach so vielen Jahren, geschah etwas Merkwürdiges. Wenige Tage nach dem ersten Ripper-Mord kam mich Jack dort unten besuchen.«

Buckingham Palace, City of Westminster

Ihnen wird die Ehre zuteilwerden, für Ihr Vaterland und Ihre Königin in den Kampf zu ziehen.

Abberline fragte sich, was um Himmels willen sie ihm mit dieser Ankündigung bedeuten wollte. Schließlich zwang er sich zu einem gequälten Grinsen, in der stillen Hoffnung, dass dahinter ein makabrer Scherz verborgen lag. Die Bewegung seiner Gesichtsmuskeln bewirkte, dass sich die Schweißperlen, die unterdessen zahlreich auf seinem kahlen Schädel in Stellung gegangen waren, in Bewegung setzten. Niemals zuvor hatte er sich so sehr nach seinem Taschentuch gesehnt. Obwohl es verlockend nah war, wagte er jedoch nicht, danach zu greifen.

»Die fünf Karten auf dem Tisch gehören zu meinem Tarot«, fuhr die Queen mit ihrer Erklärung fort. »Sie zeigen die *Herrscherin*, das *Rad des Schicksals*, die *Liebenden*, den *Tod* und den *Teufel*. Es handelt sich um eine Aneinanderreihung, die uns der Zufall offenbart hat oder welche vielleicht auch anderen Kräften geschuldet ist, die sich unserem Verständnis entziehen. Diese fünf Symbole sind die wichtigsten Figuren in einem Spiel, das in diesen Augenblicken ausgefochten wird und dessen Ausgang für jeden von uns von allergrößter Bedeutung ist. – Auch für Sie, Inspektor.« Abberline sah mit großen Augen zu dem Zeigefinger, der nun auf ihn gerichtet war. »Erst kürzlich habe ich erfahren, was uns allen blüht, sollten wir diesen Kampf verlieren. Ein unermesslicher Schatten wird über uns kommen und wir werden allesamt mit ihm untergehen.«

Die Witwe hielt nun ein Kuvert in die Höhe. »Dieses Schreiben erreichte mich heute. Es enthält beinahe die ganze Wahrheit des Mysteriums und führt mir vor Augen, wie ich mich täuschen ließ. Leider war ich so töricht zu glauben, man könnte ungestraft mit dem Jenseits spielen. Die Zeilen bestätigen zugleich die Worte der einbeinigen Hexe und ihres ungewöhnlichen Sehers. Aber davon können Sie nichts wissen. Kommen wir darum nun zu Ihrer

Mission! Ich erwarte von Ihnen, dass Sie den Verfasser dieser Epistel, den ehrenwerten Herrn William Crookes, heute Nacht zu dem Ort geleiten, welchen ich Blendern und Betrügern für ihre schändlichen Machenschaften überlassen habe. Betrachten Sie mein Ersuchen als Befehl. Ehe Sir Ponsonby Sie hinausgeleitet, lassen Sie mich Ihnen noch eines auf den Weg mitgeben: Versäumen Sie es keinesfalls, Ihre Waffe zu laden, und stehen Sie Ihren Mann! Ich werde kein Versagen dulden.«

Fahrt von Wallace und Crookes zum Sitz der Bruderschaft

Russel Wallace hatte ungläubig eine Braue gehoben. »Ihr ehemaliger Ziehsohn hat sich also Zutritt ins Haus verschafft und Ihnen im Keller aufgelauert? – Was hat er denn dort erzählt?«

»Oh, Wallace, wenn sich die Sache nur so einfach verhielte.« Crookes wandte das Gesicht zum Kabinenfenster, hin zu den auflodernden Blitzen in der Ferne. »Die Natur seines jetzigen Wesens ist nicht von dieser Welt. Es kostet ihn unendliche Kraft, mit uns Lebenden in Kontakt zu treten. Außerdem bedarf es hierfür besonderer Umstände. Deshalb musste ich Sie so oft in den vergangenen Tagen hinhalten. Es war unabdingbar, dass ich allein in meiner Bibliothek auf ihn wartete.«

»Erzählen Sie mir bitte nicht, ein Gespenst habe Sie

heimgesucht! Ich glaube nämlich seit über einem halben Jahrhundert nicht mehr an Spukgeschichten.«

»Für eine zutreffende Beschreibung seines Zustands fehlen mir leider die Worte. Ich möchte mich deshalb auf die Aussage festlegen, dass ich seinem *Geist* begegnet bin.«

Russel Wallace wand sich empört in seinem Sitz. »Die Morde an den armen Frauen geschehen hier in der Stadt. Sie werden von diesem Jack the Ripper grausam niedergemetzelt. Crookes, das sind sehr reale Taten eines Wahnsinnigen in *unserer* Wirklichkeit. Mir scheint, Sie zimmern sich da etwas zusammen. Mein Lieber, Sie sind nicht verantwort-«

»*Schweigen Sie!*« Crookes hatte den Kopf herumgerissen und blickte seinen Intimus aufgebracht an. »Jack hat damit nichts zu tun! Der Name ist ein schlechter Scherz, in die Welt gesetzt, um alle an der Nase herumzuführen.« Er sank erschöpft in seinen Sitz zurück. »Verzeihen Sie. Sie können ja nicht wissen, welch heimtückischen Gegnern wir uns gegenübersehen.« Crookes beugte sich vor und blickte seinem alten Weggefährten ernst ins Gesicht. »Nicht Jack, sondern Gilles de Rais ist das mordende Phantom. Der Schwarze Ritter streift als dunkler Todesengel durch Londons Nächte. Seine Taten sind Teil eines perfiden Plans, den ein wahnsinniger Geist ersonnen hat, um die Erde in Finsternis zu stürzen.«

Unter den Straßen Londons

Byron, Nathaniel und Sam waren durch den Schacht gekrochen und nach Beseitigung eines weiteren Eisengitters in einen von morschen Holzpfeilern gestützten größeren Tunnel geschlüpft.

Nach einem halbstündigen Marsch standen sie in einem Gang aus vorrömischer Zeit. Begleitet von Sams Fluchen, das sich in der Ferne an unsichtbaren Wänden brach, waren sie daraufhin in ein Labyrinth aus Treppen, Durchgängen und Strebebögen gelangt.

»Das nimmt ja kein Ende«, grollte der Riese, als sie erneut an einer Biegung stehen blieben.

Nathaniel blickte von der Karte auf. »Wir sind fast da. Im Moment befinden wir uns direkt unter dem Ort, der einst den Römern als Mithras-Tempel diente. Am Ende dieses Ganges«, Nathaniel streckte einen verbundenen Arm aus und wies ins Dunkle, »müssten wir das Gewölbe unterhalb der Kirche betreten.«

Byron ging voraus. Als Sam und Nathaniel zu ihm aufschlossen, machte er sich bereits mit einem Dietrich an einer massiven Eisentür zu schaffen.

Sam begutachtete die Angeln. »Lass mich mal ran.«

»*Psssst!*« Byron hatte einen Finger auf die Lippen gelegt. »Sam, wir wissen nicht, was uns hinter der Tür erwartet. Vielleicht ist sie bewacht. Ich hab's gleich.«

Das Schloss schnappte auf und der Vampir drückte gegen die quietschende Tür. Vorsichtig lugte er durch den Spalt und zwängte sich hindurch.

Einen Moment darauf hörten Sam und Nathaniel ihn erstaunt »Halleluja« ausrufen.

Auf dem Weg zum Spitalfield Markt

Sie liefen über das unebene Pflaster unbeleuchteter Gassen durch das East End. Das Industriegelände hatten sie schon vor einiger Zeit verlassen. Ellie war heilfroh, dass sie demnächst an ihrem Ziel anlangten, denn inzwischen war sie von dem strammen Marsch quer durch die Stadt ganz schön außer Atem.

Seit Melvin vor einigen Minuten verstummt war, schritten sie schweigend nebeneinanderher. Ellie wusste einfach nichts auf seine Erzählung zu erwidern. Sie musste diese Geschichte erst einmal verdauen. – Es war die unglaublichste, die ihr je zu Ohren gekommen war.

In Gedanken versuchte sie, Melvins aberwitziges Abenteuer noch einmal für sich zusammenzufassen. Begonnen hatte es mit einer geheimnisvollen Botschaft, die Melvin in einem Traum nach Ayleens Ermordung erschienen war. Diese hatte ihn nach einer höchst gefährlichen Auseinandersetzung mit unheimlichen Kuttenmördern zu vier Männern geführt, die so was wie Menschen in Monstergestalt waren. Die vier waren für Melvin inzwischen

Freunde geworden. Vergebens suchten diese nach einem verschollenen fünften Kumpan, bei dem es sich offenbar ausgerechnet um den Mörder handelte, der gerade im East End umging und dort Dirnen um die Ecke brachte, die vor ein paar Jahren mit Melvin in der Dachkammer des *Ten Bells* gehaust hatten. Anscheinend war der Ripper nicht bloß verrückt, sondern auch im Auftrag eines Bischofs unterwegs, der sich in einer Kirche im Norden der Stadt verschanzte und dort ein uraltes Ritual hütete. Vor zehn Jahren hatte der Orden des Geistlichen in seiner Festung eine Teufelsbeschwörung oder ähnlich Gruseliges veranstaltet. Damals musste irgendwas gewaltig schiefgelaufen sein, denn aus dem Hokuspokus waren eine Mumie, ein Werwolf, ein lebendiger Toter und ein Vampir hervorgegangen. Einer der vier Verwandelten, der Werwolf, war gestern von den Ordensbrüdern geschnappt worden, weil er Melvin zu Hilfe eilen musste, der sich leichtsinnigerweise heimlich auf das Kirchengelände geschlichen hatte. Von einem Unbekannten war Melvin dann von dort gerettet worden. Die drei anderen Monstermenschen oder Menschenmonster wollten heute Nacht zur Kirche aufbrechen und ihren Freund befreien. Melvin befürchtete jetzt, dass sie geradewegs in eine Falle des Bischofs tappten und dieser das Ritual wiederholen könnte, um irgendwas unvorstellbar Furchtbares in Gang zu setzen. Außerdem gab es da noch einen geheimnisvollen Fremden, der wohl das Foto in Melvins Kammer an sich genommen und ihr im Innenhof vor der Bleibe des Freundes aufgelauert hatte. Vermutlich war dieser Mann auch derjenige, dem Melvin zu verdanken hatte, dass er mit heiler Haut aus dem Kirchengelände entkommen war.

Am Ende hatte Melvin auch noch von seinen beiden Begegnungen mit dem Ripper berichtet. Die Beschreibung des dunklen Wesens, seiner mordlüsternen Augen und der Dolche anstelle von Fingern an seinen Händen hatte Ellie mehr geängstigt als alle Schauermärchen zusammen, die ihr je erzählt worden waren.

Doch obwohl sie eben die verrückteste Geschichte in ihrem Leben gehört hatte, glaubte sie dem Freund jedes Wort, schon allein deshalb, weil sich niemand – außer vielleicht der eine oder andere Wahnsinnige im städtischen Irrenhaus *Bedlam* – so etwas Verrücktes ausdenken konnte. Ellie betrachtete Melvin aus den Augenwinkeln. Wie er so schweigend neben ihr herschritt und mit leerem Blick in die Ferne sah, wirkte er erwachsener, als sie ihn in Erinnerung hatte. Die vergangenen Tage hatten bei ihm eindeutig Spuren hinterlassen.

Als sie nun um eine Kurve bogen, hielt Melvin abrupt an. Beide blickten zu dem Platz, der sich vor ihnen auftat. Sie waren am Ziel. In dieser finsteren Nacht waren die Bretterbuden, die dort aufgebaut waren, nur zu erahnen. Am anderen Ende des Platzes zeigte ein gelbrotes Flackern ein Feuer an.

Ellie blickte Melvin fragend an.

»Komm«, sagte er nur und ging voraus.

Da gellte plötzlich ein Krächzen durch die Nacht. Über ihren Köpfen zog ein großer schwarzer Vogel Kreise, als wolle er ihre Ankunft kundtun.

Fahrt zum Sitz der Bruderschaft

Während die Kutsche durch das nächtliche London rollte, vorbei an Prachtbauten und Parkwiesen, später dem Lauf der Themse folgte und anschließend Richtung Norden weiterfuhr, lauschte Russel Wallace gespannt dem abschließenden Kapitel von Crookes' Erzählung.

»*Gilles de Rais* war der erste Hinweis, den ich von Jack erhielt«, sagte Crookes.

»Aha! Der gute Jack hat Ihnen seine Informationen also in wohldosierten Häppchen vor die Füße geworfen«, wurde er von seinem Sitznachbarn mit spöttischer Stimme unterbrochen.

»Zu diesem Aspekt der Angelegenheit kommen wir gewiss noch, mein Verehrtester«, erwiderte Crookes ruhig und bedachte Wallace mit einem nachsichtigen Blick. »Aber vorerst fahre ich der Reihe nach fort, wenn es Ihnen recht ist. Zunächst recherchierte ich das Leben des Schwarzen Ritters, ohne zu wissen, was Jack mit diesem Wink beabsichtigte. Danach nannte er mir vier Namen. Ich entsann mich, dass neben Jack auch weitere Kommilitonen als verschollen galten, und fand heraus, dass drei von ihnen – sie hießen Samuel Seymour, Nathaniel Fields und Byron Langdon – Studiengänge wie Semiotik oder Philologie belegt hatten, was diese Männer für einen ungewöhnlichen Auftrag befähigte. Dies traf übrigens auch auf Jack zu, denn er war in germanischer Mediävistik eingeschrieben.«

»Das Ritual!«, stieß Russel Wallace aus und paffte aufgeregt an der Zigarre. »Sie glauben, dies waren die Experten, die der Bischof mit der Dechiffrierung betraut hatte?!«

»Allerdings! Mein vehementes Nachfragen bei der Universitätsleitung brachte einen Aushang zutage, der seinerzeit Interessierte dazu aufrief, sich an der Übersetzung eines uralten Artefakts zu beteiligen. Die darauf befindliche Kontaktadresse und Jacks nächster Hinweis *Bischof* führten mich auf die Spur des Ordens. Dank meiner guten Beziehungen zu den parapsychologischen Verbindungen in unserer Stadt erfuhr ich, dass die Bruderschaft schon seit einigen Jahren im Norden Londons residiert, dort mysteriösen Machenschaften nachgeht und angeblich von unserer Königin höchstpersönlich protegiert wird. Für mich schloss sich allmählich der Kreis. War es möglich, dass dieser Bischof und seine Anhänger im Besitz des alten Schriftstückes waren, das der Schwarze Ritter einst verfasst hatte? Waren Jack und seine Kommilitonen an seiner Übersetzung beteiligt gewesen? Dann ging mir mit Schrecken auf, welches Bestreben einst zu seinem Entstehen geführt hatte.«

»Der Wunsch, mit den Seelen der Toten in Kontakt zu treten«, murmelte Wallace nachdenklich.

»Oder sie gar aus dem Totenreich zurückzuholen«, ergänzte sein alter Weggefährte und sah ihn herausfordernd an.

»Violet«, stieß Wallace aus, als ihm aufging, was Jack zu seiner Mithilfe bei der Übersetzung dieser Schrift bewogen haben musste.

Auf dem Gelände des Spitalfield Marktes, East End of London

Vor der Ziegelsteinfassade, die den Markt nach Norden abschloss, stand ein lang gestreckter und ziemlich heruntergekommener Schaustellerwagen. Daneben erblickte Melvin zu seiner Überraschung den Karren des Knochensammlers und dessen Esel Gamfield sowie einen alten mausgrauen Klepper und das anmutige Pferd, welches er am Nachmittag mit Thad auf dem Sattel vor dem *Ten Bells* gesehen hatte. Hinter der Feuerstelle saß der Fremde, der mit seinem Hut, dem staubigen Ledermantel und den Wildlederstiefeln wie ein waschechter Cowboy erschien. Außerdem hockten dort der Knochensammler und ein unansehnlicher Kerl in einem Wolfsfellmantel. Dieser musste der Gaukler sein, von dem Mr Packer Wilkie erzählt hatte.

Kratzende Geräusche lenkten Melvins Aufmerksamkeit jetzt zu dem halbrunden Wagendach. Dort hüpfte ein schwarzer, einbeiniger Vogel entlang. Melvin kam nicht drauf, wo und wann, aber er glaubte sich zu erinnern, diesem Tier in den letzten Tagen des Öfteren begegnet zu sein. Zudem war er sich sicher, dass eben jener Vogel ihm bei seiner letzten Begegnung mit dem Ripper das Leben gerettet hatte.

Vor dem Feuer blieb er stehen und Wilkie trat an seine Seite. Der Knochensammler lüpfte die Filzmütze und zeigte den beiden ein schiefes Grinsen.

»Welche feinen Geschöpfe sich hier eingefunden haben! Wie schön das menschliche Geschlecht doch ist! Oh brave Welt, die solch Jugend zu den ihren zählen darf!«, sagte der bucklige Alte und kämpfte sich auf die krummen Beine. »Mista hat euch was mitzuteilen. Kommt, meine Kindchen.« Schon schlurfte er in Richtung Wagen davon.

Sie folgten dem Alten. Neben der heruntergelassenen Klappleiter blieb der spitzbärtige Kauz stehen und wies in das düstere Wageninnere. Melvin nahm gerade die erste Stufe, da flatterte der Vogel dicht über seinem Kopf voraus durch den offenen Eingang.

Ein übler Geruch, der seinen Magen zusammenkrampfen ließ, nahm Melvin hinter der Schwelle in Empfang. Nach ihm drängte Wilkie in den Raum. Er hörte, wie dem Freund ein angewidertes Stöhnen entwich, dann wurden sie weiter in die Dunkelheit geschoben, weil nun auch der Knochensammler, der Gaukler und der Fremde in den Wagen drängten. Die Tür schlug zu. Die Finsternis, die sie umschlang, war beinahe vollkommen.

Melvin spürte eine Hand nach seiner Schulter tasten.

»Riecht ja wie bei uns in der Latrine«, raunte ihm Wilkie ins Ohr.

Von der anderen Seite her nahte abwechselnd ein Schlurfen und Klopfen, begleitet von einem rasselnden Ächzen. Gleichzeitig kroch ein tränentreibender Gestank auf sie zu.

»Gott steh uns bei!«, hörte Melvin den Freund stöhnen und prompt krampfte sich dessen Hand um seine Schulter.

Allmählich erkannte Melvin die Umrisse eines wuchtigen Körpers, der ihnen entgegenwankte. Nun wurde eine Lampe angezündet. Wilkie sog neben ihm vor Schreck die Luft ein. Ein aasiger Pesthauch betäubte ihre Sinne, während sie mit großen Augen den Kopf anstarrten, den die steinalte Frau vor ihnen in den Händen trug.

Fahrt zum Sitz der Bruderschaft

»Der letzte Hinweis an mich lautete *Ten Bells*«, berichtete William Crookes weiter. »Er erreichte mich am Morgen nach der Ermordung von Mary Kelly. Umgehend zog ich los. Im East End fand ich eine schäbige Kneipe, die diesen Namen trägt. Was sollte ich hier?, fragte ich mich. Da sah ich die Händlerin eines Gemischtwarenladens und suchte mit ihr das Gespräch. Zunächst war die Frau kurz angebunden, aber ich spürte, dass sie mehr wusste, als sie preisgeben wollte. Darum blieb ich hartnäckig und gab ihr zu verstehen, dass meine Absichten von integrer Natur waren und die Angelegenheit für mich von außerordentlicher Wichtigkeit war. Schließlich gab sie klein bei und verriet mir, dass Mary Kelly eine Zeit lang in einem Mansardenzimmer über dem Gasthaus gewohnt hatte und während dieser Zeit für ein trunksüchtiges Weib anschaffen ging. Anschließend wies sie mich noch hinter vorgehaltener Hand auf eine Merkwürdigkeit hin, die ihr aufgefallen war. So erfuhr ich, dass in der Kammer damals noch weitere Frauen untergekommen waren. Sie hießen: Mary Ann Nichols, Annie Chapman, Elizabeth Stride und Catherine Eddowes. – Fällt Ihnen etwas auf?«

»Donner und Doria!«, rief Russel Wallace erstaunt aus.

»Es liegt auf der Hand, dass Jack the Ripper sich seine Opfer nicht willkürlich aussucht. Seine Morde folgen offenbar einem Muster.«

»Aber was hat das alles ...?«

»Gemach, gemach! Ms Marsh, so hieß die Händlerin, verriet mir noch etwas. Neben einem weiteren Mädchen – vermutlich die Stieftochter der vor zwei Jahren verschiedenen Kupplerin – lebte auch ein Junge unter demselben Dach. Jener hat sich nur wenige Tage vor ihrer Ermordung ausgerechnet nach dem Aufenthaltsort dieser Mary Kelly erkundigt. Nach Beschreibung von Ms Marsh soll er ein aufgeweckter Bursche sein, der sich nach wie vor in der Nähe seiner früheren Bleibe herumdrückt.«

Unter den Straßen Londons

Die drei Freunde standen in einem hohen runden Raum. Byron schwenkte die Fackel nach allen Seiten. Der Feuerschein traf auf verwitterte Reliefs an den Steinwänden.

Nathaniel stand dicht an einer Wand. Seine verlumpten Hände betasteten ehrfürchtig die gemeißelten Kunstwerke. »Römisch«, stieß er begeistert aus. »Minerva, Vulcanus, Apollo. Und dort ... das muss Mars sein!«

Plötzlich verstummte er und fuhr herum. Er hatte ein leises Geräusch gehört. Sie alle hatten es vernommen.

Die Fackel hochgereckt, schlich Byron zur Mitte des Gewölbes. Dort blieb er stehen. Sam und Nathaniel stellten sich kampfbereit neben ihm auf.

»Was war das?« Sams tiefe Stimme echote zu ihnen zurück.

In den vier abgehenden Öffnungen der unterirdischen Kirche erschienen in diesem Augenblick verhüllte Gestalten. Eine jede hielt einen gebogenen Säbel vor sich.

»Auf in den Kampf!«, rief Sam seinen Begleitern mutig zu.

Byron aber hörte ihn kaum, denn er hatte eine Entdeckung gemacht. Sie erfüllte ihn mit wachsendem Schrecken. Er hielt die Fackel noch ein Stück höher und betrachtete die Metallbolzen in den Wänden. An diesen waren dicke Taue verknotet. Mit den Augen verfolgte er den Weg eines Strangs – vom Bolzen aus in die Höhe, bis hin zu einem silbern schimmernden Netz, an dem das andere Seilende verknotet war. Rasch sah sich Byron um und fand seine Ahnung bestätigt: An drei weiteren Seiten waren Taue an diesem Netz befestigt und spannten es auf diese Weise über den Raum.

»Eine Falle!«, rief er aus und zeigte zur Decke.

Da hoben die vier Vermummten bereits ihre Säbel und hieben auf die Taue ein.

Sam, Byron und Nathaniel stoben auseinander. Doch

das schwere, engmaschige Stahlnetz fiel bereits herab. Noch ehe die drei einen der Ausgänge erreicht hatten, wurden sie darunter begraben. – Die Falle des Ordens war zugeschnappt.

Fahrt zum Sitz der Bruderschaft

Die Kutsche bog nun in eine von mächtigen Ulmen gesäumte Allee und Russel Wallace zupfte nachdenklich an einer Falte seiner Hose herum.

»Nun gut. Nehmen wir einmal an, Ihre Erscheinung ist keine Schimäre und diese kryptischen Botschaften sind nicht ein Ausbund Ihrer Fantasie. Gehen wir meinetwegen auch noch davon aus, Sie haben tatsächlich die korrekten Schlüsse aus dem ganzen Durcheinander gezogen. Dann würde ich zu meinem Verständnis gerne den Versuch unternehmen, dieses einmal zusammenzufassen.«

»Nur zu«, antwortete Crookes milde lächelnd.

»Berichtigen Sie mich bitte, wenn ich etwas falsch aufgefasst habe.«

»Wie Sie wünschen.«

»Nach Ihrem Dafürhalten, hat sich also irgendwo am Rande dieser Stadt ein unchristlicher Orden verschanzt, der im Besitz von Gilles de Rais' Dokument ist und jener Schrift ihre Geheimnisse entlocken möchte. Vor zehn Jahren wurde eine Handvoll Studenten, darunter auch

Ihr ehemaliges Mündel, mit dessen Übersetzung betraut. Nicht lange darauf sind die fünf spurlos verschwunden. Seit ein paar Wochen bringt nun ein Mörder leichte Mädchen um die Ecke, der unserer Presse den Namen *Jack the Ripper* zugespielt hat. Just taucht auch Ihr Ziehsohn Jack wieder in Ihrem Hause auf. Allerdings nunmehr als Gespenst, das Ihnen Dinge zuflüstert, aus welchen Sie sich Ihre Geschichte zusammenreimen konnten. Gestern haben Sie dann auch noch in Erfahrung gebracht, dass sich die Opfer angeblich kannten und irgendwo im East End ein Junge herumläuft, dem das auch aufgegangen zu sein scheint und der deshalb auf der Suche nach Mary Kelly war. – Habe ich das halbwegs treffend zusammengefasst?«

»Sie haben«, sagte Crookes und fügte sogleich hinzu: »Sie vergaßen lediglich, dass ich hinter der Figur des Rippers die Wiedergeburt des Schwarzen Ritters vermute und die Morde meiner Meinung nach im Auftrag des Bischofs geschahen.«

»Aber warum das?«

»Wie Sie richtig erkannt haben, blieb es dem Jungen nicht verborgen, dass seine ehemaligen Mitbewohnerinnen dahingemetzelt wurden. Deshalb versuchte er offenbar, die letzte noch lebende Frau aufzuspüren. Gehen wir einmal davon aus, der Bischof ist auf der Suche nach Jack. Gehen wir ferner davon aus, er muss ihn in die Finger bekommen, um sein schreckliches Werk zu vollenden. Und stellen wir einmal folgende Vermutung an: Der Bischof hat herausgefunden, dass Jack einen Sohn hat, den er kurz vor seinem eigenen Verschwinden irgendwo in

Obdach gab und der heute unter Hunderttausenden in dieser Stadt lebt. Welche Überlegungen würde dieser Mann womöglich anstellen, um Jack aus seinem Versteck zu locken und ihn gefügig zu machen?«

Russel Wallace verzog unwillig die Mundwinkel, ehe er knurrte: »Sie glauben also allen Ernstes, jener Knabe ist Ihr Enkel! Nun gut. Was Sie schildern, wäre gegebenenfalls ein Motiv. In diesem Falle könnte dieser Bischof tatsächlich auf die Idee gekommen sein, den Schwarzen Ritter auf die ehemaligen Bewohner der Kammer über diesem Wirtshaus zu hetzen, um Jack in Bedrängnis zu bringen, weil sich der Kreis der Bedrohung immer enger um dessen Sprössling zieht.«

Auf dem Gelände des Spitalfield Marktes, East End of London

Die Vettel hechelte wie ein altersschwacher Hund, während sie ihre Gäste aus schmalen Augenschlitzen betrachtete.

»Guck mal, Kelly, der Bub ist da und er hat gleich sein Geleit mitgebracht.« Sie hob eine Hand zur Begrüßung. »Darf ich euch zuerst meine Helfer vorstellen?«

Melvin und Wilkie drehten sich zu den drei Männern um.

»Den Knochensammler kennt ihr ja schon. Er hört auf den Namen John Dee.« Der Alte zwinkerte den beiden grimassierend zu. »Der fesche Hasardeur daneben heißt Kyle Hunter und wird *Jäger* gerufen. Er hat erst heut zu uns gefunden und uns seine Hilfe angeboten.« Der Fremde fasste sich an die Hutkrempe. »Und mein Fahrer dort hat viele Namen: Cagliostro, Cipolla, Cagnazzo und so weiter und so fort. Auf diese Weise kann er seine Spuren auf den vielen Reisen um die Welt besser verwischen. Drum nennen wir den vagabundierenden Lump einfach den *Fahrenden Mann*.«

Der Gaukler lächelte kurz und offenbarte dabei diverse Goldzähne, ehe er auch schon wieder unbeteiligt an seinem Zigarillo zog.

»Jesses, jetzt hätt ich fast noch wen vergessen«, rief die Alte plötzlich aus und sah zu dem Kopf in ihrer Armbeuge. »Das ist mein Seher Edward Kelley. Oder vielmehr das, was wir von dem ollen Alchemisten retten konnten.«

Melvin und Wilkie starrten mit verdatterten Mienen zu dem Kopf, der sich zur Begrüßung mit einer löchrigen schwarzen Zunge die Lippen leckte, aber ansonsten schwieg.

»Mein Name ist Mista«, führte die Alte weiter aus. »John Dee, Edward Kelley, der Fahrende Mann und ich sind Hüter der Magie. Der Jäger arbeitet im Auftrag der Kirche in Rom und wird uns heut Nacht zur Seite stehen, damit wir dem Bischof Einhalt gebieten. Wir tragen Sorge, dass die universelle Ordnung nicht aus den Fugen gerät und die Grenzen der Welten verschlossen bleiben. Eure Welt ist in größter Gefahr. Verborgenes Wissen, das in die Hände dieses glatzköpfigen Teufels und seiner Schergen geraten ist, muss rasch in unsren Besitz kommen, damit furchtbares Unheil verhindert werden kann. Dafür brauchen wir deine Hilfe. – Kommst du mal näher?« Die Alte winkte Melvin mit einem knotigen Finger heran. »Meine Augen sind nicht mehr so gut.«

Melvin tat drei zögerliche Schritte auf die Frau zu, die sich vorbeugte und ihn lange musterte.

»Ja, tatsächlich. Du bist ihm ähnlich. – Das gehört dir.« Sie zog eine Fotografie aus ihrer Rocktasche und schob sie Melvin in die Hand.

Der senkte den Kopf und betrachtete das Abbild seiner Eltern. Seine Mutter sah lächelnd zu seinem Vater auf, mit einem Gesicht, das vor Liebe und Freude strahlte. Die Miene seines Vaters hingegen war ohne Ausdruck. Nicht der Hauch eines Lächelns umspielte seine Mundwinkel. Anstatt sich seiner Angetrauten zuzuwenden, fixierte er den Betrachter geradezu. Ernst und sogar ein wenig bedrohlich.

Melvin wunderte sich, warum er sich nie gefragt hatte, weshalb sein Vater in diesem besonderen Augenblick seines Lebens alles andere als glücklich wirkte. Was hatte ihn damals beschäftigt und weshalb hatte er wenige Jahre später seinen Sohn einer Fremden anvertraut, anstatt sich selbst um ihn zu kümmern? Unwillkürlich dachte Melvin daran, wie Mary Kelly ihm erzählt hatte, in welchem Zustand sie seinen Vater im Haus der Rose angetroffen hatte. Sie hatte einen Mann beschrieben, der vor Angst außer sich gewesen war.

Zehn Jahre waren vergangen, seit sein Vater ihn Peggy

Rose überlassen hatte und auf Nimmerwiedersehen verschwunden war. Zur gleichen Zeit wurden Vincent, Byron, Nathaniel, Sam und Jack bei dem Ritual verwandelt. Einer der fünf war seither verschollen. Erst vor wenigen Wochen war Jack erneut aufgetaucht und machte seither als schwarzes Schreckgespenst ausgerechnet Jagd auf die Frauen, die für seine Ziehmutter gearbeitet und bis vor zwei Jahren mit ihm in der Kammer über dem *Ten Bells* gehaust hatten. Zwischen seiner Geschichte und dem Schicksal der fünf Studenten gab es also eine Verbindung. Daran bestand kein Zweifel. Und diese Verbindung war ...

... Jack.

Melvin gefror das Blut in den Adern und das Foto entglitt seinen Fingern. Wie ein fallendes Herbstblatt wehte es auf den Wagenboden. Verkehrt herum blieb es liegen.

»Ich möchte es nicht wiederhaben«, sagte er mit tonloser Stimme.

Die betretene Stille wurde erst durch ein gedehntes Seufzen der greisen Frau beendet. »Du denkst doch nicht etwa, dass dein Vater die armen Weibsbilder umgebracht hat? Melvin, du bist ein tapferer Kerl. Sorgst dich um deine Mitmenschen und hast dich in Gefahr gebracht, immer wieder, um deine kleine Freundin und die andere Frau, diese Mary Kelly, zu beschützen. Nach deren Tod hast du dir geschworen, die Mädels zu rächen. Mehr als einmal hast du dafür dein Leben aufs Spiel gesetzt. Glaubst du allen Ernstes, dass du der Sohn von dem Ripper bist?«

Melvin sah zum ersten Mal die grünen Katzenaugen der Alten. Sie waren so klar und schön, dass sie den verfallenen Leib, zu dem sie gehörten, Lügen straften. Aus unerklärlichen Gründen weckten sie in ihm ein Fünkchen unklarer Hoffnung.

»Sei beruhigt. Dein Vater ist gewiss kein Mörder. Ob du's glaubst oder nicht, er war in den letzten Wochen die meiste Zeit in deiner Nähe, auch wenn du ihn niemals gesehen hast. Er war es, der dir in der Nacht, als das Mädchen ermordet wurde, eine Botschaft mitgegeben hat. Weil er dich nicht beschützen konnte, hat er dich zu seinen ehemaligen Freunden geführt. So bist du nicht mehr auf dich allein gestellt gewesen und von dem Ort weggekommen, wo dich unsre Feinde früher oder später aufgespürt hätten. Leider bist du so auch uns entglitten. Selbst für Edward, meinen weitblickenden Seher, war es schwer, dich immer wieder in der Stadt aufzuspüren. Drum haben wir uns heute mit dem Jäger verbündet. Denn wir mussten dich finden. Unbedingt! Das Glück war ihm holder als uns. Er traf auf deinen Freund und konnte ihm eine Nachricht für dich mitgeben.« Die Vettel feixte zu Wilkie hinüber und wandte sich dann wieder an Melvin. »So bist du nun endlich hier bei uns. Es war allerhöchste Zeit. Du musst nämlich von der Aufgabe erfahren, die dir bevorsteht.«

In den Katakomben der Bruderschaft

Der Bischof trat vor Vincents Zelle. »Berengar, wie war Ihr erster Tag in meiner Obhut?«, fragte er mit einem munteren Willkommenslächeln auf den Lippen.

Der Gefangene sah weder zu den Gitterstäben, noch gab er eine Antwort. Den Geistlichen schien das nicht zu stören, denn er ließ prompt eine weitere Frage folgen: »Eines könnten Sie mir noch verraten. Unter welchen Londoner Stein hattet Ihr Kreaturen euch verkrochen?«

Vincent blieb wieder eine Antwort schuldig. Mit geschlossenen Lippen lag er auf seiner Pritsche.

»Sie können es mir getrost erzählen. Sie und ich wissen, dass ich meine getreuen Vasallen nicht mehr dorthin beordern muss.«

Vincent stierte weiterhin zur tropfenden Zellendecke, doch nun murmelte er: »Was ist in jener Nacht aus uns geworden?«

»Auf diese Frage habe ich gewartet«, antwortete der Bischof und rieb die Handflächen aneinander. »Ich werde es Ihnen verraten. Während Sie und Ihre Kameraden damals den törichten Entschluss fassten, unsere Kooperation aufzukündigen, hat der tüchtige Jack den letzten Schritt getan und Eure Arbeit vollendet. Er konnte der Schrift tatsächlich die letzten Geheimnisse entreißen, die sie Jahrhunderte fest in ihren Klauen hielt. Um dieses Manuskript ranken sich viele Legenden und sie haben durchaus einen wahren Kern. In der Tat gibt es einen Ort, zu dem die reinen und geläuterten Seelen weiterwandern, sobald sie aus ihrem körperlichen Gefängnis befreit wurden. Doch daneben existiert auch ein Reich ewiger Verdammnis, das sich die Seelen reueloser Sünder mit den Dämonen und Teufeln teilen. Eine Hölle, weit schlimmer noch als je von Dante oder Milton und sämtlichen Propheten ersonnen. Das Ritual ist zugleich Tor und Schlüssel zu beiden Parallelwelten. Jedoch lag mir nie daran, die Geister der jenseitigen Welt zu rufen, welche unsere Kirche als das Paradies bezeichnet. In jener Nacht hatte ich weit Größeres im Sinn als eine Séance. Unsere Zusammenkunft diente allein dem Ziel, endlich das verborgene Tor zur Unterwelt aufzustoßen und die Mächte der Finsternis aus ihr zu befreien. – An dieser Stelle kommen Sie und Ihre Mitstreiter ins Spiel.«

»Ich ... ich verstehe nicht«, stammelte Vincent, von Grauen erfüllt.

»Es ist im Grunde ganz einfach. Hören Sie gut zu! Wie Ihnen aus dem Alten Testament bekannt sein dürfte, entbrannte vor langer Zeit ein Kampf zwischen den Engeln, an dessen Ende die Ungehorsamen aus dem Himmel vertrieben wurden und in die Hölle stürzten, um dort bis in alle Ewigkeit unsägliche Qualen zu erleiden. Für die gefallenen Engel gibt es nur eine Hoffnung: die Prophezeiung der Apokalypse. Denn es steht geschrieben, dass sich eines Tages die Höllenpforte öffnet und vier Reiter kommen werden, die Krieg, Pest, Hungersnot und Tod über die Menschheit bringen.«

»Sie sind wahnsinnig«, spie Vincent seinem Peiniger entgegen.

Der Bischof lächelte diabolisch. »Die Prinzen der Dunkelheit können die Grenze ihrer Welt jedoch nur überschreiten, indem sie in Menschen fahren. Um sich auf dieser Erde zu bewegen, benötigen sie zunächst eine Hülle, die sie mit ihrer Präsenz vergiften und schließlich abstreifen wie eine Schlange eine zu klein gewordene Haut. Verstehen Sie nun, welche Bestimmung die Herren Seymour, Fields, Langdon und Ihre Wenigkeit erwartet?«

Vincent richtete sich auf und blickte dem Bischof entsetzt ins Gesicht.

Dieser trat einen Schritt näher. »Sie und Ihre Freunde wurden von mir auserkoren, die Dämonen des Untergangs zu empfangen, damit die Reiter der Apokalypse Tod und Verderben in die Welt der Lebenden tragen und alles und jeden in ewige Dunkelheit stürzen können.«

Der Bischof verstummte und blickte zur Tür. Vier Frauen in schwarzen, eng anliegenden Anzügen kamen in den Raum und nahmen vor Vincents Zelle Haltung an. Der Ordinarius betrachtete seine Leibgarde fragend. Eine Leibwächterin beugte sich zu ihrem Anführer vor und flüsterte ihm etwas zu.

Vincent stand auf und trat an das Gitter seiner Zelle. Er befürchtete Schlimmes.

Der Bischof blickte triumphierend zu seinem Gefangenen. »Ihre Freunde sind hier. Wir durften sie eben willkommen heißen.«

»Das Ganze ist doch völlig irre«, schimpfte Russel Wallace und massierte sich die Schläfen. »Wissen Sie, was ich mich frage?«

»Sie werden es mir gewiss gleich verraten«, sagte Crookes mit einem süffisanten Lächeln.

»Weshalb durften Sie sich all das mühsam zusammensuchen? Warum hat Ihnen Jack dies nicht selbst erzählt und seinem Sohn ebenfalls, damit der schön die Füße stillhält? Es wäre außerdem angeraten gewesen, diese bedauernswerten Frauen zu warnen, ehe es ihnen an den Kragen ging. Finden Sie nicht auch?«

Crookes' Lächeln war mit einem Mal wie weggewischt und an seine Stelle war ein Ausdruck tiefer Niedergeschlagenheit getreten. Beschwichtigend hob er die Hände und sagte: »Ich versuchte Ihnen bereits zu erklären, dass Jack nicht mehr von dieser Welt ist, auch wenn ein Teil von ihm immer noch hier weilt. Doch weder Sie noch ich oder sonst wer kann ihn sehen. Wir reden im wahrsten Sinne des Wortes von einem Gespenst. Zu unserem Glück gibt es Orte, an welchen die Grenzen zwischen den Dimensionen durchlässiger sind. Ein solcher ist offenbar die Bibliothek in meinem Haus. Vielleicht weil sie erfüllt ist von meiner Trauer um Violet. Dort konnte Jack zu mir sprechen. Allerdings tat er dies keineswegs so, wie Sie sich das vermutlich vorstellen. Ich sah ihn nie, ich vernahm immer nur seine Stimme. Allerdings drang sie nicht an meine Ohren. Vielmehr sickerte sie wie ein entferntes Echo vage und rätselhaft in mein Unterbewusstsein. Es war Jacks Geist, der mit dem meinigen in Verbindung trat.«

Russel Wallace legte skeptisch die Stirn in Falten und Crookes öffnete derweil das Fenster, um die kühle Nachtluft ins rauchgeschwängerte Wageninnere zu lassen. In diesem Augenblick hielt die Kutsche am Wegesrand an.

Russel Wallace wusste, dass sich ihr Gespräch dem Ende neigte, und er fragte sich bang, was diesem nachfolgen würde. Deshalb stellte er noch eine Frage, die ihm unter den Nägeln brannte: »Warum haben Sie ausgerechnet mich zu sich bestellt?«

»Etwas Böses streicht durch Londons Gassen und vergiftet die Atmosphäre. Lieber Wallace, ich bin der festen Überzeugung, dass die Mordtaten erst der Anfang sind von etwas, das wie die Gewitterfront dort draußen über uns aufgezogen ist. Was auch immer heute Nacht geschieht, meine Erkenntnisse dürfen nicht verloren gehen. Sie, Wallace, sind ein integrer Mensch, dem ich voll und ganz vertraue. Ich weiß, dass mein Wissen sicher bei Ihnen aufgehoben ist.« Crookes sah seinem alten Weggefährten fest in die Augen. »Vermutlich werde ich den morgigen Sonnenaufgang nicht mehr erleben. Schon allein deshalb war es mir ein Anliegen, Sie in den vergangenen Tagen an meiner Seite zu wissen.«

Russel Wallace senkte betroffen den Blick und sah auf den Kutschenboden. »Und wie geht es nun weiter?«, fragte er leise.

Crookes bemühte sich um ein zuversichtliches Lächeln.

»Ich habe heute Versäumtes nachgeholt und an Ihre Majestät eine Epistel gesandt. In dem Brief habe ich ihr alles unterbreitet. Dazu enthält er eine Schilderung meiner Pläne für die heutige Nacht. Bevor wir aufbrachen, erhielt ich Antwort auf mein Ersuchen. Es scheint, als hätten meine Zeilen offene Türen eingerannt. In Kürze dürfte hier jemand eintreffen, den uns die Queen heute Nacht zur Seite stellen wird, damit ich in die Festung des Bischofs gelangen kann.« Plötzlich hielt Crookes einen Revolver in Händen. »Unsere Gegner haben die Pforte zu unvorstellbar zerstörerischen Kräften einen Spaltbreit geöffnet. Sie darf nicht vollends aufgestoßen, sondern muss unter allen Umständen wieder geschlossen werden, ehe es zu spät ist. Ich werde meine Schuld einlösen. So es das Schicksal will, kann ich dem Bischof und dem Schwarzen Ritter Einhalt gebieten und das Leben meines Enkels retten.«

In den Katakomben der Bruderschaft

Der Bischof lehnte an der gegenüberliegenden Wand. Von dort aus hatte er eine unverstellte Aussicht auf alle fünf Zellen. Vier davon beherbergten jetzt Gefangene, denn soeben waren Sam, Nathaniel und Byron von der Wachmannschaft in den Kerker eskortiert worden. Vincent und seine drei Leidensgenossen sahen ihren Erzfeind durch die Gitterstäbe an.

»Willkommen in Gottes Haus. Endlich seid ihr verschollenen Kinder des Herrn in den Schoß der Kirche zurückgekehrt.« Der Bischof breitete pathetisch die Arme aus. »Seht auf und erhebt die Häupter, eure Erlösung naht.«

»Du aufgeblasener Wicht. Ich reiß dich in Stücke.«

»Die Freude ist ganz auf meiner Seite, Mr Seymour.« Nachsichtig betrachtete der Bischof den Untoten.

Sam legte die breiten Pranken um zwei Eisenstangen und streckte das Gesicht zwischen die Stäbe. »Komm nur her, wenn du dich traust.«

Der Bischof lachte schallend. »Es freut mich, dass Ihnen Ihr Mut nicht abhandengekommen ist, obgleich Sie doch ebenso tot wie eine ertrunkene Kanalratte sind und dies auch unwiderruflich bleiben werden.«

Das graue Gesicht des Hünen versteinerte.

Der Bischof schaute überrascht. »Ach, hatte ich das noch nicht erwähnt? *Sie sind tot*. Sie alle sind es. Die Hoffnung auf Ihr kümmerliches Menschsein müssen Sie leider begraben. Ihre Verwandlung ist selbstverständlich unumkehrbar. Aber keine Sorge. An ihrer statt erwartet Sie eine machtvolle Existenz in meinen Diensten. Obgleich Ihre Evolution auf dem Niveau eines Hominiden stehen blieb, fand Ihre Metamorphose nur ein vorübergehendes Ende. Jacks Dummheit hat die Sache lediglich unnötig aufgeschoben. Sobald der Junge da ist, werden wir gemeinsam das Ritual zu einem triumphalen Ende führen und Ihre Vervollkommnung feiern.«

Auch Vincent, Byron und Nathaniel traten näher an die Gitter. Vier Augenpaare starrten den Bischof an.

»Welcher Junge?«, fragten Nathaniel und Byron gleichzeitig.

»Jacks Sohn!«, sagte der Bischof.

Northern London

Russel Wallace hörte die Kutsche heranrollen, bevor sie in der Dunkelheit zu sehen war und neben ihrer eigenen zum Stehen kam. Das Wappen an der Seite der Kabine sowie der rote Überwurfmantel und der schwarz-goldene Hut des Kutschers verrieten, dass es sich um eine königliche Karosse handelte.

Der Schlag schwang auf. Heraus kletterte ein untersetzter Mann mit schutterem Haar und einem Ausdruck im Gesicht, als würde er von heftigsten Zahnschmerzen gepeinigt. Er wandte sich Crookes' und Wallaces Kutsche zu, stieg ein und nahm nach einem misslaunigen Nicken neben ihnen Platz.

»Guten Abend, Inspektor Abberline«, eröffnete William Crookes das Gespräch.

»Sie sind Crookes?«, stieß der Kommissar übellaunig hervor.

»Richtig. Und dies ist Russel Wallace. Ein langjähriger Freund. Er weiß über unseren Feldzug Bescheid. Wir können also offen reden. Unsere Majestät hat Sie, wie ich voraussetzen darf, über unser Vorhaben in Kenntnis gesetzt?«

Die Antwort war ein unverständliches Grummeln.

Crookes ließ sich davon nicht beirren. »Ich fasse noch einmal zusammen, was wir in Kürze zu tun gedenken«, sagte er und schilderte dann, wie er beabsichtigte, in Begleitung des Inspektors auf das Kirchengelände zu gelangen.

Als Crookes geendet hatte, beugte sich Inspektor Abberline vor. »Nun gut. Ich werde Ihnen behilflich sein. Nach Einschätzung der Königin sind wir noch wenigstens eine Stunde auf uns allein gestellt, bis Admiral Beresfords Truppe hierher ausrücken kann. Ich habe allerdings nicht vor zu warten, bis die Männer das Bollwerk stürmen und hier die Hölle losbricht. Sobald wir den Bischof aufgespürt haben, betrachte ich meine Mission als erfüllt. – Gehen Sie also besser nicht davon aus, dass ich Ihren Allerwertesten retten werde.«

Crookes erwiderte darauf nichts, sondern wandte sich mit einem tiefgründigen Lächeln an seinen alten Freund. »Lieber Russel, hier also trennen sich unsere Wege. Ich danke Ihnen für alles. Zwei Anliegen habe ich noch. Zunächst: Verweilen Sie noch ein paar Tage in meinem Haus. Ms Ratcliffe wird liebend gern für Ihr Wohlergehen sorgen. Ich habe unsere Königin gebeten, sie möge Ihnen mitteilen lassen, wie die Ereignisse ausgegangen sind. Sollte ich scheitern und nicht mehr zurückkehren, übergeben Sie Ihrer Majestät bitte meinen Brief an Jack und erzählen Sie ihr restlos alles, was Sie von mir erfahren haben. Ich habe noch eine weitere Bitte. Sie ist der eigentliche Grund, warum ich die Torheit beging, einen alten Freund aus seinem beschaulichen Lebensabend zu reißen und ihn einzubeziehen: Suchen Sie nach dem Jungen! Sollte mein Auftrag misslingen und Melvin die heutige Nacht dennoch wohlbehalten überstehen, nehmen Sie ihn mit nach Broadstone und schenken Sie meinem Enkel dort ein sicheres Zuhause, weit weg von dieser Stadt.«

William Crookes nickte Abberline zu und stand auf. Er schickte sich eben an, die Kabine zu verlassen, da schlug Russel Wallace unbeherrscht eine Faust in die offene Hand.

»Das könnte Ihnen so passen! Den Teufel werde ich!«, schimpfte er. »Wie können Sie sich erdreisten, auch nur eine Sekunde lang anzunehmen, dass ich Sie allein dort hinein- und Ihrem Schicksal überlasse? Selbstverständlich begleite ich Sie und wenn es das Letzte ist, was ich in meinem Leben tun werde. Außerdem habe ich von der Warterei die Nase gestrichen voll. Glauben Sie mir, ich bin mir vollkommen darüber im Klaren, worauf ich mich einlasse.«

Abberline starrte ihn an, als habe er den Verstand verloren. Crookes blickte zuerst böse, dann verzweifelt und am Ende wie ein geschlagener Gegner, der die Waffen streckt.

»Oh, Russel«, stöhnte er.

Wallace stemmte sich aus dem Sitz und reichte dem Freund die Hand. Der zögerte erst, ergriff sie dann aber energisch.

Gefolgt von einem verdutzten Inspektor räumten sie die Kabine und stiegen in die Königskarosse um.

Ohne Ausdruck in den Gesichtern standen die vier Frauen neben dem Bischof, in den Händen geschwungene Bögen, in die jeweils ein Pfeil eingelegt war.

»Meine verehrten Gäste, wir müssen Ihnen nun leider wehtun. Zu Ihrer Information: Die Spitzen der Pfeile wurden präpariert. Joseph hat in seinem Labor ganze Arbeit geleistet und Extrakte entwickelt, die genauestens auf Sie abgestimmt wurden. Mein Adlatus hütet seine Rezepte wie eine eifersüchtige Hyäne. Aber er hat mir versichert, dass seine toxische Mixtur hochwirksamer Ingredienzen die Herren gefügig machen und die bevorstehende Prozedur einleiten wird.«

»Verraten Sie uns noch eines!«, unterbrach Vincent die Rede des Geistlichen. »Was hatten Sie gegen Jack in der Hand, um sich seine Unterstützung zu sichern?«

Der Bischof bettete sein Kinn auf die gefalteten Hände und machte eine abwägende Miene. »Nun gut, Sie sollen es erfahren. So viel Zeit muss sein. Sie möchten also wissen, warum Jack wie besessen an der Vollendung Ihrer Mission mitgewirkt hat. Er tat es aus freien Stücken. Jack hatte eine Frau, ehe er mit Ihnen in meine Dienste trat. Zu seinem Unglück hat sie ihn allzu früh verlassen. Sie starb, wie ich inzwischen in Erfahrung bringen konnte, bei der Geburt ihres Erstgeborenen. Der bemitleidenswerte Jack muss sie sehr geliebt haben.« Die Mundwinkel des

Bischofs sanken herab und er blinzelte übertrieben mit den Augen, als müsse er Tränen vertreiben. »Darum war er mit einem gänzlich anderen Eifer bei der Sache als Sie und Ihre Kameraden. Erst als es zu spät und Ihre Arbeit vollbracht war, ging ihm auf, welche Wesen mit dem Ritual tatsächlich beschworen werden sollten. Er wollte sich daraufhin mit dem Ergebnis Ihrer Studien aus dem Staub machen. Und so musste ich nicht nur Sie, Langdon, Seymour und Fields, sondern auch ihn *überreden*, sich unserem Experiment zur Verfügung zu stellen.« Um die Lippen des Bischofs erschien jetzt ein verdrossener Zug. »Bedauerlicherweise hat er mich reingelegt. In seiner Tasche verbarg er ein Fläschchen und in einem unbeobachteten Augenblick gelang es ihm trotz seiner Fesseln, dieses an seine Lippen zu führen.«

Die vier Freunde starrten ihren Erzfeind erschrocken an.

»Er hat sich umgebracht?«, sagte Nathaniel mit trockener Stimme.

»Er tat das einzig Mögliche, um das Ritual zu unterbrechen und das Tor zur Unterwelt wieder zu verschließen. Denn wie jeder Ritus benötigt auch der unsrige ein Opfer. Diese Rolle war Ihrem Mitstreiter zugedacht. Indem er sich selbst richtete, raubte er dem Zauber seine wichtigste Zutat und unterbrach Ihre *Verwandlung* auf halbem Wege. Ergo haben Sie seiner törichten und erzdummen Menschlichkeit dies jämmerliche Dasein zu verdanken, in dem Sie seit nunmehr einem Jahrzehnt wie ein aufgeschreckter Hühnerhaufen umherirren.« Der Bischof streckte seinen

Gefangenen salbungsvoll die Arme entgegen. »Ich kann die Herren beruhigen. Heute Nacht bringen wir zu Ende, was wir damals begonnen haben.«

»Reden Sie doch keinen Unsinn«, meldete sich Sam wieder zu Wort. »Für einen Toten ist Jack noch verdammt geschäftig. Immerhin bringt dieser Dreckskerl unschuldige Frauen um.«

»Mr Seymour«, sagte der Bischof mit einem heiteren Lächeln. »Ich muss Sie leider enttäuschen. Sie und Ihre Kameraden sind einer Finte aufgesessen. Der Name *Jack the Ripper* ist nichts weiter als ein Scherz, der von uns in die Welt gesetzt wurde, um Sie an der Nase herum und letztendlich in meine Arme zu führen.« Nach diesen Worten gab er seiner Leibgarde ein Zeichen. »Meine Damen, schreiten Sie zur Tat.«

Drei Frauen hoben die Bögen und legten an. Eine jedoch regte sich nicht, sondern starrte mit einem entrückten Blick zu den Gefangenen.

Der Bischof legte wütend die Stirn in Falten. »Ms Saccaro, schlafen Sie nicht!«, sagte er barsch. »Ich sagte, schreiten Sie zur Tat!«

Flame blickte abwesend um sich, als sei sie gerade aus einem Wachtraum aufgeschreckt. Dann zielte auch sie auf einen der Männer hinter den Gittern.

Vincent senkte schicksalsergeben den Kopf, Nathaniel und Byron traten erschrocken einen Schritt von dem Gitter zurück, Sam riss wuttobend an den Stangen.

Vier Pfeile surrten durch die Luft. Die Freunde wurden herumgerissen, krümmten sich in Krämpfen, sanken auf die Knie und stürzten zu Boden. In lähmender Erstarrung gefangen, lagen sie in ihren Zellen. Dann wurden sie nacheinander von der Leibgarde und Männern der Wachmannschaft in das angrenzende Gewölbe getragen.

Niemand bemerkte, dass sich einer der Helfer zurückfallen ließ, mit den Schatten eins wurde und in die Nacht entschwand.

Auf dem Weg zum Sitz der Bruderschaft

Melvin saß vor dem Jäger auf dem Rücken des Pferdes. Der Schaustellerwagen fuhr in einigem Abstand hinter ihnen her. Am Nachthimmel zog der Rabe weite Kreise.

Während sie die Elendsviertel durchquerten, glitt Melvins Blick über die geschwärzten Häuserwände, verlor sich in dunklen Einfahrten und verharrte auf staubigen Scheiben, hinter denen Kerzenlichter glommen und undeutliche Körper umherschlichen. Wehmütig nahm er Abschied von dem Ort, wo er aufgewachsen war und sein ganzes Dasein verbracht hatte. Melvin spürte, sein altes Leben war unwiederbringlich verloren, was auch immer in dieser Nacht geschah.

Nachdem er im Wagen der Hexe die Fotografie seiner Eltern wieder aufgehoben und in seine Jackentasche geschoben hatte, hatten die anderen begonnen, sich über die bevorstehende Mission zu beraten. Zunächst hatte der Jäger das Wort ergriffen und geschildert, was er über die Bewachung der Kirche wusste. Das Haupttor und ein zweiter Eingang auf der Südseite wurden streng bewacht, aber auf dem Wehrgang patrouillierten die Wachleute nicht lückenlos. In der Regel waren dafür höchstens fünf Männer abgestellt, die gleichzeitig die Umgrenzung abschritten.

»Das braucht uns allerdings nicht zu kümmern, denn ich habe vom Bischof den Auftrag erhalten, den Jungen aufzutreiben«, fügte Kyle Hunter dann noch hinzu. »Das heißt, Melvin und ich kommen problemlos auf das Gelände und zu den unterirdischen Räumen, in welchen das Ritual stattfinden soll. Dort befindet sich auch die Zelle, in der Vincent gefangen gehalten wird.«

»Was genau erwartet uns dort?«, fragte Melvin daraufhin.

Der Jäger ließ einen ausführlichen Lagebericht folgen. Ihr Weg würde sie hinunter in die Katakomben unter dem Gotteshaus führen, wo sie voraussichtlich auf den Bischof, dessen rechte Hand Joseph und bewaffnete Helfer des Ordens trafen.

»Können wir mit Ihrer Hilfe rechnen?«, hatte der Jäger ihre Gastgeberin anschließend gefragt.

Die Alte hatte jedoch bekümmert den Kopf geschüttelt. »Dee, der Fahrende Mann und auch ich können nicht dahin. Irgendwo im Labyrinth unter dem Gotteshaus lauert der Schwarze Ritter und wartet auf die Befehle seines Herrn. Er würde unsre Nähe spüren und den Bischof warnen.« Die Alte wandte ihr runzliges Gesicht nun Melvin zu.

»Du bist der Einzige, der den Zauber bannen kann. Nimm das an dich und wirf es bloß nicht wieder fort.« Sie winkte den Knochensammler heran.

Melvin öffnete staunend den Mund und nahm die Knochenflöte entgegen.

»Gottlob hat dies kleine Wunderwerk wieder zu uns gefunden«, sagte die Hexe und senkte die Stimme zu einem verschwörerischen Flüstern: »Sie gehört dir. Du musst auf ihr spielen und alles wird sich zum Guten wenden.«

Melvin hatte nach ihren Worten das makabre Instrument zwischen seinen Fingern betrachtet, das sich erneut merkwürdig warm anfühlte, als würde immer noch ein Rest Leben in ihm glimmen.

»Aber ich kann nicht darauf spielen«, sagte er schließlich, als er sich an seine vergeblichen Versuche erinnerte, dem Knochen auch nur einen Ton zu entlocken.

»Oh doch, das kannst du«, hatte die Hexe entgegnet. »Die Flöte spielt von ganz allein, wenn man ihr Wahrhaftigkeit schenkt. Hauch deinem Instrument all deine Liebe ein. Denk an deine Liebsten, genauso fest wie in deinen Träumen. Dann wirst du den Fluch umkehren.«

Melvin war es, als hörte er den Nachhall ihrer Worte in seinem Kopf, während er sich nun auf dem Rücken von Hunters Pferd streckte und die verknoteten Hände zu der Knochenflöte unter seinem Hemd führte. Deutlich spürte er die Hitze, die von ihr ausging. Erneut sanken seine Gedanken zurück zu ihrer Unterredung.

»Was ist mit meinem … meinem Vater?«, hatte er die Hexe gefragt, nachdem sie ihre Pläne für die folgenden

Stunden zu Ende gesponnen hatten. »Ist er noch in der Nähe?«

Wieder hatte die Alte den Kopf geschüttelt. »Ich kann ihn nicht spüren. Auch mein Orakel kann ihn nicht mehr sehen. Er ist wohl fort. Dorthin zurück, wo er hergekommen ist, bevor die Sache mit dem Ripper angefangen und er sich auf die Suche nach dir gemacht hat.«

Melvin tauchte wieder aus seinen Gedanken auf. Der Jäger lenkte gerade das Pferd in eine von mächtigen Bäumen begrenzte Straße. Die Allee war Melvin bereits bekannt. Als er den Blick hob, sah er in der Ferne die Grundmauern der Kirche wie einen gewaltigen Schatten aufragen.

Ein Blitz fuhr herab und beleuchtete kurz die verwitterten Steine und moosigen Schindeln des Gotteshauses. Dann brauste das Gewitter los und aus dem tosenden Himmel peitschte der Regen auf Melvin ein.

Sitz der Bruderschaft

Joseph trat vor das Kirchengelände. Als er über die Straße zu der Kutsche sah, die unter den Zweigen einer Ulme auf ihn wartete, schlugen ihm dicke Regentropfen ins Gesicht.

Minuten zuvor hatte es an die Tür seines Labors geklopft und einer der Torwächter hatte ihn unterrichtet, dass ihn Inspektor Abberline vor der Kirche mit einer Botschaft der

Queen erwarte. Zähneknirschend war Joseph losgeeilt. Er hatte in dieser Nacht weiß Gott Wichtigeres zu tun, als sich mit einer Nachricht der senilen Witwe zu beschäftigen und sich mit dem Trottel zu unterhalten, der mit den Ripper-Ermittlungen betraut worden war. Er musste ihn schnellstmöglich abwimmeln, denn ihre Mission stand kurz vor der Vollendung. Sie würde dem Bischof unermessliche Macht bescheren und ihm selbst ewiges Leben an der Seite seines Gebieters garantieren.

Joseph zog die Kapuze tiefer ins Gesicht und rannte über die Straße zu der königlichen Karosse. Er ertastete den Türgriff, riss den Schlag auf, beugte sich tropfend vor Nässe in den Wagen und blickte in die Mündungen von zwei Revolvern.

Vor dem Sitz der Bruderschaft

Auf Höhe eines verwitterten Wegkreuzes hielt der Jäger plötzlich das Pferd an und stieg ab. Melvin kniff die Augen zusammen und blickte ihm nach. Hunter lief auf das Kreuz zu und blieb daneben stehen. Leise hörte Melvin die Stimme des Jägers und sah, wie jener zur Mündung der Straße deutete. Weil hinter dem Kreuz dunkles Gebüsch wuchs, konnte Melvin denjenigen, mit dem sich Hunter unterhielt, nirgends ausmachen. Jetzt machte dieser kehrt und kam zum Pferd zurück. Einen Augenblick später saß er wieder hinter Melvin auf dem Sattel und es ging weiter.

Sorgenvoll drehte sich Melvin um, stierte in die Düsternis hinter ihnen und fluchte innerlich über Wilkies Starrsinn.

Nachdem ihr Plan eigentlich schon beschlossen gewesen war, hatte der Freund nämlich plötzlich im Wagen der Hexe die Stimme erhoben: »Und was ist mit mir? Ich hocke hier ganz sicher nicht tatenlos herum, während ihr dem Bischof und seinen Konsorten in den Hintern tretet!«

Ausnahmslos alle hatten Wilkie daraufhin angesehen.

»Du gehst auf gar keinen Fall ...«, hatte Melvin angesetzt und war verstummt, weil Wilkie sich mit verschränkten Armen und bedrohlich vorgerecktem Kinn vor ihm aufbaute.

»Mel, du hältst die Klappe«, zischte er darauf in einem Tonfall, der keinen Widerspruch duldete. Dann fragte Wilkie in die Runde: »Also, wer von euch hat eine Aufgabe für mich?«

Unerwartet hatte sich da der Jäger eingemischt. »Die Schrift«, sagte er. »Ich kenne jemanden, der weiß, wo sie sich befindet. Diese Person wird den Versuch wagen, das Artefakt an sich zu nehmen, noch bevor es zu dem Ort gebracht wird, an dem das Ritual wiederholt werden soll. Sie ist auf sich allein gestellt und ihr bleibt nicht viel Zeit. Ich gehe davon aus, dass der Bischof die Schrift von seinem Adlatus herbeischaffen lässt, sobald alle Beteiligten in den Katakomben versammelt sind.« Hunter blickte nun zu Wilkie. »Unser Beistand könnte Unterstützung gebrauchen. Soll ich euch beide miteinander bekannt machen?«

Wilkie nickte und warf Melvin einen warnenden Blick zu, der ihm bedeutete, ja nicht zu widersprechen. Damit war die Sache beschlossen gewesen und Melvin musste sich wohl oder übel damit abfinden, dass sich nun auch noch Wilkie in größte Gefahr begab.

Er schrak aus seinen Gedanken auf, denn sie hielten bereits auf das mächtige Doppeltor zu. Sofort umfasste Melvin den Sattelknauf, damit die Wachen seine verschnürten Hände sehen konnten.

Kurz vor dem Tor passierten sie eine Kutsche, die in der Nähe des Eingangs zur Festung stand. Schemenhaft sah er das königliche Wappen und einen rotgewandeten Kutscher sowie Bewegungen mehrerer Insassen hinter der regenbesprenkelten Kabinenscheibe.

Der Jäger hielt das Pferd vor dem Tor an. Umgehend zerrten vier Wachmänner die Flügel auf und winkten sie durch. Das Klappern der Hufe und das Trommeln des Regens erfüllten den Hof. Vor den Portalstufen stieg der Jäger ab, packte Melvin am Kragen und zog ihn unsanft aus dem Sattel. Zwei Ordensbrüder öffneten ihnen die Eingangspforte, dann standen sie in dem düsteren Kirchenschiff.

Der Jäger stieß seinen Gefangenen in den Rücken und Melvin stolperte in den Gang zwischen den Kirchenbänken. So trieb ihn Hunter vor sich her, bis sie zu einer Tür kamen, vor der zwei bewaffnete Wachen standen. Der Jäger nickte den beiden zu und eine weitere Tür wurde aufgesperrt. Melvin wurde am Kragen durch den Eingang gezerrt und über rutschige Steinstufen geschleift. Sobald die Tür hinter ihnen zugezogen war und sie wieder unbeobachtet waren, ließ der Jäger den Jungen frei.

»Tut mir leid«, sagte Kyle Hunter.

»Kein Problem«, antwortete Melvin. »Was nun?«, fragte er, als der Jäger ihm die Fesseln löste.

»Du möchtest sicher wissen, warum du mir vertrauen solltest«, sagte Kyle Hunter.

In der Allee

Minuten zuvor hatte der Schaustellerwagen am Eingang zur Allee angehalten. Ellie war sogleich ausgestiegen und losgelaufen. Seither wanderte sie mit bangem Herzen und seit Einsetzen des Regens auch nass bis auf die Haut an den Baumreihen entlang. Unterdessen hielt sie Ausschau nach dem Wegkreuz, das nach der Beschreibung des Jägers irgendwann rechts von ihr auftauchen musste.

Ellie fragte sich, wer sie dort wohl erwartete. Ein Kollege Hunters, ein abtrünniger Ordensbruder oder ein bestochener Wachmann? Sie wusste es nicht. Weil die Zeit drängte und sie gleich aufgebrochen waren, hatte sie den Jäger nicht mehr danach fragen können. Nachdem der Gaukler seinen grauen Klepper angeschirrt hatte, waren sie und die anderen mit dem Wagen losgefahren. Melvin und Hunter bildeten auf dem Pferd des Jägers die Vorhut.

Bis zu dieser Allee waren sie gemeinsam durch die Nacht gezogen, dann hatten Melvin und der Jäger allein den Rest des Weges in Angriff genommen.

Während Ellie weiterging und die Baumreihen im Auge behielt, versuchte sie, alle aufkommenden Gedanken auszublenden. Sie durfte ihrer Angst keinen Raum lassen. Sie hatte einen Entschluss gefasst und würde sich um nichts in der Welt davon abbringen lassen. Seit sie von der Hexe erfahren hatte, was sich hinter den Mauern der Kirche abspielte, wusste sie, worum es wirklich ging. Die Hüter der Magie wollten nicht nur einem wahnsinnigen Mörder Einhalt gebieten. In dieser Nacht stand weit mehr auf dem Spiel. Sollten sie scheitern, wären sie alle verloren. Dies hätte Ellie schon genügt, ihr Leben in die Waagschale zu werfen. Doch ebenso schwer wog, dass sie sich verpflichtet fühlte, gemeinsam mit Melvin den Tod von Ayleen und den anderen Frauen zu rächen.

Jetzt verlangsamte sie mit stockendem Atem ihre Schritte. Wenige Meter entfernt ragte zwischen zwei Stämmen ein Sandsteinkreuz auf. Ellie blieb stehen und spähte zu dem Treffpunkt. Doch dort war niemand. Sie wollte eben näher herangehen, da legte sich eine Hand auf ihre Schulter. Ellie gefror innerlich. Dann drehte sie langsam den Kopf und blickte in zwei Augen, die in der Finsternis zu schweben schienen. Erst nach einigen Sekunden ging ihr auf, dass der Kopf der Person mit einem schwarzen Tuch verhüllt war und nur die Augen freilagen. Als Hunters Verbündeter neben sie trat, sah Ellie, dass auch dessen Körper in einem schwarzen, eng anliegenden Anzug steckte.

Nun nickte ihr der Mann kaum merklich zu und Ellie sagte leise: »Hallo, ich bin Wilkie.«

Anstatt zu antworten, legte der andere nur einen behandschuhten Finger an seine nicht sichtbaren Lippen und wies anschließend mit demselben Finger zum Unterholz jenseits der Baumreihe. Auf wackligen Beinen und mit rasendem Herzen folgte Ellie ihm nach.

Vor dem Sitz der Bruderschaft

Laut trommelte der Regen auf das Kabinendach. Crookes, Wallace und Abberline saßen auf den weißen Ledersitzen der teakholzverkleideten Königshauskarosse.

Russel Wallace betrachtete neugierig den Priester, der sich unfreiwillig zu ihnen gesellt hatte. Lächelnd sah ihr überrumpelter Gast zwischen Crookes und Abberline hin und her, obgleich deren Revolver ihn ins Visier nahmen.

»Meine Herren, Sie begehen einen Fehler«, sagte der Priester. »Es muss sich um eine Verwechslung handeln. Die Queen wird Ihr unerklärliches Verhalten gewiss nicht gutheißen. Wir genießen ihr volles Vertrauen und erhielten von Ihrer Majestät persönlich die Legitimation für unsere Unternehmung. Wenn Sie wünschen, werde ich Ihnen die urkundliche Beglaubigung zeigen. Ich hole sie geschwind und komme gleich damit zurück.« Der Priester machte Anstalten, sich von seinem Platz zu erheben.

»Bleiben Sie sitzen!« Crookes' Waffenmündung wies auf die Bank. »Sie wissen sehr genau, warum wir hier sind.«

Ungeachtet des Zuckens seiner Wangen behielt der Priester das zuvorkommende Lächeln bei. »Es tut mir leid, ich komme beim besten Willen nicht darauf. Es muss ein Irrtum vorliegen. Hier geht alles mit rechten Dingen zu.« Er wandte sich an den Polizisten. »Inspektor Abberline, wenn Sie mich unverzüglich gehen lassen, vergesse ich diesen unverzeihlichen Vorfall und sehe von einer Beschwerde ab. Ansonsten wird Unsere Hoheit Ihnen tüchtig die Leviten lesen.«

Im Gesicht des Inspektors erschien eine dunkle Zornesröte. »*Sie* wollen *mir* drohen? Was heißt hier *mit rechten Dingen*? Falls es Ihnen entgangen sein sollte: London hat sich in ein Tollhaus verwandelt. Sechs Frauen wurden in den letzten Wochen von einem Wahnsinnigen bestialisch ermordet. Zeugen berichten, dass sie dem Schwarzen Mann begegnet sind. Andere wollen in Whitechapel Wölfe gesehen haben. Angeblich wandeln auferstandene Tote durch die Straßen, in Begleitung von Mumien, die wohl aus dem naturhistorischen Museum in Kensington ausgebrochen sind. Also erzählen *Sie* mir nicht, dass hier alles *mit rechten Dingen* zugeht!«

Das selbstgefällige Lächeln des Priesters verschwand nun endgültig und ein wütendes Zittern befiel stattdessen seine Lippen. »Was, Inspektor, hat dieser Unfug mit unserer heiligen Bruderschaft zu tun?«

Abberline hob zu einer Antwort an, aber Crookes kam ihm zuvor. »Sie können sich das Geplänkel ersparen. Wir wissen von Ihren Plänen. Sie genießen nicht länger den Schutz Ihrer Gönnerin. Queen Victoria hat sich auf unsere Seite geschlagen, nachdem ich sie ins Bild gesetzt habe, welchen Blendern sie aufgesessen ist. Sie weiß also inzwischen um Ihre Lügen und ist in Kenntnis über Ihr eigentliches Vorhaben. Darum hat sie uns hierher gesandt. Wir werden Ihrem Treiben ein Ende bereiten und den Jungen retten.«

Die Fassade fiel vollends von Joseph ab. Mit verzerrtem Gesicht sah er sich nach einer Fluchtmöglichkeit um. Abberline und Crookes spannten die Abzüge.

»Und jetzt reißen Sie sich gefälligst zusammen!«, befahl der Inspektor. »Sie setzen auf der Stelle Ihr schmieriges Grinsen wieder auf und bedeuten den Wachen, dass alles in Ordnung ist.«

»Und dann bringen Sie uns zu Ihrem Chef«, ergänzte Crookes. »Ich brenne darauf, den Bischof kennenzulernen.«

Vor dem Sitz der Bruderschaft

Ellie und der Unbekannte standen im Schutz des Unterholzes. Geduckt hinter den Bäumen beobachteten sie, wie sich die Karosse mit dem Königswappen in Bewegung setzte und auf das Tor zurollte. Der Wagen fuhr langsam an einem Wachmann vorbei, der eine Sturmlaterne hochhob. Ein Kopf wurde aus dem Fenster gereckt. Sogleich salutierte der Wachmann und gab seinen Kollegen vor dem Tor ein Zeichen.

Ellie und ihr Nebenmann sahen noch, wie sich das Tor hinter der Kutsche schloss, dann schlugen sie sich entlang der Kirchenumgrenzung weiter durch das Dickicht. Als sie außer Sichtweite der Torwachen waren, blieben sie stehen. Über ihren Köpfen patrouillierte ein einzelner Soldat auf dem Wehrgang. Wacker stemmte er sich dem Wind und der Regengischt entgegen. Als er an ihnen vorüber war, wies der Unbekannte zur Festung und sprang los. Ellie eilte hinterher.

Vor der Mauer drückte er ihr eines der Seile in die Hände, die er zuvor zusammen mit einem Jutebeutel hinter dem Wegkreuz aufgehoben und geschultert hatte. An dem Seil war ein Enterhaken befestigt. Nun stellte sich der Mann breitbeinig hin, warf sein eigenes Seil in die Höhe und zog daran, bis sich der Haken in den Steinen der Mauerkrone verkeilte. Ellie folgte seinem Beispiel. Ihr gebogener Dreizack verhakte sich jedoch nicht. Stattdessen landete er klirrend zwischen ihnen auf dem Bordstein. Beide sahen sich besorgt um.

Während Ellie erleichtert durchatmete, weil offenbar niemand von dem Lärm aufgeschreckt worden war, hob der Schwarzgekleidete ihr Seil auf, holte aus und schleuderte es in die Höhe. Jetzt hingen zwei Seile herab.

Mit Erstaunen beobachtete Ellie, wie sich der Mann allein kraft seiner Arme an dem Strang hinaufzog. Sie selbst musste zwar ihre Beine zu Hilfe nehmen, schaffte die

Strecke aber fast ebenso schnell. Schon holte der Vermummte die Seile ein, wickelte sie um Hand und Ellenbogen und hängte sie sich über die Schulter.

Hintereinanderher liefen sie auf der Mauer in die Richtung, die der patrouillierende Wächter genommen hatte, bis sie an einer Holztreppe anlangten, die auf das Kirchengelände führte. Sie sprangen die Stufen hinab und rannten geduckt am Fuß der Mauer entlang. Nach etwa einhundert Schritten bog der Mann auf die altertümlich gepflasterte Fläche vor der Kirche ab. Als Ellie zu ihm aufschloss, hatte er bereits mithilfe eines gebogenen Messers einen Gullydeckel hochgehebelt.

Sie sahen in das senkrecht abfallende Loch, aus dem ein modriger Geruch zu ihnen aufstieg. Ihr Begleiter deutete auf Eisenstreben in der Tunnelwand und winkte Ellie vor.

Sie atmete einmal tief durch und ließ sich hinab. Über ihr wurde der Deckel wieder geschlossen. Im Stockfinstern hangelten sie sich blindlings in die Tiefe.

In den Katakomben der Bruderschaft

Fackeln in Halterungen leuchteten Melvin und dem Jäger den Weg durch einen feuchten, muffigen Schacht. In groben Zügen unterrichtete Kyle Hunter den Jungen über seinen Auftrag.

Vincent Berengar hatte über Jahre hinweg schriftliche

Warnungen vor den Machenschaften der Bruderschaft an unterschiedlichste Kirchenstellen gesandt. Nach vielen Anläufen war eines seiner Schreiben zu einer Geheimgesellschaft gelangt, die schon seit Langem ein argwöhnisches Auge auf den Orden des Bischofs geworfen hatte. Diese verdeckte Splittergruppe nahm Vincents Mitteilungen zum Anlass, ihren besten Mann mit einer geheimen Mission zu betrauen. So wurde der Jäger vor ungefähr zwei Jahren in die Dienste des Bischofs vermittelt, als dieser Unterstützung vom Vatikan erbat, um vier Wesen aufzuspüren, die angeblich mit dem Teufel im Bunde seien. Vordergründig ging der Jäger dieser Order nach, doch im Geheimen stand er als Spion die ganze Zeit über mit seinen eigentlichen Auftraggebern in Kontakt. Gemeinsam verfolgten sie das Ziel, die wahren Pläne des Bischofs und seiner Jünger zu durchkreuzen.

Staunend hatte Melvin zugehört.

»Vertraut Ihnen der Bischof denn?«, fragte er.

»Er weiß zumindest nichts von der Intrige. Jedoch hat er längst über mein Schicksal entschieden, ob ich meinen Auftrag erfülle oder nicht.«

»Er will Sie umbringen?«

»Das ist seine Methode. Er beseitigt stets alle Zeugen seines Schaffens. Da ich aber mit dir zurückkehre, wird er es sich nicht nehmen lassen, umgehend den Ritus zu vollziehen, insofern er alle Beteiligten beisammenhat.«

Da fiel Melvin plötzlich etwas ein. Er fischte den Zettel aus der Hosentasche. »Sie waren es, der mich vor den Leuten des Bischofs gerettet hat«, stellte er fest.

Der Jäger nickte. »Der Bischof hatte mir kurz zuvor den Befehl erteilt, einen Jungen einzufangen, der in der Nähe von Vincent Berengar und dessen Freunden gesehen worden war. Offenbar hat er ein besonderes Interesse an dir. Ich musste dich gestern Nacht von dort fortschaffen. Die Nachricht habe ich dir zugesteckt, weil ich nicht warten konnte, bis du wieder zu dir kamst. Um keinen Verdacht zu wecken, musste ich so rasch wie möglich wieder zurück zur Bruderschaft. Als ich tags darauf vergeblich im East End auf dich gewartet habe, hat mich ein Straßenjunge zu deiner Bleibe geführt, wo ich auf die Hexe Mista gestoßen bin. Sie wusste bereits, auf welcher Seite ich stehe, und hat mir ein Angebot unterbreitet. Deshalb sind wir jetzt hier beisammen.«

Nach seiner Erklärung lächelte Hunter, dann schlug er Melvin aufmunternd auf die Schulter und sie gingen weiter. Bald darauf näherten sie sich einer eisenverstärkten Tür. Melvin zögerte, denn er meinte, dahinter etwas zu hören. Ein Winseln und Stöhnen. Oder ein ferner Gesang?

»Was ist das?«, fragte er und presste ein Ohr gegen das Holz.

»Ich hoffe, wir finden es nicht heraus«, sagte der Jäger und winkte Melvin hinter sich her.

Der horchte noch ein paar Sekunden, dann ging auch er an der Tür vorbei und folgte dem Mann weiter den Gang entlang.

»Wann sind wir da?«, fragte er, als er Hunter eingeholt hatte.

»Gleich. Vergiss nicht, was wir ausgemacht haben.« Der

Jäger blieb stehen und sah ihm fest in die Augen. »Egal, was mit mir passiert, mit Vincent Berengar oder mit dessen Freunden, sollte der Bischof sie auch schon ergriffen haben: Du darfst dich durch nichts beirren lassen! Spiel bloß nicht den Helden. Konzentriere dich allein auf deine Aufgabe.«

In den Katakomben der Bruderschaft

Ellie kroch hinter dem Unbekannten her durch eine niedrige, endlose Höhle, während die Dämpfe, die von dem zähen Schlamm am Boden aufstiegen, ihr die Luft zum Atmen raubten. Vor und hinter ihnen lag eine undurchdringliche Schwärze, der auch die Kerze, die der Mann mit der Rechten hochhielt, kaum etwas anhaben konnte.

Obgleich der felsige Weg immer niedriger wurde und sie schon bald auf den Ellbogen über den rutschigen Boden robben mussten, kämpften sie sich unverdrossen voran.

Irgendwann machte die Höhle eine Kurve und wurde noch enger, sodass die Wände an ihren Schultern scheuerten. Ellie fürchtete schon, dass sie umkehren mussten, da erreichten sie endlich das Ende des Tunnels.

Sie standen vor einer hohen Tür. Der Jäger zwinkerte Melvin aufmunternd zu. Er antwortete mit einem entschlossenen Nicken und schon öffnete Kyle Hunter eine der Flügeltüren.

Melvin sog die Luft ein. Vor ihm tat sich ein gewaltiges Gewölbe voller fliehender Schatten auf. Irgendwo hörte er Wasser tropfen. Jenseits einer kleinen Holzbrücke, gleich hinter der Tür, rasselten schwere Ketten. Eine undeutlich dröhnende Stimme schnaubte harsch Befehle.

Der Jäger schob Melvin über die Schwelle des Eingangs. Von irgendwoher wehte ein eisiger Wind heran, der die Flammen Hunderter Kerzen zum Flackern brachte und die Weltuntergangsmalereien an der gewölbten Decke zum Leben erweckte.

Melvin befand sich an dem Ort, an dem alles begonnen hatte und nun alles entschieden würde. Hier mussten Vincent, Sam, Byron, Nathaniel und auch sein Vater ihre furchtbare Verwandlung erfahren haben. In diesem Verlies war vor zehn Jahren das Ritual erstmals entfesselt worden. Es hatte diesen Ort für immer vergiftet.

Zögernd ging Melvin vorwärts, den Blick auf die zerbröckelnden Statuen voller Spinnweben gerichtet. Der Brücke gegenüber ragte ein schwarzer Steinquader empor. Auf dem Quader stand ein mächtiger, aufwendig gestalteter Stuhl mit einer hohen Rückenlehne. In diesem saß ein Mann mit kahlem Schädel. Er hatte sie noch nicht bemerkt, denn seine Aufmerksamkeit galt den Personen am Fuße der Erhöhung. Dort standen – ebenso regungslos wie die verrottenden Statuen – drei schwarz gekleidete Frauen mit Bögen um die Schultern und gereckten Säbeln in den Händen. Hinter diesen hatten ebenso viele Wachen Stellung bezogen. Vor den Helfern des Bischofs kauerten vier geschundene Männer. Massive Halsschellen schnürten ihre Kehlen ein, schwere Ketten fesselten sie an Bolzen im Steinboden. Es waren Nathaniel, Vincent, Byron und Sam.

Melvin war eingeschüchtert stehen geblieben, aber der Jäger stieß ihn umgehend voran und Melvin stolperte auf den Holzsteg, unter dem ein zäher, grauer Wasserstrom durch das Gewölbe floss. Dann betrat er den Steinboden und im selben Augenblick sah der Bischof auf.

»Endlich bist du zu mir gekommen«, sagte der Geistliche.

Zu keiner Bewegung mehr fähig, verharrte Melvin erneut, während ein Wirbel frostiger Luft die Kerzenflammen ringsumher wieder aufflackern ließ und der Geruch von etwas Uraltem, unsagbar Bösem seinen Geist benebelte. Er wankte, schnappte nach Luft und plötzlich begannen seine Augäpfel in ihren Höhlen zu pulsieren. Wie in einem Zerrspiegel verschoben sich die Konturen vor ihm und verwandelten sich zu flimmernden Grotesken eines Fiebertraums. Dann traf sein umherirrender Blick auf die Augen des Bischofs. Sie waren grau wie schmutziger Schnee und so kalt wie Eis.

Der Geistliche war aufgestanden und stieg die Stufen an der Seite des Quaders hinab. Melvins Puls hämmerte dröhnend in seinen Ohren und wie aus weiter Ferne erreichten ihn Geräusche. Jemand brüllte aus Leibeskräften. Es kostete ihn alle Kraft, sich von der übermächtigen Präsenz des Bischofs zu lösen. Verwirrt blickte er um sich. Er sah Vincent, Byron und Nathaniel, die benommen auf dem Boden kauerten. Sam kämpfte sich gerade ächzend auf die Beine. Dann packten seine Pranken die Kette und zerrten an ihr.

»*Hände weg von dem Jungen!*« Sams Stimme war ein markerschütterndes Donnerhallen. »*Melvin, lauf fort! So lauf doch, gottverdammt!*«

Der Bischof wandelte unterdessen unbeeindruckt auf Melvin zu, die Arme ausgebreitet, als wolle er ihn verschlingen. In seinen Zügen spiegelte sich morbides Entzücken.

Melvin starrte benommen auf das karmesinrote Gewand des Mannes, das wie ein feuriger Umhang um dessen Körper wogte. Gleich würden sich die roten Schwingen um ihn schließen, ihn in Empfang nehmen, ihn seiner Bestimmung zuführen und er begriff: Sie alle – der Jäger, die vier Freunde, die Brüder des Ordens, dessen Gefolgsleute, er selbst und alle Welt – waren für den Bischof nicht mehr als vergängliches Fleisch, dazu bestimmt, vom Schlund der Hölle vertilgt zu werden. In dem Lächeln des Geistlichen lag seine ganze Verachtung für alles Leben.

Plötzlich ballte Melvin die Hände zu Fäusten und eine ungeheure Wut nahm von ihm Besitz. Das Flimmern in seinen Augen ließ nach. Auch die Kälte verschwand. Sie schien vor der pulsierenden Hitze der Knochenflöte unter seinem Hemd zurückzuweichen. Es fühlte sich an, als würde dort ein zweites Herz schlagen, das warmes Blut in seinen Kreislauf pumpte. Deutlich spürte er nun auch Hunters piksende Finger in den Rippen, die ihn ungeduldig an ihren Plan erinnerten.

Also wirbelte Melvin herum. Er stolperte von dem Bischof fort, stieß den Jäger beiseite und erreichte taumelnd die Brücke. Dort wurde er von einem Schlag auf den Nacken niedergestreckt. Hart schlug er auf dem Boden auf und bewegte sich nicht mehr. Mit geschlossenen Augen hörte er Schritte nahen. Dann wurde er an den Fußgelenken gepackt und über den Boden geschleift.

Ellie starrte auf den Wasserspiegel eines unterirdischen Teichs, der offenbar von Rinnsalen gespeist wurde, die aus Ritzen in den Steinwänden sprudelten und sich gluckernd in das Gewässer ergossen.

Nachdem sie sich durch die endlos lange Höhle gezwängt hatten, waren sie auf dem Felsvorsprung einer Grotte gelandet. Obwohl die Luft hier erstaunlich frisch war, fühlte sich Ellie kein bisschen wohler als in der stickigen Schlammhöhle, durch die sie hierhergekommen waren. Im Gegenteil! Während ihr unbekannter Begleiter damit beschäftigt war, eine der drei Fackeln, die er in seinem Beutel mitgebracht hatte, in einer Felsspalte zu befestigen, suchte Ellie abseits des Vorsprungs nach einem Weg. Nur gab es da keinen.

Sie stierte auf den pechschwarzen See und eine plötzliche Erkenntnis traf sie wie ein Blitz. Ellies Herz pochte bis in die Schläfen. Aus naheliegenden Gründen war sie niemals in Anwesenheit der Bande baden gegangen. Deshalb hatte sie einen Heidenrespekt vor tiefen Gewässern. Nun musste sie allem Anschein nach ausgerechnet diesen Tümpel durchqueren. Und dafür blieb ihr nichts anderes übrig, als sich vor diesem Fremden auszuziehen, denn mit vollgesogenen Klamotten würde sie mit Sicherheit untergehen. Ellie nahm ihren Schlapphut ab, legte ihn beiseite und blieb unschlüssig stehen.

Da bemerkte sie aus den Augenwinkeln, dass sie der Vermummte ansah. Zu ihrer großen Überraschung begann dieser plötzlich, das Tuch in seinem Nacken zu lösen und es von seinem Kopf zu wickeln.

Kurz darauf erblickte Ellie voller Erstaunen das Gesicht einer Frau.

»Mein Name ist Flame«, sagte diese nun. »Du brauchst dich also nicht zu genieren, Wilkie.«

Sie zwinkerte ihr zu und Ellie verstand den Wink. Der Frau war längst aufgegangen, dass sie in Wahrheit ein Mädchen war.

»Also, zieh rasch deine Jacke aus und komm mit. Die Zeit drängt.«

Ellie nickte unsicher, zog sich die schlammverschmierte Jacke aus und auch das Hemd, das sie darunter trug. Nur das Unterhemd behielt sie an.

Bibbernd wartete sie ab, bis die Frau die zwei verbliebenen Fackeln ebenfalls verankert und angezündet hatte und anschließend ins Wasser glitt. Flame war schon ein gutes Stück vorausgeschwommen, als auch Ellie prustend in den eiskalten See watete.

»Wer ist Jack the Ripper? Wir haben ein Anrecht darauf, das zu erfahren.« Die Stimme gehörte Vincent. Sie klang überraschend ruhig und gefasst.

»Wer könnte einem Todeskandidaten seinen letzten Wunsch verwehren?«, antwortete der Bischof. »Es wäre auch zu schade, die Herren aus ihrer Existenz scheiden zu lassen, ohne Ihnen meinen genialen Plan zu offenbaren.« Er lächelte boshaft. »Das Ritual in meinem Besitz wurde vor langer Zeit von einem Mann ersonnen, den man den Schwarzen Ritter nannte und der seine Schöpfung mit dem Leben bezahlte, ehe er seine Absichten in die Tat umsetzen konnte. Gilles de Rais war sein Name. Als Jacks Geist aus seiner sterbenden Hülle entwich, nutzte Gille des Rais' Seele die Gunst der Stunde und fuhr in Jacks Körper. So konnte der Schwarze Ritter nicht nur wiederkehren, sondern auch körperlich wiederauferstehen. Wegen Jacks Torheit wurde zwar das Ritual vereitelt und das Höllentor wieder verschlossen, doch gesellte dieser Umstand auch einen wertvollen Gehilfen an meine Seite, der mich fortan tatkräftig unterstützen sollte.«

»Indem er die Frauen umbrachte?«, fragte Vincent in einem zweifelnden Tonfall.

»Ich erkläre es Ihnen. Wie ich bereits erwähnte, war es unerlässlich, sämtliche Beteiligten an dieser Stelle wieder zusammenzuführen, um das Ritual zu seinem Ende zu bringen. Sie alle mussten sich hier erneut versammeln, denn Mr Langdon, Mr Seymour, Mr Fields und auch Sie, Mr Berengar, haben vor zehn Jahren den Keim des Untergangs bereits empfangen.«

»Sie waren es also, der den Namen Jack the Ripper in die Welt gesetzt hat«, stellte Vincent fest. »Ihnen war klar, dass die Mordtaten ein Echo auslösen mussten, das bis zu uns vordringen würde. Und wir sind darauf reingefallen, weil wir dachten, Jack stecke hinter dem Wahnsinn, und daraus schlussfolgerten, dass er sich immer noch hier in der Nähe aufhält. Da wir annahmen, dass wir nur gemeinsam eine Chance hätten, unser altes Leben zurückzuerlangen, haben wir notgedrungen unsere Flucht beendet und sind nach London zurückgekehrt.«

»Und um unseren Absichten Nachdruck zu verleihen, schickte der Schwarze Ritter, der mit jedem Mord stärker und mächtiger wurde, seinen Geist geradewegs in Ihre Träume«, ergänzte der Bischof.

Die Frau kraulte in kräftigen Zügen voran. Ellie folgte weitaus langsamer, wie ein Hund mit allen vieren strampelnd. Obwohl sie den Hals zur Gewölbedecke reckte, schwappte ihr andauernd Wasser in Mund und Augen. Endlich erreichte sie die andere Seite des Sees und krallte sich neben Flame an die Steine.

Wehmütig blickte Ellie zurück. Das Plateau und die drei flackernden Lichtpunkte der Fackeln erschienen ihr unendlich fern.

Flame lächelte ihr aufmunternd zu, aber Ellie blieb nicht verborgen, dass auch sie am ganzen Körper schlotterte.

»Hör mir gut zu«, sagte ihre Begleiterin. »Direkt unter uns, maximal zehn Fuß tief, befindet sich die Öffnung zu einem Hohlraum. Dort müssen wir durch.«

Ellie riss erschrocken die Augen auf.

»Keine Sorge«, sagte die Frau. »Nach ein paar Metern gelangen wir wieder an die Luft. Halt dich an mir fest, den Rest übernehme ich.«

Sie drehte ihr den Rücken zu und Ellie schlang unverzüglich die Arme um ihren Hals.

»Jetzt hol tief Luft und lass keinesfalls los«, sagte Flame und Ellie tat, wie ihr geheißen.

Dann sanken sie hinab in das eiskalte Wasser.

»Aber hier sind nur wir vier. Demnach fehlt noch einer«, mischte sich Nathaniel ein. »Jack ist schließlich tot.«

»Jedoch ist er mitnichten vollends verschwunden, Mr Fields. Als sich Jack in diesen Räumen das Leben nahm und damit das Tor zur Unterwelt wieder zuschlug, war der normale Lauf der Dinge außer Kraft gesetzt. Jack erhielt seine gerechte Strafe, denn durch seine törichte Tat wurde auch die Pforte zum Himmelreich verschlossen und damit seiner Seele der Weg zur jenseitigen Ruhe verwehrt. Darum muss Jack seither für alle unsichtbar in dieser Welt umherwandeln.«

Der Bischof machte eine bedeutsame Pause. »Doch Jacks neue Existenz stellte uns vor eine schwierige Herausforderung«, fuhr er nun fort. »Wie konnten wir ein Spukgespenst aufspüren, das sich als einsamer, körperloser Wanderer irgendwo in dieser Stadt versteckt hielt? Da spielte uns vor zwei Jahren ein glücklicher Zufall in die Hände. Unsere Spitzel durchstreiften die Stadt und erfuhren von einer Kupplerin namens Peggy Rose, die in einer Pinte anderen Gästen sturzbetrunken erzählt hatte, unter welchen Umständen sie Ziehmutter eines Jungen geworden war. Wir beschlossen, der Sache auf den Grund zu gehen, und so kamen wir dahinter, dass Jack einen Sohn hatte. Leider hatte die Alte den Knaben bereits aus dem Haus gejagt und konnte uns bei seinem Auffinden nicht mehr behilflich sein. Unglücklicherweise haben wir sie damals derart erschreckt, dass sie uns unter den Händen weggestorben ist, ehe wir ihre Zunge lockern konnten.«

»Ich verstehe«, murmelte Vincent tonlos. »Durch die Morde an den Dirnen wollten Sie nicht nur uns nach London locken. Diese sollten zugleich Jack zeigen, dass Sie von der Existenz seines Sohnes erfahren hatten und jener nun in Gefahr schwebte. Sie dachten, er würde sich nicht länger verstecken, sondern Ihnen bereitwillig in die Arme laufen. Aber Sie haben sich getäuscht. Stattdessen hat Jack den Jungen zu uns geführt und ihm damit Beschützer zur Seite gestellt.«

»Ihr Schicksalsgenosse hat die Sache damit allerdings nur unbedeutend hinausgezögert«, sagte der Bischof mit höhnischer Stimme. »Wie Sie sehen: Der Knabe ist hier.«

»Aber Ihr Plan ist nicht aufgegangen«, bemerkte Vincent. »Jack ist allem Anschein nach nicht hergekommen. Ihnen fehlt demnach das vorbestimmte Opfer, um Ihr teuflisches Ritual zu vollenden.«

Als Antwort drang zunächst ein ungezügeltes Lachen aus dem massigen Körper des Bischofs, ehe dieser vergnügt erklärte: »Sie haben recht. Ich habe Jacks Vaterliebe offenbar überschätzt. Ihm stand wohl nicht der Sinn danach, sich zum Schutz seiner Brut freiwillig hier einzufinden und seine verirrte Seele der Hölle zu überantworten.« Erneut machte er eine bedeutungsvolle Pause. Dann sagte er mit einem beschwörenden Flüstern: »Also müssen wir mit seinem Sohn vorliebnehmen.«

»Was soll das heißen?«, fragte Vincent mit einer Stimme, in der eine schreckliche Vorahnung mitschwang.

»In Melvins Adern fließt das Blut seines Vaters. Da sich der aus dem Staub gemacht hat, wird dem Jungen die Ehre zuteil, Jacks Rolle zu übernehmen.«

Es folgte eine lange Pause, in der nur Sams verzweifeltes Schnauben zu hören war.

»Nun denn«, sprach der Bischof. »Wir werden jetzt zur Tat schreiten und erneut die Schleusen zur Unterwelt öffnen, damit das Böse in diese Welt flutet, ihre Atmosphäre unwiederbringlich vergiftet und unser Feldzug gegen das törichte vergängliche Leben ein ruhmreiches Ende findet. Bald wird diese Welt allein mir und meinen Vasallen gehören. Joseph müsste jeden Moment zurück sein und das Manuskript aus seinem sicheren Verwahrungsort herbeischaffen. Dann werden wir beginnen.«

»Das wage ich zu bezweifeln, Hochwürden«, hieb eine unbekannte Stimme wie ein Beil durch den Raum und Melvin öffnete die Augen.

Das Wasser schlug über Ellie zusammen. Große Blubberblasen ausstoßend, sank Flame mit ihr hinab in die eisig kalte Tiefe. Die Augen weit aufgerissen und den Kopf in den Nacken gepresst, starrte Ellie nach oben zu dem grauen Zwielicht über der Wasseroberfläche, das sich weiter und weiter von ihr entfernte und schließlich erlosch.

In tumber Gefühllosigkeit trieb sie auf dem Rücken ihrer Begleiterin dem absoluten Nichts entgegen. Doch plötzlich sanken sie nicht weiter hinab, denn Flame ruderte nun durch eine Öffnung im Fels. Augenblicklich umfing sie absolute Finsternis und Ellie klammerte sich mit zusammengepressten Augen noch fester an die Frau.

In diesem Augenblick fasste sie einen Entschluss: Sollte sie diese Nacht heil überstehen, würde sie vor sich und aller Welt nur noch Ellie sein.

Benommen hatte Melvin in seiner gespielten Ohnmacht den Ausführungen des Bischofs gelauscht. Unterdessen hatte ihn jemand noch ein Stück weiter über den Boden geschleift und eine Eisenschelle war um seinen Hals geschlossen worden.

Melvin hatte die Augen einen Spaltbreit geöffnet und linste in die Richtung, in die auch alle anderen sahen. Auf der Brücke stand mit erhobenen Armen ein Priester in einem weißen, regennassen Gewand. Hinter diesem erkannte er drei weitere Männer. Zwei hielten den Priester mit Pistolen in Schach. Einer der beiden war Inspektor Abberline. Ein dicklicher, älterer Herr mit einem weißen Vollbart stand unbewaffnet an der Brüstung.

Der Spalt in der Felswand hatte sie in einen Hohlraum geführt und endlich konnten sie wieder Luft schöpfen. Etwa zwei Fuß über ihren Köpfen entdeckte Ellie in der steinernen Decke eine geziegelte Röhre, die beinahe senkrecht aufwärts führte. An deren Ende war ein rostiges Eisengitter zu sehen, hinter dem rötliches Licht glomm.

»Wir haben es gleich geschafft«, sagte Flame. »Hinter dem Gitter befindet sich die Schrift.«

Ellie paddelte auf der Stelle und blickte sich ungläubig um.

Da der Zugang zu der Röhre in der Mitte der Decke lag, war es schlichtweg unmöglich, zu dieser über die felsigen Wände ringsumher zu kraxeln. Fragend blickte sie die Frau neben sich an.

Flame lächelte zuversichtlich. »Ich steige auf deine Schultern. So bekomme ich einen Einstieg und der Rest des Weges dürfte kein Problem sein.«

Schon fasste Flame sie an beiden Schultern und stemmte sich hoch. Sofort wurde Ellie unter Wasser gedrückt. Ein Fuß stieß sich auf ihrem Hinterkopf ab und sie trudelte noch tiefer. Als sie wieder prustend mit dem Kopf aus dem Wasser stieß, war Flame bereits ein ganzes Stück die Röhre hinaufgeklettert, indem sie Arme und Knie fest gegen die runden Wände presste.

Flame hatte das Gitter erreicht. Sie schloss eine Hand um einen der Stäbe und zog etwas aus ihrem Beutel. Ellie hörte das Geräusch einer Feile auf Metall. Winzige Späne rieselten zu ihr herunter.

Endlich schob die Frau das Eisengitter zur Seite. Dann zog sie sich aus der Röhre und war nicht mehr zu sehen.

Melvins Blick verharrte auf dem zweiten bewaffneten Mann. Er war betagt und sein sympathisches Gesicht ungesund blass.

»Ich kann mich nicht entsinnen, dass ich die Herren zu dieser Vorstellung geladen habe.« Die schneidenden Worte des Bischofs hallten durch den Raum. »Ich empfehle Ihnen, sich schleunigst zu erklären.«

»Eure Eminenz, wir sind natürlich hier, weil wir Ihren Machenschaften ein Ende bereiten wollen«, sprach der Herr in süffisantem Tonfall. Nun deutete er zu dem Priester. »Ihr Untergebener war so freundlich, uns zu Ihrem Reich zu geleiten. Übrigens sind wir nur die Vorhut. Unsere Majestät hatte die Güte, uns bewaffnete Hilfe zur Seite zu stellen. In diesem Moment ist eine Truppe gestandener Soldaten unter Admiral Beresfords Befehl auf dem Weg hierher. Sie werden Ihren Laden hochnehmen, wie man gemeinhin so treffend sagt. Bis dahin beabsichtigen wir, Ihrem Vorhaben Einhalt zu gebieten und den Jungen aus Ihrem Gewahrsam zu befreien.«

»Und was meinen Sie, gibt Ihnen das Recht dazu?«, knurrte der Bischof.

»Der Junge dort ist mein Enkel.«

In Melvins Ohren hob ein betäubendes Rauschen an. In den letzten Minuten hatte er Dinge gehört, die für ihn nicht zu begreifen waren. Aber nichts hatte ihn so getroffen, wie die Behauptung des unbekannten Mannes, der sich hier überraschend eingefunden hatte. Zitternd tastete Melvin nach dem Knochen unter dem Hemdstoff und presste eine Hand dagegen. Auf der Stelle beruhigte sich sein Herzschlag ein wenig.

Ein bedrohliches Atmen, das wie zorniges Grollen klang, drang jetzt aus der Kehle des Bischofs. »Wie lautet Ihr Name?«

»Mein Name ist Crookes, William Crookes. Inspektor

Abberline brauche ich Ihnen gewiss nicht vorzustellen. Dies«, er deutete auf den rauschebärtigen Mann, »ist mein treuer Freund Russel Wallace.«

»Was ha-ben Sie hier zu su-chen?« Die Hände des Bischofs ballten sich zu mahlenden Fäusten.

»Ich bin hier, um eine alte Schuld zu begleichen. Wir werden das Zauberbuch vernichten und dem Treiben Ihres Vereins für immer Einhalt gebieten. Jacks Opfer soll nicht umsonst gewesen sein.«

Ein furchtbarer Schrei erklang in diesem Moment von irgendwoher aus den Tiefen des Gotteshauses. Er blies durch das Verlies, fegte den Bodenstaub empor und ließ die Anwesenden für Augenblicke erstarren.

»*Er* kommt«, sagte der Bischof mit dröhnender Stimme und in seinen Augen stand der Wahnsinn.

Ellie wartete schlotternd neben einem mittelalterlichen Schrein und beobachtete Flame, die damit beschäftigt war, das erste von drei massiven Schlössern zu knacken.

Unmittelbar nachdem ihre Begleiterin durch das aufgestoßene Gitter aus dem Rohr geklettert war, hatte diese ein Seil zu ihr nach unten gelassen. Wegen ihrer gefühllosen Finger hatte Ellie das Tau um die Handgelenke schlingen müssen, um sich daran festhalten zu können. Als sie endlich hochgezogen worden war, hatte sie am ganzen Körper gezittert.

Dank der Flammen, die aus einer Kohlepfanne hinter ihr aufstiegen, war sie inzwischen schon wieder ein wenig aufgetaut. Außerdem wurde der Raum durch das Feuer halbwegs ausgeleuchtet.

An den Wänden lehnten meterhohe Regale, die ein wahres Sammelsurium an Seltsamkeiten beherbergten: Da gab es unter anderem dicke Folianten, Heiligenfiguren, Tonschalen oder birnenförmige Glasgefäße. Rechts von Ellie stand der Schrein, vor dem Flame gerade kniete und in dessen Schloss sie mit einem Dietrich herumstocherte.

»Darf ich etwas fragen?«

»Was möchtest du wissen?«

»Wie kommt man hier eigentlich sonst rein?« Ellie sah zu der runden Öffnung im Boden. »Das Loch kann ja wohl nicht der Eingang sein.«

Flame nickte zu dem Regal gegenüber. »Dort gibt es eine verborgene Tür. Sie verbindet diesen Raum mit dem Gewölbe, in dem das Ritual stattfinden soll.«

Ellie horchte auf. Vorsichtig näherte sie sich dem Regal. »Sie meinen, gleich nebenan, hinter dieser Wand, sind jetzt gerade die anderen?«

»Davon gehe ich aus.«

Ellie beugte sich vor und lauschte. Tatsächlich glaubte sie, dumpfe Stimmen zu hören. Was ging hinter dieser Wand gerade vor sich? Mit einem Mal verspürte Ellie einen beinahe unwiderstehlichen Drang, die Tür zu öffnen und nach Melvin zu sehen, denn die Sorge um ihn schnürte ihr plötzlich die Kehle zu.

»Geh besser von der Tür weg«, sagte die Frau in ihrem Rücken. »Kommst du bitte mal her? Ich brauche deine Hilfe.«

Ellie schluckte ihre Furcht um Melvin herunter und eilte zu dem Schrein zurück. Flame legte gerade das erste Schloss beiseite und hielt ihr dann die Feile hin.

»Bleiben noch zwei. Nimm dir das rechte Schloss vor. Wir müssen uns sputen.«

Melvin hatte die Hände fest gegen sein Hemd gepresst und suchte Halt an der Knochenflöte. Seine Zähne schlugen aufeinander, weil ein neuerlicher Strudel grabeskalter Luft durch den Raum wirbelte, ihn umtoste und über seinen Nacken strich. Er war um vieles kälter noch als der Wind, der in Januarnächten in seine Kammer wehte.

Voller Entsetzen sah er zu dem Ripper, der urplötzlich aus dem Nichts neben den Bischof getreten war und seine glutroten Augen über die versammelten Menschen gleiten ließ, als suche er unter ihnen nach jemand Bestimmtem.

»Darf ich die Herren mit dem Schwarzen Ritter bekannt machen?«, sagte der Bischof und deutete triumphierend auf das Schreckgespenst an seiner Seite. »Er ist der Schöpfer des einzigartigen Zaubers, der dieser Welt den fadenscheinigen Frieden nehmen und ihr immerwährende Einheit in ewiger Finsternis bescheren wird.« Das Oberhaupt der Bruderschaft streckte einen Arm aus und deutete zu den Männern auf der Brücke. »Niemand wird uns aufhalten, Mr Crookes. Die Reiter der Apokalypse werden uns zu Diensten sein und Seuchen, Krieg, Naturkatastrophen und Hungersnöte werden Ihresgleichen heimsuchen. Die Hölle wird ihre Pforte vollends öffnen und es wird befreit werden, was sie über alle Zeit empfangen hat. Allein die Auserwählten werden fortan auf Erden wandeln und alle Herrschaft wird unser sein.«

Nach seiner Rede trat der Bischof ein paar Schritte zurück, verschränkte die Arme vor der Brust und überließ das Feld dem Schwarzen Ritter. Die schrecklichen Augen des Phantoms hatten ihr Suchen beendet und hafteten plötzlich auf Melvin. Unter dem Hutschatten öffnete sich ein zornesroter Rachen, aus dem sogleich ein traumbekanntes Kichern quoll. Es war voller Bosheit und Hohn. Unterdessen breitete der Mörder die Arme aus und öffnete die geballten Fäuste.

Entsetzt blickte Melvin auf seine langen, blitzenden Klingenfinger. Zugleich schob er die Hand unter das Hemd und zog die Knochenflöte hervor.

Da vernahm er plötzlich eine vertraute Stimme, wie aus weiter Ferne und zugleich klar und deutlich in seinem Kopf.

Bist du bereit?

»Ja.«

Vertraue, mein Sohn ...

Die Stimme seines Vaters rückte von ihm fort und die Knochenflöte zwischen seinen Fingern begann zu schwingen, als wäre etwas Lebendiges, das lange Zeit in ihr geschlummert hatte, endgültig erwacht.

Gegen das Gewicht der Halsfessel und der Eisenkette kämpfte sich Melvin auf die Beine. Dann stand er aufrecht. Seine Hände umklammerten die Knochenflöte, die sich nun wie ein eingefangenes Tier zwischen seinen Fingern zu winden begann. Während er sich umsah, schien alles vor seinen Augen verlangsamt abzulaufen, als würden für ihn in dieser Stunde andere Naturgesetze gelten.

In dem Kerzenlicht sah er abgehackte Bewegungen. Links von ihm zogen die schwarz gekleideten Frauen Pfeile aus Köchern und spannten ihre Bögen. Vor ihnen richteten sich nun auch Byron, Sam, Nathaniel und Vincent auf. Die Wachmänner im Hintergrund legten die Gewehre an. Kyle Hunter wich von Melvins Seite und verschwand hinter dem aufragenden Stein. Rechts schwenkte Mr Crookes unsicher seine Waffe hin und her, während der Inspektor mit verängstigter Miene hinter dessen Rücken trat und Mr Wallace schockiert zu dem Ripper blickte.

Melvin schloss kurz die Augen. Er hörte sein eigenes Herz schlagen und spürte seinen Puls in den Schläfen pochen. Er wusste, es war so weit. Der Augenblick der Entscheidung war gekommen.

Der Orkan brach los.

Pfeile schwirrten durch die Luft. Die vier Männer auf der Brücke duckten sich und die Geschosse flogen über ihre Köpfe hinweg, bohrten sich in Holz oder prallten auf dem Steinboden ab.

Zeitgleich sprang der Jäger hinter dem Steinquader hervor und trat der ersten Wache das Gewehr aus den Händen. Die beiden anderen drehten sich überrascht um und zielten mit ihren Waffen auf den Angreifer. Auf der gegenüberliegenden Seite des Gewölbes richteten sich Crookes und Abberline wieder auf und erhoben ihre Revolver. Joseph hatte sich den kurzen Moment zunutze gemacht und rannte quer durch den Raum. Crookes wollte eben auf den Priester anlegen, als dieser mit einer ausholenden Armbewegung herumwirbelte. Mr Wallace handelte geistesgegenwärtig. Erstaunlich reaktionsschnell versetzte der füllige Mann seinem Freund einen Stoß, sodass Crookes zur Seite taumelte und das geschleuderte Messer an ihm vorbeischoss.

Die drei Frauen vor dem Steinquader spannten ihre Bögen nochmals an. Kyle Hunter stürzte sich währenddessen auf die zwei verbliebenen Wachmänner. Ehe sie schießen konnten, war er bei ihnen, packte die Flintenläufe und riss sie nach oben. Erst jetzt lösten sich zwei Schüsse. Die Kugeln schlugen funkensprühend auf die Gewölbedecke. Crookes zielte derweil mit dem Revolver auf Joseph, der auf wirbelnden Beinen davonstürzte. Der Inspektor hingegen, das Gesicht zu einer entsetzten Grimasse verzerrt, wich zitternd vor dem Geschehen Richtung Ausgang zurück.

Erschrocken sah Melvin zu den vier Freunden. Eine grässliche Veränderung war mit ihnen vorgegangen. Eine Art Tollwut musste sie befallen haben und hatte sie in beängstigende Fabeltiere verwandelt. Wie von Sinnen setzten sie sich gegen ihre Ketten zur Wehr. Vincent war eine bullige, geifernde Bestie mit gewaltigen Pranken, kurzem Hals und riesigem Raubtierschädel, an der die Kleidung in Fetzen herunterhing. Knurrend sprang er umher, obwohl er von den Ketten unerbittlich zurückgerissen wurde. Nathaniels Lumpenkopf war ein Medusen-Haupt: Wie graue Schlangen wanden sich die Bandagen um seinen Schädel und aus den Augen schossen grüne Blitze. Das Gesicht Byrons war eine Fratze aus pulsierenden Adern und schnappenden Zähnen über einem unnatürlich verrenkten Körper mit grotesk langen Armen und Krallenfingern, die gierend in die Leere griffen. Sam zerrte brüllend, mit aus den Höhlen hervorgetretenen, blutunterlaufenen Augen, an der Kette.

Melvin riss sich von ihrem Anblick los und sah zu dem Ripper. Sein Grauen steigerte sich ins Unermessliche und eine eisige Taubheit befiel seine Glieder, während der Mörder langsam näher kam.

Obwohl sie immer noch fror, stand Ellie der Schweiß auf der Stirn, während sie hektisch das Schloss bearbeitete. Immer wieder blickte sie ängstlich zur Regalwand. Endlich hatte sie den Bügel durchgefeilt und zeitgleich mit Flames Schloss fiel auch ihres zu Boden. Sie und Flame lächelten sich an. Gemeinsam hievten sie den Deckel hoch.

Plötzlich war ein dumpfer Knall zu hören. Erschrocken blickten sie zu der verborgenen Tür.

»Der Kampf hat begonnen«, sagte Flame und beugte sich über den Inhalt des Schreins.

Ellie tat es ihr gleich. Mit laut pochendem Herzen betrachtete sie die altersfleckigen Seiten des Buches, das dort aufgeschlagen und auf rotem Samt gebettet lag. Flames Hand fuhr derweil in ihren Beutel. Aus diesem zog sie ein gefaltetes Tuch.

»Was ist das?«, fragte Ellie.

»Ein gewachstes Ledertuch. Wir müssen wieder durch das Wasser zurück. Wenn wir das Manuskript fest in das Tuch einwickeln und verschnüren, sollten wir es halbwegs unbeschadet hier rausbekommen.«

Flame nahm das Buch und schlug es hastig ein, besorgte Blicke zu dem Regal werfend. In aller Eile band sie anschließend ein dünnes Seil darum. Sie hatte eben den Knoten zugezogen, da erfüllte ein ohrenbetäubendes Krachen den Raum.

Jemand hatte die versteckte Tür so brutal aufgestoßen,

dass sie gegen die Regalwand knallte. Ein Mann stand plötzlich im offenen Eingang. Eine Kapuze verbarg sein Gesicht.

Melvins Arme schmerzten, weil er das bebende Ding in seinen Händen mit aller Kraft festhalten musste.

Hilflos, wie in einem Albtraum gefangen, sah er, wie der Kampf seine ersten Opfer forderte. Eine der Frauen richtete sich eben auf und suchte mit gespanntem Bogen ein Ziel, als sie von einem Schuss aus Crookes' Waffe getroffen wurde. Röchelnd kippte sie nach hinten. Nur einen Wimpernschlag darauf ließ die Kämpferin neben ihr den gespannten Pfeil los. Er bohrte sich in die Brust des dicklichen Mannes. Der Getroffene starrte erstaunt auf das Geschoss in seinem Körper. Er wankte kurz, dann knickten seine Beine ein.

»Russel!«, schrie Crookes verzweifelt und feuerte zeitgleich eine weitere Kugel ab.

Die Schützin bäumte sich auf und brach zusammen, während die dritte Frau unbeeindruckt den Verletzten ins Visier nahm und ihre Bogensehne spannte. Der losgelassene Pfeil bohrte sich nur Zentimeter neben Russel Wallace in das hölzerne Brückengeländer.

Kyle Hunter kämpfte noch immer gegen die zwei Uniformierten. Mit einem gezielten Handkantenschlag streckte er nun einen der beiden nieder.

Der Ripper war in der Zwischenzeit nur wenige Meter vor Melvin stehen geblieben. Die Fingerklingen an seinen Händen zuckten nervös, als würden sie Blut wittern. Er schenkte Sam, Vincent, Nathaniel und Byron, die hinter ihm wüteten, keine Beachtung. Stattdessen gönnte sich der Dämon einen schweifenden Blick durch den Raum. Mit einem zufriedenen Schnauben goutierte er das Toben, das Kämpfen und das Sterben. Dann nahm er wieder Melvin ins Visier.

Der Mann zog die Kapuze vom Kopf. Zum Vorschein kam ein blasses hageres Gesicht.

»Fiametta, was tust du hier?«, zischte er Flame entgegen, als er in den Raum trat. »Warum bist du nicht bei den anderen? Ich verlange eine Erklärung! Sofort!«

Anstatt zu antworten drückte Flame Ellie das eingepackte Buch in die Hände. Dann sagte sie mit vibrierender Stimme: »Sie haben mich belogen. Wir wurden alle belogen.«

Der Priester kam näher. »Ich befehle dir auf der ...«

»Niemand erteilt mir mehr Befehle!«, unterbrach ihn Flame scharf, und Ellie erkannte, dass der Körper der Frau vor Wut bebte. »Ich gehöre Ihnen nicht länger, Joseph.«

Das Gesicht des Mannes begann sich vor Zorn zu verzerren, doch einen Augenblick darauf gefror es urplötzlich zu einer überraschten Grimasse. Der Priester hatte den offenen Schrein erblickt. Als er sah, dass er leer war, weiteten sich seine Augen.

»Da durch!«, befahl Flame atemlos und schubste Ellie Richtung Loch.

Ellie zögerte und starrte in die finstere Öffnung, durch die sie hergekommen waren. Ängstlich blickte sie zu Flame. Doch ihre Begleiterin hatte sich von ihr abgewandt und fixierte jetzt den Geistlichen, der stehen geblieben war und ungläubig auf das Bündel in Ellies Armen starrte.

Blitzschnell zog er unter der weißen Soutane einen Dolch hervor. Flame baute sich schützend vor Ellie auf. Schon stürmte der Mann auf sie zu. Im Licht der Flammen blitzte Stahl auf. Eine Sekunde später taumelte Flame zur Seite und sank stöhnend auf die Knie. Die kalten Augen des Priesters blickten mitleidlos auf die Frau herab, die sich unter Schmerzen krümmte und die Hände vor dem Bauch verkrampfte. Er stieß sie um und drehte sich zu Ellie. Auf seinen Lippen lag jetzt ein mordlüsternes Grinsen, während er sich ihr langsam näherte.

Ellie starrte mit angehaltenem Atem auf die tödliche Spitze seiner blutbesudelten Klinge. Instinktiv wich sie zurück, da verlor sie plötzlich den Boden unter den Füßen.

Melvins Arme waren ohne Gefühl und gehorchten willenlos dem Diktat der Knochenflöte, um die sich seine Hände krampften. Von unsichtbaren Kräften wurden seine Arme emporgehoben und richteten das Instrument wie eine ausschlagende Wünschelrute auf das Geschehen zu seiner Linken.

Crookes stützte dort seinen blutüberströmten Freund. Mit zusammengekniffenen Augen zog er den Pfeil aus dessen Brust. »Russel«, keuchte er. »Oh, Russel!«

Melvin wurde herumgerissen. Die Knochenflöte deutete nun auf den Jäger, der unter dem Faustschlag eines Wachmanns wegtauchte, flink dessen Arm packte und den Mann dann mit voller Wucht gegen den Steinquader schleuderte. Bewusstlos sank sein letzter Gegner auf den Boden.

Erneut zerrte die der Flöte innewohnende Kraft an Melvin und drehte ihn wieder zur Brücke um. Hinter dieser, mittlerweile ganz dicht vor dem Ausgang, stand der Inspektor. Zitternd tastete er nach der Tür. Doch als er den Griff gefunden hatte, stieß er sie nicht auf, um zu fliehen und die eigene Haut zu retten.

Unentschlossen blickte Abberline auf das Kampfgeschehen, dann weiteten sich seine Augen.

Rasch trat er vor und schrie aus Leibeskräften: »*In Deckung, Crookes!*«

Der grauhaarige Mann, der sich noch immer über seinen schwer verletzten Freund beugte, zog den Kopf ein. Nur um Haaresbreite verfehlte ihn ein Pfeil.

Abberline schoss, Mündungsfeuer blitzte auf und die dritte Bogenschützin fiel tödlich getroffen auf die Steine.

Ganz langsam zog nun das verzauberte Instrument in Melvins Händen seine Aufmerksamkeit zu dem Dämon, der wie eine schwarze Statue über ihm aufragte. Melvin blickte entgeistert in die roten Abgründe seiner Augen.

Vertraue.

Der Knochen lag plötzlich leblos in seinen Händen.

Die Klingen des Rippers zielten auf seinen Kopf, bereit zuzustoßen.

Melvin kniff die Augen zusammen, führte zitternd die Flöte an die Lippen und beschwor das Bild von Ayleen vor seinem inneren Auge herauf.

Er sah ihr Gesicht, genau so wie bei ihrem letzten Zusammensein. Wie damals stand ein rätselhaftes und irgendwie wissendes Lächeln in ihren Mundwinkeln. Sein Herz brannte lichterloh.

Ohne sein Zutun spielte die Flöte.

Ellie stürzte mit den Beinen voran in das Loch. Hart schlug sie mit dem Oberkörper auf dessen Rand und das Bündel rutschte aus ihren Händen. Es schlitterte genau vor die Füße des Priesters. Das Grinsen in dessen Gesicht wurde noch hämischer. Schon beugte er sich vor, um das eingewickelte Buch hochzuheben. Da bekamen Ellies Finger das Tuch zu fassen und rasch zog sie es zu sich heran. Mit der anderen Hand hielt sie sich am Rand des Lochs fest, um nicht in die Tiefe zu fallen. Plötzlich riss etwas an dem Bündel. Ihr Angreifer hatte sich vorgebeugt und eine

Hand ausgefahren, die nun einen Zipfel des Wachstuchs umklammerte.

»Her damit«, knurrte der Mann.

Ellies Faust krampfte sich weiterhin um den Stoff, obwohl sie nun sah, wie der Priester die andere Hand mit dem Messer erhob.

Ehe er jedoch auf sie einstechen konnte, stieß Flame wie ein Rammbock gegen den Angreifer. Ellie sah noch, wie ihre ineinander verkeilten Körper über den Boden rollten, dann rutschte sie vollends in das Loch.

Sie fiel, stieß in kalte Nässe und trudelte orientierungslos in die Tiefe. Wild mit den Beinen strampelnd schwamm sie durch das Rohr, über welches sie mit Flame in den Hohlraum gelangt war. Nach schier endlosen Sekunden hatte sie dieses durchquert und tauchte kurz darauf wieder aus dem Wasser.

Hastig pumpte sie Luft in ihre Lungen und blickte zu dem mit Tropfsteinen bedeckten Felsenhimmel der Grotte. Die Fackeln auf dem Plateau warfen in der Ferne glitzernde Lichtbahnen über die Oberfläche des unterirdischen Sees. Das nasse Bündel an einer emporgereckten Hand über sich erhoben, paddelte Ellie unschlüssig auf der Stelle.

»Oh, mon Dieu, aidez-moi.«

Die Stimme einer jungen Frau, hell und klar wie ein

Frühlingsmorgen, wehte durch den Raum und ließ alle Anwesenden in der Bewegung erstarren.

»Baron de Rais, où êtes-vous?«, hallte sie aus unbestimmter Quelle herbei und jetzt hörte man deutlich den ängstlichen Unterton, der in ihr mitschwang. Ein Raunen aus hundert Kehlen, Feuerknistern und aufgebrachte Rufe brandeten auf.

Melvin öffnete vorsichtig die Augen einen Spaltbreit. Der Ripper drehte verwirrt den Kopf hin und her, seine Waffen immer noch emporgereckt. Dann starrte er auf die Knochenflöte in Melvins Händen. In diesem Augenblick brach etwas in den Feueraugen, als eine Erkenntnis den Ripper übermannte.

Melvin schloss die Augen erneut.

»Gilles, pourquoi avez-vous fait ça?«, hörte er die von der Knochenflöte heraufbeschworene Stimme sagen. Sie klang nun nicht mehr ängstlich, sondern unendlich traurig. Zugleich war sie erfüllt von bitterer Enttäuschung.

Und nun sah Melvin vor seinem inneren Auge ... eine junge Frau, festgebunden an einen Pfahl, umringt von einer raunenden Menschenmenge. In vorderster Reihe stand ein Ritter in einer schwarzen Rüstung mit einem jungen, totenbleichen, von Seelenschmerz gezeichneten Gesicht.

Melvin brauchte keine Erklärung, um zu wissen, dass dieser Mann der Schwarze Ritter war, von dem der Bischof gesprochen hatte. Und niemand musste ihm erklären, dass jener die Frau auf dem Scheiterhaufen liebte. Er hatte einst tatenlos zusehen müssen, wie seine Angebetete in den Flammen starb. Eine schreckliche Tragödie hatte den Liebenden von damals in ein Monster verwandelt.

Mit brennendem Herzen riss Melvin die Augen auf und sah, wie der Ripper die Klingenhände gegen die Ohren presste, als wüsste er genau, was nun folgen sollte.

»Gilles«, hauchte die Stimme leise, dann schwoll das Knistern zu einem hässlichen Feuerprasseln an, das Menschenraunen wurde zu einem kollektiven Aufstöhnen und die Stimme der jungen Frau schrie, schrie unerträglich schrill, schrie aus einer fernen Zeit und einem fernen Ort ihre Todesqualen hinaus in die Welt.

Der Ripper wich vor dem Schreien zurück und stolperte rückwärts.

Während draußen der Sturm in unnachgiebiger Wucht gegen die Kirche brandete, echote die Stimme, die die Flöte aus ferner Vergangenheit heraufbeschworen hatte, durch das uralte Gewölbe, stieg in das Kirchenschiff auf, kroch unter den Spalt des Eingangs nach draußen in die Nacht und wehte davon in die Gassen und Wege der Stadt.

Der unterirdische See schien Ellie zu umklammern und auf seinen Grund hinabziehen zu wollen. Doch anstatt zurück zu dem Plateau zu schwimmen, ruderte sie unschlüssig mit den Beinen und dem freien Arm auf der Stelle und wartete, dass Flame neben ihr auftauchte.

Der Schrei aus der Vergangenheit verklang allmählich. Als er nicht mehr zu hören war, ließ er nichts als Stille zurück. Die Zeit schien angehalten, während Melvin die erkaltete Flöte wieder unter sein Hemd steckte und den verkrümmten Körper des Rippers betrachtete. Langsam löste der Mörder die Hände von seinen Ohren und hob den Kopf.

»Pardonnez-moi, Jeanne«, stöhnte er und einen Augenblick darauf zerstob sein Körper zu Abertausenden Fetzen, die wie Ascheflocken davonwehten.

Mit einem Mal streifte ein Strom aufgewühlten Wassers ihre Füße. Jemand musste unter ihr aus dem Rohr geschwommen sein. Das Bündel immer noch von sich gestreckt, blickte Ellie suchend in die tintengleiche Tiefe. Dann tauchte wenige Meter entfernt etwas Bleiches aus dem unterirdischen See auf. Wie ein weiß gefiederter Engel mit ausgestreckten Flügeln schwebte ein Körper auf der Oberfläche.

Ellie starrte entsetzt auf ein fahles, eingefallenes Gesicht und aufgerissene Augen, in denen nur das Weiße zu sehen war. Es war Joseph, der umgeben von seiner Soutane rücklings auf dem Wasser trieb. Aus seiner Brust ragte der Schaft eines Messers.

Strampelnd und paddelnd kam Ellie von dem Körper weg. Trotz ihrer nachlassenden Kräfte drehte sie sich immer wieder um und sah schließlich, wie der Priester langsam in sein kaltes Grab hinabsank.

Das Beben in seinen Beinen zwang Melvin auf die Knie. Der Kampf war vorüber. Der Ripper war nicht mehr.

Doch plötzlich hörte er in seinem Kopf die Stimme seines Vaters schreien: *»Melvin!«*

Im selben Augenblick sank ein Schatten über ihn und Melvin wusste, er hatte sich geirrt. Der Kampf war keineswegs entschieden – und er selbst war verloren.

Schicksalsergeben sah er auf. An die Stelle, wo eben noch der Ripper gestanden hatte, war nun jemand getreten, der den Kampf unbemerkt aus dem Schatten des Steinquaders verfolgt hatte. Der Bischof sah ihn mit einer wirren, vor Enttäuschung und Hass verzerrten Fratze an. Die Hände des Geistlichen umklammerten den Griff eines Säbels, welchen er einer der gefallenen Kämpferinnen abgenommen haben musste.

»Jack, hörst du mich?«, brüllte der Glatzköpfige in das

Gewölbe und hob die Waffe. »Ich weiß, du bist hier. Sieh zu, wie ich deine Brut von der Erde fege.«

Wie von einem herandonnernden Zug erfasst, wurde der Bischof jäh aus seinem Blickfeld geschoben. Verwirrt drehte Melvin den Kopf und sah, wie Sam mit der Kette auf den Geistlichen einhieb, die er samt dem Bolzen aus dem Steinboden gerissen hatte. Dann ließ der Untote die Kette fallen. Seine Hände packten den Gegner am Hals. Finster stierte Sam seinem Peiniger in die Augen. Dabei zeigte er ein Lächeln, das seine schiefen, moosig grünen Grabsteinzähne erkennen ließ.

»Auge um Auge«, zischte Sam, während er den Bischof am Hals emporhob.

Melvin sah, wie der Säbel aus der Hand des Geistlichen glitt und dessen Körper erschlaffte, ehe ihn der Riese zu dem unterirdischen Gewässer trug. Vergebens begann sich der Bischof unter der Umklammerung zu winden. Ein Arm schlug erst kraftlos auf den Riesen ein, dann tauchte dieser unter die Robe. Melvin riss die Augen auf. Entsetzliche Furcht durchströmte ihn.

»*SAM!!!!*«, schrie er aus Leibeskräften.

Doch schon hielt der Bischof einen Dolch in Händen und stieß zu. Die lange Klinge bohrte sich bis zum Schaft in die Brust des Untoten. Sam wirbelte herum und blickte mit einem fragenden Gesichtsausdruck zu Melvin.

Beider Augen trafen sich für die Dauer eines Wimpernschlags. Dann sah der Hüne zu seinem Gefangenen herab, ein wütendes Grollen drang aus seinem Brustkorb und seine Arme schlossen sich fester um den Körper des Bischofs.

Plötzlich taumelte Sam rückwärts. Unmittelbar vor dem Gewässer blieb er wankend stehen. Noch einmal hob er den Kopf für einen letzten Blick zu seinen Freunden. Dann stürzte er hinterrücks in das dahingleitende Wasser. Der Riese und sein Todfeind durchschlugen die Wasseroberfläche und waren nicht mehr zu sehen.

Vincent, Byron, Nat und Melvin blickten fassungslos auf die trübe Strömung unterhalb der Brücke, die stetig und unaufhaltsam in das unterirdische Labyrinth hinabfloss.

Über der Erde hob eine gewaltige Explosion das schwere Tor aus den Angeln und eine Hundertschaft Soldaten mit gezückten Waffen und aufgepflanzten Bajonetten flutete die gefallene Festung.

Unter Aufbietung ihrer letzten Kraftreserven wälzte sich Ellie aus dem Wasser auf den Felsvorsprung. Lange blieb sie schlotternd und würgend auf der Seite liegen. Irgendwann nahm sie ihr Hemd, streifte es über und zog die Jacke an. Dann setzte sie ihren Hut auf, stopfte das Zauberbuch unter die Jacke und warf einen letzten Blick auf den See.

Das Wasser war ein vollkommen glatter Spiegel.

Flame war ihr nicht nachgefolgt und Ellie ahnte, was das bedeutete.

Bekümmert strich sie mit tauben Fingern die nassen Haare aus den Augen.

Anschließend zwängte sie sich durch den Felsenspalt in den Tunnel, über den sie nur wenige Stunden zuvor hergekommen war.

In dem Schaustellerwagen, der in der von Ulmen flankierten Allee stand, stierte die Hexe in die blau leuchtenden Augen ihres Sehers. Ein zufriedener Ausdruck überzog ihr steinaltes Gesicht, während sie liebevoll die Wangen des Kopfes tätschelte.

Hinkend gelangte sie zur Tür. Draußen warteten der Knochensammler und der Fahrende Mann. Erwartungsvoll sahen beide die Alte an und ernteten ein zutiefst erleichtertes Nicken.

Kyle Hunter löste einen Schlüsselbund vom Gürtel einer niedergestreckten Wache und eilte zu den Gefangenen. Nacheinander schloss er ihre Halsschellen auf.

Als Melvin frei war, stürzte er zu dem unterirdischen Strom und sank davor auf die Knie. Vincent, Nathaniel und Byron traten neben ihn. Alle vier starrten in das trübe Wasser.

Der Jäger zog jetzt eine Axt aus seinem Rückenholster und ging an dem Steinquader vorbei zu der aufgestoßenen Tür, durch welche Joseph geflohen war.

Argwöhnisch blickte er sich um, als er das private Reich des Priesters betrat. Plötzlich sog er hörbar den Atem ein. Vor einem klaffenden Loch in der Mitte des Raumes lag ... Flame. Rote Streifen zeichneten den Weg nach, den sie verwundet über den Boden gerobbt war.

Kyle Hunter sprang zu dem leblosen Körper. Rasch fühlte er ihren Puls. Hastig zog er sein Hemd aus und riss es in Streifen. Während er die Wunde verband und achtsame Blicke in die Schatten ringsumher warf, öffnete Flame flackernd die Augen.

Die beiden sahen sich an.

»Wo ist der Dreckskerl, der dir das angetan hat?«, flüsterte der Jäger.

Flame war zu schwach, um etwas zu erwidern. Aber ihr kraftloses Lächeln war Antwort genug.

Sie war frei. So frei wie der Mann mit den kristallblauen Augen, der sie nun behutsam aufhob und von diesem Ort der Verdammnis forttrug.

Melvin nahm nichts von dem wahr, was um ihn herum geschah. Er bekam auch nicht mit, wie Vincent, Byron und Nathaniel über das unterirdische Gewölbe den Schauplatz des Schreckens verließen. Er sah nicht, wie Admiral Beresford kurz darauf mit einem Dutzend Matrosen im Gefolge in den Raum platzte, wie die Männer den schwer verletzten Russel Wallace auf eine Trage betteten und hinaustrugen und wie kurz darauf Kyle Hunter eine verletzte Frau zum Ausgang brachte. Auch sah er nicht, wie William Crookes einen langen Blick zu ihm, seinem Enkel, warf, ehe er gemeinsam mit Inspektor Abberline den Weg nach oben antrat.

TAG 7

Vor der Kirche des Ordens

Der Morgen dämmerte bereits, als Melvin mit gesenktem Kopf die Kirche durchquerte und schließlich durch das Hauptportal wieder nach draußen fand.

Das Unwetter hatte sich verzogen und viele Fackeln beschienen den Hof, der zum Feld einer zweiten Schlacht geworden war, die zeitgleich mit der Auseinandersetzung unten im Gewölbe stattgefunden hatte. Soldaten trugen Tote zur freien Fläche zwischen den Pferdeställen und der Schmiede. Ihnen gegenüber, vor den Behausungen der Bruderschaft, standen die Überlebenden. Kuttenträger und Wachen wurden von bewaffneten Matrosen in Schach gehalten. Auf der linken Seite schirmte ein Trupp Polizisten die Sicht in den Innenhof vor neugierigen Augen ab, denn das gewaltige Holztor hing nunmehr zerstört in seinen Angeln.

Melvin lief die Stufen herunter und gesellte sich an die Seite des Jägers, der am Fuß der Treppe das Treiben auf dem Gelände beobachtete.

Lange sahen beide schweigend und mit ausdruckslosen Mienen in den Kirchhof.

»Da haben wir ja was Schönes angerichtet«, sagte Hunter ohne eine Spur von Ironie in der Stimme.

Melvin nickte nur matt und der Jäger sah ihn ernst an.

»Ich soll dir etwas von Mr Crookes ausrichten. Er hätte hier auf dich gewartet, aber er wollte nicht von der Seite seines verwundeten Freundes weichen. Dein Großvater wird sich später bei dir melden.«

In diesem Moment sah Melvin, wie jemand um die Ecke des Sakralbaus bog. Es war Wilkie, der dort schlammverschmiert und fassungslos um sich blickend, über den Hof schlurfte.

Auf der Stelle stürmte er auf den Freund zu und drückte ihn fest an sich.

»Habt ihr das Manuskript gefunden?«, bestürmte er Wilkie, als er wieder von ihm abgelassen hatte.

Als Antwort bekam Melvin nur ein müdes Nicken.

»Was ist passiert?«, fragte er besorgt, weil ihm der gequälte Ausdruck in Wilkies Gesicht nicht verborgen blieb.

»Die Frau ... Flame ... ich glaube, sie ...«, stotterte der Freund auf einmal mit tränenerstickter Stimme.

Da trat Kyle Hunter zu ihnen und legte dem Rotschopf eine Hand auf den Rücken.

»Mach dir keine Sorgen. Sie wird überleben«, sagte er. »Ich habe Flame in Josephs Folterkammer gefunden. Gerade wird sie ins *London Hospital* gebracht. Dort wird man sich um sie kümmern. «

Gemeinsam mit seinem Freund verließ Melvin durch das zerstörte Tor das Gelände. Schweigsam schritten sie über die Allee.

Erst nach einer Weile ergriff Wilkie das Wort.

»Was ist dort unten geschehen?«, fragte er.

»Es ist vorbei«, murmelte Melvin. »Der Bischof ist tot und der Ripper vernichtet.«

Danach verstummten sie wieder. Sie würden später ausreichend Zeit finden, ihre Erlebnisse der vergangenen Nacht auszutauschen.

Nicht lange darauf erreichten sie den Schaustellerwagen, der noch immer am Wegesrand parkte.

In der düsteren Kabine standen die beiden der Hexe und ihren Helfern gegenüber, die sie erwartungsvoll ansahen. Melvin nickte Wilkie zu und dieser griff in seine Jacke. Darunter zog er etwas hervor und streckte es Mista hin. Die Alte nahm das Bündel entgegen. Sogleich wickelte sie das Tuch auf. Zufrieden betrachtete sie die gebundene Schrift in ihrer Hand.

»Gut«, seufzte die Hexe erleichtert und blickte abwechselnd in die Gesichter ihrer Gäste. »Wir danken euch. Künftig werden wir dafür sorgen, dass niemand mehr mit diesem Teufelszeug Schabernack treibt.«

Sie wandte sich ab und wankte mit dem Buch in eine finstere Ecke.

Melvin spürte, wie ihn jemand in die Seite stieß. Wilkie deutete mit dem Kopf zur Tür.

»Ich möchte zu Fuß in die Stadt zurück«, sagte er. »Vorher müsste ich noch kurz was mit Mel bequatschen. – Unter vier Augen.«

Mista humpelte zurück und schenkte Wilkie ein hintergründiges Lächeln. Der Knochensammler und der Fahrende Mann traten neben die Hexe.

»Dann ist es wohl an der Zeit, dir Lebewohl zu sagen«, japste Mista und zwinkerte Wilkie zu. Ihre Begleiter hoben zum Abschied die Hände.

»Bis gleich«, sagte Melvin und folgte seinem Freund nach draußen.

Vor dem Wagen standen sie sich gegenüber und sahen sich lange an.

»Was sind deine Pläne?«, fragte Wilkie schließlich.

»So, wie es aussieht, bin ich in der vergangenen Nacht meinem Großvater begegnet. Ich gehe ihn später besuchen und werde ihm ein paar Fragen stellen.«

Wilkie machte große Augen.

Seiner niedergedrückten Stimmung zum Trotz rang sich Melvin ein Lächeln ab. »Bei dir komm ich auch bald vorbei. In eurem Lager erzähl ich dir dann alles in Ruhe!«

»Mel, ich … ich muss dir was sagen«, druckste Wilkie plötzlich herum.

»Ja? Was denn?«, fragte Melvin.

Doch statt zu antworten, sprang der Freund vor und schlang seine Arme so fest um ihn, dass er kaum noch atmen konnte. Als aus dem Körper, der sich an ihn klammerte, ein hörbares Schluchzen drang, dämmerte Melvin, dass irgendetwas an dieser Situation seltsam war.

Verwirrt wartete er, bis das Weinen leiser wurde, dann fasste er Wilkie an den Schultern und schob ihn auf Armeslänge von sich. Eindringlich sah er dem Freund ins Gesicht. Die Tränen hatten bleiche Furchen in die Schlammkruste auf seinen Wangen gewaschen. Seine Lippen zitterten. Eine rote Locke fiel ungehindert in seine Stirn, da bei der Umarmung der Schlapphut zu Boden gefallen war.

Melvin kniff die Augen zusammen. Vor ihm stand Wilkie, aber irgendetwas an seinem Anblick irritierte ihn. Es war ihm mit einem Mal, als hätte er eine Kopie des Freundes vor Augen. Ein nahezu perfektes Gegenstück, das sich dennoch in einem verborgenen Detail von dem Original unterschied. Lag es an den großen blaugrünen Augen, die ihn schuldbewusst ansahen?

»Wilkie, was ...«, setzte er an.

»Ellie!«, sagte sein Gegenüber mit fester Stimme. »Ich heiße Ellie!«

Melvins Augen weiteten sich. »Was soll ...«

Der sommersprossige Doppelgänger seines Freundes stemmte empört die Hände in die Seiten. »Kann ich was dafür, dass ihr Burschen Tomaten auf den Augen habt? Nee, kann ich nicht. Also krieg dich wieder ein. Und merk dir eines: Dieser winzige Unterschied ändert zwischen uns rein gar nichts.«

Melvin rauschte der Kopf und er bekam keinen klaren Gedanken zu fassen. »Wer ... Wieso ...?«, stammelte er nur.

Das Mädchen vor ihm zog wieder ein trauriges Gesicht. Erneut legte sie die Arme um ihn. Diesmal zögerlich, beinahe ängstlich.

Mit der Wange an seiner Brust sagte sie: »Es tut mir leid, Mel. Bitte sei weiter mein Freund.«

Seine Arme baumelten unschlüssig an ihm herab. Dann gab er sich einen Stoß und schloss sie um den an ihn geschmiegten, bebenden Körper.

»Erzählst du mir alles?«, fragte er nach langen Sekunden.

»Später«, murmelte Ellie. Dann löste sie sich von ihm, hob ihren Schlapphut auf und trottete ohne ein weiteres Wort davon.

Tower of London, City of London

Der altgediente Soldat in dem dunkelblauen, rotbestickten Waffenrock schloss die Dachkammer im *White Tower* auf. Wie angewurzelt blieb der Ravenmaster im Türrahmen stehen. Durch das scheibenlose Fenster drang ein orangefarbener Morgenschimmer in den Verschlag. Er fiel auf die Stangen für die Vögel.

Das gramvolle und von dunklen Augenringen beherrschte Gesicht erstrahlte. Dort saßen sieben blau glänzende Kolkraben einträchtig nebeneinander. Der Hüter der Raben machte auf dem Absatz kehrt. Er musste Ihrer Majestät umgehend die freudige Nachricht überbringen.

EPILOG

Metropolitan Police Headquarter, 4 Whitehall Place

Tags darauf saß Inspektor Abberline an seinem Schreibtisch und glotzte mit müden Augen vor sich hin. Da sah er durch die verglaste Wand, wie ein Laufbursche auf sein Büro zuhielt. Er winkte ihn herein und nahm das Telegramm entgegen. Dann langte er nach dem Brieföffner, schnitt den Umschlag auf, faltete das Blatt auseinander und machte große Augen.

Zitternd zog der Inspektor sein lilienweißes Tuch hervor und fuhr sich damit über die feuchte Stirn, während seine Augen über die Zeilen flogen und schließlich auf den Insignien des Unterzeichners verharrten. Anschließend sank Abberline erlöst in seinen Lehnstuhl zurück und betrachtete lächelnd die schwungvolle Unterschrift unter dem königlichen Siegel. Diesmal handelte es sich nicht um eine *Empfehlung*, sondern ausdrücklich um ein *Dankesschreiben* Ihrer Majestät inklusive einer Einladung zum Dinner im *Buckingham Palace*.

London Hospital, Whitechapel, einen Tag darauf

Ellie saß auf einem Stuhl, den sie neben das Bett im *London Hospital* geschoben hatte. In diesem lag Flame, blass und noch schwach, aber bei Bewusstsein. Es war bereits Ellies dritter Besuch bei der Verletzten seit den Ereignissen in den Gewölben der Bruderschaft.

Bei ihrem ersten Besuch hatte sie nur neben dem Bett gesessen und voller Sorge die bewusstlose Frau betrachtet, die sie kaum kannte und mit der sie sich dennoch verbunden fühlte. Immerhin hatten sie gemeinsam allen Gefahren getrotzt und ihr Leben für das gleiche Ziel riskiert. Dass das Manuskript nun in sicheren Händen war, war beider Verdienst. Flame hatte dafür um ein Haar mit ihrem Leben bezahlt. Ellie wusste von Kyle Hunter, dass die junge Frau lange Zeit in Diensten des Bischofs gestanden hatte. Sie wollte unbedingt mehr über Flame erfahren, von deren Leben hinter den Kirchenmauern und den Gründen, warum sie sich dem Orden angeschlossen hatte.

Bei ihrem zweiten Besuch war Flame wach gewesen, aber noch zu erschöpft, um mehr als ein paar Worte von sich zu geben. Deshalb hatte die Verletzte ihre Besucherin gebeten, sich ihr anzuvertrauen. Also hatte Ellie von ihrer Kindheit erzählt, vom Tod ihrer Mutter und ihrer Suche nach einem neuen Zuhause, das sie schließlich bei der Straßenbande gefunden hatte, indem sie sich als Junge ausgab, weil Mädchen von deren Gemeinschaft ausgeschlossen waren. Anschließend hatte sie von ihrer Freundschaft zu Melvin erzählt und dann auch von den Ereignissen der vergangenen Woche, die sie schließlich bis zu dem Manuskript in den Räumlichkeiten des Priesters geführt hatten.

Nun endlich, bei ihrem dritten Besuch an Flames Krankenbett, hatte diese ihr alles berichtet. Flame war wie Ellie ein elternloses Kind gewesen und hatte die erstbeste Gelegenheit ergriffen, von der Straße weg und in einem geschützten Zuhause unterzukommen. So war sie in die Fänge des Ordens geraten und dessen Lügen aufgesessen. Erst die Begegnung mit Kyle Hunter hatte der jungen Frau allmählich die Augen geöffnet.

»Was hast du nun vor?«, fragte Flame.

»Weiß noch nicht«, murmelte Ellie. »Ich war gestern bei Mel. Er hat seinen Großvater gefragt, ob ich auch bei ihm unterkommen darf. Mr Crookes lebt allein in einem großen Haus in Kensington und hätte nichts dagegen.«

»Das ist doch eine gute Idee!«

»Klar, klingt das gut. Ich bin mir nur nicht sicher, ob ich dort wirklich leben will«, gab Ellie zurück. »Und was machst du, wenn du hier wieder raus bist?«

Flame seufzte. »Morgen darf ich gehen. Kyle verlässt am Abend die Stadt. Ich schließe mich ihm an.«

»Klingt auch gut«, murmelte Ellie erneut und fuhr sich nachdenklich durchs Haar.

»Wenn du magst, nehmen wir dich mit«, hörte sie Flame nun sagen.

»Im Ernst?«, fragte Ellie erstaunt.

»Sicher«, erwiderte Flame und blickte sie eindringlich an. »Wenn du das wirklich willst.«

Ellie sah aus dem Fenster. Über die Stadt spannte sich ein strahlend blauer Himmel. Ratlos hob sie die Schultern.

»Denk drüber nach«, sagte Flame und lächelte ihr dabei

aufmunternd zu. »Du wirst sicher die richtige Entscheidung für dich treffen.«

William Crookes' Wohnsitz, 7 Holland Park, Kensington, West London

Russel Wallace öffnete blinzelnd die Augen. Gleißendes Licht flutete in seinen Kopf und zerstob unter seiner Schädeldecke zu Funken sprühenden Sternen. Beim zweiten Versuch beschränkte er sich auf das vorsichtige Heben eines Augenlids.

Nach einer Weile traten aus dem weißen Nichts Konturen hervor. Unzweifelhaft – das verriet ihm nun die geblümte Tapete – lag er im Bett seiner sonnenbeschienenen Kammer in Crookes' Heim. Jemand saß neben ihm.

Es war ... Ms Ratcliffe.

Russel Wallace seufzte zuerst in sich hinein, dann wunderte er sich. Crookes' Hausdrache hatte die Augen geschlossen und murmelte etwas, das verdächtig nach dem Gebet *Proficiscere anima christiana* klang. Dabei hielt sie seine Hände, die auf der imponierenden Wölbung seines Bauches lagen.

»Ms Ratcliffe, was bitte schön tun Sie da?«

Ihre Antwort war ein unbeherrschtes Aufschreien. Die Haushälterin richtete sich auf und knetete fahrig ihre Hände.

»Herr im Himmel«, schimpfte sie in einem tadelnden Gouvernantenton. »Müssen Sie mich derart erschrecken?«

Obzwar sie sich alle Mühe zu geben schien, ihn vorwurfsvoll anzusehen, konnte sie nicht verbergen, dass sie unter der Oberfläche gegen heftige Gefühle ankämpfte. Hastig fuhr die Haushälterin aus ihrem Stuhl hoch und drehte sich zum Fenster um.

Russel Wallace wollte sich aufrecht hinsetzen, aber ein mörderischer Schmerz in seiner Brust zwang ihn auf sein Lager zurück. Da erst übermannten ihn die Erinnerungen.

Ms Ratcliffe wandte sich um. Ihre Augen glänzten feucht.

»Mr Wallace, wir dachten schon, wir müssten Sie zu Grabe tragen«, sagte sie. »Zwei Tage und eine Nacht haben Mr Crookes, der Junge und meine Wenigkeit an Ihrem Krankenbett Wache gehalten, während Sie mit dem Tod rangen.«

»Der Junge?«, fragte Wallace.

»Melvin!«, betonte Ms Ratcliffe. »Der Enkel meines Arbeitgebers ist in das ehemalige Zimmer seiner Mutter gezogen.« Die Frau legte nun ihre dünnen Finger aufeinander und räusperte sich. Etwas schien ihr noch auf dem Herzen zu liegen.

»Ms Ratcliffe?«

Crookes' Bedienstete senkte den Blick. »Mein Herr ist der Meinung, Sie würden, da Sie erst einmal wieder genesen müssen, der Hilfe bedürfen. Deshalb war er so frei, mich bis auf Weiteres von meinen Aufgaben in seinem Hause zu entbinden.«

Russel Wallace fuhr mit einer unbedachten Bewegung auf, sodass sich, von der Wunde ausgehend, ein heißes Brennen über seinen Brustkorb ausbreitete. »So?«, ächzte er unter Schmerzen.

»Ich werde Sie also nach Broadstone begleiten, sobald Sie so weit auf der Höhe sind, die Rückreise antreten zu können. Dann werde ich Ihnen zu Diensten sein, bis Sie wiederhergestellt sind. Meine Ausbildung als Krankenschwester dürfte mich für die bevorstehende Mission hinreichend befähigen. Für die Bezahlung meiner Fürsorge kommt selbstverständlich Mister Crookes auf.«

»So?«, sagte Wallace erneut, weil er so überrumpelt war, dass ihm keine Erwiderung einfiel.

Die vorübergehende Zubilligung von Gefühlen verschwand wie durch ein Fingerschnippen aus Ms Ratcliffes Miene und an ihre Stelle trat ein Ausdruck, den Russel Wallace bereits hinlänglich kannte. »Da dies geklärt ist, werde ich Ihnen eine kräftigende Hühnersuppe zubereiten. Sollte Sie bis dahin ein menschliches Bedürfnis überkommen«, sie deutete streng zu dem Tischglöckchen, das auf dem Beistelltisch stand, »klingeln Sie. Ich reiche Ihnen dann den Nachttopf.«

Nach dieser Erklärung entschwand sie aus dem Raum. Lange Sekunden blickte Russel Wallace perplex zur Tür, ehe er wieder auf die Matratze sank und mit einem müden Seufzen die Augen schloss.

Fahrt von Melvin und William Crookes zum Spitalfield Markt

Von den Ohren bis zu den Zehen gründlich gereinigt, mit entlausten, gewaschenen und geschnittenen Haaren saß Melvin in einer Droschke und sah aus dem Fenster. Unter dem blauen Himmel waren sein Großvater und er zunächst entlang sauberer Straßen gefahren. Inzwischen durchquerten sie die grauen Viertel der Stadt, in welchen er sein ganzes bisheriges Leben verbracht hatte.

Unterdessen ließ Melvin seine Gedanken schweifen und zupfte dabei ständig an dem unangenehm engen und kratzenden Kragen des gestärkten Hemds, in das er sich anlässlich ihres Ausflugs hatte zwängen lassen.

Zwei Tage waren mittlerweile verstrichen, seit sie aus der Unterwelt hinaufgestiegen waren. Nach Wilkies denkwürdiger Beichte hatten ihn die Hüter der Magie vor dem Haus seines Großvaters in Kensington abgesetzt. In der Tür hatte ihn eine gramerfüllte Haushälterin empfangen, die ihn sogleich in eine Kammer im Obergeschoss des Hauses führte. Dort hatte Mister Crookes an der Seite seines besinnungslosen und schwer verletzten Freundes Russel Wallace gewacht.

Melvin schielte zu dem Sitz gegenüber. Der grauhaarige Mann, der mit ihm in der Kutsche saß, blickte gleichfalls aus dem Fenster, offenbar wie er selbst tief in Gedanken versunken.

Während sein Großvater rund um die Uhr Wache am

Bett seines alten Freundes gehalten hatte, hatte es sich Ms Ratcliffe nicht nehmen lassen, Melvin gründlich zu reinigen und danach herauszuputzen. Später hatte er seinem Großvater Gesellschaft geleistet und dieser hatte die gemeinsamen Stunden am Krankenlager genutzt, um ihm, seinem Enkel, alles über Violet und Jack zu erzählen. So erfuhr Melvin endlich von seinen Eltern und ihrem Leben, ehe das Schicksal der beiden eine verhängnisvolle Wendung genommen hatte.

»Wir sind da.« Die Worte des Großvaters rissen Melvin aus seinen Gedanken. Erst jetzt bemerkte er, dass der Wagen angehalten hatte. »Ich warte hier auf dich. Richte deinen Freunden bitte meinen Dank aus.«

»Kommst du denn nicht mit?«, fragte Melvin.

Sein Großvater lächelte sanft. »Ihr habt nicht viel Zeit und euch steht ein Abschied bevor. Da würde ich nur stören.«

Melvin zögerte und wollte eben etwas entgegnen, als Crookes ihm eine Hand auf die Schulter legte. »Nun geh schon.«

Also kletterte Melvin allein aus der Kabine und lief zur *Christ Church* hinüber. Neben der Kirche parkte eine Kutsche, vor deren Fenster schwarze Vorhänge gezogen waren, um das Tageslicht auszusperren.

Er klopfte an den Schlag und von innen wurde sogleich die Tür geöffnet. Schnell stieg er ein und schloss die Tür hinter sich. Byron zog nun die schützende Decke von seinem Kopf.

Als sich Melvins Augen an das schummrige Licht gewöhnt hatten, sah er von Byron zu Nathaniel und dann zu Vincent und dem Jäger.

»Meine Herrschaften! Ich hätte dich beinahe nicht wiedererkannt«, sagte Nathaniel in einem belustigten Tonfall.

Melvin blickte an sich herab. »Glaubt ja nicht, dass so ein Aufzug jetzt zur Gewohnheit wird.«

Byron und Vincent versuchten zu lächeln, aber es wollte ihnen nicht so recht gelingen.

Melvin schluckte und betrachtete die polierten Schuhe an seinen Füßen.

»Sam ... ich vermisse ihn so«, flüsterte er.

»Wir alle vermissen unseren Großen«, sagte Vincent.

Ein andächtiges Schweigen breitete sich aus.

»Ich soll von meinem Großvater ausrichten, dass er euch für alles dankt«, sagte Melvin nach einer Weile. »Was habt ihr jetzt vor?«

»Die Hexe und ihre Begleiter haben versprochen, uns zu unterstützen«, antwortete Vincent.

»Wobei?«

»Mista glaubt, dass das Spiel für uns noch nicht verloren ist. Vielleicht besteht eine Chance, den Fluch, der auf uns lastet, doch noch zu bannen. Wir werden uns also den *Hütern* anschließen und ihnen bei künftigen Missionen zur Seite stehen.«

Neuerlich schwiegen sie, bis Byron das Wort ergriff: »Und du?«

»Ich werde wohl erst mal bei meinem Großvater wohnen«, sagte Melvin. Dann blickte er zu Hunter. »Und Sie? Wann brechen Sie auf?«

»Morgen Abend legt das Schiff ab«, antwortete der Jäger.

»Also morgen schon«, murmelte Melvin vor sich hin.

»Auch unsere Wege werden sich morgen trennen«, hörte er Vincent sagen. »Mista und ihr Gefolge ziehen weiter. Aber da wir wissen, wo du unterkommst, können wir ohne größere Umstände in Verbindung bleiben. Sobald sich die Gelegenheit ergibt, schauen wir sicher mal bei euch vorbei.«

Melvin biss sich auf die Unterlippe. »Was ... Was ist mit *ihm?*«

»Das wissen wir nicht«, erklärte Vincent.

Melvin fixierte abermals seine neuen Schuhe.

»Die Natur seines Wesens ist mir immer noch rätselhaft, aber ich glaube, dass er die Grenzen seiner Möglichkeiten überschreiten musste, um dir und uns zur Seite zu stehen«, fügte Vincent hinzu. »Wo auch immer sich dein Vater nun befindet, er weiß, dass dir vom Bischof und seinem teuflischen Geschöpf keine Gefahr mehr droht und du in den Schoß deiner Familie zurückkehren wirst. Lass dir das ein Trost sein. – Ja?«

Melvin nickte, dann gab er dem Jäger die Hand, umarmte Byron, Nathaniel und Vincent und kletterte wieder hinaus ans Tageslicht.

Highgate Cemetery

Nicht lange darauf hielt die Droschke vor einem schmiedeeisernen Tor.

Melvin folgte seinem Großvater aus der Kabine. Während der ältere Herr vorausging, blieb er stehen und blickte verwundert zu der Person, die neben dem Friedhofstor am Zaun lehnte und ihn mit verschränkten Armen betrachtete.

Er hielt auf Ellie zu, die mit regloser Miene auf einem Grashalm herumknabberte. Als er vor ihr stand, nahm sie den Halm aus dem Mund und begutachtete ihn mit offensichtlicher Geringschätzung.

Grinsend verstrubbelte Ellie ihm die gescheitelte Frisur. Anschließend legte sie den Kopf schief und musterte ihn skeptisch. »Schon viel besser!«

Ihre Augen fanden sich für die Dauer eines zeitlosen Augenblicks. Rasch senkten er und sie verlegen die Blicke.

»Darf ich mitkommen?«, fragte Ellie und nickte zu dem Tor. »Ich würde dich gern begleiten.«

Zu dritt standen sie kurz darauf vor Violets Grab. Melvin blickte mit brennenden Augen auf die gerahmte Fotografie eines Brautpaares, denn er hatte das Bild seiner Eltern zuvor an den Marmorstein gelehnt.

Irgendwann strich ihm sein Großvater über den Kopf und das Klappern von Crookes' Spazierstock verlor sich in der Ferne.

Melvin blickte betrübt in die Schatten der umstehenden Bäume. Er wünschte sich so sehr, noch einmal ein Zeichen seines Vaters zu erhalten. Doch die Stimme, die in den Katakomben von irgendwoher zu ihm gesprochen hatte, blieb stumm.

Da spürte er, wie sich etwas Warmes in seine Hand schob. Er hielt den Atem an und sein Herz setzte einen Schlag aus. Dann umschloss seine Hand die von Ellie. Lange Minuten standen er und das Mädchen schweigend da und hielten einander fest.

Hertweck, Patrick:
Der letzte Rabe des Empire
ISBN 978 3 522 20264 0

Einbandgestaltung: Max Meinzold
Reproduktion: DIGIZWO Kessler + Kienzle GbR
Druck und Bindung: GGP Media GmbH

FSC www.fsc.org
MIX
Papier aus verantwortungsvollen Quellen
FSC® C014496

Dieses Werk wurde vermittelt durch die
Montasser Medienagentur, München.

Leseprobe aus:

PATRICK HERTWECK

TARA UND TAHNEE

Verloren im Tal des Goldes

DER FREMDE

24. Oktober 1856

Der Winter brach in diesem Jahr früh herein. Gegen Mittag war ein eisiger Wind aufgekommen und keine Stunde darauf tanzten die ersten Schneeflocken in das abgelegene Tal am Flusslauf des Feather River.

Am Abend stand Tahnee Fitch am Fenster der vom Ofenfeuer nur dürftig erwärmten Blockhütte und knetete ungeduldig die Hände. Tahnee war elf Jahre alt und wartete auf ihren Vater. Allmählich machte sie sich Sorgen. Schon vor Sonnenaufgang war er in die Wälder aufgebrochen und eigentlich wollte er spätestens am frühen Nachmittag zurück sein. Nun dämmerte es bereits und noch fehlte jede Spur von ihm.

Sicher hält ihn nur dieses Mistwetter auf, dachte Tahnee und drückte die Stirn gegen das Holz der geschlossenen Fensterläden. Durch einen Spalt zwischen den Brettern schaute sie nach draußen – in das wilde Schneegestöber und die aufkeimende Dunkelheit jenseits der Hütte.

Ob Dad sich gerade durch das Schneetreiben kämpft?, überlegte sie. Oder ist er droben in den Bergen in der verlassenen Einsiedlerhütte untergekrochen und wartet dort auf das Abflauen des Sturmes?

Ihm geht es gut, versuchte sich Tahnee zu beruhigen. Schließlich kannte ihr Vater die Launen der Sierra. Und dieser Wintersturm war beileibe nicht der erste und auch nicht der schlimmste, den sie bislang erlebt hatten.

»Ab ins Bett«, murmelte sie nun zu sich selbst. Entschlossen wandte sie sich ab, löste die Schleife um den Pferdeschwanz und ließ ihre flachsblonden Haare frei.

Da flauten das Heulen und das Tosen ringsumher plötzlich ab und Tahnee erstarrte. Wie versteinert stand sie da, bis der Orkan erneut heranbrauste, nun noch lauter und wütender, als habe er in dieser kurzen Pause neuen Atem für sein Toben geschöpft.

Langsam drehte Tahnee den Kopf wieder zum Fenster, denn in den wenigen Sekunden trügerischer Stille hatte sie ein Geräusch vernommen. Ein Geräusch, das gewiss nicht vom Sturm herrührte.

Leise. Wiederkehrend. Ungewöhnlich für diese Gegend. – Das unverwechselbare Klirren schwerer Sporen.

Erneut drückte sie die Stirn gegen die Bretter und spähte durch den Spalt hinaus. Mit ernster Miene betrachtete Tahnee nun das gespenstisch zuckende Licht, das inmitten des Schneetreibens zu schweben schien und langsam näher kam.

Ein paar Minuten darauf beobachtete sie, wie ein Mann in einem langen Mantel auf die Blockhütte zumarschierte und sein schnaubendes Pferd, das er am Zügel geführt hatte, am Pflock neben dem Eingang festband. Als er seine Sturmlaterne in die Höhe hob, sah Tahnee zwischen dem breitkrempigen Hut und dem schwarzen Tuch vor dem

Mund des Reiters für einen Moment ein funkelndes Augenpaar aufblitzen.

Ihr lief ein Schauer über den Rücken. Ängstlich wich sie ein paar Schritte zurück. Die Sekunden dehnten sich endlos, bis drei harte Schläge im Zimmer widerhallten.

Das ungeduldige Hämmern gegen die Tür rüttelte Tahnee auf. Rasch schnappte sie ihr Jagdmesser, schob es seitlich in den Bund ihrer Wildlederhose und zog das Hemd darüber. Anschließend riss sie die Doppelflinte vom Wandhaken und legte den Lauf in die Armbeuge.

Sie atmete einmal tief durch und rief dann mit kräftiger Stimme: »Kommen Sie herein!«

Langsam senkte sich die Klinke. Knarrend schwang die Tür auf. Schnee stob über die Dielenbretter. Die frostige Kälte zerrte an Tahnees Hemd. Im Türrahmen stand ein groß gewachsener Mann mit flatterndem Mantel und umtost von wirbelnden Flocken.

Der Fremde hatte die Laterne auf dem Tisch abgestellt. Nun schickte die Flamme hinter dem Glas einen flackernden Schein durch den Raum.

Grußlos hatte der Mann die Blockhütte betreten. Begleitet vom Klingen seiner Sporen war er zum Tisch gestiefelt. Dann hatte er sich auf einen der beiden Schemel gesetzt und das Tuch unter sein Kinn geschoben. Schweigend drehte er jetzt eine Zigarette.

Tahnee hatte sich keinen Millimeter vom Fleck gerührt. Mit der Flinte im Arm stand sie in der Raummitte. Angewidert betrachtete sie die Finger des Fremden. Diese waren ungewöhnlich lang und dünn und bewegten sich flink wie Insektenbeine.

Was soll ich nur tun?, fragte sich Tahnee und entschied, ihre Waffe auf keinen Fall wieder wegzustellen. Ihr Vater hatte ihr mehrfach eingeschärft, jeder fremden Seele, die ihre Einöde durchquerte, mit Vorsicht zu begegnen. Erst recht, wenn er nicht da war und sie nicht wusste, wann er wieder auftauchen würde.

Was hat den Mann bloß um diese Jahreszeit in das Tal geführt? Normalerweise verirrte sich höchstens mal ein Goldgräber hierher oder der eine oder andere Waldläufer kam auf seinem Weg aus den Bergen an ihrem Zuhause vorbei.

Der Fremde steckte sich jetzt die Zigarette in den Mundwinkel und nahm den Hut ab. Dies gab Tahnee Gelegenheit, den unbekannten Gast genauer in Augenschein zu nehmen.

Hager war er. Seine Züge knochig, die Nase scharf geschnitten und die Lippen dünn. Das grau durchsetzte Haar war geölt und so glatt nach hinten gekämmt, dass es auf dem Schädel zu kleben schien. Die Haut in dem verwitterten Gesicht hatte die Farbe von gegerbtem Leder und war knittrig wie Papier, das man zerknüllt und anschließend nur halbwegs wieder geglättet hatte.

Nun schlug der Fremde die Beine übereinander und ließ seinen Blick durch den Raum schweifen. Plötzlich spürte Tahnee ihr Herz pochen. Zugleich merkte sie, wie ihr Unbehagen wuchs. Das Schweigen des Mannes, welches das Knistern des Ofenfeuers und das Brausen des Windes umso lauter tönen ließ, machte sie allmählich nervös.

MEHR ABENTEUER VON PATRICK HERTWECK

Patrick Hertweck

Tara und Tahnee
Verloren im Tal des Goldes

304 Seiten · Gebunden
ISBN 978-3-522-18467-0

Sierra Nevada, 1856. Mühsam kämpft sich Tahnee durch die Wildnis. Sie muss ihrem Vater helfen, der von Kopfgeldjägern gejagt wird. Immerzu denkt sie an das Versprechen, das sie ihm gegeben hat: Sie muss es schaffen, nach San Francisco zu kommen! Noch ahnt sie nicht, dass dort in einem herrschaftlichen Anwesen Tara lebt, mit der sie ein besonderes Schicksal verbindet …

